陪審員

DEGREES OF GUILT

HS CHANDLER

H S錢德勒 ———著　趙丕慧 ———譯

獻給伊芳潔琳

妳總是有選擇
妳總是有聲音
從不接受次於妳值得的東西
也知道妳就是我的世界

我愛妳，小天竺鼠車車

1

愛德華．布拉克斯罕姆面朝下躺在廚房的石磚地板上，躺在血泊與陽光中。他有幾分鐘文風不動，也沒發出聲響。瑪麗亞瞪著他的身體，折好放在餐桌上的報紙，放進資源回收箱。她拿著茶巾緩緩擦拭馬克杯的內緣，一邊盤算要如何清除石磚接縫中的血跡。她把另一只馬克杯留在洗碗槽裡，拎起了一直壓著愛德華的頭的那支椅腳，用食指去戳被突出的金屬螺栓纏住的人體組織。結實的木椅經證實確是極管用的臨時武器。即使沒有醫學訓練，她也知道從她先生的頭顱流出來的灰褐色物質是腦漿。他後腦勺上的垂直裂痕有四吋長，冒著泡沫的液體順著他的頸子流下。該報警了，但是她的花園從廚房窗戶望出去，在下午三、四點的日光下是那麼的如詩如畫，她實在是提不起那個勁來。她在心裡粗略地計算了一下。每年在花園裡忙活的時間——天氣好的話八個月——每月二十天，每天四小時。乘上她不再工作後的十五年，瑪麗亞獲得了一萬個小時任意挖掘耕耘，生產出她生活中唯一的色彩與美好。這下子全都要荒廢了。或許這是最恰當的結局。丈夫身死。植物枯萎。她生命中可預測的四季消失了。

瑪麗亞兩隻手輪流上上下下撫摸椅腿，掬飲著那賦予愛德華生命的細胞在她的指間消退的感覺。將近二十年了，他一直是她生命中的宰制力量。而如今，就在她四十歲生日的前一週，她造成了他的死亡，很快就要一個人慶祝這個里程碑。最有可能是在牢裡，但卻是她一個人。

地板上實在是狼藉不堪。她拿茶巾塞進傷口中，跨過他的身體，以手肘輕輕把食品室的門推上，走向門廳，愛德華的外套掛在帽架上。瑪麗亞把一隻黏膩的手伸入外套內袋，掏出了他的手機，對它的流線外觀感到驚異，她藏起來的那個便宜的塑膠玩意跟這簡直不能比。不需要解除他的什麼個人安全設定，愛德華從來就不需要。這棟屋子裡只有瑪麗亞跟他同住，工作場合只有他的秘書。簡單直白，而且是例行公事。他就喜歡這樣。是他生前就喜歡這樣，她糾正自己，撥了九九九。

「請問需要哪種服務？」

把即將來臨的情況想成是一種服務還真古怪。這個詞意味著協助或是用處。現在卻是太遲了。

「我殺了我先生，」瑪麗亞說，「所以看妳覺得哪種服務最合適。」

電話另一端的女人連氣都沒喘一聲。算她厲害。她記下了瑪麗亞的姓名地址，接著提出一連串的問題，有關愛德華目前的狀態。

「他躺在地上，一動不動，」瑪麗亞說，「我也沒有搬動過他。他面朝下。」

「他在呼吸嗎？」總機問。

「我把他的頭打破了，」瑪麗亞回答，「所以，沒有。」

「警察和救護車已經上路了。我需要妳確認門沒鎖。妳有養狗嗎？」

瑪麗亞嘆氣。沒，沒養狗。沒有一樣需要她的愛或是時間的。沒有一樣可能會以愛回報她的。

「只有我。」她說，走向前門，把門打開。鳥鳴聲和剛割過的青草味讓她分了心。她看著海鷗俯衝而過，朝薩默塞特海岸飛去，想到她先生再也不會埋怨海鷗損壞了他的富豪烤漆，就忍不住微笑。遠處，警笛高昂，警車駛過巷道朝屋子而來。瑪麗亞不曉得自己應該要站在哪裡。在警察抵達時站在她先生的屍體旁好像不太對。客廳似乎太冷漠了；如此重大的事件卻被人發現妳坐在扶手椅上休息，那有多麻木不仁。在車道上等似乎較合理。她踏出前門，不擔心鄰居。利蘭地樹籬早在許久之前就阻斷了左鄰右舍，而他們五間臥室的優美房屋佔地極廣，也就是說他們聽不到、看不見左右兩邊的人家。

大柵門。她沒想到大柵門。瑪麗亞走回玄關，按下按鈕。愛德華的鑰匙串上有另一個遙控器，不過那個會在他的長褲口袋裡，而她不打算去掏摸。回到車道上，她看著最後一扇柵門打開，這會兒是完全敞開了，壯觀的渦紋鍛鐵柵門是愛德華深深引以為傲的東西。瑪麗亞記得裝設的那一天。工人開心地把遙控鑰匙交給她，由她第一個來關門。兩扇柵門在碎石車道上同步關閉，不分先後。

「好了，這樣就高枕無憂了。」工人這麼說。

就這樣，她的牢籠關上了。不消說，她能看到外面，門外的馬路仍然向遠處延伸。鄰居的房屋仍座落在用心維護的草坪上。小鳥仍從頭頂飛過，愛在哪裡棲息就在哪裡棲息。一切都沒改變，只除了她的世界限縮得更嚴重，而她也更加痛恨她的生活。

一輛警車駛上了車道，另一輛已停在大門前，後面跟著救護車。瑪麗亞看著一名女警從最近的汽車上下來，謹慎地朝她走來。

「妳是布拉克斯罕姆太太嗎？」她高聲說。

「對，妳好。」瑪麗亞說。

「夫人，我需要妳放下手上的物品。」女警發令，隔著一段距離。

瑪麗亞舉高了手。椅腳出現在她的面前，像是被魔法黏在她的胳臂上。幾綹愛德華的頭髮在微風中拂動。

「對不起，」她說，「我不知道我還拿著。」她把椅腳輕輕放在腳邊的碎石地面上。「愛德華在廚房裡。」

另一名警察來到女警的旁邊，兩人並肩走向她，接著兩名救護員下了救護車。

「我是摩爾警員，」她說，「我們需要進屋去看妳先生，布拉克斯罕姆太太。妳可以確定屋子裡沒有別人嗎？」

「就我一個人。」瑪麗亞說。

「還有我們需要知道的武器嗎？」摩爾警員問。

瑪麗亞歪著頭。警察當然是在說椅腿，她倒沒想過這是武器。稍早之前只是一件有待修理的破家具，現在卻有了新的用途。這樣的變化還真是讓人瞠目結舌啊，她心想。跟她差不多。只一揮，就從家庭主婦變成殺人犯——等媒體聽到消息就會這麼描述她。然後是愛德華的訃聞。傑出的生態學家，氣候變遷方面的專家，英國野生動物與海鳥的翹楚——長串成就沒完沒了——作家，廣播節目主持人，本地的名人。他們會報導他在自己家中被悶棍打死。被悶棍打死，好生動的一個詞。她一直到今天聽見了木棍擊中頭骨的聲音才發覺她從沒想過這個詞是怎麼來的。

「布拉克斯罕姆太太？」警察追問她，上前了一步。

「絕對沒有，」瑪麗亞說，「沒有別的武器。」

「好。我要請妳舉高雙手，夫人，還有，在我接近時請不要做動作。」摩爾警員說。話說得並不會不客氣，但畢竟是在下令。瑪麗亞一聽就知道，她緩緩舉高了雙手，看見了赤紅的手掌，這才明白她的樣子一定很嚇人。摩爾警員上前來，拍打她的全身，在她的衣服底下什麼也沒發現，女警這才朝救護員點頭，他們迅捷地進入屋子，由另一名警員陪同，他也從停在大門外的警車中下來。「謝謝。現在我要請妳把兩手放到背後，我要給妳上手銬。手銬會感覺很緊，如果會痛就告訴我。」

他們實在是太有禮了，瑪麗亞心想，尤其是她承認犯了殺人罪。一個男人死在她的廚房地板上，而她卻在這裡被尊敬地稱為「布拉克斯罕姆太太」。這種情況維持不了多久，尤其是等他們看到了他的屍體之後。

「我要請妳留在這裡，我要進屋去。我的同事，麥克泰維許警員會羈押妳。我必須命令妳不得移動，也不要試圖移動。妳了解嗎？」摩爾警員說。

「了解。」瑪麗亞說。

又一輛警車開過來，這次沒有標誌。麥克泰維許警員抓住了瑪麗亞上銬的手腕。有個男人下了車，也是一身便衣。他戴上手套，左看右看，瑪麗亞覺得他好像是在嗅空氣。捕捉血腥味吧。他打開了汽車的後門，拿出座位上的袋子，直接走向瑪麗亞，不和她有眼神接觸，蹲下來就檢查椅腿。

「拍照。」他扭頭向一名緊接著他下車的女性高喊。她腳步沉重地踩上車道，頸上掛的照相機撞著她的胸口，按照吩咐拍照。拍了約莫十張後，男的下令把椅腳拾起來放進證物袋裡。「上標籤，開始記錄。」他說，把椅腳交給了攝影師，她邁步朝汽車走。主導的警察慢吞吞地看著瑪麗亞，查看腕錶，跟抓著她的警察打招呼。

「長官。」麥克泰維許警員畢恭畢敬地說。

「麥克泰維許，」資深警員點頭。「她有拒捕嗎？」

「完全沒有，長官。」麥克泰維許警員說。

瑪麗亞盡可能面無表情。一想到她竟被視為什麼危險人物，就讓她覺得可笑又奇怪地覺得開心。

「我是安東偵緝督察。是妳報警的嗎？」他問。

「對，」瑪麗亞說，「接下來會怎樣？」

「我們會評估現場。」安東說。

「我幾時會被收押？」

安東瞪著她。她放低視線迎向他。他五呎五吋高（約一六五公分），她斷定，忍不住猜想他低於男性平均身高的身材是否會妨礙他在警隊的陞遷。他表情古怪地看著她。瑪麗亞別開了視線。

「布拉克斯罕姆太太，妳跟總機說妳殺了妳先生是嗎？」他問。

「是的。」瑪麗亞說。

安東偵緝督察頓了頓。「妳似乎非常冷靜。」

「有嗎？」瑪麗亞問，又迎視他的目光。

「可以麻煩妳轉身嗎？」安東問。

麥克泰維許警員放開了她，好讓瑪麗亞轉身。她轉了，注意到車道邊緣的玫瑰需要修剪。現在她不會有機會了。誰也不會如她這般呵護這些花。如果修剪得不夠，來春玫瑰花就會開得不好。她感覺到後悔漸漸壓上了心頭，眼淚也忽然盈滿了眼眶。

「把她的手套起來，庫克斯利警員。」安東指示那個攝影師。庫克斯利從口袋裡掏出袋子，給瑪麗亞的兩隻手都套上了一個，以膠帶封好。「我們在保存物證，布拉克斯罕姆太太，看看妳的指甲縫裡有沒有任何防禦傷口或是痕跡。妳有沒有什麼傷勢需要救護員幫妳看一下的？」

安東督察是在下餌。他的聲音中沒有一絲關懷。

「沒有，」瑪麗亞說，「我沒受傷。」

摩爾警員從前門出來，呼叫安東督察過去。兩個人消失到屋子裡。瑪麗亞不在乎警察在屋裡頭做什麼。屋子是用磚頭和灰泥建造的，足以遮風擋雨，卻缺乏感情上的價值。她可以開開心心走出去，再也不踏足一步。建築本身有多美無關緊要，多少房間也不是重點。地毯再多再厚，窗戶再多層再光亮都不能算是一個家。寬敞的坪數只是平添了許多需要她打掃的空間和茫然瞪著看的牆壁。

她的左邊眉毛尾端冒出了一顆汗珠，流到臉頰，留下了一條閃爍的痕跡。瑪麗亞等到汗珠低到下巴時才聳肩擦掉。安東督察會很樂意看到她流汗。那會開啟典型的犯罪行為盒子——內疚，恐懼被發現，潛意識裡想要承認犯罪。瑪麗亞會幫他們省掉這些麻煩。她不打算說什麼，只會說她殺了愛德華。而且是蓄意的。

安東督察又出現了，大步走過來直接站在她面前。「布拉克斯罕姆太太，我現在要逮捕妳。

妳會被移送到警局，到那裡妳會有機會聯絡律師，之後再因為攻擊妳的先生而接受訊問。」

「我早就跟接電話的女士說我殺了人，」瑪麗亞說，「我覺得我不需要律師。」

「我是在提醒妳，妳需要仔細聽好。」安東督察的聲音拉高了一度。他顯然不喜歡被打斷。「救護員幾分鐘後就會離開妳的房子，我們需要在他們之前把妳從現場帶走。妳有什麼藥物需要我們進屋子去拿的嗎？我不能保證妳可以再進屋去。」

「不必，」瑪麗亞說，「裡面的東西我都不要。我跟這個地方一刀兩斷。」

「那妳先生呢？有什麼我們需要知道的醫療問題嗎？」

「他在今天之前都非常健康。我相信他的醫生可以證明。」瑪麗亞說。

「長官，」門口的一個警察喊，「直升機三分鐘後到。他們正在清出降落區。」

「好，我們現在要把妳帶走了，布拉克斯罕姆太太。麻煩妳朝大門外的警車移動。」安東說。

「驗屍官是搭直升機來的嗎？」瑪麗亞問。「我還在想他們幾時會到呢。」

「驗屍官？」安東皺眉。「直升機是空中救護車，布拉克斯罕姆太太。」

「在這種情況還動用，好像太浪費了。」

「妳大概是寧可我們不用，」安東督察說，又看了手錶。「我們得走了。妳因為殺人未遂而被捕，我要立刻拘押妳。」

「什麼？」瑪麗亞說。

「布拉克斯罕姆太太，我得請妳立刻向警車移動。」安東說。

「你說殺人未遂？」瑪麗亞說。腳下的每一塊碎石都在重申自己的分量，鑽進了她的拖鞋裡。這一天突然熱得讓人受不了。

安東督察挑起了眉毛。「抱歉，我顯然是說得不夠清楚。妳先生沒死，布拉克斯罕姆太太，不過看那道傷口，我能了解妳為什麼會假設他死了。現在有個外科小組已經就位，立刻就可以幫他動手術。」

瑪麗亞搖頭，想要抓著什麼穩住自己，卻只是把手銬扯得更緊。「不。」瑪麗亞低聲說，膝蓋忘了要支撐住她。安東督察命令另一名女警幫忙他攙扶住她，她感覺到他們在她摔倒之前把她拉了起來。

「拜託要來不及。」瑪麗亞喃喃說，隨即眼前一片漆黑。

2

出庭第一天

「我的初戀，我的達令。」伊桑巴德·金德姆·布魯內爾[1]是這麼稱呼克利夫頓吊橋的。洛蒂對在學時的歷史課只記得片段，但是這一節卻是嵌入了她的大腦裡，每次駕車經過布里斯托總會想起來。她不記得利用這條違反重力原理的建築跨過埃文河有多少次了，如果她敢大著膽子俯視兩百五十呎之下的深谷，她的胃還是會不舒服。她踩了油門，意識到她不能遲到，她不斷感覺到的不安之感跟眩暈無關，而是和被拋入全新的情況有關。她認識的人裡都沒有當陪審員的經驗。她把信讀了十來遍，這才消化吸收了資訊。洛蒂為了避開尖鋒時刻的交通，取道繞過河流的那條馬路，她進入市區時專心看著河岸雄偉的維多利亞式倉庫，華美的拱門和完美的幾何結構。四周的玻璃與鋼鐵辦公大樓把歷史建築框住了，而不是沖淡了它們的美。她繞過學院綠地，這裡有弧形的布里斯托市政廳，跟布里斯托主教教堂以及直下港口區的馬路形成了一個三角形。洛蒂好想躺在草地上，或到商店去閒逛，從布里斯托眾多的茶室中挑一家吃頓午餐。結果她卻得往北

[1] 布魯內爾（Isambard Kingdom Brunel, 1806-1859）是英國工程師，皇家學會會員，設計了克利夫頓吊橋，在當年是世界橋梁中跨距最長的橋。

走，希望中央停車場還能找得到停車位。今天她注定得待在室內，遠離蔚藍的天空和熾熱的陽光，隔絕城市能提供的一切賞心樂事，而她簡直就像自己受審一樣緊張。

一個小時後，珞蒂發現自己瞪著法庭，覺得自己的短袖白襯衫和海軍藍長褲不夠鄭重，也後悔沒把長髮束起來。陪審服務通知信上並沒有註明要多正式，但是許多陪審員都穿了俐落的套裝打領帶，不然就是正式的上衣和裙子，儘管八月熱浪襲人。而如果周遭環境還不夠凜然的話，法官和大律師披著黑色大袍、戴著灰色假髮也十足像是外星人。她先生贊恩說對了。珞蒂根本不適任。唯一的安慰是她隔壁的男人也是一臉不自在，每隔幾分鐘就看一次手錶。十二個人從待選陪審員席上叫號碼挑選，活像在玩什麼荒謬的人類賓果。道尼法官——一個外貌甜美卻目光銳利的女性——叫他們坐下來，等著所有的座位填滿。被她關注令人心驚膽顫。

珞蒂隔壁的男人舉起了手，所有的注意力全都移到他身上。他是少數幾個年齡和珞蒂相當的陪審員，而且長相也夠帥，隨便在哪裡都會吸引目光。他的肢體語言——靠著椅背，兩腿大開——說著他自己也心知肚明。

「好的，」道尼法官說，「你有問題嗎，先生？」

「卡麥倫．艾利斯。我沒時間耗在這裡。我是自營業者，有個木匠生意。我上星期打過電話說明過。」男人說。

珞蒂對他的大膽很是驚異，敢當著一屋子律師和警察的面前抱怨。他大概比她大個兩歲，但是她雖然二十六了，叫她在一群人面前出頭她還是會怕得胃痛。

「我了解你的情形，」法官說，「但是恐怕布里斯托區有許多自營業者，我們不能免除每一個人的陪審義務。你每天都會收到一筆津貼，補助你的工作損失。在你們都正式宣誓之前，還有人有問題嗎？」

洛蒂深呼吸，希望自己用不著開口，卻知道她如果沒有照先生的指示擺脫掉這份責任，他一定會火冒三丈。他的工作動不動就是什麼目標、截止日、紅利，在洛蒂的眼裡，那一切僅僅表示無止境的壓力以及想要家庭生活像一具運作平順的機器般按表操課的期望。像擔任陪審員這類的額外事務是無論如何也安插不進來的。她舉起了手。法官鼓勵地對她點頭。

「我是夏洛蒂．赫拉吉。我，呃，有個三歲大的孩子要照顧，所以，我可能不應該在這裡，而且我也不確定我是適合的人選。」洛蒂嘟囔著說。

「托育的費用會按照妳在法庭的時數支付，所以妳不會有金錢上的損失。陪審服務或許感覺上不吉利，但是並不要求妳有什麼特殊的知識。」法官答道。

洛蒂縮回椅子上。她隔壁的卡麥倫．艾利斯仍在嘖嘖有聲。陪審服務他們兩個是都逃不掉了。兩週美好的天氣都會浪費在陰暗的屋子裡，跟她不認識的人一起，聽著她聽不懂的話。無論贊恩是不是必須自己支付托兒費用，對於她不在家，他也會很不高興。

洛蒂前排的女人被要求起立，庭丁遞上一本聖經和一張卡片。他們一個個宣誓，最後輪到洛蒂。她選擇確認而不是按著聖經發誓。整個童年在不同的寄養家庭間飄泊已經把可能的信仰都從她的心裡拆毀了。她被叫到名字，聽從指示唸卡片上的文字時，兩腮發燙。

「我鄭重、誠摯、真心宣誓我會忠實地審判被告，根據證據給出真實的判決。」洛蒂說。文字的感覺十足的陳舊過時，卻迴盪著這份任務的重量。批判別人感覺很不愉快。洛蒂在自己的一生中就犯過不少的錯誤，批評別人讓她很不自在，然而許久不見的腎上腺素在血管中流竄的感覺卻像讓她通了電。合法地篩濾別人的骯髒事，看著他們回答問題，搞清是誰在說謊、誰說的是實話，這種機會卻非常令人神往。她猛地想到當陪審員可能就像是在看一齣最扣人心弦的電視劇，只是沒有那麼多觀眾起鬨。

她把卡片推回給庭丁，坐了下來，而謝天謝地，盯著她的那幾雙眼睛又移向她右邊的男士了。陪審團的席次對面有幾排座椅，坐滿了好奇的旁觀者。有些一看就知道是記者，識別證像勛章似的掛在脖子上，而他們則記錄著即將在法庭中上演的愁苦。媒體席後方則是一群形形色色的人。兩名年長者以手掩口竊竊私語。四個年紀較大的青少年坐成一排，可能是學生，一臉練習有素的無聊相。一名中年婦女拿手帕擦臉，顯然非常怕熱。有個男人戴著太陽眼鏡，正起勁地畫著素描。再過去幾個座位坐著警察，雙臂抱胸，等著真正的審判開場。

被告席上的婦女被要求起立，坐在法官正下方的書記員宣讀罪名。之後，一片岑寂，案件的性質漸漸明朗。

殺人未遂。

沉默令人窒息。珞蒂很驚訝，她的陽光燦爛的週一早晨居然一下子就變陰天了。愛德華．布拉克斯罕姆是被害人，她一聽見就認了出來。全國新聞網廣泛報導了這件事，妻子被控意圖殺死她的丈夫。記者站在命案現場的外面，緊抓著麥克風，大肆臆測，而背景則是警察進進出出。本地的報紙甚至更是全版報導，剩下的欄位則用一些同樣腥膻的故事填滿。珞蒂在《布里斯托郵報》上讀過一則被害人的文章——寫海鷗在南岸築巢的。沒看幾行她就翻頁了。大概是文字讓人不是很舒服，還有些特質就是讓她提不起興致。而現在她得要聽這個男人活著時以及瀕臨死亡時的點點滴滴了。

「對於殺人未遂的罪名，妳是認罪或主張無罪？」書記員問。

「無罪。」被告說，眼皮下垂。想也知道。

「還真是知人知面不知心啊。」一名年長的女性陪審員嘟嘟囔囔地說。

珞蒂偷瞄了一眼被告的玻璃隔間，落在法庭的後面，那個即將面對審判的婦人坐立不安，拱肩縮背。她和珞蒂常去的超市負責烘焙部門的那位太太模樣差不多。一個背景人物，珞蒂心想，但是立刻就覺得羞愧，這麼快就有了成見。可是在指認可能嫌犯時，被告席上的這個女人絕對是最不像犯人的。說不定她的罪行靠的就是這個，她那種沉悶的、中年的小人物氛圍。

檢察官站了起來，她個子高挑，瘦得不得了，兩條腿像棍子，套裝剪裁得極合身，讓她平板的身材簡直就像是一個時髦的燙衣板。她的褐髮在假髮下束了起來，她還戴著四方形的黑框眼鏡，珞蒂一看就覺得她一定是控制狂。

「帕思戈小姐，」法官說，「檢方要進行訴訟了嗎？」

「我從辯方律師紐韋爾先生那兒得知在案子開始審理之前還有法律證據要處理。」帕思戈小姐說，語氣既簡練又無聊。辯方律師——紐韋爾——就坐在陪審團的附近，正在做筆記，小心翼翼地不動聲色。

「是這樣嗎，紐韋爾先生？」法官問。

紐韋爾緩緩起身，對法官微笑。「是的，庭上，不過恐怕我也不能斷言需要多久的時間。但我想會在午餐之後才需要陪審團。」

他五十來歲，珞蒂猜想，一笑眼角就會出現魚尾紋，而且他的指尖沾上了藍色的墨跡，可能永遠也洗不乾淨。他讓她想起了魏洛比先生，她喜歡的一位老師，他讓班上最愛調皮搗蛋的學生相信物理真的可以很有趣。他從不需要拉高嗓門來強調重點或是叫學生安靜。讓人又愛又敬，珞蒂做了這樣的結論。這時紐韋爾先生拉高了袍子，因為袍子從兩肩往下溜。

「好吧，」道尼法官說，轉頭面對陪審團。「各位女士各位先生，你們的房間有各種的必需品，讓你們的等候時間不至於太難忍耐，但是在開庭期間你們不能離開法院大樓。有時我會請各位離開法庭，有時我們必須在各位不在場的情況下工作。大多數是行政工作，在這種時候，我相信各位會寧願邊喝咖啡邊看報紙。」法官停頓，引起了一陣笑聲。「這件案子會吸引媒體的注意。」珞蒂把視線重新移向記者，疾書的手停住了。「除了本庭的呈堂證據之外，各位無論聽見了什麼都不可理會。」法官接著說，「你們十二位離開了陪審團室就不能討論案情，也不可以使用社群媒體評論本案，否則的話你們可能會被判藐視法庭而入獄。」

「乾脆現在就把我們全都關起來算了。」卡麥倫嘀咕著說。

法官把一張紙翻面，又往下說：「如果有人為本案接觸各位，無論是證人，或是記者，請拒絕和他們交談，並且向法院人員報告。現在請回到陪審團室。各位可以利用這個機會選出你們的主席，代表各位在法庭中發言。等案子可以重新開始時就會通知各位。」

一名穿著細紋套裝的男性陪審員舉起了手，他打從早晨抵達之後就黏在筆電和手機上。他連自我介紹都省了。

「審判可能要多久的時間？我得安排這個月後面的會議。」他說明。

帕思戈小姐起身。「庭上，目前的估計是兩星期。」

法官把鋼筆套上了筆蓋，這個動作明顯是指她打算做別的事了。「陪審團在未來的兩星期內不要有什麼計畫，同時最好是確定再後面的一週也不要有什麼事情是無法取消的。好，目前就這樣。」

庭丁示意大家跟隨她。辯方律師詹姆斯·紐韋爾投給瑪麗亞·布拉克斯罕姆一個似笑非笑的表情，而她只是茫然地看著他。珞蒂設法想像跟她易地而處會是什麼情況，把自己的命運交給十二個陌生人來決定。法庭裡的一切都令人膽寒，無處可躲。這裡特意設計成一個向內看的盒子。陪審團席排在一面牆邊，正對著媒體和旁聽席。被告坐的地方在後方，陪審團的視線右邊。法庭的前面是法官桌，抬高了幾呎。中央是律師的位子，辯護律師靠陪審團很近，檢方則在另一頭。每個人都能看到每個人。即使有挑高天花板，房間也非常寬敞，還是讓人有幽閉恐懼症。室內的裝潢算摩登了，但是卻讓人清清楚楚感受到罪與罰是一種歷史悠久的行業，而且幾世紀不變。就像是圓形劇場，結局全賴誰的表演最震懾全場。

珞蒂在想要是她明天請病假會怎麼樣。法官當然只能找人遞補她，而她日常的家庭生活就會繼續下去。採買，打掃，做飯，照顧孩子。白天她不在家，所有的家務事只會堆積如山，等著她晚上馬不停蹄地處理。贊恩的壓力已經那麼大了，裝病似乎是最好的解決方案。問題是沒有人跟他們說要是生病的話要怎麼辦。很可能某種條理清晰的程序獨漏這一項，就表示這種問題是不應該會產生的。更糟的是，她已經請求過免除陪審責任了，所以意外的生病一定會被懷疑的。突然間，警察來敲她的房門，不管三七二十一就把她押回法庭，變成很有可能的一件事。沒法子了，她脫不了身了。贊恩只能體諒了。現在既然是別人幫她做好了決定，珞蒂發現她比預期中還要興奮。年輕一點的她會很喜歡，她心裡想。說不定這是一個機會讓她再找回那個年輕的她來。

3

他們被帶到陪審團室，請他們在裡頭休息。房間中央有一張長木桌，圍繞著桌子擺放了十二張椅子。在確認過眾人想吃什麼午餐之後，庭丁就離開了。珞蒂給自己泡了杯茶，走去桌子的另一頭，坐在另一個較年輕的陪審員旁邊。他已經埋頭看書了，她就不去吵他，拿出手機來迴避默然靜坐的尷尬。沒有訊息。她希望這表示她兒子丹尼亞在保姆家裡平安無事。珞蒂抬頭一瞥。每個人似乎都很輕鬆，有一群五個人已經在談如何撥亂反正，彷彿是多年的舊識。走過去和他們坐在一起就意味著他們會期待她加入對話，可是她根本沒有什麼看法，所以還是免了吧。她仍坐在原處滑手機，看丹尼亞的相片。在法庭上坐她隔壁的男人——卡麥倫．艾利斯——一屁股坐在她對面的椅子上，開始打電話。

「不好意思，各位，我叫塔碧莎．拉克，」一名年長女士說話了，她燙了頭髮，戴著珍珠首飾。「我可以建議大家都把手機收起來，處理法官交代的事情嗎？」她的要求只換來了沉默以對。「我想自告奮勇當主席。我擔任過不少委員會的主席，非常善於吸收資訊以及組織群眾。我得說，我覺得這件案子會很有意思。」珞蒂猜塔碧莎是六十四、五歲，不習慣被人拒絕。

「也許我們應該要自我介紹一下，」那個請法官估計審判所需時間的穿套裝的生意人說。他說話時調整了一下手錶。「我們才知道彼此是誰，想要誰代表我們。」

「如果你真覺得有必要的話。如果有誰對這個職位有興趣的話，可以在自我介紹的時候同時表明。」塔碧莎嗤之以鼻道。

洛蒂對面的人喃喃低語了一陣，桌子另一端的人聽不見，但顯然卡麥倫是在罵髒話。洛蒂專心攪著茶。

生意人出面主導。「我叫潘拿尤提斯・卡拉斯。我的朋友都叫我潘。我是藝術品拍賣人，我並不想要當主席，不過我覺得這份工作需要一個能採中間立場的人。不在法庭的時候我有許多事要處理，所以如果我不社交，請原諒。」他看著隔壁的人。

「格瑞哥里・斯密司，退休公務員，」一名談吐文雅的年長紳士說。洛蒂覺得她看到他的領帶上滴了食物。可能是單身漢，洛蒂心想。要是他有老婆，她是絕不會讓他像這樣子出門的。

「如果拉克太太想當主席，我沒意見。」

「是拉克小姐，」塔碧莎打岔。「不過謝謝你。」

「珍妮佛・柯里，」一個小小的聲音接著說。「叫我珍也可以。我只是個家庭主婦。我覺得我不應該當主席，所以如果沒有別的人想當，那塔碧莎，拉克小姐要當，我也沒意見。法官說了一大堆的法規，我好像沒全聽懂。我們也可以討論一遍嗎？」

洛蒂坐直了些。只是個家庭主婦？這種說法還真讓人灰心。珍妮佛・柯里像是五十出頭，但如果她是疏於照顧自己，也可能是四十奔五十的年紀。洛蒂恨透了得說自己「只是」什麼的那個階段。她低頭瞪著雙手，這三年來這雙手除了換尿布和備餐之外幾乎沒做別的事情，她不由得想起從前的那個她，充滿了野心。在校時，實際上是好幾所學校，她是校花。人緣好讓她的膽子也變大了。人人都想要坐在妳隔壁，世界就像是一個很美妙的地方。青少年的人生就是以朋友數量以及他們的仰慕程度來打分數的。別的女生想取得更好的分數，她卻自信憑她的容貌和人緣，她想要什麼就能得到什麼——在金錢、旅遊、魅力方面獲得無可計量的成功。

她太常轉學，沒法交到長期的朋友，但是在每一所學校裡都是帥哥的等級排序名單中很吃香的女生。在照顧者和家庭之間移來轉去也意味著在她的求學生涯中能獲得的成就並不多。珞蒂畢業時肚子裡的墨水並不多，卻很滿足她厚臉皮的笑容和自信可以讓她如願以償。而不到一年的時間裡她的笑容就黯淡了。長得漂亮讓她在零售業和服務業得到工作，但也僅此而已。她找到工作，做著做著就覺得無聊。她去跑趴，喝個爛醉。等她玩膩，她又去別的派對，那種會把門早早關上，等黎明才會再打開，違法藥物也當下酒菜一樣隨著飲料送上來的地方。她之所以沒變成毒蟲完全是因為怕會損及容貌，也怕會沒錢付房租。等她明白這種軌道會穩定延伸時，她已經下了火車——這時贊恩出現了。現在她是嫁給了一名製藥公司的地區經理，但是她本身卻乏善可陳。她也一樣，只是個家庭主婦。

一時間，珞蒂考慮要自薦為主席。五年前她是連想都不會多想就行動的。二十出頭時的聰明伶俐和狂妄自負讓她談笑風生，刁難起鬨，帶頭作怪，卻早已英雄氣短，後來更消失不見了。懷孕害她變笨了，她先生贊恩偶爾就會這麼調侃她。珞蒂告訴自己千萬別自告奮勇，沒有人會對她的意見感興趣。

「愛格妮絲．黃，」珞蒂隔壁的女人說，「你們能相信這件案子是殺人未遂嗎？我還以為會是什麼無聊的案子，就像，不知道，呃，偷車吧。現在這樣子好玩多了。」

「我不認為我會說是『好玩多了』，」格瑞哥里說，「應該說是可憐吧。」

「我可以當主席，感覺滿好玩的。」愛格妮絲不理會格瑞哥里，自顧自往下說。這名華裔女子雙臂抱胸，朝塔碧莎投出挑釁的一眼。洛蒂比較這兩人。說不定是旗鼓相當，但是從格瑞哥里和珍妮佛的表情來看，他們會比較願意由某個夠分量的人來擔任，而這個夠分量的人剛好是說了一口中部英語。

「我建議最後來投票，大家都可以表達意願。」塔碧莎說，「妳呢，親愛的？妳叫夏洛蒂對吧？」她的微笑就像一個愛發號施令的祖母，同時她示意洛蒂開口說話。

洛蒂既想跟塔碧莎說還沒有人選她出來當家，又想縮到桌子底下以免出醜，最後選擇服從——她最近似乎總是這樣。「叫我洛蒂，」她自動說。這是她總在腦海中使用的名字，讓她回到人生似乎充滿無限可能的時光。而在這裡，舉目望去都是陌生人，她可以想當誰就當誰。「我有個三歲大的兒子，所以目前沒有工作，」她說，「不過我打算很快就再入職場。我不會一輩子都當家庭主婦。」她臉紅了，希望自己能把話說得更委婉，希望珍妮佛不會覺得受辱。她只是想說她還有夢想，其中之一就是到外面去多見識見識。她只有過一次長途旅行，即使情況並不理想。她先生安排了一次探親，就在兒子快出生之前。結果住的時間卻比她預計的還要久，害得洛蒂最後在巴基斯坦生產。她先生的雙親非常高興能親自迎接孫子出生，即使洛蒂並沒能由她自己的助產士協助。不過當時能讓贊恩那麼驕傲，也算值得了。他們一直等到丹尼亞滿月了才回英國。

「那妳對於由誰來當主席有什麼想法嗎，洛蒂？」塔碧莎問，把洛蒂的注意力帶回到手頭的問題上。

「不算有，」珞蒂說，坐得筆直，假裝剛才沒作白日夢。「不過我覺得潘說得對，應該是由某個，就，思想開明的。」她看著她隔壁那個瘦瘦高高的男人，那個埋頭看書，不願她來攀談的。他是唯一比她年輕的人，珞蒂覺得不超過二十一歲，為了今天的場合還把牛仔褲熨燙過，用條紋襯衫來讓外表較整潔入時。

「好吧，我叫傑克．皮爾金頓。」他咕噥著說。

「抱歉，聽不到，」格瑞哥里說，「大聲一點。」

「皮爾金頓，傑克，」他又說一次。「我是布里斯托大學的學生，主修拉丁文與阿拉伯文。」他說話的聲音太小了，桌邊的每一個人都身體前傾。珞蒂可以聽見他嚥口水，好像是用喉嚨在下標點。他的羞澀讓珞蒂看不下去，她自己的自信在這兩年來都流失在超市推車和一籃籃的待洗衣物裡了。現在甚至不再有人多看她一眼了。路人在妳推嬰兒車經過時不會注意妳。她穿什麼，怎麼弄頭髮，甚至花多少時間化妝都無所謂。嬰兒車就像是一件隱形斗篷。當媽媽偷走了她的主體性。

「拉丁文現在不怎麼有用，不是嗎？」桌子另一側的一個刺青男說。「不過你這種上流社會的人浪費個三年大概也沒有關係。你究竟是憑什麼資格來這裡的？不應該讓學生當陪審員，要是問我的話。」

傑克瞪著他，隨即端起咖啡喝了一口。這時卡麥倫開口介入，語氣既愛睏又氣惱。

「沒人問你，輪到我了。」刺青男對他的打發恨得咬牙切齒，卡麥倫只笑著回應，慢條斯理地往咖啡杯裡再滴幾滴牛奶。「我是卡麥倫．艾利斯，是個自己開業的木匠，如果各位有什麼生意要照顧的話。我寧可在工作，或是到海灘去，隨便什麼地方也不要在這裡。我不想當主席。當陪審員的補貼不值得那個麻煩，尤其是咖啡這麼難喝。這也算在補貼裡嗎？」

傑克感激地看著他，眾人的注意力從他的大學主修上徹底移開了。卡麥倫個子高，體格和膚色都屬於一個不是整天在健身同時兼用曬黑機的人，就是從事勞動工作，大多數時間在戶外的人。他的丹寧襯衫是舊的，強調了他的寬肩，襯托出他的藍眸，而且他的動作帶著一種大男人主義的自信。愛格妮絲·黃公然瞪著他看，就連珍妮佛·柯里在他說話時都變得比較昂揚。他是那種不必費勁就能引人注目的人。珞蒂在法庭時太緊張，沒怎麼留意他，但是現在很難沒看到他對於室內六十歲以下女性的影響。珞蒂也不例外。

他兩腿分得很開，伸得很長，一隻胳臂掛在椅背上，另一手握著咖啡杯，無視杯把的存在。他渾身上下都散發出既懶散又緊繃的味道。他吞嚥時頸子的韌帶隨之繃緊，他下巴的收縮也讓珞蒂的胃裡發出低低的嗡嗡聲。他的眼珠子左右轉，大膽地迎上了珞蒂的雙眼，隨即上下掃視她的身體。她別開臉，知道她瞪著對方看被逮到了，趕緊把注意力移向下一個人。

山繆·勞瑞是保險辦事員，來自濱海柏納姆。「我五十九歲，」他說，「跟我妹妹和三條狗住在一起。本來是四隻，只是點點去年才走了——」

「葛爾思·費努欽，」刺青男打斷了他的話。他的塊頭給人一種肌肉比你看見得還要多的感覺，而且他把兩臂微微張開，更強調他的力量。「我雖然沒有在什麼講起來好聽的科系拿到學位，不過我倒是覺得我的人生經驗比這個房間裡的人都還要豐富，所以由我來當主席滿合理的。反正是殺人案，更像男人的事情。」

「是殺人未遂，」塔碧莎說，「而且我可看不出性別有什麼要緊的。」

「妳在婦女會見多了暴力是吧？」費努欽說，還得意地大笑。

「我是認為要選出一個能夠和法官溝通無礙的人。」塔碧莎接著說。

「完全正確，」格瑞哥里點頭說。「不過我可不是在選邊站。」

「哼，你們兩個當然是一個鼻孔出氣。」費努欽冷笑道。

「能不能回頭談正事？」卡麥倫說，故意大聲嘆氣。「照這個速度下去，在我們選出主席之前，犯人已經入獄服刑兩年了。」

「律師叫她被告，不是犯人，」塔碧莎說，「我們應該盡量使用適當的詞彙。」

最後兩名陪審員是安迪．雷斯與比爾．考德威，他們都推掉了被選為主席的機會。珞蒂不怪他們。塔碧莎和愛格妮絲、葛爾思的三人之爭倒讓人覺得是在選一個最不討厭的，而不是最受人信賴的。

「我來主持好嗎？」格瑞哥里問，笑望著全桌人。「我們每個人拿張紙寫下我們的選擇。」眼看沒有異議，他就把一張紙撕成十二份，分發給大家。

「要是三個我們都不想選呢？」卡麥倫問，「我不是在說我自己，只是想知道該怎麼做？」

「投廢票，」潘說，「打個叉之類的。總之就開始吧。我們有的人還有工作要做呢。」

珞蒂看見卡麥倫挑高了眉毛回應，就對他露出淡淡的笑。他是麻煩人物，珞蒂心想，同時在自己的紙上打了個叉，摺好。他們全都把紙條交給格瑞哥里，他逐一打開來，排列在桌上。

「葛爾思．費努欽一票。」格瑞哥里說。

「想也知道。」費努欽嘀咕著說。

「愛格妮絲．黃兩票。」格瑞哥里皺著眉頭，但以稍微大的聲量繼續，「塔碧莎．拉克五票，四張廢票。那就是拉克小姐了。恭喜。」

塔碧莎低著頭，彷佛是不勝惶恐。「太感謝大家了，」她說，「我不會讓大家失望的。好，我覺得我該做的第一件事就是提醒大家我們的職責。」

「每天早晨要穿乾淨的內衣褲？」卡麥倫嘟囔著說。傑克哈的一聲笑，珞蒂也偷笑，卻以打哈欠掩飾，但是她隨即發覺這麼做恐怕比卡麥倫的玩笑更沒禮貌。

「我們剛才都在法庭裡，所以我覺得我們都希望能長話短說。」潘說，「我還有郵件要看，所以如果沒有什麼新意，在法官把我們叫回去之前，我需要一點空間。」

珞蒂渴望來一大杯酒，懶得管會害她增加兩百大卡了。有些日子你就是想任性一下。陪審團政治比她想像中還要複雜，也很嚇人，但是她發現自己對律師和法官很著迷。她很害怕會因為無知而自取其辱，但不可否認的是陪審團被賦予了重大的責任。她嘆口氣。她得等到回家才能喝到酒，舒緩她緊繃的情緒。在那兒之前，她頂多就是泡杯茶。她走向電壺。那個學生傑克也跟過來。

「別理費努欽先生，」珞蒂小聲跟他說，同時把不夠熱的水倒進茶杯裡。「我看他可能不了解高等教育的意義。」

「他說得也有道理。」傑克喃喃說，對著地板搖頭，臉也紅了。「我母親覺得我應該要讀古典語言，可是我想學現代語言。最後只好折衷。」

「喔，」珞蒂說，想讓聲音多一點保證。「咳，阿拉伯語一定會有用的。等你找工作的時候，寫進履歷裡會很有意思。」

傑克攪著茶，半晌無語。「妳覺得是她嗎？我是說被告，」他低聲說，「她的樣子那麼，怎麼說呢？可憐。」

「就是這一類的人你才要小心，」卡麥倫在傑克的背後說，抓起了紙盤上的餅乾。「每次都是那種文文靜靜的人最後變成變態和瘋子。這件案子簡直就是等著要拍電視劇的真實罪行。」

洛蒂盯著他吞下奶油餅乾再舔嘴唇，急於以什麼真知灼見來回應，不然誰也不會想要跟她熟絡一點。沒那麼困難，她告訴自己。她在帶著小娃娃的家長圈裡常常跟別人聊天，從來不會覺得不自在。陪審員都是在同一條船上，都是在仲夏裡被陌生人包圍，而且誰也不想待在這裡。她只需要放輕鬆，不要再那麼沒有安全感。她正要吸口氣告訴卡麥倫他不應該憑長相評斷被告時，門就打開了，庭丁朝他們綻開笑臉。「各位女士各位先生，道尼法官請各位回法庭。」

卡麥倫和傑克立刻往門口走，洛蒂急忙收拾了他們丟下的茶杯，同時又叫自己別神經了，根本就沒有人擔心造成了髒亂。有些老習慣就是難改。洛蒂真不知道怎麼會有人指望她來決定被告是否有罪這麼重大的事情。到底是哪一種錯誤更可怕——縱放有罪的人，或是害某個無辜的人坐冤獄？

4

瑪麗亞・布拉克斯罕姆坐在被告席，透過玻璃上的污漬看著法庭。她喜歡這些污垢，它訴說了某個清潔工的故事，他不是太心不在焉就是太不盡責，才會這麼草草了事。沒有人應該有潔癖。她花了太多年擔心地毯上是否有污痕，毛巾是否不平整，到頭來卻是白費工夫。

她的律師詹姆斯・紐韋爾走進被告席，坐在她旁邊，而旁聽席也漸漸坐滿了。

「陪審團很快就會回來。然後檢方就會進行開審陳述，也就是說帕思戈小姐會摘述對妳不利的證據。她只會呈現她那一面的事實，可能會把妳說成是一個極度有控制欲的人。不用指望她說的話會公平。」他警告道。

「不過你會反應吧？」瑪麗亞問。「我們應該有機會能說出我們的意見。」

紐韋爾搖頭。「恐怕這個階段還不行，不過在審判最後我有機會陳述，那才是更重要的。那會是陪審團在考慮判決之前最後聽見的話。」

「可是他們會打從一開始就把我想得很壞。」瑪麗亞說，極力想要驅逐的緊張感又湧回了。

「司法制度就是這麼設立的，讓檢方開場，因為他們有義務要證實案子成立。之後，我們可能找我們自己的證人來，妳也可以陳述妳的說法。會花上一陣子，妳也應該要有會拖延的心理準備。訴訟案很少有順利進行的。」

「那他們可以愛怎麼說我就怎麼說嗎？」瑪麗亞問。

「如果他們犯規，我會抗議。否則的話，檢方認為哪種手法適合就會採用哪種手法。在他們陳述時盡量集中心神在別的事情上。帕思戈小姐有可能會忽略不提任何對妳有利的事情。還有什麼問題嗎？」

「沒有了，」瑪麗亞說，「不過這裡面有點熱。」

「妳都還沒戴這頂假髮呢。」他笑著說。「聽著，現在還不算遲，」紐韋爾說，突然又認真了起來。「我們還是可以用精神狀態來辯護，在這類的案件裡更常見。法官會批評我們太晚提出，但是我相信我能讓她了解……」

「你想告訴陪審團我是因為心理不正常，那就得跟精神科醫生耗上不知多少時間，我受不了。我很感激你想給我最好的機會，但是我不要假裝我不了解我是在做什麼。」

紐韋爾點頭，優雅地接受失敗。「那好吧。我希望法官能讓開庭日短一點。到了下午這裡面就熱得難受了。」他示意獄警到瑪麗亞身旁就坐，自己回到律師席上。瑪麗亞只看到一片背後，這樣實在是不公平。她覺得她當然應該要能夠看見那些在談論她的人的臉孔。

全部人都就位之後陪審團才進來。他們一定討厭她，瑪麗亞心裡想。到目前為止，他們聽到的只有她被捕時的媒體報導。報上的頭條無奇不有，有的滿有創意的，像是「準寡婦」，也有冗長的，像是「布里斯托郊區暴力大作」。她的年齡從三十到五十五都有。顯然還有不同的證人接受了採訪，詳細述說了大聲爭吵以及深夜從他們家疾馳而出的車輛。瑪麗亞倒是多少能夠體諒。媒體總得捏造點故事出來。她的生活真相太沉悶乏味了，社會大眾才懶得去看呢。

她嘆口氣。別人怎麼想都無所謂。真正的罪行是愛德華就是不肯乾脆死了乾淨。愛德，她訓斥自己。她現在可以叫他愛德了。他再也不能埋怨她把他的名字縮減了。他從前有個秘書接連三次叫他愛德，隔天她就被開除了。打從那之後，每一個秘書都被耳提面命，只能稱呼他布拉克斯罕姆先生。

道尼法官清清喉嚨，寫完了筆記，抬頭看著檢方。伊摩珍．帕思戈——瑪麗亞的律師是這麼叫她的——是個難纏的女人。瑪麗亞在她身上看見了之前在她先生眼中閃爍的野心。想當第一的動力，渴望著別人的認同。要是你膽敢停下來歇口氣，鬼鬼祟祟的失敗就會如影隨形。相較之下，瑪麗亞至少有十年的時間都是停下腳步在聞花園裡的玫瑰。她想要告訴伊摩珍．帕思戈平庸並沒有那麼不好。優秀只表示摔下去會更痛。

帕思戈小姐起身，袍子下的那身灰色羊毛套裝無懈可擊。

「各位陪審員，」伊摩珍．帕思戈開口說，「本案，儘管重大，實際上卻相當簡單。被告，」她一個華麗的轉身，手臂朝瑪麗亞的被告席一揮。「刻意以暴力試圖終結她先生的生命。這一點，我現在就能告訴各位，是無庸置疑的。」

眾人紛紛轉頭。無論瑪麗亞多用力命令自己不准動，但是無可避免的，她仍應該迎視陪審員的視線。他們一臉迷惑。瑪麗亞怎麼能對於她試圖殺死先生一事毫不爭辯呢？他們想知道的就是這個。帕思戈小姐對於殘暴程度的描述不是他們想聽的。他們可能以為瑪麗亞會宣稱是可怕的誤會，說她誤以為她先生是小偷。也可能她是要拿椅腿打蒼蠅卻失了準頭。瑪麗亞皺眉壓制會害她把嘴咧開的笑意。不，沒有藉口，瑪麗亞就是要她先生死。說實話，她還祈禱這件事會發生，還幻想過會發生。看著他倒在廚房地上流血簡直就是美夢成真。

伊摩珍．帕思戈刻意停頓，製造戲劇效果，這才拿鋼筆輕點她的記事簿兩次，喚回所有人的注意力，然後繼續檢方的開場陳述。

「請讓我描述事發經過。被告和愛德華．布拉克斯罕姆博士結婚十八年了。愛德華．布拉克斯罕姆是一位無可挑剔的紳士。他是——我應該說曾經是……被告攻擊他造成的傷害太過嚴重，他永遠無法康復——他是一位生態學顧問。他在製造業對生態的影響上向政府以及企業建言，空暇時間他以影音部落格呈現全球暖化對英國動植物的衝擊，訂閱人數超過了五十萬。布拉克斯罕姆博士也寫書，同時也出現在廣播和電視節目上。他是蟋蟀、知更鳥和田鼠方面的專家。他極盡所能不讓這些小生物受傷害，可是他自己卻被精心算計過的暴力行為擊倒。」

儘管有被告席的高玻璃牆以及背後的牆壁擋著，瑪麗亞仍幾乎能聽見陪審團的主席說了「可恥」兩個字。就這樣，他們就定了她的罪。根本就不需要提到椅腿、腦部受創或是瑪麗亞手上的鮮血。只需要田鼠。伊摩珍．帕思戈很聰明。瑪麗亞以前從沒有理由要這麼想，但是刑事律師並不是因為他們在法律上的長才而受聘的。他們是心理學家。他們把手伸進你的胸口，拉扯你的心弦，用最不明顯的微罪炮製出道德的義憤。她不曉得她自己的律師詹姆斯．紐韋爾要如何回應。他完全沒有伊摩珍．帕思戈的咄咄逼人。恰恰相反。

媒體席上有個人又在畫她的素描。沙沙的鉛筆聲惹惱了四周的人，瑪麗亞能看到他們的額頭擠出了皺紋。他會畫出什麼來？她不肯買報紙來看，儘管她有買報的自由。法官允許她等候審判期間不必坐牢，前提是她得住進保釋旅館。房間裡只有一張硬床和一個破五斗櫃，緊鄰著公用浴室，對面的廚房只有最基本的配備。瑪麗亞有門禁，只准在早晨八點到晚上六點之間外出。她的律師群嚴正告誡她無論如何都不能違反規定。更重要的是，她無論如何不准跟愛德華．布拉克斯罕姆聯絡。這一條禁令還真是諷刺。

媒體畫家的素描可不會客氣。瑪麗亞知道她臉上的每一條皺紋，每一處鬆垮的皮膚。她才四十歲就像個五十歲的人了。她的長髮編成辮子，在腦後盤成髮髻，乾巴巴的灰髮中會有褐髮露出來。潤髮染髮都是浪費錢，她先生這麼說，而由於她沒在賺錢，瑪麗亞怎能指望愛德華會把他的現金花在這些虛榮的小事上？上美髮沙龍也一樣。愚蠢、自欺的女人，呆坐幾小時瞪著鏡子，等著她們的頭髮被染上虛假的顏色，然後被一心只想要她們的錢的人吹捧，他說。真正的美是大自然的奇蹟，是沒辦法在沙龍裡買到的。瑪麗亞根本不需要去，他說得很清楚。朽木不可雕也。這些年來這句話成了愛德華最喜歡說的話之一。

「各位會看見，」伊摩珍．帕思戈繼續說，「造成幾乎致命一擊的是何種武器，也會聽見被告是使出了多大的力氣。檢方會證明對布拉克斯罕姆先生的毀滅性攻擊並不是如同布拉克斯罕姆太太會有的主張，是出於自衛，而是在她毫無戒心的先生背對著她時的殘忍攻擊。她刻意選擇在他不可能還手的時機出擊，然後再鎮定地報警，在車道上等待警察抵達。她只有在發現她的先生仍然命懸一線時才情緒激動，在那個時候，各位女士各位先生，被告昏倒了。布拉克斯罕姆博士的確死裡逃生，但也是千鈞一髮。他的血沾滿了被告的雙手，而無論各位在法庭上聽到多少藉口，都沒有辦法把那雙手洗乾淨。」

帕思戈小姐坐了下來。瑪麗亞好想鼓掌，檢方表現得真精采。她的表現極獨到。雖然愛德華沒有出庭，他卻戴上了聖人的光環，就連瑪麗亞都為他抱憾。攻擊一事被她說得像是計畫了幾週或是幾月，好像瑪麗亞一直在等待他背對著她的那一刻。敲在他頭顱上的那一棍好像是精心瞄準過的，活像是她拿球棒打假人，練得技巧純熟。她倒滿喜歡這種構想的。

陪審團全都臉色蒼白，渾身不自在。至少有兩個在沮喪地絞著手，其他幾個在檢方的陳述最高潮時閉上了眼睛。有的男陪審員筆直看著瑪麗亞，想要掂量她這個人。說不定他們是在想他們自己的老婆是否也懷著同樣的嗜血欲望埋伏在家裡。至少部分的震驚是來自於女性也能做出如此恐怖的事情來，瑪麗亞暗忖道。換作是一個男的被控把自己的太太打得險些進鬼門關，也只會被視作一般的家暴失控，不會有震驚也不會有不解。可是一個女的有意地攻擊一個男人就是日常暴力的倒錯，不能接受，不可容忍。

陪審團離開了。保釋延續到隔天。瑪麗亞的律師詹姆斯·紐韋爾示意獄警把她從玻璃隔間裡放出來。突然間她又能呼吸了。

「妳還好嗎？」紐韋爾問，把假髮扯下來，一手梳理頭髮。「檢方有點粗暴。」

「我相信帕思戈小姐只是在盡她的本分，」瑪麗亞說，「明天又是新的一天。」

他把她拉到較安靜的角落，把他別著粉紅色緞帶的公事包放在地板上，雙手插入長褲口袋裡。「知道嗎，布拉克斯罕姆女士，妳用不著這麼堅忍。害怕沒有關係，司法程序再怎麼順利也很讓人招架不住，而且坦白說……」他話說了一半，搜尋著妥當的說法。

「會很困難，是不是，宣稱是自衛？」瑪麗亞問。

「是困難，但不是辦不到。絕大部分要看妳能不能讓陪審團相信妳需要用那種手法攻擊妳先生。」紐韋爾說。

「我了解，」她說，「我只是不確定要如何解釋我過的是什麼樣的日子。我想他們不會相信我。有時連我自己都不相信。」

「過一天算一天吧，」她的律師說，「等我們熬過了這件案子再來擔心吧。妳不是自己一個人。我陪妳出去。」他扶著沉重的法庭門讓她通過。

瑪麗亞停在樓梯口。「你會覺得很為難嗎，幫被控犯了這種罪的人辯護？」

詹姆斯．紐韋爾嘆氣。「有時候會讓我很難過，」他說，「我也跟大家一樣，有時候會寧可躺在泳池邊看本好書。但是說真的，人人都有權得到公平審判和適當的辯護。如果妳是問我對妳這件案子的看法，妳應該知道我覺得我自己滿會看人的。」他露出謙虛的笑容。「我們會全力以赴的，不只是因為這是我的工作，也因為我想看到正義伸張。」

「我不是在問你對我的看法，」她急忙跟他保證。「我不是想害你為難。」

「沒事，布拉克斯罕姆女士。換作是我，應該也會想知道代表我的那個人是不是相信我。」

他指了指出口，瑪麗亞拾級而下。

「謝謝。」她說，這才朝陽光下前進，後悔開了這個話題。儘管知道他是站在她這邊的令人安心，卻也讓她覺得向他說謊讓她更不舒服。

瑪麗亞沿著斯摩街走，走入了交易所大道，避開午時的咖啡店客人以及購買看過一次就不會再看的便宜小玩意的觀光客。她的新輕量手機在她的口袋裡低響，她仍沒習慣震動功能。感覺很多餘，明明鈴聲就非常有效了。律師事務所堅持要她在開庭之前買一支手機，方便聯絡，但是次數很少，而且間隔都很長。她正要接聽，有個男人撞上了她。瑪麗亞認出他就是在法庭上畫素描的人。他扭頭瞧了一眼，皮笑肉不笑地晃開。瑪麗亞步入陰涼的巷口，接聽電話。

「瑪麗亞，妳還好嗎？」柔和的聲音在另一頭問。

「茹絲，我在法庭上看到妳了。妳別來的話會比較好。知道妳在看讓我更難受，而不是更輕鬆。」瑪麗亞說，把頭探出巷子口，察看那個男的是否走遠了。

「妳需要朋友陪妳一起熬過去。沒有人能靠自己一個人撐下去。」茹絲說。

「我做了一個決定，」瑪麗亞說，「我想要能對得起自己的良心，知道我終於站起來勇敢面對他了。我要站在那個法庭裡，告訴全世界我真後悔沒把他殺了。」

「妳不能這麼說，」她的朋友溫和地說。「陪審團可不會喜歡。」

「我有律師建議我什麼該說什麼不該說，而且我受夠了活在謊言中了。我很高興愛德再也不能走路或是說話了。我是寧願他死了算了，不過退而求其次，他目前的樣子也可以。我不會道歉，也不會加油添醋。要是他有墳墓，我現在就會在上面跳舞。」

「瑪麗亞，別這樣說，說到最後會連妳自己都相信的。」她的朋友說。

那個撞上她的人又折了回來，經過了巷子口，看著對面的商店。

「可惡。」瑪麗亞嘟囔著說，縮身挨著牆。

「瑪麗亞，妳沒事吧？」

「聽著，我要妳明天不要來。」瑪麗亞堅持。

「可是我可以支持妳。我還是覺得我能幫上忙。」

「這是我的人生，我的決定。我想一個人做。這件事應該要困難，在多年的懦弱之後拿出骨氣來。這是我收拾殘破的自尊，編織出還能用的東西的方法，」瑪麗亞說，「別人不懂，妳應該懂。讓我靠自己的雙腳站起來。要是我連這點都做不到，那我乾脆就先認罪算了。」

5

贊恩回來晚了。通常珞蒂會不高興，但是今天卻讓她有額外的時間能確認晚餐準備好了，再幫丹尼亞洗澡，換上睡衣，等他的把拔走進家門就能給他一個擁抱，唸書給他聽了。

珞蒂最後只喝了半杯紅酒，吃了一大勺的麵點也沒有良心不安。她從離開法庭之後就沒停下來過。採買，去接丹尼亞，打掃，做飯。屋子整齊美觀，應該比較容易跟先生說她接下來兩週都得去當陪審員。

她又往酒杯裡添了些酒，一面翻閱食譜，尋找著能在每天早晨離家前丟進慢煮鍋裡的菜餚。丹尼亞的尖叫聲鑽入她的耳朵裡，同時他的頭也撞上了她的肚子。

「媽咪，媽咪，救命，救命……」

她向前晃，一臂摟住了兒子，才剛站穩，酒液就從瓶口潑出來，弄髒了她的胸口和手。她鬆開手，改而遮住丹尼亞的臉，以免他被酒瓶打到。酒瓶從她的藍襯衫上往下跌，濕透了底下的胸罩，弄得她眼睛刺痛，臉上滴酒。酒瓶撞到地板砸碎時已經是半空了，她站在一潭深紅之中。

「丹尼亞，是怎麼了？」她問，把他抬到一片狼藉之外，伸手拿廚房紙巾。

「樓梯腳有一隻蜘蛛。我要用跳的才能跨過去。我們要不要抓牠，媽咪？」他瞪著大眼建議。

「怎麼會這麼亂七八糟的！他身上是酒嗎？」贊恩在廚房門口問。「別讓他吃進嘴巴裡了。」

他大步過來，避開玻璃，抓起茶巾就去擦丹尼亞的濕頭髮。「我覺得妳等到他上床睡覺之後再喝酒會比較合理。」

洛蒂轉向洗碗槽，打開水龍頭沖洗兩手，再洗掉臉上的酒。

「那是意外，」她咕噥著說，「我會再幫他洗一次澡。」

「不，我來洗。妳自己也需要洗澡。我並沒有說不是意外，只是有些意外是可以避免的。來吧，丹尼。」

「有蜘蛛，把拔。」丹尼亞報告說，小臉發亮。他父親幫他把頭髮擦乾了。

「真的？」贊恩問，把孩子抱起來，帶出廚房。

「對，好大隻喔。我真的很勇敢，我跳過去……」

父子兩人消失在樓梯上，洛蒂開始解開襯衫鈕釦。

「我今天過得不錯，」她對著空氣說，「其實還滿有趣的，謝謝你問。喔，對了，這件襯衫毀了。別擔心，不重要。你的襯衫全都乾乾淨淨掛在衣櫃裡。」

她把襯衫丟進了洗碗槽裡，打開水龍頭。污漬變成了一片鑲褐邊的紫色。洛蒂考慮要用白酒或是鹽來洗，但很快就把滴水的襯衫拎起來，塞進了垃圾桶裡。換作別的日子，她可能會浪費幾個小時浸泡清洗污漬。不過今天不行，今天她累得要命。贊恩可以自己把晚餐從烤箱裡拿出來，她反正也不餓。她閉上眼睛，同時用幾分鐘的時間拿布擦洗胸罩，真希望今天已經過完了，她可以上床大睡。可是還有跟贊恩的一段棘手的談話，而她還沒想出該怎麼說。烤箱嗶嗶叫，她把它關掉，然後拿出抽屜裡的餐具擺在餐桌。洛蒂渴望地看著剩餘的紅酒。她有權喝完。倒進洗碗槽裡太浪費了，無論贊恩怎麼想。她猛地踅身，拿起流理台上的酒杯，沒穿襪子的腳撞上了一個沒關好的抽屜。

「喔幹。」她低聲罵，伸手去揉撞痛的腳趾。

「夏珞蒂，注意妳的用語！」贊恩不以為然地說。她抬頭看到他抱著丹尼亞站在門口。

「對不起，我只是撞到腳趾。今天一件事接著一件事，而我……」

「他要妳送他上床。」他把丹尼亞舉向她。「我送他上床他從來就不肯乖乖睡覺。」

「他累了就會鬧脾氣，」珞蒂小聲說，接過了兒子。「不是因為你。丹尼只是在我身邊的時間比較久。烤箱裡有盤子。戴手套拿，很燙。」

「妳不吃嗎？」贊恩問，脫掉了套裝外套。

「不餓，」她說，「桌子不用收拾，我洗過澡後會下來整理。」

她慢吞吞上樓，以免又撞到受傷的腳趾，一面唱童謠給丹尼亞聽。他撫摸她的頭髮，頭擺在她肩上，跟著她一起哼。她把兒子送上床，吻他的臉頰，笑著俯視他。

「今天沒有媽咪還好嗎？」珞蒂溫柔地問。

「嗯，可是我的點心裡的胡蘿蔔有點軟趴趴的，所以我就把它藏在抱枕下面了。」他說，翻個身從枕頭旁邊那堆絨毛動物裡抓起他最愛的玩具。

珞蒂哈哈笑，拉起鴨絨被幫他蓋好。「那你覺得接下來的兩個星期在我忙的時候你去那邊可以嗎？」

「可以啊，」他說，「他們讓我可以到處跳，妳都不准。我今天從第三級樓梯往下跳，也沒有人跟我說我會受傷。」

「好厲害。」珞蒂盡力忍住皺眉頭。「睡吧，小傢伙。明天又得要早起了。」她讓他的房門只打開一吋寬，以防他睡眠中大叫。她從他的角度來想像，保姆比較好玩是因為不像媽媽會不停嘮叨他。他每次從樓梯往下跳，她真的都會告誡他可能會受傷嗎？也許是。也許丹尼亞已經可以離開她一陣子了，就像她也需要躲開每天的例行公事一下。

一隻手伸進淋浴間打開水龍頭，她把其他的衣服脫掉，瞪著衣櫃上的全身鏡中一絲不掛的自己。她用那隻仍因為發酵葡萄汁而黏膩的手去摸緊實的脖子，纖細平滑。她的肩膀因為穿了一個月的夏季上衣而留下了極淡的衣帶痕跡。她輕輕拂過一邊乳房，即使是餵過母乳，仍然堅挺。她的肚子也沒變形。妊娠紋變淡了，忍著不吃糖的鋼鐵意志讓她的小腹保持平坦。然後是她的腿，她最得意的部位，修長而且肌肉分明，而且腿毛總是剃得一根不剩。十九歲時她的長腿幾乎能讓每一個男人轉頭，無論她是穿牛仔褲或是迷你裙。她忍不住想，怎麼會變得那麼多。腿還是一樣的腿，人還是一樣的人，可現在這雙腿只不過是四肢的一部分，讓她能從一個地方移動到另一個地方。

「笨女孩，」她對著鏡中的自己說。「贊恩說得對。我是哪根筋不對了？」

珞蒂猛地把手拿開，指尖刮過皮膚，閉眼對著鏡中眉頭深鎖的女子。洗個澡就能讓她的理性回來。期待熱水和放鬆，她踏進浴缸，仰頭要承接熱水，同時伸手去拿沐浴乳。

冰冷的水先淋上她的胸口，冷得她倒抽一口氣，吱吱怪叫，伸手去把水關掉，卻把蓮蓬頭打到地板上，冰水向上噴，噴了她滿臉。兒子洗了兩次澡，她就沒有熱水可用了。她轉向門，這才明白她仍散發著酒臭味。沒別的法子了，只能咬牙硬撐。她咬緊牙關，抓住蓮蓬頭，強迫自己接受冷水的攻擊。半分鐘後，她又爬出浴缸，抓起毛巾，很感激夏季的酷熱讓樓上在傍晚時額外溫暖。現在她得下樓去清理善後，地板也得拖，不然的話整間廚房明天早晨就會發臭。

贊恩坐在餐桌前，空盤推到一邊，空出位置放報紙。

「妳沒事吧？」他頭也不抬地說。

「嗯，」她說，「你還要什麼嗎？」

「咖啡倒不錯。」他說，翻了一頁。

珞蒂以眼角看著他，把水壺放到爐子上，再把他的盤子放進洗碗機裡。贊恩的太陽穴兩側已經有了灰髮，看來不只是奔四十的年紀，不過他保養得宜。他輕盈敏捷，打高爾夫球讓他保持身材，而且舉止有自信。珞蒂曾經覺得自己跟他很登對，現在她卻很羨慕他。她在他的馬克杯裡裝上熱咖啡，攪進牛奶和半茶匙糖，正合他的口味，擺在他的面前。

「我決定要當陪審員。」她說，抓起杯子幫自己泡綠茶。

她聽見他把報紙合了起來，推到另一邊，再端起馬克杯。

「可是我們討論過了，」他說，「我們不是說好了妳找個理由推辭對丹尼亞是最好的？未來兩週我有一連串的會議。萬一他突然生病了，不能去保姆那兒呢？」

「也不過才兩個星期。沒理由認為他會生病。」珞蒂說。

「夏珞蒂，妳答應了妳會推托掉。我甚至建議幫妳寫封信解釋情況。」

珞蒂火大了。她不需要先生寫信來幫她找藉口。不知在什麼時候，不僅僅是她自己失去了自信，顯然她先生也對她失去了信心。

「我覺得當陪審員滿有趣的，」她說，「所以我沒有請法官剔除我。這是很重要的事，是市民的義務。」珞蒂專心倒熱水，遮掩她的謊言。明明說實話就可以省掉一頓大吵，她偏要編謊，實在是荒唐，可是她要是讓他知道她真的乖乖按照他的吩咐做了，那她才該天打雷劈。

「妳是說公民義務吧。只怕妳忘了，我主外妳主內的理由是我們對我們的孩子和這個家有義務，」贊恩說，「我們也決定了要再生一個。丹尼亞也到了可以有弟妹的年紀了，而且我的事業一帆風順，可妳卻還在喝酒，現在又多了這個陪審的玩意……」

「是你決定現在適合再生一個的，贊恩。我什麼也沒同意，而就算我同意了，半杯紅酒和兩星期的陪審義務也不會改變什麼。」珞蒂說，撕下一張廚房紙巾來擦拭她的馬克杯留下的水漬。「我不想當一個只會照顧家庭的人。」

「又來了，」他嘆著氣說。「我們可以一起過日子就是因為我們同意各司其職。妳難道就不能讓我好過一點？我在辦公室一整天，衝突已經夠多了。我不需要回到家來還得吵。」

「根本就沒有衝突，」珞蒂說，「我平常做的事我都會做好。丹尼亞在保姆那裡兩個星期不會怎麼樣。要是發生了什麼事，我會負責找出替代方案。」

「我不要替代方案，我要正常的安排。妳知道我在職場上的壓力有多大嗎？我得彌補幾個表現不佳的業務處，同時還得訓練新的員工。妳最起碼可以讓家裡的一切都順順當當的。」

「家裡是很順當啊。我被叫去盡我的陪審義務，贊恩。看你的反應活像我是要去搭遊輪玩兩個星期似的。你不能只是告訴他們你拒絕。還有，我告訴你，我還沒準備好要再生一個。我才剛把我的人生拿回來，所以你需要再想一想——」

「把妳的人生拿回來？養育我們的孩子到底是哪裡有那麼可怕？妳自己聽聽。我們本來有機會搬到巴基斯坦，跟我的家人住在一起，我母親就會幫忙妳照顧丹尼亞，我在那兒有個絕佳的工作機會，妳卻不要。所以少在那兒哀嘆什麼妳的人生。是我在做牛做馬來撐起這個家。要是現在不生第二個，那要等什麼時候？」

「我不會給你一個預定的時間。這可是我的身體！」

「我覺得我也有權說話，妳不認為嗎？」

「說真的，不，我不認為。你說過你對不搬到巴基斯坦沒有意見，所以現在少拿那個來說事。」

「我們得改天再好好談一談。我今晚沒預備跟妳吵架。我還有幾份報告得看，準備明天開會，所以我現在還沒下班。享用妳剩下的酒吧。地板需要——」

「我知道，」她說，「我現在就來拖地。你去做你的事。」

他拎起了門廳的公事包，退回客廳，用力關上門。珞蒂從工具間拿了拖把。陪審服務對她有好處，她決定。她把清潔劑擠進水桶裡，裝滿了溫水。只要不必再做家事，什麼都像放假。她不會讓丹尼亞失望。當母親是世界上最重要的工作，但是她自己也重要。感覺又活著很重要。要是贊恩太忙於他自己的工作而看不出她需要什麼，那她就會自己來改變，不管他贊不贊同。

6
開庭第二天

在陪審團室裡被熱氣烘烤，珞蒂把椅子拉向角落，翻開丟棄在地板上的那摞雜誌裡的一本。封面上的日期是兩年前的十二月。她想像著手指頭無聊地翻頁，隨即閉上眼睛，不想被吸入那些沒完沒了的理家文章裡。她已經做完夠多家務事了，而現在甚至還不到十點。

珞蒂把每天該做的事都做好了，知道只要家務不打折扣，來當陪審員就會容易些。她先確定贊恩隔天早晨不缺熨燙過的襯衫，然後才挑選自己的衣著，最後選定了一條綠色長裙配白襯衫。她盡量讓化妝看起來自然，決心要打入這個圈子裡，他們當然不會認為短裙或太濃的眼線是妥當的裝扮。之後她才瀏覽她的行事曆，取消了她原計畫在未來兩週要參加的幼兒團體。這樣的空檔對她有好處。要聽那麼多不同版本的兒歌〈車輪轉呀轉〉（*The Wheels on the Bus*）是會造成長期的心理創傷的。

而現在她跟十一個陌生人困在悶死人的房間裡，對這一天一點也不期待。其實是十個陌生人，有人遲到了。他們還真是走運，今天又是從延遲開始。

「有什麼精采的嗎？」珍活潑地問。

珞蒂不太熱絡地把雜誌遞過去。「沒什麼。給妳吧，我看完了。」

「妳是住在哪裡啊？我們住在瑞德克利夫，聖殿草原火車站附近。那裡滿熱鬧的，不過從市中心走過去很輕鬆。」

「阿博茲利。」珞蒂回答，瞧了瞧左右看有誰可以聊天。珍似乎人不錯，但是她不想跟她聊家人。這是她最想要避開的話題。

「漂亮的村子，非常古色古香，妳真幸運。那妳大概早上都從克利夫頓橋過來吧。那座橋可真壯觀，對吧？當然，維修費可得不少。」

「一定的。」珞蒂咕噥著說。「該來杯咖啡了。妳慢慢看。」

「等等，」珍說，「我們交換電話號碼，我覺得可能會用得著，以免我們哪個遲到了，或是妳想改天約個時間見面？」

「喔對，」珞蒂含含糊糊地說，而珍把她的手機往前推，等著珞蒂也投桃報李。她把自己的號碼敲進了珍的聯絡人裡，一顆心往下沉。她就是這樣的一個人，家庭主婦，注定要跟別的家庭主婦交朋友。一大票沉悶乏味的人。「謝了。我要去喝咖啡了。」

她突兀地站起來，在咖啡桌那兒加入了傑克，那個昨天她覺得好可憐的拉丁文與阿拉伯文學生。他的衣服已經汗濕了，頭髮黏在額頭上。珞蒂很能理解。她的裙子也黏在腿上，她真後悔沒把體香劑放進皮包裡，趁午餐時間擦一下。每天的新聞快報都會公布過熱造成的死亡人數，並且把英國南部和世界上的各個沙漠地帶拿來相提並論。

「好心提醒你，」珞蒂說，「別吃餅乾，是昨天的。」

「我是窮學生，就連軟掉的餅乾都是我平常吃不起的美食。」傑克笑著說。

門打開了，卡麥倫走了進來。穿著跟昨天同一件襯衫，兩眼充血。不是跑趴就是惹上麻煩的代價，而他又滿帥的，隨便哪個女人都會樂意讓他一整晚不睡覺。珞蒂認出了那些跡象。她在認識贊恩之前就是個泡夜店、在日出後才回家的專家。他拯救了她，她才沒有摔下萬丈深淵，還給了她一個新生活，有點像是灰姑娘的故事。她並不是想要又一頭栽進從前的荒唐歲月——母職讓她改頭換面了——只是這段回憶代表的是一段喚不回來的時光。她再也不會像以前那麼無憂無慮了。真正的問題是比較起來她目前的生活太一成不變、太容易預測了，而她極力想要找到可以期待的事情。

新當選的主席塔碧莎從桌首向卡麥倫發話，旁邊圍繞著她的擁護者：格瑞哥里、愛格妮絲和山繆。「艾利斯先生，只怕你是太能磨蹭了。我們是應該在十點以前到達的。我想法官可能不會喜歡我們的成員中有一個在第二天就害整個法庭在恭候大駕。」

「原來已經開庭了，是因為要等我所以你們又被弄回來這裡？」卡麥倫問，倒了一杯咖啡，還把咖啡濺得到處都是，顯然壓根就沒意思要清理。

「其實不是，但是重點不在這裡。這是件非常嚴肅的案子，身為主席我應該要提醒你——」

「妳愛怎麼提醒都隨便，女士，不過妳又不是我媽。要是法官對我有意見，我相信她會自己說。別再犯責罵我的錯誤了。」他掏出口袋裡的手機，大步走向桌尾，一屁股坐下來，把注意力轉移到手機上。塔碧莎的四周傳出震驚的喃喃低語，而主席則向她的仰慕者保證她沒事。

「抱歉，我在接一通生意上的電話，你們可不可以小聲一點？」潘・卡拉斯說，一手蓋著手機。

「你也可以到別的地方去啊。」卡麥倫頭也不抬就說。

「說不定是你該到別的地方去。」愛格妮絲．黃厲聲說。

「妳要我告訴妳妳可以去哪裡嗎？」卡麥倫冷笑道。

「夠了，」格瑞哥里．斯密司氣沖沖地說，站了起來。「你需要道歉。」

「少管閒事，老爺爺，」卡麥倫說，「我們又不在法庭裡，我愛說什麼就說什麼。」

格瑞哥里跨了一步，但是塔碧莎按住他的前臂阻止了他。「算了，別跟他計較。」她低聲說。他一臉殺氣，還是坐了下來。塔碧莎應援團在桌首悄悄重組，互換了陰沉沉的一眼。

洛蒂看著卡麥倫在瘋狂傳簡訊。出事了。他重重敲著手機的螢幕，下巴咬得死緊。他很挫折。對她來說比較輕鬆的做法就是繼續看雜誌，別管閒事，但是她對於輕鬆的事不再感興趣了。輕鬆讓她怠惰可憐。她想交朋友，而這就表示得跨出第一步。人人都有倒楣的日子。她放下雜誌，走過去，決心要為了大家好彌補一下氣氛。

「嘿，還有一點餅乾，要我幫你拿幾片嗎？」她小聲問。「吃點糖大概可以讓你舒服一點。對我每次都有效。」

「妳叫珞蒂對吧？」卡麥倫說。

「對。」她回道，很開心他記得她的名字。

「好吧，珞蒂，我自己有腿可以走過去，也有手可以拿我要的東西。就因為妳終於從妳的兩上兩下的小房子裡逃出來，並不表示妳就得找個人來代替妳的孩子讓妳來婆婆媽媽，」他說，「我真正需要的是大家別來煩我。」

整個房間的人都愕然瞪大眼睛。

「我只是想幫忙。」洛蒂嘟囔著說，臉頰緋紅。傑克避開視線。卡麥倫．艾利斯雖然長得帥，卻粗魯又愛吵架。無論他的心情有多差都不能拿來當作這樣兇她的藉口。他不會有第二次機會了。他或許是陪審團中和她年齡最相近的人，但是從現在開始他可以找別人去搭訕了。要不是房間裡還有別人，她會把她對他的看法直接告訴他。

洛蒂知道她先生會怎麼說，而且恨死了他是對的。她沒那個能耐。她曾想像長時間的交談，試圖深入真相的核心，發現別人也一樣有興趣抓住機會改變世界，而且跟她互相理解。可是顯然不是如此。年紀較大的陪審員早已經拉幫結派了。傑克這個學生倒是和氣，卻像是比她還要無所適從。最好是跟那些年輕媽媽混熟黏在一起，熬到陪審義務結束，接受她自己的有限能力。但更好的是乖乖閉嘴。

7

瑪麗亞從皇家法院的接待區拾級而上，避開行色匆匆要去和委託人會面的律師，在擦身而過時聽見了他們片段的交談。她研究著生命中其他的失敗者的表情。來作證的受害人，等著宣判的被告，人人都希望承審法官早晨起床時心情很好。真是耐人尋味，容納所有愛德華自稱是要保護她不受其害的壓力與緊張。她錯過了這麼多。老朋友都疏遠了，新朋友一個也沒有。錯誤也是一樣，她失去了可以從錯誤中學習的機會。而她——愚蠢、可笑、被騙的她——卻一直到為時已晚才採取行動。不過，晚了也總比不做要好。如果報復是一盤最適合冷吃的菜，那她的已經是冷凍了十年的一盤菜了。

她彷彿是坐在疾馳的火車上，走過一間間的會議室，分布在不同的樓層，今天的辯論隊列哭的哭，吼的吼，交頭接耳的交頭接耳。大樓今天忙碌不堪，有多宗案件要宣判。所以，大多數的房間都客滿。瑪麗亞的律師詹姆斯．紐韋爾幫他們找了一小塊地方，很久之前曾是打掃工具室，兩人擠了進去。

「抱歉拖延了。檢方忙著找出他們的精神科醫師可能出庭的日期。妳今天覺得怎麼樣？」紐韋爾問。

「很好，謝謝。」瑪麗亞說。

有人敲門，打斷了他們。伊摩珍．帕思戈把頭探進來，安東偵緝督察緊挨在她後面。

「詹姆斯，說句話。」她說。瑪麗亞的律師道了聲歉就出去了，並沒關上門。瑪麗亞從門縫中看著兩人交談。聽起來沒什麼火藥味，但是肢體語言卻緊繃。詹姆斯．紐韋爾雙手抱胸。帕思戈小姐交給他文書讓他瀏覽，同時和他說話，而他對她搖頭。伊摩珍．帕思戈雙手扠腰。瑪麗亞向前傾以便看見更多兩人的互動，同時也把安東督察收入眼簾。他站在檢察官後面一米之處，右手插進長褲口袋裡，左手在髖部擦拭。他流汗流得很厲害，腋窩下的衣料很快變暗擴大。不過他並沒有看他們互動，而是視線向下。瑪麗亞走到門邊看個仔細。從側面她可以看得更清楚。安東督察沒辦法把視線從伊摩珍．帕思戈的臀部移開，瑪麗亞懷疑他自己壓根就沒察覺到他正公然瞪著對方看。她再向門口靠近一些，看得入迷了。他絕對是上過預防這類行為的警察課程，由此可見人類的行為有多麼的不受控。瑪麗亞有大半輩子沒盯著別人的臀部看了，她很好奇那種吸引力究竟何在，她可是花了不少時間盡量在愛德華裸體時不去看他。反正就是一副鬆垮的白色皮囊和海綿似的肌肉。不過倒也不能怪安東督察，帕思戈小姐的身材的確是玲瓏有致多了。督察轉過頭，發現瑪麗亞在看，她就朝他揚起一邊眉毛。他大皺眉頭，惡狠狠瞪著她，假咳了一陣，掩飾他的臉紅，這才上前加入帕思戈和紐韋爾的交談，背對著瑪麗亞。她回去坐下，笑嘻嘻的。

詹姆斯．紐韋爾幾分鐘後又回來了，手上抓著一份A4大小的紙張和一束照片。

「那是什麼東西？」瑪麗亞問。

「新的證詞，」紐韋爾說，把那份文檔放在兩人之間的桌上，按摩著額頭。「警方又搜查了妳家，我猜他們是在找可以反駁妳的辯詞的東西，還有妳說妳先生控制妳的生活到何種程度的證據。他們找到了這個。」他舉起了一張手機的照片。方正、基本、顯然很便宜，沒有鏡頭或是升級功能，多年來是瑪麗亞的好幫手。「換妳作證時妳會被問到這個。想清楚了再回答。這是一支預付手機，沒綁合約，警方也查不到通聯紀錄。我們叫這種是拋棄型手機。由於無法追蹤，通常都是毒販在使用的。這支可能不是妳的，但是他們也給了我們一份證詞，說手機上只有妳的指紋。妳認得出來嗎？」

瑪麗亞把照片接過去，手指拂過手機的影像。這個傻氣的塑膠品曾是她在這後半生中最大的一次冒險。她點頭。

「嗯，」她說，「是我的。藏在我臥室裡的一雙舊花園鞋子裡。他們一定搜得很仔細。」

紐韋爾速讀了一遍警方的檔案。「他們說是在妳的衣櫃裡找到的，」他說，「妳有什麼理由要把它藏在那兒？」

「警方會說我把手機藏在那裡是為了不讓他們找到，對不對？」瑪麗亞問。

詹姆斯．紐韋爾點頭。「很可能。」

瑪麗亞嘆氣。「只有衣櫃是愛德華不會闖進去的地方。在他把我的衣服當中他看不順眼的都丟掉，換上他選的衣服之後，他就不需要再走進我的衣櫃了。起碼他是這麼想的。」

「妳能告訴我是在哪裡買的嗎？」紐韋爾問。

瑪麗亞瞪著照片。手機喚回了那麼多的回憶。她是有一天在打掃客廳時想到的點子。起初只覺得荒唐，不過是在她一無所有的世界中的另一個妄想。她把沙發的坐墊拉起來，發現了一堆硬幣，總共是三十八便士。她有太久沒摸過現金了，所以翻來覆去地看了好久，打量著人頭。雖然微微有點黏手，卻仍是散發著自由的光芒。

別人很難想像吧，她覺得，一面含笑望著詹姆斯．紐韋爾的訂做套裝和袖釦。在這個世紀很難理解，一個成年的女性接觸不到金錢會出現何種窘境。當初愛德華向她求婚時，她還有一輛車，雖然老舊，卻還是能讓她從這裡到那裡。結婚之後，老車的車檢沒過，愛德就堅持要她把車丟了，他會幫她找一輛安全一點的。在那之前，布里斯托的公車系統便利，家裡只有一輛車可以幫他們省下一筆錢。瑪麗亞那時很佩服他的常識，也很開心他那麼關心她的安全。然後幾個月過去了。每週搭公車去採買是很辛苦的事，而愛德華就像平常一樣體貼，訂了網上的到府送貨服務。非常理想。瑪麗亞把每週的購物單擬好，交給愛德華，他完成訂購，以信用卡付款。她的每一種壓力和煩惱都照顧到了。她不記得天平是幾時偏斜的。等到家用電話被拔除之後，她才知道出了問題，但她也沒有瞬間覺悟。故意盲目她已練習了好一陣子了。瑪麗亞為此瞧不起自己。閉上眼睛盲目相信一切都會出現奇蹟，最後會一帆風順，這種毀滅性的人性弱點讓她成了個優柔寡斷的廢柴。

等到她需要電話的時候——不只是想要，而是真的有需要——她卻沒有能力買。一直等到她打掃出硬幣來。這些硬幣被棄置、遺忘、掉進了一個不同的領域中，成了她的執念。每天早晨車道上的柵門在她先生的汽車駛出關上後，她就會去查看沙發。兩便士。十便士更是走運。偶爾洗衣槽的邊緣會出現硬幣。有一次，注意只有一次，就寢前她幫愛德華把長褲掛起來，從口袋裡拿了一鎊硬幣。那晚她睡不著，因為慚愧而全身出汗。銅板和小硬幣是一回事，超過十二便士他就會問了。

七個月又兩週加兩天之後，她積攢到二十鎊。那天早晨在鏡中看著她的女人散發出勝利的光芒。她到當地書報攤的那一趟就沒有那麼刺激了。瑪麗亞還改扮了，在夏季穿冬大衣包頭巾，全副武裝，走出家門的樣子可笑透了。她回到臥室去把行頭全部剝下來，忽然想到斯多克畢夏普區沒有一個人認識她。她出門兩次又折返，深信她先生有第六感，會知道她在打什麼主意。最後，她最後一次換裝時，看見了大腿上分布的交叉紋路。就是這個讓她鐵了心。於是她去了商店，拿紙袋裝著硬幣，買了和世界通訊的一線希望。

手機照片攤在她的膝蓋，邊緣已經折損了，因為被她汗濕的手抓得太緊。

「你確定他們查不出我是不是用過，或是有多常用，或是我打給誰嗎？」瑪麗亞問她的律師。詹姆斯．紐韋爾默默坐著打量她。「他們什麼也不能證明，」他終於證實。「他們當然查過了。如果是想要隱私，這種手機是一個好選擇。」

瑪麗亞抬頭看著他。詹姆斯．紐韋爾可能比伊摩珍．帕思戈要文靜低調，但是他也同樣精明。他的藍眸和柔和的聲音其實是綿裡藏針。

「那手機就是我的，不過我一直沒有膽子用。」她說謊。

「好吧，」紐韋爾說，「不過瑪麗亞，目前我們正在想方設法找到能夠佐證妳的說法的東西。審判完全看妳的表現，所以如果有任何人知道妳的生活是怎麼回事，或是目睹過什麼，現在是告訴我的時候了。」

「恐怕只有我，」瑪麗亞說謊道，「總是只有我。」

紐韋爾交抱雙臂，瞪著手機照片。「妳確定沒有別人了嗎？妳對妳婚姻的描述很令人驚駭，誰也不會怪妳想要尋找幫助。人被推到了極限，就會做出錯誤的選擇。如果妳是顧慮別人的觀感而沒告訴我，妳最好是說出來我們商量。任何能夠鞏固妳的說法的事證，即使不是全面的，也很好，比什麼都沒有要好。」

瑪麗亞對他甜甜一笑。詹姆斯．紐韋爾的態度溫和親切，但是他可不是傻瓜。他知道她有所隱瞞。「我們也只能就現有的東西來抗爭了。」她跟他說。

他重重嘆氣，拿起了桌上的文件，放入檔案夾裡。「我不想妳再多吃苦。坐牢的話會——」

「我不想談，」她立刻就說。「過一天算一天。我就是這麼忍受我的婚姻的。我也會這樣子撐過審判。」

他點頭。「好。我會請法官今天休庭，讓我有機會仔細研讀這份新資料，決定我們是否需要進一步的舉措。陪審團下午會回家。我們明天早上再開始。幫我個忙好嗎？把我們剛才說的話再仔細想一遍。如果有任何人，任何人都可以，可能可以告訴法庭妳先生的真面目，我們會需要傳喚他們出庭作證。」

「謝謝你，紐韋爾先生，」瑪麗亞說，「我會考慮的。」

她才不會，這一點她很清楚。陪審團會聽見她的版本，而且只有她的。她不認罪的主張需要一些添加，也需要一些省略。把別人牽扯進來只會減少她無罪開釋的機會。瑪麗亞不需要有法律學位就能得到這個結論。

8

開庭第三天

布里斯托市熙來攘往，通勤族從過度擁擠的停車大樓湧出，奔向辦公室。熾熱的陽光把過熱的汽車驅散到路邊，引擎蓋下冒出一縷縷的煙，惡化了尖峰時刻的混亂。行人緊握著水瓶，一面走路一面以報紙搧風。珞蒂還沒到法院就已經因為高熱而神經緊張，但是她至少是早來了，都因為保姆嚴謹要求家長「放下就走，不逗留」的原則。昨天就整個浪費了。珞蒂本來想聽聽證人的說法，研究案子的各種議題。更重要的是，她本想帶著一種天生我材必有用的感覺回家，但是一天結束時她只覺得無聊孤單。

一群舉標語的抗議民眾聚集在法院幾米外，幾名警察把他們限制在特定的一區裡。愛德華・布拉克斯罕姆的臉孔出現在他們的牌子上，還有文字表達對這位生態領袖的惋惜。珞蒂盡量不去看，不受其影響，卻仍然會聽見高喊「還他公道！」的聲音。看見卡麥倫・艾利斯倚在皇家法院的外牆上並不能讓她的心情變好。她低頭加速走過去。

「珞蒂，」他在她朝大門走時高聲喊。「嘿，珞蒂，等一下。」

她放棄了，知道假裝沒聽見沒有用，因為卡麥倫小跑步在追她，離她不到一米。

她咬著牙，轉身面對他。「幹嘛？」

「聽著，我知道妳不想跟我說話，我昨天太過分了。妳是好意，我卻表現得像白痴。我今天提早來就是要跟妳道歉的，在他們又把我們關進羊圈裡之前，」他說，「讓我彌補一下好嗎？」

「不必了，」洛蒂說，「你道過歉了。這件事就到此為止吧。」她更靠近大門，盡全力不跟他有視線接觸，他昨天給她的難堪還沒消退。十秒鐘的道歉並不能彌補她在其他陪審員面前受到的侮辱。依她看來，卡麥倫．艾利斯在開庭期間離她越遠越好。

他搶前了幾步，雙手高舉在空中，表示投降。「一千次道歉也美化不了我的粗魯，可是我其實不是那種人。拜託，讓我請妳喝杯咖啡，就算不為別的，起碼我也幫妳躲過了一杯他們供應的洗碗水，好嗎？」洛蒂忍不住嘆氣，停下腳步。「好極了，」卡麥倫說，「我知道一家很棒的店，就在轉角。跟我來。」

「我又沒說好。」洛蒂說，瞧了瞧手錶。

「妳也沒說不要啊，」他嘻皮笑臉地說。「還有，放心，我們還有時間。妳想要的話，也可以拿了免錢的咖啡就跑。拜託再給我一次機會。我只是早上過得真的很慘，又擔心了一晚上都睡不著。妳想要的話，接下來的半個小時妳都可以用來想出髒話來罵我。」

洛蒂儘管惱怒仍忍不住微笑。卡麥倫．艾利斯可以很壞也可以很迷人，但是洛蒂知道一整天都不順是什麼感覺。她最近就常常這樣。

「我這下子可要把妳的笑當作好了。來吧，現在不走，妳又要改變主意了。」他說，一隻手往前一比，請她先走。

「你想叫我原諒你，才沒有這麼容易呢。」洛蒂說，兩人並肩齊步。「而且我不需要半個小時就能想出髒話，昨天全都裝在我的腦袋裡。只是我們有些人比別人懂得管好自己的嘴巴。」

「說得好，」他笑嘻嘻地說。「我猜我欠妳的不只一杯咖啡。」

「咖啡是個好開始，」她說，漸漸軟化了。「只要以後還有更多的馬屁。」

他們去了柯基咖啡店，選了露天座位，看著壅塞的交通。珞蒂的背流下了一道汗水，她真後悔沒穿暗色一點的上衣。如果氣溫持續上升，折騰一天下來棉布料就會變透明的了。

珞蒂轉而注意卡麥倫，他在點咖啡。她不應該這麼快就心軟的，尤其是他昨天那麼的討厭，可是他像是真心後悔的樣子。憑良心說，陪審團室儘管擁擠又迷人，卻是個寂寞的地方。交個朋友，即使是一個脾氣暴躁的人，也總比沒人可以講話要強，而且她也一點都不想加入塔碧莎俱樂部。其他人好像也都好沉悶乏味。珍妮佛人不錯，卻引不起她的興趣。愛格妮絲．黃怪怪的。就算不說別的，卡麥倫也似乎是裡頭最有生氣的一個。

他坐下來，把一杯滿滿的咖啡推給她，然後又給了她糖。「到目前為止妳覺得怎麼樣？」他問。

「當陪審員嗎？」她問清楚。他一邊喝一邊點頭。「我真的不知道現在到底是怎樣。感覺好像是和現實脫節了。你到這裡來安靜坐著，觀察評斷別人。我不確定自己是不是覺得自在。」

「我也是。有趣是有趣，可萬一我們弄錯了呢？」

「大概就是因為這樣才需要法官吧，確定我們得到了我們需要的一切資訊。可是他們好像有很多事沒告訴我們，還有規矩那麼多！我們現在甚至都不應該談話。我覺得好像又回到十四歲，而我最好的朋友剛剛跟我說她暗戀誰。你怎麼可能不去跟別人說呢？」珞蒂問，撕開了糖包，清掉碟子周邊的糖粒。

「要是我被告了，我可不確定會想讓妳當陪審員，妳居然這把種事跟暗戀誰當成同等級的。」卡麥倫笑著說。「妳是真的要吃掉那些糖，還是……」

「老習慣，」珞蒂含笑說，覺得不安，就把糖推開。「我以前吃糖，現在只是拿著玩。大概是有治療作用吧。」

兩人默默啜飲。

「那妳的小兒子想念妳嗎？」卡麥倫問。「要是他以為每天都能跟媽媽在一起，現在一定很難過。」

「他還好，」珞蒂說，真希望能討論案子。她有幾分鐘沉浸在不僅僅是母親的這種身分裡。不過卡麥倫也算滿有禮的，還會問起她兒子。他顯然在她自我介紹的時候聽進去了，這可比最近聽她說話的人強多了。「他喜歡他的保姆。她也同時照顧跟他同齡的男孩子，所以大概有點像俱樂部吧。」

「那妳呢？除了被像我這樣的白痴侮辱，妳覺得陪審的經驗如何？」

「喔，那個白痴差不多毀了我的昨天。」珞蒂朝他挑高雙眉。

卡麥倫縮了縮脖子。「好吧，是我活該。」

「除此之外，感覺是在敬畏和著迷之間。有點像是遇見了車禍卻沒辦法不去看。」

卡麥倫哈哈笑。「很詭異吧？我以前沒做過這種事。還有這件案子！我實在想不通為什麼被告會想要殺了她的先生。既然受夠了你的伴侶，行李收一收，抬腳走人就是了嘛。」

「沒那麼簡單，」珞蒂說，「每一種關係都是不一樣的。」

「妳總不會要跟我說妳嫁給了一個有錢又成功的人吧。」卡麥倫嘻皮笑臉地說。

「你怎麼會這麼說？」

「真的？」他問，「妳在耍我？」

「我根本聽不懂你在說什麼。」珞蒂說。

「妳很美，」卡麥倫說，「妳一定有很多男人追。」

「你就直接從昨天的侮辱跳到這麼公開的巴結，連臉都不會紅一下？哇，你的臉皮還真厚。」珞蒂說，歪著頭張口結舌瞪著他，確信他只是在說笑。但話說回來，被一個帥哥恭維一點也不會不愉快，即使她還沒原諒他先前的暴衝。

「只是說出我的看法。交淺言深了嗎？」他笑嘻嘻地說。

「是有一點。」珞蒂說，用餐巾擦額頭，這才明白大熱天喝熱咖啡是錯誤的選擇。

「那是怎麼回事？」卡麥倫問，「妳聰明又有趣，結婚又有一個孩子好像太年輕了。所以曾經是真愛嘍？」

「我先生只是個普通人，多謝誇獎，不過你太誇張了。我的生活包括了照顧我的三歲大兒子和做家事。我的社交圈主要是帶孩子的媽媽。」她說，很好奇卡麥倫為什麼要用過去式來問是否是真愛。難道她給別人的印象是婚姻不幸福？她很確定她可沒有承認這麼私人的事情。她仍然愛著贊恩。兩人的生活也大致快樂。滿足。不過這樣說也不算準確。滿足的是贊恩，而她也沒有什麼特別的理由覺得不滿足，只是希望她先生能不要催著她再生一個。此時此刻她最不想要的就是懷孕。

「那當媽媽就夠了嗎？我可不是在侮辱妳，」他一臉嚴肅，還是早晨遇見他以來的第一次。「只是妳很自信——開庭的第一天妳就發言了，換作大多數的人都會太害怕——而且妳很外向，雖然昨天我確實把妳的嘗試給毀了。」

珞蒂攪著殘餘的咖啡，只是為了迴避卡麥倫的目光。他剛才描述的女人跟她的感覺完全相反。不過，他倒是說出了她真正想要再當一次的女人。她覺得心裡有一股溫暖，與燒灼她皮膚的強烈陽光無關。已經太久不曾有個人看著她，看出她是個有個性，而不僅僅是女性特質的女人。

「早安，」有個男人大步經過時高聲喊，解除了她的窘境。「對了，快遲到了。」珞蒂一抬頭就看到格瑞哥里在敲手錶，她也查了手機上的時間。

「士官長來點名了。他說得對，我們該走了。」她說，拿起了皮包。

「先把咖啡喝完。他如果是士官長，那塔碧莎一定就是皇室成員。」他笑嘻嘻地說。

「塔碧莎女王，」珞蒂哈哈笑。「我們真的不應該給他們取綽號。認真看待他們已經很難了。快點喝吧，我真的不想遲到。」

「我們非去不可嗎？我真受不了被關一整天，外頭的陽光這麼好。」卡麥倫說。

「我懂你的意思，」珞蒂說，喝光了咖啡，站了起來。「我大可帶兒子到公園去野餐。你呢？天氣這麼好的時候就沒人誘惑你放下工作嗎？」

「說來話長，不過答案是沒，」卡麥倫說，「我不像妳先生那麼幸運。」

「別又來了。馬屁拍到最後會拍到馬腿上，到那時你說的話我可一個字都不會信了。」珞蒂搖頭，指著手錶。「你為什麼會比昨天快活那麼多？」她看著他終於站起來時說。

卡麥倫卻一把攫住她的手腕，把她拉過去，嚇了珞蒂一跳，原來一輛腳踏車疾馳而過，車把重重擦過她的背，幸虧卡麥倫反應快，才讓她躲掉了更重的傷害。她側跨幾步，拉開了和卡麥倫胸膛的距離，希望自己不要太像個臉紅的女學生，同時努力忽視卡麥倫的身軀有多結實。

「謝謝。」她揉著背。

「沒事。天殺的白痴為了求快騎上了人行道。妳受傷了嗎？要不要我幫妳看一看？」

「沒有，」她說，「我沒事，真的。」她邁步折回斯摩街，盡力裝得很鎮定。「你剛才要說……」她提醒他。

「對，昨天。這個當陪審員的事把我害慘了。自營業已經很不容易了，因為這件案子我丟了好多生意，可是我昨晚才想明白我也無能為力，所以還不如好好利用機會，就當作是強迫休假吧。」

兩人並肩離開了碼頭街，轉向皇家法院。

「你會覺得心煩嗎，今天我們會看到聽到的東西？要是有什麼話我們聽不懂，或是一點道理也沒有，那我們該怎麼辦？」珞蒂喃喃說，拿下肩上的皮包，準備交給警衛檢查。

「妳在說笑嗎？」卡麥倫嘻皮笑臉地說。

「別笑我。你是無所謂，你顯然什麼也不會緊張。」她皺眉道。

「我沒有笑妳，」他小聲說，離開了警衛，朝陪審團室前進。「不過妳想太多了。妳以為陪審團室裡的人都比妳聰明嗎？並沒有。妳已經把他們都看穿了。我們是來這裡以一般大眾的身分來評斷被告的，雖然我覺得妳一點也不一般，不過妳到底是覺得妳是哪一點不夠格？」

「謝謝你。」她輕聲嘟囔，兩人步入半明半暗的陪審團走廊。這一點點支持的話就是她需要的。真可惜她先生說不出這種話來，而儘管卡麥倫．艾利斯有諸多缺點，他卻非常體貼。

他打開了陪審團室，退後讓她先進去。閒聊聲變小了，最後一片沉默。珞蒂挺直腰桿，既不心虛也不難堪。她應該可以和異性成員喝杯咖啡而不致引人非議。

今天塔碧莎身邊的人更多了。除了平常的格瑞哥里、愛格妮絲和山繆之外，又增添了安迪．雷斯和比爾．考德威這兩名生力軍。

「早安，」塔碧莎說，「謝謝你準時抵達，艾利斯先生。」卡麥倫擠出笑臉，並沒有回嗆，為此珞蒂很感激。「不過呢，我們都很關切陪審員在這個房間之外見面的事。可能會給人錯誤印象。你們知道我們是禁止討論本案的，除非是全體都出席。」

珞蒂看著格瑞哥里，他總算還懂得為了他的多嘴露出難為情的表情。

「只是喝杯咖啡，」卡麥倫說，「我昨天對珞蒂很失禮，所以今天早晨想賠個罪。」

「原來如此，」塔碧莎說，「這樣的話我們倒是可以接受。不過在未來，也許我們應該都同意不要私下見面。我們大多數的人都很難抗拒把對這件案子的看法說出去。」

卡麥倫朝珞蒂眨眼，走過她面前去把報紙放下來。珞蒂看見「只是家庭主婦的珍」在卡麥倫坐下時公然瞪著他的臀部。說不定那些無聊的家務事讓珍妮佛也和珞蒂自己一樣，渴望可以分心的事物。輕易就能了解她為什麼會被迷住。卡麥倫的牛仔褲夠緊了，能炫耀的地方毫不遺漏。珞蒂朝他笑笑，回應他的眨眼，專心盯著手機。

「早安，」學生傑克說，跟他們一塊坐在咖啡桌後。「你們兩個可引起了不小的騷動。算你們幸運，塔碧莎還沒把陪審團警察找來。」

道尼法官要法庭安靜，叫檢察官開始呈上證據。伊摩珍・帕思戈站起來，珞蒂發現到她的臉上今天沒化妝。讓她看來很素淨。樸實無華。

「庭上，檢方傳喚第一名證人，愛德華・布拉克斯罕姆博士。」辯方律師詹姆斯・紐韋爾立刻起身。「庭上，布拉克斯罕姆博士的傷勢可以向陪審團宣讀，不需要他親自出庭。」

「布拉克斯罕姆博士被送到法庭來的同時，會將與他的傷勢有關的證據也一併宣讀，以便協助陪審團親眼看見他的損傷程度。」伊摩珍・帕思戈答道。

紐韋爾的下巴動了動。「已經有傷勢的照片了。這麼做只是一個為了博取同情的過分之舉，而且坦白說也是非常卑鄙的一招。」

伊摩珍・帕思戈站了起來。「紐韋爾先生需要小心用詞，這個既不卑鄙也不是什麼招數。我不接受他這種說法。」

「請兩位記得自己身在何處好嗎？我知道大家都又熱又不舒服，但是正常的法庭禮節仍然要遵守。紐韋爾先生，布拉克斯罕姆博士的身體創傷是本案的關鍵。」法官拿手帕輕拭額頭。「我不能指導檢方如何訴訟。布拉克斯罕姆博士可以被送來法庭，帕思戈小姐，但是只能在妳呈現與他的生理狀態相關的證據時。」

「遵命，庭上。」伊摩珍．帕思戈點頭。

法庭的門打開了。先是什麼人也沒有，接著一輛輪椅由穿制服的護士推進來。珞蒂不由自主地瞪大眼睛，儘管她很想要別過頭去。她覺得有一股可恥的噁心感，暗自希望她的反應沒有這麼沒心肝。同樣是人類就不應該覺得有什麼人不堪入目。輪椅被推到了證人席下方，陪審團可以看清布拉克斯罕姆。她的四周都聽得見倒抽涼氣的聲音。珞蒂把指甲掐入了手掌，以免自己也發出同樣的聲音來。

愛德華．布拉克斯罕姆居然能死裡逃生實在是奇蹟。他的一側頭顱凹陷，大概能塞進一個柳橙。被攻擊之處的下方有一邊眼瞼閉合，嘴角向下撇。癱坐在輪椅上的他在流口水，放在大腿上的雙手不由自主地抖動。最後，珞蒂別開了臉，發現下排的陪審員有許多人轉而注意法庭的後面。瑪麗亞．布拉克斯罕姆並沒有看著她丈夫，反而是瞪著法庭出口。珞蒂心想可能是被告了解了通往外面世界的出口可能很快就會永遠關閉了。無論布拉克斯罕姆太太的心裡有什麼想法，她都隱藏得非常好，也可能是她天生就冷酷無情。是不是這樣讓她在動手殺人的時候比較容易下手，珞蒂心裡想，回頭看著愛德華．布拉克斯罕姆。

帕思戈小姐拿出了檔案中的一張紙，讀了起來。

「陪審團的各位女士先生，我要向各位宣讀一份證詞。其中的內容被告並沒有意見。這是由神經學家緬斯博士所出具的診斷，他是南原醫院的布里斯托腦創傷中心的醫師。診斷內容如下：愛德華．布拉克斯罕姆頭部遭重擊，導致嚴重的出血以及頂葉組織損失。這是位於頭顱後部的區域，負責感官資訊，詮釋視覺資訊、語言表現以及計算功能。這些功能現在都嚴重受損。此外，他的視力大幅惡化，而且也喪失了語言能力。其他的重要器官功能未受影響，但是腦刺激試驗的反應變差。他的情況不會再好轉。」

珞蒂回頭看著愛德華・布拉克斯罕姆。如果是她，寧可死了也不要這樣子不死不活的。誰都不會想要這樣子。

帕思戈小姐往下說：「腦出血使得布拉克斯罕姆博士無法再走路或是控制雙臂。他會需要二十四小時的看護。他的肌肉會逐漸萎縮，最後只能臥床不起。由於布拉克斯罕姆博士在受傷之後就失去了溝通能力，因此對他的意識沒辦法有具體的判斷。他可能很痛苦，也知道自己的傷勢，卻沒有能力表達出他的沮喪或是不適。」

伊摩珍・帕思戈唸完了，放下了紙張。「庭丁會分發一疊照片給各位，各位在考慮本案的證據時可以參考。」藍色的小包裹沿著一排排的陪審員傳遞。珞蒂拿到了她的，直接就放在桌上，拆也不拆。「恐怕照片也不足以說明傷勢的嚴重。請記錄，庭上，」她轉向法官。「我想請陪審團下來法庭的主區來親自檢視布拉克斯罕姆博士的傷勢。」

「我的天啊，」學生傑克嘟囔著說，「拜託跟我說他們不是說真的。」

珞蒂也有同感。隔著一段距離看，聽診斷宣讀出來是一回事；親身去近距離檢查可就是另一回事了。

「這個請求很不尋常，帕思戈小姐。」法官說。

「照片無法以三百六十度的效果來呈現傷勢，」帕思戈小姐說，「只有這個方法才能讓陪審團看清全貌，而被告攻擊的力道與方向也可不言而喻。」

法官點頭，一名庭丁就示意陪審團繞行愛德華・布拉克斯罕姆。塔碧莎領頭，緩緩穿過法庭，人人的眼睛都盯著她。她也真了不起，珞蒂想，在人人都等著看她的反應時還能不動聲色。但是她一靠近布拉克斯罕姆博士就破功了，她檢查傷勢，嘴巴變成小小的O形。接著是格瑞哥里，低著頭，手裡攥著手帕。早晨的高溫更幫了倒忙。其次是珍，咬著下唇，似乎全身都在抖。然後是潘，抬著頭，直接走過去，接下來陪審員依序檢查。只有葛爾思・費努欽，那個渾身刺青的硬漢似乎很不得體地花了很多的時間瞪著傷勢，以逆時鐘方向繞著輪椅，還湊過去細瞧，不放過每一個角度。珞蒂覺得噁心，這個可憐的人，活像是什麼維多利亞時代的雜耍表演一樣被展示。他的頭顱有一整塊凹了進去，頭髮又長了出來，一叢一叢的，一邊耳朵在消失的骨頭和肌肉下方突出，角度很古怪。塔碧莎緊緊抓著胸口，回去坐下，珍妮佛公然哭泣。葛爾思則瞪著瑪麗亞・布拉克斯罕姆，毫不掩飾他的痛恨。珞蒂看見傑克拿袖子擦臉，不禁猜想他流的是汗還是淚。她自己回去坐下時也兩手發抖。

護士把愛德華・布拉克斯罕姆推出法庭，珞蒂瞪著剛才輪椅停駐的那一點，地上有一灘口水。多可怕，珞蒂心裡想，淪落到這樣不人道的慘況。她本想要公平地審判這件案子，聽取所有的證據之後再決定，但就是有些事情容不得解釋。無論瑪麗亞・布拉克斯罕姆要為自己辯解什麼，都無法解釋為什麼狠心讓另一個人類爛死在活生生的地獄裡。很難想像一個正常的人能夠做出如此的惡事。不驟然批評是對的，但是她無法否認她的感覺。布拉克斯罕姆博士的遭遇是野蠻殘忍的。可鄙可憎的。實在難以想像他是做了什麼事才會招致這麼冷酷的攻擊。

珞蒂回頭瞧了被告一眼，在布拉克斯罕姆太太隱藏起淡淡的笑容之前看見了。可能是在做鬼臉，珞蒂知道很多人會以為是這樣，但是看在她的眼裡卻像是滿意。被告的臉上閃過這個表情時，她的肩膀也下垂，下巴抬高了十分之一吋。那不僅僅是愉快而已，而是更接近勝利。布拉克斯罕姆博士的太太不僅僅是害他終身癱瘓，還害得他餘生被困在這具充滿了痛楚、羞辱與悲慘的身體中。卻沒有縮減他的壽命。那只有兩種解釋：不是出於失控的痛恨，就是純粹的邪惡。

9

茹絲．阿德考克會記錄下每一通來向她心理諮詢的電話，以備將來參考，同時也為她提供的建議打下堅實的評估基礎。偶爾出了事，致電者以比較極端的方式解決，會出現在新聞或是訃聞上。這些紀錄茹絲會一讀再讀，納悶自己少說了什麼或是少做了什麼，是否能夠防止悲劇發生。但是說實在話，許多自殺都是無法預防的。但是這也不能讓她讀電話紀錄時輕鬆一點。還有一些電話是她每一個字都能倒背如流的，她也不知是為什麼，反正就是甩不掉。而瑪麗亞的第一通電話就是這樣。她在心中重溫她們的交談，她已經做過不下一千次了。

電話響了。茹絲記下時間日期才接聽。二〇一三年八月四日中午十二點十五分。

「我是茹絲，」她對著真空說，「在此為您服務。慢慢來，這是個安全的地方。你不必說出姓名或是任何資料。」她打住，給致電者時間構思。等了半天都沒聽到聲音，茹絲只好又開口。「我知道很困難，對外求助感覺就像是在爬山。我們只是需要接觸。一點聲音，或是別的，讓我知道你還在，什麼都沒關係。」

聲響來得既快速又結實。致電者在乾嘔，電話鏘鎯響，從對方手上滑落。茹絲耐心等待。幾分鐘後，電話拿回來了，一個沙啞的聲音響起，好似在百萬哩之外。

「喂。」聲音低聲說。

「沒關係，」茹絲說，「我還在。只要妳需要我都在。」

就在這時啜泣聲開始了，擰絞出空氣中的氧氣。儘管受過訓練，茹絲仍然要掙扎一番才能夠面對別人的痛苦，治療它而不是吞噬它。諮商師應該要有同理心，而不是同情憐憫，這是首要規則。最好是喔，她私底下卻總是這麼想的。

啜泣漸漸變成了急促的呼吸，茹絲又開口了。「妳何不告訴我妳叫什麼名字？」她問。「不必說姓氏，保留妳的個資。只要名字就好，或是妳想讓我怎麼稱呼。我才能記得妳，想著妳。我保證。」

「瑪麗亞，」她說，「我得掛了。」

「再一分鐘就好，」茹絲說，「妳甚至不必說話。如果妳有立即的危險，當然就掛掉，否則的話，讓我跟妳說說這支電話的功用。這是絕對機密的號碼，針對的是受虐的被害人，不過我們也不會拒絕任何需要幫助的人。妳打過來的時候不是跟我說話，就是和潔瑪或愛倫。」她停住。另一端傳來摀住鼻子的吸氣聲。「妳可以打過來跟我們聊天，我們也可以推薦妳可以取得個人協助的地方。有些醫生不問妳的姓名就會為妳治療，如果妳迫切需要逃離某種情況，也有庇護所。」

「不能。」瑪麗亞說。啜泣聲停止了，說話的聲音卻徹底缺乏情緒。私底下，茹絲還寧願聽她的啜泣聲。

「妳有孩子嗎？」茹絲問。她不想讓這個女人掛斷，要是她找不出什麼方法來與她連結，瑪麗亞可能再也不會打這支電話了。但是她有這個需要，茹絲心裡想。有些人的沉默其實是孤寂的吶喊。「我沒有，可是我一直想要孩子。」沒有回答，但是瑪麗亞也沒掛斷。這是好跡象。「不過我沒有結婚。大家都會假設妳結婚了，或是覺得妳應該結婚，然後生孩子，尤其是到我這個年紀。妳結婚了嗎，瑪麗亞？」線路另一端傳來噪音，聽來像是確認。茹絲注意到可能事關丈夫。「我對感情不是很行，我本人，可是我覺得寧缺勿濫，我真的相信這一點。妳覺得有道理嗎？」

「我得掛了。」瑪麗亞說。茹絲知道她留不住她了。

「好吧。聽我說最後一句。我們的資源不夠，晚上缺人手接聽電話，不過每週七天這裡都會有人，從早上九點到晚上九點。請妳再打來。我們可以幫妳，瑪麗亞。」茹絲說。

「我來不及了。」瑪麗亞口齒不清地說。電話嗶的一聲斷掉了。

茹絲喝了一口香片，為這通電話做筆記，瞪著她姊姊的照片，這是老習慣了，每次有新的致電者來接觸她都會這樣。蓋兒二十六歲時開始和羅利這位老師約會，他比她大兩歲。一年半後，一頭栽進愛河的蓋兒嫁給了他。蓋兒進醫院的消息傳來時茹絲正在念學士後課程的最後一年。聽母親說她是摔倒了，傷了頭部，細節不是很清楚。

醫院的探病時間很少，而羅利也並不歡迎她們，因為蓋兒接上了呼吸器。還是一位實習醫生把她們的父母帶到一邊，問他們是否知道最近在蓋兒的病歷上幾個原因不明的骨折。茹絲回想起他父母的迷惑表情，絕對是真的。他們完全不了解蓋兒為什麼會手腕骨折、肋骨骨裂、三根腳趾骨裂，卻從來不提。茹絲卻知道。她一衝進蓋兒的病房，質問羅利這些傷是打哪兒來的就知道了。他在回答前別開了臉，對她粗聲粗氣的，隨口打發她。茹絲把她的推論告訴了父母親，他們還不相信。蓋兒愛她先生。他是老師，等等等等的。他為什麼要傷害他們的女兒？沒道理啊。一切都太恐怖了，讓人不敢深思。茹絲耐心等著姊姊恢復意識，才能親口說明是怎麼受傷的，她卻再也沒醒過來。羅利在一團疑雲之中消失了，什麼也沒能查證。而茹絲的一生就此改變。但不是特別因為蓋兒的死，甚至不是因為她姊姊居然挑上了一個殘暴的丈夫，而是因為她自始至終沒有告訴他們。她的母親、父親、妹妹全都被蒙在鼓裡。她沒有在最需要幫助的時刻來向他們求援。蓋兒一個人都沒有說。

茹絲花了十年的工夫才覺得夠資格、夠有心理準備來開設這條熱線。現在她沒辦法想像自己做別的事情，不僅是因為她對這份工作全心投入，也因為外面需要幫助的人不計其數。比她當初想像的人數還要多。而每次電話響，她都會有一瞬間聽見電話那頭是她姊姊的聲音，是她打出了從沒打過的電話，找到她從未尋求的協助。這支電話就是蓋兒的傳承。

10

開庭第四天

翌晨十點半陪審團已經到齊，預備要開始了，庭丁卻伸進了頭來。

「恐怕會有短暫的耽擱。法官正在聽取另一件案子的緊急保釋申請。應該不會太久。」她在大家能夠詢問確切的估計時間之前就消失了。他們也慢慢領教到了時間在法院大樓裡有不同的意義，而「不會太久」指的是從十分鐘到幾小時不等。等待是一整天的正常程序，無事可做，只能瞪著時鐘，好奇別的地方都有什麼活動。

「早啊，珞蒂，」珍說，「妳今天早上是從橋上來的嗎？我聽廣播說堵車非常嚴重。妳既然沒遲到，那就一定是避開了。」

「我其實是搭公車來的。我的車子今天要車檢，不過交通滿順暢的，謝謝關心。」珞蒂嘟囔著說，端著咖啡杯繞過她。她不想閒話家常。通車時她都在倒數時間，急著要回到陪審團室來談論昨天目睹的情況。她在卡麥倫和傑克之間坐下，不知該如何提起這個話題。

「你們覺得她會保釋嗎……被告？」士官長格瑞哥里問，並未針對任何人。

「希望不會。布里斯托的街上有那樣一個女人那可不安全。」愛格妮絲·黃直率地說。

這是一個參與討論的機會，珞蒂冒著被批評的風險，邁出了一步。「可是我們還沒聽到被告的說法，」她說，也不曉得為什麼自己要站在一個造成令人反胃的傷害者那邊。她半個晚上睡不著覺，一直在想為什麼一個外表那麼溫和的女人會突然間變得那麼野蠻。珞蒂是既驚駭又感興趣。她得到的唯一結論是瑪麗亞・布拉克斯罕姆的行為一定有個解釋，除非她是失心瘋了，而這就是珞蒂昨天在法庭上研究她的印象。「我只是不認為我們應該現在就設定她是哪種女人。」她補充說，聲音越來越小，最後幾乎像蚊子叫。

「我是絕對不想讓她住在我和我妹隔壁的。」山繆・勞瑞插口說。

「我相信你的狗會保護你的。」卡麥倫對著報紙咕噥，只有左右兩邊的珞蒂和傑克聽見。珞蒂用腳推了他的腳一下。

「你哪能知道別人能幹出什麼事來。」葛爾思・費努欽說，身上的刺青動了動；他的無袖T恤也實在是露出太多刺青來了。珞蒂很慶幸一整天坐在他隔壁的人不是她。全世界最好的止汗劑都抵擋不了本週的高溫。

「是我們大家能做得出什麼事來。」傑克說。珞蒂朝他微笑。他一身經典的學生裝，加上撕破牛仔褲和宣揚政治標語的上衣，珞蒂隱約認得，卻說不出是什麼。他的發言溫和，立意良善，但是效果卻完全不對。

「不好意思，興許是我痴長了幾歲吧，不過我確定是做不出那種暴行的。我也相信我們應該要對人類同胞有更高的期許，而不是我們昨天目睹的那種。」塔碧莎說。

「妳不覺得那個超出了妳的極限，妳可能只會比做果醬和用鉤針更多的事？」卡麥倫問她，聲音很輕快，但是報紙連一吋都沒有放下。

「太沒禮貌了，」格瑞哥里代塔碧莎生氣。「你是在暗示塔碧莎只不過是那種吃養老金的老古板。我可沒看見你自願當陪審團的主席。」

「你們這些傢伙假設被告是什麼一九七〇年代的BBC連續劇演的罪犯，就因為你們看見了她先生的傷勢，還有她先生的姓氏後面還加了個博士。我覺得在這個階段我們應該把自己的想法留給自己。」足足二十秒誰也沒說話，然後沉默遮掩了分歧，拿馬克杯的拿馬克杯，敲手機螢幕的敲手機螢幕。

卡麥倫稍微舉高了一下報紙，又回頭看報，珞蒂猜可能是體育版。她及時打住。她又在假設了。世界似乎處處是假設。不過，卡麥倫．艾利斯不肯被拉進別人的義憤中，他很樂於有個與眾不同的看法，而且表達時也毫不膽怯。珞蒂真希望她能更像他一點。說不定如果她能跟他談談昨天的狀況，就能幫她以正確的角度來看待那些傷勢。她渴望詢問他對本案是否真的能這麼不偏不倚，或者只是專門針對塔碧莎一干人等唱反調。

珞蒂自己是左右為難。她昨晚急於談論這件案子，卻覺得法官的警告沉甸甸地壓在心頭，不敢違法。贊恩問起官司，她說明了不得在家裡討論的禁令，他的反應是她太矯枉過正了。

「好吧。是一件攻擊案。」她說，清光了丹尼亞外套口袋裡的石頭和小樹枝。

「這種事有什麼好神秘兮兮的。我倒覺得就是很正常的布里斯托週五夜。是不是有人喝醉嗑藥？」贊恩問道。

珞蒂頓了頓。「我不能再說了。」她說，希望她能告訴他在愛德華．布拉克斯罕姆被推進法庭時她好想吐。希望她能解釋她很討厭自己跟塔碧莎女王、只是家庭主婦的珍和愛格妮絲．黃的想法一模一樣。怎麼會有女人做得出那種事來？女人欸。再給我倒杯刻板印象，來個雙份的，她心裡想。女人做出這種惡行究竟是有什麼不同？但是就是不同，在百萬個微小的、荒唐的、過時的方面都改變了。贊恩是沒法了解的。她怎能指望他能了解呢，連珞蒂本人都茫然若失呢。

好不容易他們才被召入法庭，審判又開始了。法庭中仍靜得讓人毛骨悚然，彷彿愛德華・布拉克斯罕姆不曾離開。珞蒂上下查看兩排的同事，沒有一個看著瑪麗亞・布拉克斯罕姆那邊。如果被告根本就沒出庭的話，這樣會比較容易，珞蒂心裡想。依照他們看見的證據來看，她的存在感覺惡毒。伊摩珍・帕思戈今天是淡灰底加深色細紋套裝，不戴古板的眼鏡，改用隱形鏡片了。這個形象較柔和，讓她比較討人喜歡。

「庭上，」帕思戈小姐開口說，「我們今天會先放一段影像紀錄檔，網路高人一般都稱之為影片部落格。」

她朝庭丁比出按鍵的動作，他就操作一台筆電，接上了法庭前部的大螢幕。詹姆斯・紐韋爾在影片播放前站了起來。

「其實呢，庭上，被告並不滿意提出這份證據。與本案的事實無關。」他坐了下來。

「帕思戈小姐，」法官說，把眼鏡往下推，越過鏡片看。「妳能簡述一下我們要看的內容，說明與殺人未遂的罪名有什麼關係嗎？」

「當然，」帕思戈說，「部落格的內容並沒有直接與事實相關的意義，所以我們才只播放一小段。相關之處是讓陪審團目睹布拉克斯罕姆博士在受傷之前是什麼樣的人，與他們昨天見到的人做比較。另一個相關之處是在平衡之後辯方可能呈現的布拉克斯罕姆博士的形象。關於這一點，如果辯方能保證不會以任何方式玷污被害人的人格，那我們就能同意不播放影片。」她停下來，朝詹姆斯．紐韋爾的方向挑眉。

詹姆斯．紐韋爾懶得回答。「難道檢方真的在宣稱一個熱愛大自然的男人就不可能會殘酷虐待自己的妻子？這種伎倆實在是太可笑了。」他對法官說。

「可笑的是沒有確證就敢抗辯。」伊摩珍．帕思戈反駁。

「我可以提醒兩位，陪審團就在法庭內聽你們的脣槍舌戰嗎？把你們的意見留給自己。至於影片，盡量簡短，帕思戈小姐。證明妳的主張，然後繼續。」法官命令道。

伊摩珍．帕思戈再次朝庭丁點頭，他就按了播放鍵。螢幕閃了閃，接著出現一張男人的臉孔，近距離，而且笑容滿面。

「今天，是我一年中最喜歡的時節，我有很特別的東西，」愛德華．布拉克斯罕姆博士透過數位時間錯位跟他們說話。他俯身到地上，掏摸了半天，先舉起一塊布，再把一個蠕動的小生物帶到鏡頭前。牠抬起鼻子嗅布拉克斯罕姆的雙手，然後歪著頭。

法庭中穿過一陣風，大家看著他展示的那隻刺蝟寶寶都低聲呢喃。愛德華．布拉克斯罕姆拿了一小塊食物到牠的嘴邊，讓牠啃咬。「英國為了建築計畫而使得林地與草原喪失，現在對這種生物的棲地正造成劇烈的影響。我們越來越難看到新生命誕生，而更多的成年刺蝟死亡，丟下了失去雙親的年輕刺蝟。我們的下一代得靠運氣才能看見一隻這種美麗又害羞的動物，所以我們一定要留住供牠們交配和繁衍的區域。」他把嗅個不停的刺蝟寶寶放回箱子裡，坐直了繼續對觀眾說話，這時螢幕變得一片空白。

伊摩珍．帕思戈接著說：「這支影片是由布拉克斯罕姆博士在他死前五天錄製傳送上網的。現在檢方傳喚鑑識官吉伯斯博士來作證。」

庭丁消失到外面去傳喚證人。

洛蒂長長地吐了一口氣。布拉克斯罕姆博士的傷改變了他的整個人生，影片簡直就像是從墳墓裡發送出來的。他再也不能舉起另一隻刺蝟了，也不能熱情地對著鏡頭說話，把他的理念散播到全世界。他甚至可能無法了解以他為中心的這次審判的結果。生命可以粉碎得這麼快。她不禁好奇布拉克斯罕姆太太在揮出那一擊時是有什麼意念。是恐懼、憤怒，或是更複雜的情緒才讓她舉起那支椅腳？嫉妒、挫折，或是貪念？洛蒂覺得好消沉。如果說昨天她是因為傷勢而震驚，那今天她就是感覺到了生命損失的代價。看著愛德華．布拉克斯罕姆說話微笑，比只當他是被害人及病人要更讓人難受。想到這麼一個認真熱情的人居然在生死之間掙扎，實在是令人心碎。陪審的工作突然變得極沉重，他們要做的不僅僅是做出判決來，他們也是要在布拉克斯罕姆夫妻的婚姻中挑揀出泥土，把骨頭分類出來。

「真聰明。」卡麥倫．艾利斯在她旁邊嘟囔。洛蒂轉頭看他，不確定他是在說布拉克斯罕姆博士或是那段影片。法庭門打開了，一名女子走進來，在證人席就坐，而洛蒂還沒想通卡麥倫的意思。

吉伯斯博士發過誓，隨即說出她的專業資格，說明她鑑識過布拉克斯罕姆博士的傷勢以及犯案現場。而本案一切的鑑識工作都由她監督，從DNA到血跡噴濺模式。洛蒂一點也不羨慕她的工作。

吉伯斯博士的手上拿著一個長塑膠袋，放到證人席的檯面上。伊摩珍．帕思戈開始提問。

「妳從傷處看出了什麼，吉伯斯博士？」

「最顯著的一點是頭骨不僅是骨裂而已，通常是用以固定椅腳的金屬夾具也穿透了頭骨，插入了顱腔，擠出了一片組織。那種力道幾乎絕對是致命的。布拉克斯罕姆博士之所以能活著，完全是因為腦部受傷的這個區域還可以維持重要器官的運作。」

「那傷口的角度呢？妳得出了什麼結論？」帕思戈小姐問。

「傷口是在頭骨的高處。有鑑於布拉克斯罕姆博士的身高與被害人相當，她一定是把椅腳舉得非常高，遠遠超過了她的頭，讓她能夠增加下擊的力道。以這麼大的力量往下擊打他的頭頂不但傷及了頭骨，也由於皮膚鬆弛、神經與肌肉損傷而使他的面部五官歪斜。」

珞蒂覺得想吐。

「有沒有證據指向被告並無意使人重傷，比方說，只是想暫時讓布拉克斯罕姆博士無法行動，讓她可以趁機逃出家門？」伊摩珍．帕思戈問。

「我不認為，」吉伯斯博士回答，「這是非常有力的一擊。擊打的角度是在頭骨後方。如果各位看三號照片……」吉伯斯博士打開面前桌上的那捆照片。珞蒂前傾，打開了小冊子，一看見超大的彩色傷口，胃就翻了個觔斗。她使盡了全身的力氣才沒有立刻把冊子合上。「你們可以看見後方的傷口。微偏頭骨中心的左邊，有個三角形的凹陷。瞄準這一點就表示布拉克斯罕姆博士不會察覺到武器被高舉起來，因為武器從他周邊視覺的兩邊都察覺不到。他是從背後被直接攻擊的，無法自衛。另外從傷口也可看出，兇手在攻擊之前並沒有發出聲響，有的話，被害人被攻擊時就會是正在轉頭的過程之中，傷口就不會是直接從後腦勺劃下來。」

「妳把兇器帶來了嗎？」帕思戈小姐問。

「有的，」吉伯斯博士說，「被告的指紋和DNA都在椅腳末端以及較低處的血跡中發現，證實了她是雙手握住兇器的。椅子的其他部位也有指紋，不過沾血的尾端卻沒有，不過使用多年的家具都會這樣，而這一張椅子大約有三十年的歷史。」

椅腳附上了陳列號碼，交給辯方檢查，然後才傳給陪審團。塔碧莎先接下，詳細檢查，翻來覆去地看，摘掉眼鏡在拍紙簿上寫字。等傳到珞蒂時，塑膠袋已經因為汗濕的手摸過而發黏了。她用指尖拎著，屏住呼吸。尾端的血跡明顯可辨，只是已經變黑變乾了，袋子裡還有殘餘的粉末。而讓她起雞皮疙瘩的是金屬夾具邊緣的頭髮，夾具尾端是尖銳的。笨蛋才看不出來它會造成多大的傷害，無論攻擊的角度是蓄意的或是意外。她把證物傳給愛格妮絲．黃，珞蒂看著她穩穩地以雙手握住椅腳的底部，收回胳臂，好像是準備揮擊。珞蒂從後面能看見愛格妮絲的肌肉收縮，椅腳既古老又堅實，不是那種組裝或輕量的家具。揮出去，你就做了一個選擇，她心裡想。揮出去，你就是存心的。

伊摩珍．帕思戈坐下了，詹姆斯．紐韋爾站了起來。

「吉伯斯博士，使用的力道可能意味著不同的動機因素，而妳都無法評估，是嗎？」他問。

「我不確定你是什麼意思。」吉伯斯博士說。

「我是說使用的力道很可能是因憤怒的程度而定，同樣的也會因恐懼的程度，或是其他種種不同的情緒而定。」紐韋爾說。

「我不認為我有指出某種特定的情緒。」吉伯斯博士反駁道。

「對，但是妳說攻擊是在布拉克斯罕姆博士背對著時發生的，妳是在暗示完全沒有刺激挑釁。我的看法是妳的主張太簡化了。妳假設打鬥是一種單一的事件，一個人唯有在行動之中才會自衛。」紐韋爾說。

「對，我是這麼認為的。」吉伯斯博士說。

「所以忽略了這個可能，就是攻擊可能是為了要預防接下來的事件，或是未來的傷害。」紐韋爾說。

「辯方律師是在請證人臆測。」伊摩珍．帕思戈插口說。

「我是在探討另一種可能。」紐韋爾回道。「好吧，那就跳過。吉伯斯博士，我們是否能說椅腳上的金屬是造成頭骨重創的原因？」他問。

「當然是它造成了頭骨完全裂開，而非僅僅是頭骨仍閉合的骨裂。」吉伯斯博士說。

「以如此的力道，布拉克斯罕姆太太就幾乎不可能確定椅腳的哪一部分會接觸到頭骨。她在舉起椅腳或是揮擊時，椅腳很可能會換個方向。」紐韋爾說。

「有可能。」吉伯斯博士說。

坐在法庭後部的瑪麗亞．布拉克斯罕姆動了動，頭搖了搖，動作極小，同時皺起了眉頭。珞蒂忍不住想她是否回想起她拿武器痛打先生的那一刻，而她這時才明瞭她做了什麼。

「因此，有可能瑪麗亞．布拉克斯罕姆並無心導致如此嚴重的傷勢。」詹姆斯．紐韋爾作結道。

「是有可能，但是我不能斷言被告的心中有什麼想法。我的證詞純粹是就科學的立場而言。」吉伯斯博士說完。

「沒錯，謝謝妳。」紐韋爾說，坐了下來。

吉伯斯博士獲准離開了。

「既然現在已經是十二點半了，就休庭用午餐。」法官說。

「他不喜歡刺蝟。」法庭後面傳來說話聲。

道尼法官皺眉。一大堆人轉過了頭。「抱歉。有人說了什麼嗎？」法官問。

「他說那是沒有跳蚤的害蟲。」瑪麗亞．布拉克斯罕姆接著說，這次聲音更大。珞蒂看著被告顫巍巍地起身，一手按著玻璃。

「布拉克斯罕姆太太，稍後妳會有機會表達妳的看法。現在我必須請妳坐下來。」法官說。

「可那是謊話。」瑪麗亞說，聲音拔高了。珞蒂很詫異她突然變得這麼堅持，在此之前她似乎都漠不關心。

「紐韋爾先生，」法官說，「請提醒你的委託人她應該坐下，保持安靜。我不想讓她被強制押到牢房裡。」

紐韋爾轉過去示意瑪麗亞坐下。

「我有一次把一隻受傷的刺蝟帶進家裡，而他——」瑪麗亞說。

「夠了，布拉克斯罕姆太太，」法官也拉高了嗓門。「立刻坐下，否則我就要叫人把妳帶出去了。」

證人席的獄警站了起來，抓住了被告的胳臂，要把她按回座位上。詹姆斯・紐韋爾插手了。

「庭上，是否能請陪審團退出，我和我的委託人說句話。」他說。

「最好是這樣，紐韋爾先生。我不要我的法庭裡有這類侵擾行為再出現。」法官厲聲說，站了起來從後面的門離開。

他們回到陪審團室，人人都若有所思，一言不發。珞蒂進去時，格瑞哥里、塔碧莎、山繆和愛格妮絲又湊到了一塊，但她卻不像平常一樣衝去弄茶和咖啡，而是從皮包裡掏出手機，往廁所去，等著手機開機時瞪著鏡子。一根手指沿著雙眉的直紋劃，很難不去想瑪麗亞・布拉克斯罕姆在說她先生和刺蝟時的臉孔。她很固執。珞蒂覺得她絕對是非常困惑，為什麼沒有人要聽她說。獄警把她的手從玻璃上拉開，玻璃上留下了清楚的手印。對，法庭是很悶熱，對，玻璃箱裡一定更熱，但是珞蒂忍不住猜想她的手會流汗一定不只是因為悶熱。珞蒂把自己的手貼在鏡子上，等了很長一段時間，等到輪廓清晰可見她才拿開。她自己的手只有指尖留下了最小最淡的痕跡，不像瑪麗亞・布拉克斯罕姆的。她的五指箕張，指尖在玻璃上閃著白光，就連尖端都在出汗，因為她按得那麼用力。她是火冒三丈，珞蒂明白了。她的爆發是無可避免的。就像她手掌上的汗，沒有辦法能讓汗不流出來。那種憤怒是意味著她脾氣火爆，抑或是看著她先生愚弄了法庭裡的每一個人而挫折沮喪？

我不可以斷言，珞蒂告訴自己。現在還不行。還沒有看清全貌。無論理由為何，瑪麗亞・布拉克斯罕姆當下的反應——她的皺眉，她的堅持，她手掌上的汗——都是真實的，不是在作戲。

她的手機響了，她一顆心往下沉。她在法庭幾小時了，錯過了贊恩的訊息，他們安排了重要的晚上活動，她先生絕對是急著等她確認。

「回家來為今晚準備。晚宴外套從乾洗店拿回來了嗎？我母親傳電郵說給丹尼亞的生日禮物，傳建議給她上網訂。我需要預約牙醫，可以幫我嗎？謝了。」

她老公的晚宴外套當然從乾洗店拿回來了，珞蒂心想。不過可不是他去拿的，那是她的工作。還有，贊恩幹嘛要親自去預約牙醫呢？反正有她嘛。丹尼亞的生日還有兩個月，可是她婆婆今天就要人回覆。遵命照辦比較不會惹麻煩。只不過是在她的待辦事項中又多了幾項嘛。一週之前她可能還不會注意到，她心裡想，用手耙過頭髮，掀起髮束來讓涼風吹一吹，所以現在又為什麼這麼心煩？可能是因為她是某件大事的一個角色。可能是因為她明白了在家庭之外她還能有別的貢獻。或者是她在走進這棟詭誕嚇人的大樓後，記起了一向都能安於枯燥無聊的生活之前那種不會感覺無聊的滋味？感覺好像她是從童話故事一樣長的睡眠中甦醒了。

她把兩手伸到清涼的自來水底下搓洗，再拿紙巾擦乾，回到陪審團室去喝杯飲料，分散心神。她想得太多了。

「簡直是叫人毛骨悚然，」格瑞哥里憤慨地說，「這麼好的一個人居然被這麼殘忍地攻擊。」

「而且還是在自己家的廚房裡。讓你覺得到哪兒都不安全了。」塔碧莎也幫腔。

「要是我老公敢對我那樣，我會判他死刑。」愛格妮絲・黃也不落人後。

「知道嗎，我們真的應該等到聽完雙方的說法。」傑克小聲說，翻開了一本破舊的湯瑪斯・

哈代的《遠離塵囂》，坐了下來。

「喔，得了吧，」刺青仔葛爾思說，「他媽的文弱書生。你懂個屁。你一出生就有個幸福溫暖的家，還有個好媽咪，然後去念有錢小子的學校，成天坐在那兒討論理論。這是真實世界的玩意，小兄弟。」

「費努欽先生，」塔碧莎說，「沒有必要人身攻擊，不過我倒是同意傑克在這件事的看法上可能不會跟我們這些成人一樣。這是人生經驗的問題。我認為我們有權從今天早上聽見的事情裡得到一些結論。」

「我只是說現在都還只是一面之詞，」傑克說，「我們不是應該要等到最後再偏向哪一邊嗎？」

「沒有人在選邊，年輕人，」格瑞哥里說，「但是我們都看見了兇器。我知道那個女人想要幹什麼，我的心裡連一絲疑問都沒有。」

「你不能憑這個就定她的罪。」傑克說。

「他媽的，我敢賭這個小子是個他媽的吃素的。」葛爾思嘀咕著說。

「他不是小子，他是成人，我們在這個房間裡都是平等的，」卡麥倫打岔。「所以解散。法官的指示很清楚。到最後才判定。你們有權有自己的意見，不過暫時別說出來。」

「塔碧莎才是主席，」格瑞哥里氣呼呼地說，「如果她不覺得我們討論有什麼不妥……」

塔碧莎咳了咳。「也許我們都應該要休息一下，」她說，「顯然最無辜的談話也會被誤解。我們只是在梳理證詞，預備要在審判最後覆核。謝謝你的意見，艾利斯先生。」

「很樂意幫忙。」卡麥倫說，坐到了傑克旁邊，還朝他眨眼睛。傑克也回以笑容，而珞蒂則躲在手機後嘻嘻笑。

「真英勇。」她等到大家的話匣子打開之後就對卡麥倫低聲說。

「一群愛批評的混蛋。」他說。

「我不是故意要招惹他們的。」傑克說。

「你說的沒有錯。」卡麥倫說，友善地按了傑克的肩膀。「該有人要公平一點。」庭丁出現了，宣布他們可以回家過週末。珞蒂收拾皮包，準備要走。卡麥倫拾起了她那天早晨丟在地上的雜誌，交給她。

「妳沒事吧？」他在其他人離開時說。

「沒事，只是看那段影片實在是很讓人難過，」她說，「然後又實際握著兇器……讓我有點噁心。」

「我知道，不過這件事還有另一面。一定有，不然我想布拉克斯罕姆太太早就認罪了。聽著，我聽見妳告訴珍妮佛妳是搭公車來的，妳何不讓我送妳回家？今天真的很難熬。」

珞蒂考慮了一會兒，卻搖搖頭。

「我沒事的，」她說，「我不想給你添麻煩。」

「不麻煩。我們今天提早結束了。我沒有別的事要做。」卡麥倫說。

珞蒂調了調肩上的皮包揹帶。「說真的，我先生可不會高興——我被男人送回家。他對這類事有點敏感。」

「妳是說吃醋？」卡麥倫哈哈笑。「妳又沒做什麼虧心事。妳連讓別人載一程的自由都沒有嗎？」

「是沒有這麼嚴重啦，只是不想費那個力氣解釋你是誰。我先生很保護我，而且我們的鄰居是那種很喜歡窺探的。」她回答道。

「好吧，不過妳可能應該在到家之前把雜誌丟進垃圾桶裡。我把電話號碼寫在封面上，怕妳的公車煞車失靈，需要救援。當然是秘密的救援。」他悄悄說。

珞蒂的胃往下墜了一吋，她覺得一股腎上腺素從脊椎直衝上來，害她頭暈。

「白痴。」她以笑聲作答，不曉得該拿雜誌怎麼辦。當下就從皮包裡拿出來似乎是小題大作了。她可以把雜誌留在公車上，她決定了。反正有卡麥倫的電話碼號也沒有什麼壞處，只是以備不時之需。

「好吧，我至少可以陪妳走到公車站。」他說。

他走在珞蒂前面，穿過了門，而珞蒂瞪著他的輪廓。比她高一個頭，身材是會在酒吧裡讓人人轉頭的，她不禁想他有什麼樣的人生。很難相信卡麥倫沒有人在家裡等他回家。夏季的太陽照亮了他的褐髮，他很適合穿牛仔褲和T恤，簡直就是美國碳酸飲料的廣告人物。珞蒂願意拿錢出來賭他身上沒有一丁點贅肉。一大堆的肌肉，卻沒有脂肪。沒有一處軟綿。他這樣子讓她想到動物。她倒不是想著他的身體，她告訴自己，一面在腦海裡驅逐那個畫面。幸好沒讓他送她回家。她老公可真的不會喜歡讓她跟卡麥倫．艾利斯這樣的男人相處。不過她是不會主動提起的。只要她老公不知道，就對他無傷。

11

贊恩．赫拉吉伸出手讓珞蒂幫他繫袖釦。「妳可以幫我嗎？」

「好啊。」珞蒂說，放下了自己的手鐲。她知道其實贊恩不需要她幫忙，但是他就是喜歡讓她來。他當上了製藥公司的地區經理之後就堅持要把他的襯衫都換成袖子需要用袖釦的。起碼從那時起幫他買生日禮物就輕鬆多了。她確定兩邊的袖釦角度都是一樣的，而袖子則都俐落地翻摺起來。贊恩喜歡外表整齊俐落。他是個好看的男人，皮膚完美，高顴骨，一口白牙可以拍牙膏廣告。無論是為夫或是為父他都是傳統觀點，但是珞蒂在嫁給他時就知道了。他對勾還有一股熱情。漂亮屋子——。漂亮老婆——珞蒂瞪著鏡中的自己。對，她是漂亮，誰也不能否認，儘管這些日子來似乎越來越不漂亮了。孩子（一個兒子，加分）——。然後還有贊恩拚命往上爬的事業天梯。

今晚是年度銷售晚宴。贊恩的團隊獲提名角逐某個獎項，對他以及他的銷售主管而言可能是一個豪華的高爾夫球週末。更重要的是，這是贊恩給大老闆們留下好印象的機會，他們有些會特地從美國飛來。珞蒂用整髮器把長髮燙平。贊恩要她穿及地翡翠綠禮服，那件禮服讓她的小腹像洗衣板一樣平，還能烘托她的胸圍。很炫耀，但是他向來就喜歡她穿這件，而今晚也是他的夜晚。以她個人來說，她只想洗個熱水澡，早早上床的。珞蒂在贊恩回家之前偷喝了一大杯紅酒，又在飲食上作了弊，希望酒精會讓她這一晚過得勉強可以忍受。公司活動的交談總是呆板做作，她最後總是禮貌地點頭，忍耐幾個小時，最後終於找到機會提醒贊恩丹尼亞還在家裡等他們呢。

保姆來了，珞蒂花了幾分鐘吩咐她該如何聯絡他們，這才去吻丹尼亞道晚安。他在鬧脾氣，一點也不像平常一樣乖巧。珞蒂陪他躺下來，輕撫他的臉。他用兩條小手臂牢牢摟住她的脖子，弄亂了她的頭髮，也弄花了她的妝。珞蒂不在乎。她出庭的時候好想他。每天能回到家來，急著把他摟進懷裡，這種感覺很好。她一直都不明白她有多麼需要一點距離，來重新感受她對兒子的愛。

贊恩探進頭來。「珞蒂，計程車隨時都會到。」丹尼亞從枕頭上抬起頭來，又被吵醒了，掙扎著要下床。

「我得哄他睡覺，」珞蒂說，「讓保姆來的話他會不高興。」

「妳應該在打扮好之前就先哄他睡覺的。這下子妳的頭髮又得重弄了。」

珞蒂用手撫平頭髮。「就請司機等幾分鐘。我會讓丹尼亞回去睡覺，我保證。我的頭髮梳一梳就行了。」

「我們不能遲到。」贊恩提醒她，好像她還會忘記似的。

「我們不會的。」她柔聲說。

贊恩關上了門。珞蒂輕搔兒子的下巴，吻他的鼻頭。「好了，小怪獸。要聽歌還是故事？」她問。

「歌。」丹尼亞決定了。

「好，不過要閉上眼睛，好嗎？」

「好，」他說，「可是要親更多下。」

「我想可以。」珞蒂說，湊過去吻他的臉頰和額頭，而他則縮成一個球。她喃喃唱歌，讓他在懷中睡著，聽見計程車在馬路上按喇叭，她忍不住咒罵。她悄悄溜下床，屏住氣息，不過他沒醒。趕緊再補上唇膏，梳了梳頭髮，希望贊恩會原諒她不夠十全十美。

「那妳記不記得誰跟我們同桌？」贊恩問，拂開長褲上並不存在的絨球。

「記得。放心好了，我又不是第一次。」珞蒂小聲說，瞪著窗外，享受著無雲的夜晚、明亮的星空。她有好久好久沒有抬頭看過夜空了。

「那我們談過的高爾夫呢？」他查看手錶，是他們坐上計程車後的第五次。

「嗯？」珞蒂嘟囔著說，換個位置好仔細看著路邊一對似乎在吵架的男女。世界忽然間充滿了各種新的可能，最穩定的關係就像一支粉末做的鑰匙，一吹就散。只有他們例外。贊恩是一股穩定的力量。一成不變，雖然還不到中年，他知道自己要什麼，要往哪個方向。這些日子以來他也決定了珞蒂應該是什麼樣的人，她的人生應該要如何開展。不怪他。珞蒂也有錯，是她放手讓他幫她做決定的。

「夏珞蒂？」他說，幾乎掩不住惱怒。也難怪他會壓力大，她告訴自己。今晚在製藥銷售的日曆上是很盛大的一晚。

她掩住一聲哈欠。「我知道，趁你離開座位的時候說溜嘴，說你贏了高爾夫俱樂部的錦標賽。你不想讓別人覺得你在炫耀，不過他們就是喜歡這種事。」

「妳也不必一副很累的口氣。」他低聲說，朝司機的方向瞅了一眼。

她想跟他說他很幼稚，他應該不用管那些中層管理人員，而她也當然不必被拖下水。真的很可悲。最後她只是聳聳肩，又瞪著窗外，很好奇瑪麗亞・布拉克斯罕姆的週五晚上是如何度過的，她是不是在和良知掙扎，或是躺在床上睡不著，想到要坐牢而心膽俱裂。

「我知道妳不喜歡這類晚宴，可是請妳盡量保持微笑。我們給人的印象是很重要的。那是在人群中脫穎而出的機會……」

洛蒂讓心神渙散，不去聽贊恩說明接下來的幾小時有多重要。她不需要聽訓。公司活動已經夠嚇人了，她不介意贊恩的大老闆們心情愉快，對她一點興趣也沒有，她高度懷疑他們在幾杯酒下肚之後還分得出誰是哪個員工的伴侶。她討厭的是贊恩對她應該做，或是不該做的每一件事都繃緊神經。謹守安全話題尤其是不能或忘的規則。談她真正了解的事，以免胡說八道。洛蒂不確定贊恩的大老闆們會想聽她在換尿布上的專長，但是這些日子來她也只主修這個。

「好了嗎？」贊恩一看見飯店燈光出現在前方就問。

「是，了解。梅森先生的太太剛離開了他，所以別問候她，還有強森太太的紅疹絕對是要迴避的話題。」洛蒂說。

「對了，妳好漂亮。到達之後何不到洗手間去上點睫毛膏，那妳就十全十美了？」贊恩說。

「謝謝。」洛蒂咕噥著說，知道她忘了把睫毛膏放進皮包裡。她會假裝去一趟，為了贊恩。他一整年都很努力工作，她最起碼可以順著他一點。到了洗手間，她設法向別的女士借用了睫毛膏，回去贊恩那桌坐下。

「好多了。」他說。「傑夫，亞力克斯，這是我太太夏洛蒂。」

她和他們握手，向他們和他們的太太自我介紹。贊恩很得意，聲音比平常大，笑聲也更歡快。這是好兆頭，表示她先生會高陞到資深經理桌位。再一年像去年一樣，贊恩跟她這麼說過，他就一定會陞遷。今晚就是板上釘釘的一晚。

第一道菜送上來了，珞蒂一句話也沒說。她把無聊到爆卻還能掛著笑容這門功夫練得爐火純青。

「我真的好喜歡妳的眉毛，」某人的太太在交談間歇時說，「妳是去哪裡修的？」

「其實我是自己弄的，」珞蒂說，喝了一大口酒。「我覺得比較簡單。」

「女人吶，就會聊這些，」不知是傑夫或亞力克斯說，還朝贊恩眨眼睛。「真希望我也可以把每天都花在擔心眉毛上，而不是房貸得付了！」他為自己贏來了一輪笑聲，女人也陪著一塊笑。珞蒂覺得她好像被甩了一耳光。她並不是一個只能談美容的女人。雖然她的時間都花在養育孩子上面，卻沒有人有權看低她。

「其實呢，」珞蒂對著同桌的婦人說，「我最近的時間不是花在擔心我的眉毛上。我現在正在布里斯托皇家法院擔任陪審員。」

「當陪審員！」另一個人的太太說，「妳不覺得有點太有挑戰性了嗎？」

「不會有挑戰性，不過牽連很多方面。審判可能會持續一段時間，」珞蒂說，喝光了酒。

「我們目前還只聽到法醫的證詞。」

「那大概不是什麼重大的案子吧，」其中一個傑夫／亞力克斯之流的傢伙說。珞蒂決定不甩他們是哪個了。「商店行竊案吧？我太太是零售業的專家，讓她去當陪審員就是不二人選。」

洛蒂很高興看到就連別的太太們聽見這句話都沒辦法笑得自然。

「是殺人未遂案，案子其實還滿高調的。媒體大幅報導。絕對比無聊的坐辦公桌工作要強。」她微笑，拿起酒瓶，給自己倒酒。

「我倒意外他們居然不審查陪審員的資格，」傑夫／亞力克斯嗤之以鼻道。「我一直覺得奇怪，什麼張三李四的都可以讓他們來決定這麼複雜的事務。起碼得要求最基本的教育或是工作經驗。」他不懷好意地看著洛蒂。洛蒂命令自己不要上鉤。

「喔，我相信他們會用非常簡單的言語來解釋的，」一位太太說，「是不是啊，親愛的？」

洛蒂大口吞酒，不確定哪一樣更瞧不起人。被罵簡單，還是被人叫親愛的。

「夏洛蒂跟我說陪審團裡有許多令人欽佩的人。有一個顯然是藝術品拍賣官。我想混合了不同的知識分子就能取得一個平衡了。」贊恩在她能回答之前幫她說。她知道他不是有心這麼貶損人，但是真可惜他不能信任她有本事自己為自己說話而不需迎合他的大老闆。

「我最樂在其中的就是案子的錯綜複雜。那種我是一個宏大過程中的一分子。丹尼亞年紀還小，現在還需要我，我不介意待在家裡，可是我想不出還有什麼比未來的三十年就光打理房子、照顧先生還要更糟的事情了。」洛蒂說。

她很感激她的這番話終於讓大家都閉上了嘴巴。幾位太太都突然忙著撥弄食物，而傑夫和亞力克斯則鐵青著臉，怒瞪著贊恩。她做個深呼吸，想要找到適當的話來打圓場。只是她也不確定她這頓脾氣是打哪來的。幾乎有九成的機會傑夫／亞力克斯的太太們沒有工作過。她原是想讓大家閉嘴，並不是要惹他們不快，而且她也根本就不是有心找碴。洛蒂了解提供一個穩定的家和家庭環境的價值，了解支持你愛的人的重要。那就跟任何工作一樣對社會有很大的貢獻，在許多方面甚至還厥功甚偉。撫養出一個快樂的孩子，親手刷洗、打掃、管理家務，絕對不是什麼簡單的事情。說實話，當個在家裡的家長一點也不會減輕你的地位，只是她一直找不到她自己在這個角色裡的價值。珞蒂正要開口道歉，贊恩就搶先了。

「恐怕妳是把陪審員的工作想得太重要了，甜心，」她先生說，一隻手警告地按住了她的膝蓋，表示這個話題到此為止。「而且妳可能也因為這樣有點壓力過大了。」

她氣沖沖瞪著他。想得太重要？怎麼，因為她其實沒那個分量嗎？贊恩倒是說對了一件事。她的壓力過大，不過不是因為擔任陪審員。她是因為她變得有多麼無足輕重而壓力大。她是怎麼會被貶低成一個行為不當、找麻煩的食客的？以前的贊恩絕不會像這樣子跟她說話，他總是喜歡她的慧黠。她可以逗他笑。他欣賞她。這個平衡卻歪斜了。他的事業越來越成功，他們的關係蹺蹺板也把他舉在半空中，她卻掉進泥巴裡。而她先生連看都沒看見。

「你說是就是。」珞蒂回答，喝光了酒，又伸手去拿酒瓶。贊恩圓滑地拿走了她手上的酒瓶，放回桌上。「我得去檢查一下口紅，不好意思。」她站起來，走向洗手間，不理會自己感覺腳步搖晃。她臉上掛著笑容，一直到安全鎖進隔間裡。他們的粗魯，他們的紆尊降貴都令人嚥不下這口氣，而更糟的是，那些女人似乎還在助興。她的先生——無論他是否只是在拍老闆馬屁——也沒有權利貶低她。她做了幾個深呼吸，穩住一種模糊的暈眩感。晚餐很油膩，所以她只是在盤子裡撥過來撥過去，弄出像是她吃過幾口的樣子。謝天謝地，起碼酒還不算太壞，不過還得要好幾杯才能淹沒她的怒氣。

珞蒂把手機從皮包裡掏出來，查看聯絡人，她把卡麥倫的號碼儲存在「木匠」的名稱下。贊恩沒有檢查她手機的習慣，但是也沒理由自找麻煩。她鍵入幾個字，又刪除了。

卡麥倫不會在家裡，不會想看她在某個白痴晚宴上傳來的哀哀叫。她考慮要打給別的朋友，在心裡劃掉了一個又一個名字。她是要說什麼？說參加正式晚宴，又有酒喝，角落還有爵士樂隊在演奏簡直是受罪？此時此刻她認識的每一個人不是在看電視，就是在洗碗盤，或是收拾亂丟的玩具。至少卡麥倫似乎能懂她。荒謬，沒錯。他跟陌生人差不了多少，只是在共事幾天之後，感覺上他不僅僅是陌生人。她又開始打簡訊，決定要冒個險，聯絡他。畢竟是他自己留下號碼的，他要是不願意她聯絡，就不會留下號碼。

「倒楣透了的一晚，」她寫道，「被白痴包圍，全都以為我只有臉蛋沒有腦。等不及週一回法庭了。」

她按了傳送，再從皮包拿出鏡子，補了眼妝。卡麥倫會正在忙，她告訴自己。他的電話可能關機了，或是沒電了。或者他是在酒吧裡，根本聽不到。

她的手機傳來回應，她的脈搏加快了。她打開訊息。

「我猜大家總是低估妳。他們的損失。知道他們是白痴我笑得很開心。週一早上九點十五分去刀叉吃早餐，在卡伯特圓環。我請客。」

她讀了三遍才回覆。

「好。我要全套英式。」她闔上手機時瑟縮了一下，想像她先生知道的話會有何反應。不過卡麥倫說得對。是贊恩的損失，而且已經有太久沒有什麼人事能挑起她的興趣了。不是說贊恩不感激她，他有，以他自己有限的方式，即使他在剛才是個混蛋。珞蒂壓碎了漸升的罪惡感，再一次打開手機，刪除了簡訊。最好不要留下證據，引人誤會。她撫平頭髮，準備回去餐桌，希望音樂現在夠大聲，讓大家不用說話。今晚不需要是個被毀掉的一晚。還有很多酒可喝，很多舞可跳。無論別人怎麼看她，她都有權過自己的人生，趁著還年輕好好享受。

12

珞蒂沒見過這麼安靜的卡伯特圓環，不過話說回來，她也從沒在這裡赴過早餐約會。不是約會，她糾正自己。是見面。跟朋友。同事，算是吧。她走過各家連鎖店、提款機和一排排的塑膠椅，供逛街的人蹺個腳再繼續他們的商業朝聖之旅。她猜每個大型購物中心都是這樣吧，不過她並不太常到別的城市去，說真的，她現在還真想不起來去過什麼地方。有一次到卡迪夫去探望贊恩的一些遠親，那是在……一年半、兩年前？贊恩倒是定期出差，所以他週末最不想做的事就是又在路上奔波。要是她也時不時就得到倫敦、曼徹斯特或是愛丁堡去跑一趟，她也不會想出門。她先生抱怨過，卻不肯把出差這種事交給團隊中較資深的成員。她停在一家旅行社外，瞪著櫥窗上的圖片。非洲、中世紀的歐洲城市、遼闊的白沙灘，而她卻在卡伯特圓環，自以為在做什麼出格的事情。她簡直是個小可憐。

轉身離開櫥窗，她改而向上看，透過高高的玻璃天花板看著清澈的藍天。這裡有一家電影院，她沒去過。贊恩寧可在家下載影片。還有她沒吃過的餐廳。公平一點講，大多數是賣漢堡，把回鍋再炸的薯條當特餐的店，但即使如此，這些日子來他們也極少外食。帶著個年幼的孩子不出門比較方便。她錯過了好大一塊的人生。

「贊恩是好人。」她大聲說，發覺她是在找方法說服自己，而不是在誇獎他。他們在一場公司活動認識的，她在分發禮品袋，裡頭裝的當然又是那些派不上用場的名牌垃圾。那是她在促銷公司上班的第五週，她已經受夠了，埋怨自己怎麼會找了這麼一個需要穿細跟高跟鞋站上幾個小時、民眾卻理都不理你的工作。忽然有個男人走過，伸手拍了她迷你裙幾乎遮不住的臀部。另一個男人仗義相助，斥責了這個登徒子，執意要他道歉。她幾乎喘不過氣來，那種被保護的感覺，因為她只被當作一具可以上下其手的身體。

贊恩確定她沒事之後，就提議要幫她買咖啡，還等到她值完班再帶她去吃飯。珞蒂記得那時對他合身的套裝和修剪整齊的指甲留下了好印象。他比她大了不止十歲，但是在那一刻這一點似乎反而令人放心，而不是彆扭。贊恩付了帳單，護送她走向他的汽車，幫她開門。沒有男人這樣對待過她。這個習慣她先生一直維持到婚後幾個月，然後，就跟許多婚前的福利一樣，從每一次慢慢變成偶爾，最後就一去不回了。其他的還有他幫她做晚飯，或是無緣無故帶花回家，或是說謝謝妳。親密或許不見得會帶來輕視，但絕對是通往懶惰的道路。

珞蒂又邁步前進，把玩著婚戒，溫度太高了，就連戴著金戒指的指頭都在出汗。

贊恩找到了她，把她從毫無意義、非常辛苦的工作中解救出來，打斷了她的自毀循環，給了她她覺得她想要的一切。然後漸漸地他開始把她看作是理所當然的。但不是惡意的，也沒有一丁點的骯髒心眼。問題是，她好像感覺不到什麼感情。難怪他想要出差，即使表示在每一趟的旅程最後等著他的是又一次的銷售會議。無論有多枯燥，如果另一個選項是跟珞蒂談她的家常生活，那哪一個頭腦正常的人會選後者？

「妳好像神遊太空去了。」卡麥倫說。她嚇了一跳，一手按著胸口，連自己都對自己的反應發噱。「抱歉，我真的嚇到妳了。下一次我會隔著一間咖啡店就大喊，讓妳有時間準備。」

「我大概是有點累，」她說謊掩飾，「我也不知道剛才在想什麼。」

「啊，我希望妳是在想要鬆餅還是煎餅，因為如果今天也跟星期五一樣，那我需要一大堆的糖。」兩人走向「刀叉」的門口。卡麥倫幫她扶著門，讓到一邊讓她先進去。她以微笑感謝，朝一張靠裡間的桌子走去，坐了下來。

「你已經後悔被叫來當陪審員了嗎？」她問，希望卡麥倫沒穿這麼緊的一件T恤，至少希望自己能不要再盯著薄衣料下面的肌肉線條。她最討厭男人色瞇瞇地盯著她了，而現在她卻是同一個德性。

「不能說是後悔，」他說，拿起了兩份菜單，先交給珞蒂一份再看他自己的。「可是很難看著那麼多悲慘的事最後卻能不把自己也搞得很慘的。」

一名女侍把腳下的運動鞋在地磚上拖著走，招呼他們時還打哈欠。「要點餐了嗎？」她問。

「拿鐵和酸麵包加炒蛋。」珞蒂說，很喜歡「酸麵包」這個詞語，感覺比較像大都會。

「黑咖啡，煎餅加培根和楓糖漿，」卡麥倫說，把菜單還給女侍。「妳是要說說晚宴的事，還是說我們就把我們的哀愁和著咖啡因吞下？」

珞蒂搖頭，玩著餐巾，努力想出什麼有趣的事情說。眼前的沉默讓她想起了跟贊恩搭計程車回家的路上。兩人差不多整個週末都沒說話。

「這麼棒啊？我來猜猜。一大堆穿禮服的男人，早十年前就應該要穿大一號的外套了。食物送上桌的時候已經不熱了。酒呢醒的時間不夠，而音樂更適合護理之家。」

珞蒂也沒想到自己會笑出來，趕忙以手掩口，假裝是用鼻子噴氣。

「你猜得滿準的，只不過酒沒那麼差。你是躲在窗簾後面偷看嗎？」她問。

「沒有，不過每家公司的晚宴都一樣。我大學一畢業就在一家保險公司工作，最難熬的地方是別發火，別害自己丟臉。難怪後來我會變木匠。我到現在還會作惡夢在坐辦公桌。」

洛蒂露齒而笑，想要按捺，卻變成了鬼臉。她笑得眼淚都流出來了。

「哎呀，不好意思。我真是個大笨蛋。」她說，輕拭眼睛。

「跟我不用來這套，」卡麥倫說，「把那種裝勇敢的狗屁留給那些懶得用心聽的人吧。」他提供自己的餐巾當後援。

「拜託不要對我好，只會害我哭個不停。」她別開臉面向牆壁，這時女侍端著餐點過來了，刀叉和糖罐也一塊丟在桌上。洛蒂很慶幸有這個機會能平靜下來，等她再轉過頭來，卡麥倫正朝她的方向揮舞著一塊滴著糖漿的煎餅。

「吃啊。」他命令道。「醫生的吩咐，諸如此類的。」

洛蒂微笑，拿起叉子享受甜甜的煎餅，一面思索該說什麼。她吞下煎餅，深吸一口氣，準備開口。

「不行，」卡麥倫說，舉起一隻手，搖搖頭。「妳要先吃完盤子裡的東西，喝掉咖啡。不必解釋。先把肚子填飽再說。好嗎？」

「好。」她說，肩膀放鬆下來，放棄了選詞覓句的努力。

兩人默默進食，後來卡麥倫談起了他最愛的煎餅搭配。洛蒂有禮地微笑，最後也懶得有禮貌了，而且也真的忘了流淚的羞辱。

她先吃完了，讓卡麥倫邊吃邊說。他把最後一口塞進嘴巴裡，她也擦好了嘴巴，把餐巾摺好放在盤子上。「我覺得我一點價值也沒有，」她說，「我剛開始當陪審員的時候就有這種感覺，後來又在星期五那場可惡的晚宴上。我向某個對我擺出高我一等的人發飆，所以現在贊恩氣死了。我知道我很不懂事，知道我很幸運，可是我就是受不了。我不想要當那個只是照顧別人的人，卻看著其他人都過得很精采。有些日子就好像我真的連身體都在萎縮。」

卡麥倫捏捏她的手，隨即抽開手，靠著椅背，舉高雙手枕在腦後。珞蒂看著他盯著她看，等著他說什麼。

「我不相信會有人讓自己感覺渺小，」他靜靜地說，微微搖晃椅子。「人類的程式設計就不是這樣子的。所以我猜問題是——誰讓妳有這種感覺？」

珞蒂別開臉，伸手去拿鹽罐，倒了一點在手心裡，以搽著漂亮指甲油的手指玩弄。

「妳不必回答這個問題。」卡麥倫接著說，讓椅腳落地，身體前傾，握住了她的兩隻手，在木桌上留下了一道鹽徑。

撒掉鹽，撒掉傷心，珞蒂模模糊糊地想。應該要從左肩向後丟的。有些迷信就是會一輩子跟著你。她很好奇卡麥倫的手怎麼會這麼溫暖卻一點也不黏膩。她的，她很確定，已經汗濕了，不過他倒像是不介意。

「我說這話可能會像個徹底的混蛋，可是妳不只是一個太太和母親。妳跟傑克是目前為止唯二沒有受騙上當的陪審員，只因為一隻該死的刺蝟就堅信那個女人有罪。要跟一堆人唱反調是要很帶種的，但是妳就在這麼做了。而且在我是個白痴的時候，妳也對我毫不留情。說真的，我差一點就因為太膽小而不敢道歉。我很高興妳原諒了我。」

「我沒有對你毫不留情。」珞蒂小聲說，不知道卡麥倫幾時才會放開她的手，這才明白她希望他不會很快就放。

「有，妳有。而且妳也沒有為那件事使性子，還有第二天妳就教訓了我，帶著如假包換的自尊。所以，想一想。是誰讓妳覺得妳沒有價值？」

餐廳的門鈴——是老式的鈴鐺——響了。珞蒂直覺地收回了手，抬頭看著進來的客人，還看了兩遍。

「我們應該走了。」她小聲說，彎腰拿起放在地上的皮包。

「嘿，對不起，要是我越線的話就直說。我只是不喜歡看到妳沮喪。妳應該得到比目前妳的生活給妳的東西還要多。」卡麥倫說。

「不，不，跟你沒關係，」她趕緊說，「是剛進來的那個女的。我確定我在法庭看過她。我在擔心她可能是記者。」

卡麥倫也迅速瞄了一眼。「她的樣子不像是記者。」他微笑。「我不認得她，不過我們還是應該走了。絕不能因為遲到又聽訓。也許我們應該分頭進去，別人才不會猜到我們有個早餐約會。」

又是那個字眼。珞蒂迴避他的眼睛，朝女侍揮手買單。

「等我一下，我只帶了信用卡。早上沒空去提款。」卡麥倫說，伸手到口袋去拿皮夾。

「沒關係，我有現金，」珞蒂說，「我們真的該走了。我確定我認得她。市區的咖啡店那麼多，她偏偏就要選這一家。」她喃喃埋怨，在帳單送來後瞧了一眼，放了二十鎊在桌上。「走吧。」她急忙出去，卡麥倫尾隨在後，大步經過商店，往最近的出口前進。「你不覺得很詭異嗎，她今天早晨跟我們選了同一家店？」她扭頭跟卡麥倫說。「誰會在上班日這麼早就到卡伯特圓環來？」

「嘿，珞蒂，等一等。」他一手按住她的肩膀，讓她停下來。「誰知道呢，說不定她真的在什麼時候晃進法庭裡過，可是我沒見過她。我戴著墨鏡看每個人都一樣。我當然不會認為她是在監視我們。」他微笑道。

「你怎麼能肯定？」珞蒂問。

「因為我們又沒有做什麼。有什麼好監視的？兩個一塊當陪審員的人在去法院之前喝杯大清早的咖啡。我們又沒有討論案子，所以我們沒做錯什麼。妳究竟是在擔心什麼？」

珞蒂臉紅了，想藏也藏不住。她覺得他們好像做錯了事是因為她騙了老公一大早進城來的原因，沒跟他說是她在他的公司晚宴上約好的。卡麥倫沒做錯什麼，但是她絕對是越線了。

「我猜我是過度敏感後遺症。我總是得兩三天後才會恢復正常。」她說，一面搖頭。

「我大概還幫了倒忙，在公開場合握著妳的手。我根本連想都沒想。對不起。妳結婚了，那樣太過分了。不會有下一次了。」

「我沒怪你啊。對了，我真的很感激你說的話，」她說，「我們現在應該到法院了。」她又邁開步子，這一次步伐較穩定。

「真的？那改天我可以再握妳的手嗎？」他笑著說。

「你這下子可真的不成體統了，」她說，「少得寸進尺。」她也哈哈笑，希望被他觸碰的想法沒有這麼刺激，希望她沒有那麼飢渴地想要他。

「那妳的損失可就大了，」他嘻皮笑臉地說。「我可是用手的專家呢。」

「不准再說了。」珞蒂說，想要擺臭臉。

「光是看妳笑就值得惹麻煩了，」他說，「不過，好，我會閉嘴。就現在。」

兩人小跑步穿過馬路，珞蒂很感激交通讓她轉移了注意力，把她的愧疚推到一邊。能再哈哈笑的感覺真好。事實上，好久好久以來的第一次，能感覺活著真的太棒了。

13

開庭第五天

瑪麗亞．布拉克斯罕姆的臉孔映照在法院廁所的鏡子裡，臉色蒼白，而且泛綠。她有一次就把樓下廁所漆成這個顏色。她的膚色可以理解。三餐定時已經是過去式。訴訟過程就是天然的抑制胃口藥，沒有一個地方有益外觀或是感覺健康的。隨著每一天過去，媒體對案子似乎也越來越有興趣，總擠在法庭的門口拍攝她每天早晨走進去的照片，害她覺得自己一絲不掛。他們朝她吆喝問題，知道她不能也不願回答。現在示威的人也會固定在早晨和下午出現在法院門口，叫囂著要血債血還。她奪走了他們的寶貝生態十字軍，他再也寫不出下一篇綠能文章了，他也再不能站在深及大腿的河裡，查看漁獲，供他們拍照了。她再也不必代他回覆粉絲的來信了，他再也不能為什麼盛大活動開幕，也再也不會應邀到大學去演講了。她先生賺得荷包滿滿，卻從不捐一便士給他讚譽有加的慈善團體。那些錢全都存在某處的戶頭裡——一半是她的，她的律師群跟她說過——只要她無罪。

想著那些錢，她告訴自己。想著未來。她往臉上潑冷水。今天是檢方的精神科醫生出庭作證。在跟他的約診中，他做了許多虛假的保證，跟她交朋友，然後再窺探，以假笑做出柔和的指控。瑪麗亞守住了防線，沒讓他乏味無趣的伎倆得逞，沒讓他從她口中拐騙到一聲認罪。結果並不理想。她深吸一口氣，準備又要花一天的時間看著她的未來鋪展開來，而她卻在玻璃盒裡出汗。

賈斯伯・沃斯教授在發誓時仍面帶微笑，以他的資歷與經驗讓法庭大開眼界。很顯然，他是犯罪精神病學上的全球專家，參與過歐洲最知名最血腥的幾宗案子。伊摩珍・帕思戈在他說完後幾乎對他打躬作揖。

「您是否和被告見過面，評估她的心理狀況，沃斯教授？」帕思戈小姐說。

「是的。會面是在她被捕後幾週進行的，」沃斯答覆道。以手背擦汗，室內的溫度幾乎連摸都覺得燙。「我取得了案件檔案，包括鑑識報告，也取得了瑪麗亞・布拉克斯罕姆的病歷，」教授說，「布拉克斯罕姆太太來到我們的辦公室，辦公室的設計就是要讓病人覺得安心放鬆的。有鑑於在對話中布拉克斯罕姆太太極為保留，我得說我們的方式並未奏效。」

「您可以跟我們說一遍您跟她的諮商過程嗎，教授？」帕思戈小姐說，聲音甜得像糖。瑪麗亞一聽就討厭。

「好的。我先說明了我的角色，隨後請布拉克斯罕姆太太說出警察接獲電話到她府上那天的事發過程。她不願意分享。」他說。

「布拉克斯罕姆太太可曾告訴您任何有關她為什麼重創她先生的原因嗎？」帕思戈小姐問。

「我的問題的用意就是要讓她跟我討論，我使用的是不具威脅性的話題，譬如她的家人和童年。她總是以單音回答，所以我就改問一般的偏好問題來打開更自然的對話。」

「偏好問題？」帕思戈問。事實上，檢方相當清楚這個專家的意思，瑪麗亞心裡想。這是排練好的劇本，就算不是每個問題每句回答都排練過，他們也都對在他作證時要提到的部分以及他會傳遞給法庭的資訊了然於胸。詹姆斯・紐韋爾警告過她這天早晨可能會充斥戲劇手法。果不其然。沃斯教授跟她在他所謂的「諮商」時遇見的那個人判若兩人。瑪麗亞壓根就無法自己決定要不要去，要是她拒絕了，觀感不好，她的律師群如此提醒過她。讓陪審團同情她是第一要務。然而瑪麗亞一在那張舒適的過大的椅子坐下，沃斯教授一張開那張受過高等教育卻紆尊降貴的嘴巴，她就只能看見愛德華的嘴臉。她感覺又像個小孩子，像個蠢笨的嬰兒，無論有什麼意見都很明顯是不重要的，是錯的，只是這一次她在詢問中暴怒。幾乎是生平第一次，她說了氣話。

時機掐得真差，她承認。也許沃斯教授是無辜的出氣筒，只是她內心的聲音一直說他可能是那種偶爾需要被別人當面頂撞的人，而她壓制不住這個聲音。但是總而言之，她偏偏挑那個時候拒絕再被踐踏，實在是太不識相了。

「就是能夠打開對話的問題，」沃斯教授對著陪審團回答，「都是相對無關緊要的問題，談天氣、喜歡的食物、愛看的書、旅行經驗等等。可以讓大多數的成年人維持對話，感覺自在，同時也沒有對錯可言。」

「那麼您從被告對這些問題的反應上得知什麼？」帕思戈小姐問。

「我問她有什麼嗜好，她回答園藝。我問她喜歡什麼書，她沒有回答。喜歡的季節也一樣，沒有回答。不過我確實是觀察到她在被問到這些問題時變得越來越有壓力，兩隻手緊握著椅臂，指關節都變白了。她使出了極大的力氣。」

「那麼您是如何應付的，教授？」帕思戈小姐唱歌似地柔聲問。

「我問她是否要我採用某種放鬆療法，同時也查看了她是否正在忍受什麼經前緊張或是經後壓力，」他回答，「聽起來可能太涉及隱私，不過由於對方是女性，確定她們並沒有短暫的化學或生物因素，進而在某一天影響了她們，這樣子才是穩妥的做法，而且我也應該要把這一點寫進我呈交給法庭的紀錄上。」

「我可以請教被告是否回答了這個問題？」帕思戈小姐問。

「她回答了。布拉克斯罕姆太太筆直看著我的眼睛，這還是諮商以來的第一次，然後罵我——我直接引述——去你媽的。」

幾名陪審員臉上的震驚表情還滿滑稽的，瑪麗亞覺得。他們之前聽過多少次？他們自己說過多少次，就算沒說出口，起碼在心裡罵過多少次？他們在報章書籍上會看到，在電視上會聽到，在牆壁的塗鴉上也會看到，然而他們卻在這裡，因為一個四十歲的女人對某個坐在光鮮亮麗的辦公室皮椅上的專業人士用了這句話，就好像天要塌下來似的。

一名陪審員，是個年輕女性，外貌出眾，在座位上轉頭，凝視瑪麗亞這邊。兩人視線交會。瑪麗亞知道她應該要別開臉的——她的律師不會高興她這麼大膽——但是她在女子的臉上看見的是真正的估量，不是批評或厭惡，更多的是困惑和興趣。兩人之間隔著一道鴻溝，無法以正常的社交姿態跨越。這名女子，以及與她同座的十一個人會決定她的命運。

瑪麗亞讓目光緩緩落向地板，回頭注意證人席上的人，希望他能快點結束，因為她就跟第一次見到他一樣，已經受夠他了。

她揚起眉毛，讓自己在聽見他荒謬的說法時微微搖頭，鼻孔滴了一滴血，困在玻璃盒裡揮散不去的熱氣超出了她身體能忍耐的極限。她兩側的獄警已經脫掉外套摘掉領帶了，腋窩下全是汗漬。瑪麗亞一手伸上來，以手腕背面抹過上唇，收回手時瞪著鮮紅的血痕。

她的血。愛德華極其痛恨。起初他不肯承認，也不肯談。然後，兩人結婚從幾個月變成了幾年，他堅持要嚴密管控的紀錄，讓他能夠預測她的經期。有年二月的一個下雨的早晨，她走進臥室發現他在清理套房內裝衛生棉條的櫃子。

「愛德華，你在幹嘛？」

「我幫妳挑選了一種更合適的衛生保護方法。」他說。

「別開玩笑了，」瑪麗亞抗議道，「我一直都用這一牌的，我最滿意這種。」

「我做了一點研究，」他說，剝掉他戴著做事的橡皮手套。「陰道內產品會有中毒休克的風險，嚴重的話會致命。妳大概沒聽說過。」

「我聽過，」瑪麗亞柔聲說，「可是機率極低，而且也有明顯的症狀。我想要是有問題我會知道。」

「衛生棉也比較便宜。」愛德華接著說，當她沒說話似的。

「可是你把我已經買的丟掉不是又浪費錢了嗎？」瑪麗亞說，聲音更穩定、更犀利。

「妳是在找藉口嗎？」愛德華問，「聽起來好像是妳想要每個月都把那種骯髒的膠囊塞進妳的身體裡。妳喜歡那種東西在妳身體裡的感覺嗎？所以妳才會跟我吵？」

瑪麗亞氣得滿臉通紅。

「當然不是，你怎麼會這麼說？只是這種比較方便。我知道你可能會覺得奇怪，你是男人。

我也知道這種概念可能很奇怪。」她喃喃說，想要安撫他。

「不，不，」愛德華說，「我並不難想像。我的知性允許我去做非常輕鬆的工作。事實上，要發揮我的想像力再容易不過了。每個月五天妳把那些可怕的東西塞進妳的——」

「愛德華，住口，你很惡劣。」她說。

「我惡劣？」他頓了頓，哈哈笑，直逼到她的眼前來。「是我惡劣？這不過是個簡單的要求，瑪麗亞。畢竟出錢買這些的人是我。我買的，我讓人送到門口來，幫妳省了還得親自跑去商店的麻煩。我們理性一點，好嗎？妳的櫃子裡有新產品，假以時日妳就會習慣，而且還有一點額外的好處，就是知道我覺得這種可以忍受。我一點也不想跟妳吵。妳這麼挑眼還真不像妳。大概又是那個噁心的經期來了吧。」

瑪麗亞硬是忍下了。愛德華是不會退讓的。繼續吵下去——她知道——是最不明理的選擇。

「好吧。」她說。

他只是把裝著她的棉條的垃圾袋拎起來，走出臥室。

「喔，妳的經期來的時候最好是睡在客房裡。我這方面的退讓是為了妳的舒適。我發覺妳每到那個時候體溫就會升高，我想讓妳有自己的空間比較好。妳會出汗，弄得床單黏黏的。」說完他就走了。

瑪麗亞一直等到聽見愛德華下樓了，才去查看他給她留下什麼。她忽然第一次想到不管何時他幫她買東西，他都會擺在她的衣櫃最下層的架子上，推到最裡面。瑪麗亞不知道她怎麼會到現在才想通是為什麼。她之前的假設是因為匆忙，可能是因為他不知道她喜歡如何放東西。但是愛德華做事從來不會粗心。每次他幫她買什麼——體香劑、牙膏、香皂——她都得要跪下來拿。一個簡單的動作就把她變得卑微、感激，必須雙膝著地，以行動來表示感謝他的大方。

想也知道，那麼大一包，想錯過都難。那種衛生棉讓她想起了念書的時候，經期到了而不自知的女生必須到保健室去請護士協助。約莫一吋厚，半呎長，她知道這不僅是他能找到最便宜的產品，而且也是最明顯的。穿長褲的話會變成別人的笑柄。雖然說她根本就不出門，但是這些東西就是棺材上的最後一根釘子。走路時會撞到她的腿，她心裡想。而他不就是想要這樣？要她在經期的每一分每一秒都知道她被放逐了，他覺得她噁心。

瑪麗亞把盥洗台的櫃門關上，注意到在衛生棉上方還有一個小厚紙板包裝盒，她緩緩把手伸進去，把它拉出來。刮鬍刀。五片，安全地放在小塑膠盒裡。瑪麗亞按捺住打開盒子的衝動，不去以指尖測試是否銳利，不去感覺冰冷鋼片的無情。她走回臥室，瞪著愛德華的床頭几上唯一的加框結婚照，心裡猜想他是在嘲弄她，或是給她行為良好的獎勵。很難相信她居然會那麼的滿懷希望，那麼的天真無知。瑪麗亞把刮鬍刀擺在大腿上，坐在床上沉吟餘生和一個連她使用哪種衛生用品都要專斷獨裁的男人綁在一起是何種景況。

「去你媽的。」她瞪著照片中她的丈夫，心裡這麼想。她記得還瞧了瞧門口，突然相信她會發現愛德華站在門外，居然有本事聽見她在心裡說的話。

這成了她沉默的咒語。在早晨醒來一眼就看見那張照片時；在他要求她離開他們的床鋪好讓他不必跟一個月經來潮的女人共枕時；在他又幫她買衛生棉，每次都推進最裡面，逼她——而且沒有例外——雙膝著地時。去你媽的，她會這麼想，每一次。可是她沒有離開他。她無處可去，也無法自立。況且還有她腿上的疤痕。愛德華會宣稱她有嚴重的自殘傾向。只要她敢離開，他保證會把她關進精神病院。他說得到做得到，瑪麗亞一點也不懷疑。

伊摩珍・帕思戈靜待陪審團從聽見被告對精神科醫師暴粗口的震驚中恢復過來。「之後呢？」她問沃斯教授。

「我問她為什麼那麼生氣。」他說。

「她怎麼回答？」檢察官追問，慢慢套出故事來。

「她一腳踢開了面前的咖啡桌——只踢開了幾吋，但是這是蓄意的行為，然後她拿起了皮包，氣沖沖離開了。」沃斯教授說，說最後幾個字時鼻子仰起了幾吋，戲劇性地表示故事結束。

「這麼說來你對布拉克斯罕姆太太的心理狀態是無法得到任何結論的了。」伊摩珍・帕思戈說。

賤女人，瑪麗亞暗罵道。妳明知道他有，妳才看過他的報告，看過不少次。不過，陪審團得要吃到用法律的銀盤送上來的一磅鮮肉。拿捏時機實在是首要課題。

「其實，並非如此，」沃斯教授說，「受過專業訓練的人可以在極短的時間內看出病人的諸多問題來。我對被告的評估如下。」

整個法庭都愣了愣，每一個人——只除了詹姆斯・紐韋爾和瑪麗亞——都身體前傾。她的瘋狂背後藏著什麼秘密？他們都急於知道。

「並沒有精神疾病方面的證據。布拉克斯罕姆太太在攻擊的當下有自制能力，就和她在我的辦公室裡一樣，直到最後暴怒才失控。在她對我暴怒的那一刻，她真的露出了牙齒。她的病史中沒有心理疾病的紀錄。青少年期出現過自殘的行為，但是過十八歲後並未持續。那個階段許多人都會經歷。可能是想得到注意力的表現，極少會是嚴重的情況。通常在青少年去上大學，得到第一份工作或是有了穩定的伴侶之後，自殘就會立刻停止。」

「所以將近二十年前的自殘與目前無關，您的評估是這樣的？」帕思戈小姐重申道。

「完全無關。事實上，布拉克斯罕姆太太有許多年都不需要看醫生了。她的生理健康，體重適當，我也觀察到她的胳臂和小腿肌肉結實，跟她喜歡園藝的說法是一致的。她有行為能力，而且她的智力也在正常的參數內。」沃斯教授說。

「所以依照您的觀察，被告在企圖殺害她的先生時是否表現出任何心理疾病的症狀，導致她可能無法為自己的行為負責？」

「她是一個可以從理性自制忽然變得勃然大怒的女人。我相信她是一個不喜歡被詢問的人，尤其可能是被男性詢問。警方並沒有發現防禦性傷口，而且她也有機會說明事發經過，她卻選擇沉默。警方的偵訊完全是空白的。」教授說。

「空白的？」伊摩珍．帕思戈問，聲音中透露出最細膩的編排過的虛假震驚。

「她的供詞是空白的。她接受訊問卻不解釋、不回答、不表示後悔。此外，也沒有流淚、沒有發問、沒有恐懼，這一點含義可能更加重大。那是一片冗長自制的空白。我的看法是瑪麗亞．布拉克斯罕姆沒有心理疾病。我相信她在法律以及道德層面都必須為傷害她的先生負責。」

伊摩珍．帕思戈敬重地向教授點頭，將袍子掃向一側，坐了下來。詹姆斯．紐韋爾起身，眼睛盯著筆記本。

「道德層面，教授？」他問道，聲音很小，就連法官都得要俯身聆聽。

「我的意思是——」沃斯教授氣勢洶洶地說。

「你這位合格的精神科醫師有幾年的資歷？」紐韋爾問他。

「二十一年。」沃斯吹鬍子瞪眼地回答。

「在這段期間你參與了幾樁庭審？」紐韋爾接著問。

「多到數不清了。絕對有上百次。」沃斯說。

「而這間法庭是在哪個階段依據你的道德判斷來定罪的？」紐韋爾問，聲音拉高了。瑪麗亞抬頭看。她和詹姆斯．紐韋爾相處了幾個小時，不僅是在法庭上，也在他的事務所裡，但是他從來沒有拉高過嗓門。

「我並沒有暗示這是一個基於道德判斷的法庭。只是瑪麗亞．布拉克斯罕姆在攻擊的當下是能夠明辨是非的。」沃斯教授說。他在證人席上退了半步，忙著翻找放在他面前桌上的筆記。伊摩珍．帕思戈的溫言暖語和迴護照顧好像是上輩子的事了。

「你相信她在所謂的攻擊當下能夠明辨是非？可是你又不在場，沃斯醫生。你和瑪麗亞．布拉克斯罕姆的會晤在她能向你追溯事件之前就結束了，所以除非你有什麼我們不知道的通靈能力，我實在不知道你是如何得到那種結論的。」

「這太離譜了。」沃斯瞧了瞧法官，低聲嘟囔。

「看過一些文書，僅僅一次的面談就診斷出某人的心理狀況，」紐韋爾說，「你相不相信一個人有可能壓力過大，最終崩潰，被逼得走上使用暴烈手段一途，即使他們並沒有特殊的精神疾病？」

「相信，」沃斯說，「可是我覺得會有一點證據。」

「而就因為瑪麗亞．布拉克斯罕姆住在漂亮的房子裡，從來沒麻煩過她的醫生，你就斷定不是我說的情況？」紐韋爾問。

「我的評斷是鑑於她在控制脾氣上有問題，我是親身經歷。」沃斯說。

「你可曾想過你認為是沒有威脅的環境在被你檢查的人眼裡未必見得也是？」

「這些是多年專業工作發展出來的程序，我不喜歡我的標準被質疑……」

「少來義憤填膺的那一套吧，醫生，被戳破的風險太大了。」紐韋爾說，雙手支臀，袍子在後面散開，像肥大的翅膀。瑪麗亞開心地覺得他好像會突然飛走。

「我抗議辯方律師對這名證人的訊問口氣，庭上。」伊摩珍．帕思戈打岔道。

「妳的證人自己有嘴巴會說話。」詹姆斯．紐韋爾反駁她。

「我想今天就到此為止吧，」法官說，把眼鏡放到桌上。「顯然大家都被熱得有點上火了。也許明天我們能稍微頭腦冷靜、說話更文明一點。本庭休庭到明早十點半。」

陪審團室裡的茶和咖啡沒有人動。塔碧莎幫——現在有七人了——聚在一角竊竊私語。卡麥倫在和傑克咬耳朵。潘已經打開了筆電，活像審判只是他繁忙的工作日中的一個小插曲。珞蒂頭暈腦脹，她實在是太熱了，雙腳也在涼鞋裡腫脹。

「我覺得那個教授滿聰明的，妳說呢？」珍妮佛在珞蒂倒杯微溫的水時說。「他對於被告的個性好像滿清楚的。」

「我看倒不見得。」珞蒂溫和地說，避開另一次的正面衝突。說實話，她不怎麼喜歡那名精神科醫生，讓她想起了小時候去看過的醫生。白人、中年、目中無人的男性，還帶著極輕微的輕蔑。

「妳還好嗎？妳的臉色滿差的。可能是太熱了。我一直想問這裡能不能弄兩台電風扇來讓空氣循環。」珍說，環顧室內，彷彿電風扇已經奇蹟似地出現了。

「好主意，」珞蒂說，「說真的，我覺得我真的需要坐下來。不好意思。」她溜走了，找到皮包，拿廢報紙搧風，希望珍妮佛不會跟上來。她知道她這樣子滿差勁的——珍是在示好——可是珞蒂想跟一個人生與她迥然不同的人交談。

她拿出手機，考慮要先發簡訊給誰——發給贊恩說她很快就回家了，或許能彌補兩人之間的僵冷氣氛；或是發給保姆，看她能否來得及在他們到公園去吃午茶之前去接丹尼亞。

「我受夠了，還是妳今天下午有空？他們讓我們提早回去了。」卡麥倫小聲問。

「我們三個小時前才一起吃早餐，」珞蒂說，把手機放回口袋裡。「我們該說的話大概都說完了吧。」

「那就不說話，」他說，「找個地方喝一杯如何？我知道海邊有一家很棒的酒吧。涼風吹著頭髮，陽光照著臉。不要再談什麼血腥死亡。」

她看錶，為了找時間思索。在酒吧花園裡消磨一個下午，或是回家做她平常的家事？這個決定應該不會那麼難下才對。整個早上，卡麥倫在咖啡店裡提出的問題一直在她的腦海中縈繞。是誰害她覺得渺小？贊恩。不是刻意的，也不是有意識的，但真相不容否認。她有權利快樂又被珍惜，而且她不會放過任何可以再讓她有這種感覺的機會了。

「我得在平常的時間回家。」珞蒂說。

「可以。我今晚要跟傑克喝一杯。到停車大樓等我，二樓，A排。」他說。

珞蒂看著他走開，咧了咧嘴。他不會把她不當一回事，而且他很好相處。她為什麼不應該去和他喝一杯？只要不討論案子，他們就沒有做錯什麼。她又不是想要讓簡單的友誼變調，她知道幾時該畫紅線。

14

兩人西行，朝波蒂斯希德的方向，再沿著海岸南下，陽光把一群群的遊客引誘到海邊來。冰淇淋車、賣小桶和鏟子的小販、無照咖啡車散布在停車場的入口，五顏六色的塑膠遮棚為風景更添色彩。

「我最愛基爾肯尼灣了，」卡麥倫說，搖下了車窗，右肘架在窗框上，任風吹拂。難怪他的右臂比左臂黑，珞蒂這才恍然大悟，忍不住想她是幾時注意到這種差異的。「我十幾歲的時候一天到晚往這裡跑。我們會等觀光客都離開了，再買一點啤酒，在沙灘上生火。」

「感覺真愜意。我們要去哪裡？」珞蒂問，撥開臉上被微風吹亂的頭髮。

「就這裡，」卡麥倫說，駛離了馬路，進入一處停車場，指著一座舊風車。「那裡改裝成酒吧了。跟我來。」兩人繞到建築的後面，可以俯瞰大海。部分結構現代化了，裝上了弧形玻璃門面。「妳去露台找位子，我去買酒。」

珞蒂看著他走開，看著他的T恤被肩膀繃緊，大飽眼福，同時盡量不讓視線飄移到他的全身，卻沒辦法。他一進到室內，她就找到了一張桌子，瞪著海浪。能到外頭來而不必擔心地時時刻刻盯著一個好動的小娃娃，讓人心情舒暢。她能聽見波浪聲，而不是得回應一個接一個的要求。她把頭往後仰，閉上眼睛，讓陽光烘烤她的皮膚。

「妳是屬於陽光的。」卡麥倫小聲說，坐下來時拂開了她腮上的一綹頭髮。他把通寧水倒進琴酒和冰塊裡，遞給她。「這個可以嗎？」

「你真是個損友。我都不記得什麼時候在大中午喝酒了。要是我開始傻笑，你得往我臉上潑冰水。」她含笑說。

「那我絕對不會手軟，」他嘻皮笑臉地說，舉起了酒杯。「乾杯。敬我遇見妳。我現在怎麼還會懊悔被叫來當陪審員呢？」

「你是說為社會服務，為大我犧牲小我還不夠嗎？」她歪著頭，知道陽光照著她的臉，凸顯出她最近才曬黑的平滑皮膚。

「當然這也是一個原因，可要是我坐在塔碧莎的旁邊，那結果就相當不一樣了。」他說，把雙臂伸到頭頂上，拉緊了上臂和胸膛的肌肉。

「你是說你不會想要對著塔碧莎的耳朵低聲說話，像你對我一樣？」珞蒂被杯緣的一滴水滴到手指，就伸舌頭舔掉。一丁點輕鬆的調情無傷大雅，她告訴自己。沒什麼嚴重的。沒有人會因為一點點的取笑而受傷。

「我倒懷疑塔碧莎會有妳這麼香，不過妳要是覺得那樣子可以讓她稍微放鬆一點，我倒是願意試一試。」他說。

「喔，拜託！」珞蒂說，「那種畫面會害我起雞皮疙瘩。」

「嘿，這是個好主意欸。妳不會是在吃醋吧？」

「搞不好我還會鬆了口氣呢，」她揚起雙眉，緩緩轉動婚戒，揉搓著金戒指上的一處污點。

「不必有你在旁邊又是嘆氣又是舌頭嘖嘖響，說不定我還真的能專心聽個幾分鐘呢。」

「妳知道妳手上的動作會洩露妳心裡的想法嗎？」卡麥倫說，朝她的手指點頭。

洛蒂停住動作，抬頭看他。「怎麼說？」

「右手給我。」他說，伸出了左手，掌心朝上。

「你是要惡作劇嗎？」

「不是，我整天都用手工作。我了解觸覺的重要。來嘛，給點信心嘛。」他把手又朝她伸了一吋。

「好吧。」洛蒂說，把手掌放在卡麥倫的手上。

「我們的手是我們的身體中最有展示力的部位了。這是個防衛機制，我們的第一個接觸點，是我們用來激發性反應的，無論激發的是我們自身或是別人。」他小聲說。

「我不知道你是打算做什麼，」洛蒂說，「有什麼笑點嗎？」

「沒有，沒有，是很正經的。」他把她的手翻到側面，再伸出手跟她握手。「我們對於用手來接觸別人有各種的規則，每一種的意義都不一樣，可是用的還是同樣的五根手指。你遇見陌生人，或是頂頭上司，第一個動作就是伸出手握手。想都不用想。跟個人無關，事實上，要是你不握手，可能會被嫌沒禮貌。」

「繼續說啊。」洛蒂說，以另一隻手拿起酒杯，喝了一口。

「我們可以握著朋友的手卻沒有別的意思，因為我們會調節手指的力道。」他握住她的手示範。「可是如果換個不同的方式來握手，意義和感覺就又不同了。親密、熱烈。」他把她的手翻過來，讓他的手掌平貼著她的手背，指尖緩緩嵌入她的每一根手指之間，最後整個握住了她的手，珞蒂的胃感覺到那股張力，逼得她不得不猛地吸口氣。「這跟把某人身體的部分打開有關係，強迫別人服從。」她知道他能看出他對她的影響。她動動手指想要掙脫，卻被他牢牢握住，把她的手掌又翻過來朝上。「我們用我們的指尖來給予歡悅。一個碰觸就能影響我們全身。」他用指甲在她的掌心劃圓圈，她的整條胳臂都酥酥麻麻的，而且一路麻進骨子裡，接著他的手指沿著她胳臂內側的柔軟肌肉劃到她的手肘。珞蒂放下了酒杯，另一隻手覆住他的手，阻止了他的愛撫。

「我懂了，」她說，收回了手，握住酒杯讓手心冷卻。「我還是不懂跟我有什麼關係。」

「我們的手會透露我們的心情。我們緊張會咬指甲，不耐煩的時候會敲手指，壓力大的時候會把玩什麼。比如說妳的婚戒。」

「也可能是因為天氣熱戒指變得太緊了。」珞蒂反駁他。

他沒上當。「妳知不知道妳每次摸戒指就會皺眉頭？」他問，聲音比耳語大不了多少。

「你想太多了。」珞蒂答道，卻好奇他說的是否正確，很想要立刻摸戒指但卻刻意忍住了。想到她居然那麼透明，她就難堪，而且她真的應該要跟他辯，但是爭辯只會引起對她婚姻的進一步審視，所以她選了稀釋。「不過，這也是一個握住我的手的好藉口，對吧？你盤算多久了？」

他哈哈笑，滿臉調皮，嚴肅的氣氛全沒了，讓這一刻隨輕風吹向大海。「被妳識破了，」他說，「下一次我得再想個更高明的法子來。希望妳沒生氣。」他把T恤拉過頭，脫了丟在桌上。「外面好熱。」他躺在長椅上，露出了日曬的肌膚，而肌肉也隨他的每一個動作鼓起伸展。珞蒂盡量不去看他，忍了六十秒，還是放棄了。要是卡麥倫能放鬆地握住她的手，輕撫她的胳臂，那她當然也可以瞪著他的身體看。

「好吧，你反正就是在炫耀，那你是練出來的呢，還是說你的身材都是來自於正常作息，健康飲食和勞力工作？」她問。

「妳喜歡嗎？」

「我沒有不喜歡。」她帶笑說。

「那我有沒有上健身房就不重要了。」他說。

「你從來就不乾脆回答，是吧？」洛蒂問，也躺在長椅上，伸長四肢。

「人生苦短，用不著時時刻刻都正經八百的，」他說，「我這可是吃過苦頭才學到的教訓。」他的聲音變了。洛蒂不習慣從他的口中聽到如此睿智的話。她又坐起來，從桌面看著他的臉。

「是怎麼回事？」她問。

「我失去了我愛的一個人。癌症。她太年輕了，命不該絕——都是那些老掉牙的廢話。」他轉過頭來，遮著眼睛看著洛蒂。「我們就別把這個下午給毀了吧。太陽出來了，我要好好享受。妳對案子有什麼看法？我想知道她為什麼會想殺人。」

「被告嗎？」洛蒂問，想知道卡麥倫失去了誰，又是在何時，但也知道他既然刻意改變話題，那現在就不是追問的好時機。

「瑪麗亞，」他說，「我叫自己用她的名字。她是一個人，不是什麼東西。檢察官老是這樣，妳注意到了嗎？」

「我們八成不應該討論，」洛蒂說，「我老覺得違反了規則，明天走進法庭就會觸動什麼警報器。」

「妳只是被塔碧莎唬了，」卡麥倫說，「我覺得他們應該要在戶外審案子。我們可以坐在草地上，喝著冰涼的啤酒，把戲劇手法都拿掉，得到一些觀點，不過我想就算是這樣也沒辦法軟化那些仇恨者。」

「仇恨者？」珞蒂問，看著卡麥倫坐起來，喝了一口啤酒。

「格瑞哥里、愛格妮絲、塔碧莎，甚至是那個刺青男都好像加入了那一族，這個聯盟我可不敢領教。」

「我想他們只是因為看見的聽見的事情覺得震驚，」珞蒂說，「你不會嗎？」

他沒作聲，只是拿杯子在冰鎮胸口，弄得水滴順著皮膚流向肚子。珞蒂發現隔桌有一群女生張口結舌瞪著他。

「你好像有仰慕者了。」她說。

「我寧可這裡只有妳跟我。我受夠了跟別人分享妳了。」他在桌下伸長了腳，夾住了她的腳。她的手機在桌下的皮包裡響了三聲，停止，又響了三聲。是贊恩給她發簡訊。不到一秒的時間她就在心理編輯出了一張可能相關的主旨清單。晚餐的建議。要記在日曆上的約會。某件家務的要求。就這樣。不會有什麼愛的宣言或是表示感激。並不是說他不愛她，或是不感激她。內心深處她知道贊恩並沒有變，變的人是她。她需要更多。珞蒂考慮著查看簡訊，知道無論內容為何，下午的心情都會被破壞，而她不想要那樣。如果她只能有幾秒鐘來感覺活著、感覺有人需要，那她有什麼理由要煞風景？

洛蒂緩緩地、輕輕地，卻是有意地，把另一隻腳向前伸，也夾住了卡麥倫的腳。兩人就這麼坐了幾分鐘，聆聽頭頂上的海鷗聒噪，看著底下沙灘上的遊客。洛蒂想讓時光靜止，她心滿意足。她還沒做錯事，不過她很想，比她自己承認的還要想。她幾乎克制不住伸手到桌子對面去摸卡麥倫的手的欲望。不過時間晚了，她必須在一個小時後去接丹尼亞。

「我們應該回去了，」她說，傷感地笑笑。「我可不能遲到了。」

「不過先吃客冰淇淋，」卡麥倫說，交給她一個貝殼，殼內閃著粉紅光澤。「回去的路上我們到波蒂斯希德停一下。」

「吃冰淇淋當然一定有時間。」洛蒂同意道，站了起來。

卡麥倫向她伸手，要她拉他起來，兩人走回他的廂型車的路上他一直握著她的指尖。洛蒂考慮要把手抽開，卻沒有行動。這是一種恩賜，她心裡想，能感覺如此受珍視，而且也無傷大雅。只是在陽光燦爛的午後的一次調情，如此而已。

沿著波蒂斯希德海岸北上的幾哩路上觀光客熙來攘往，他們兩個也不再擔心會被陪審團的同事看到了。布里斯托人都曉得學校放暑假的日子要避開海邊。卡麥倫繞路到一處提款機，兩人一面談論喜歡的冰淇淋口味和巧克力碎片。

「混蛋。」他說，猛敲鍵盤，再把提款卡從機器裡扯出來。

「嘿，我有錢買冰淇淋，又用不著多少錢。」洛蒂開玩笑說。

「我不需要妳出錢，」卡麥倫厲聲說，「少攪和，好嗎？不關妳的事。」

洛蒂向後退，雙臂抱腰，覺得他的反應刺傷了她，活像被他摑了一耳光。這次，她在他的臉上搜尋答案，他卻不肯看她的眼睛。高溫變得壓迫。她的皮膚刺痛得不舒服，背上汗如雨下。

「好吧，」她慢吞吞地說，「我現在就想回家了。」她向後轉，朝來時路邁出不穩的小步伐。

「洛蒂，」卡麥倫喊，「洛蒂，等等。」她繼續走。「喔，拜託，聽我說完好嗎？我不是故意的。我一向就是有口無心。」

「這種事我有經驗了。你上次也不是故意的。我不需要這種事。我要是想讓男人對我這樣子說話，我寧願是我的老公，謝謝。」

她繼續走，加快了步伐，逼得卡麥倫不得不小跑步。

「靠，我絕不會……我不是他，洛蒂。我不是那種把妳當獎盃的男人，帶出去炫耀，偶爾獻個殷勤。妳值得更好的對待。我不應該像那樣子跟妳說話，我不是因為我覺得有權利，好嗎？」

「我不聽藉口。你說得對。我值得更多，不過無論你的身材有多好，無論你多能逗我笑，都不足以讓我在你亂發脾氣的時候待在旁邊。你需要現在送我回家。我們完了。」她繼續走，卡麥倫小跑了幾步，擋在她面前。

「聽我說好嗎？我失去的那個人——癌症奪走的——是我的未婚妻。」他說。洛蒂停下來。卡麥倫雙手扠腰，惡狠狠看著地面。「她生病時我錯過了一堆工作。我們的房租沒繳，失去她以後我消沉了好一陣子。我才剛剛在經濟上站穩了腳步就被叫來當陪審員，所以現在我又沒工作了，唉，說真的，這只是一個惡性循環。」

洛蒂吸氣。她過了一會兒才明白她剛才一直憋著氣。她還沒伸手擁抱他就哭出來了。

「你之前為什麼不說？」她說，「沒有人應該一個人扛這麼重的擔子。我好抱歉。」

「幾個月前我才明白我必須要重新開始。出門去，交朋友。跟新的人接近，同時部分的你卻深信你終究也會失去他們，這是很恐怖的事情。你最不想做的事就是談自己的經驗把別人嚇跑。」

「你得一直不停嘗試。」珞蒂說。

「原諒我了嗎？」他問。

「原諒你？」珞蒂說，「真的假的？我連給你解釋的機會都沒有。看來不是只有塔碧莎會驟下結論。」她挽住他的胳臂。「冰淇淋讓我請，」她說，「不是因為錢的關係，而是因為我需要一點糖分。好嗎？」

「好，不過下次我請。」卡麥倫說。兩人連臂繞過碼頭到冰淇淋攤。「幫我個忙好嗎？明天穿那件藍色洋裝，有鈕釦和白色肩帶的。妳穿起來美豔動人，我到現在都還念念不忘。」

「我都還不知道洗了沒有呢。」珞蒂說，知道衣服還在洗衣籃裡。知道她一回家就會把它拿出來，手洗烘乾。早上她會找時間燙洋裝。

兩人接近停車處時，卡麥倫伸手幫她把一綹頭髮塞到耳後，另一手按著她的肩膀。他笑得很甜，說話時看著腳。

「妳對我太好了，」他說，「這又是一個大家會低估妳的原因。另一個原因是妳的臉蛋。」

他靠得更近，小心翼翼不碰到她的身體，以臉頰擦過她的臉頰，如蜻蜓點水，她只感覺到被他的鬍碴扎到。他吻了她的顴骨和髮線相接之處，立刻就放開了她的肩。這是在道歉，珞蒂心想，很適合來為一個矛盾的下午作結。或是開頭，她腦海中另一個聲音堅持這麼說。調情的結束，並且是另一種事的開始。就像舞會慢舞終止的那一刻，男生請妳到外面去呼吸新鮮空氣。她一向知道那是什麼意思。那這一次她為什麼還想要假裝不是？

她應該要想著她的先生的，珞蒂心裡想，同時卡麥倫發動了引擎。她應該要計畫跟兒子週末要做的活動。說不定她甚至應該要思索法庭的案子。但是她心裡只惦記著卡麥倫的話。下一次，他這麼說。還會有下一次出遊，享受彼此的陪伴，只有他們兩個。珞蒂權衡著各種不應該發生的理由，卻在暗中納悶下一次要等多久。

15

開庭第六天

隔天早晨珞蒂盡量不去看卡麥倫。她沒睡好，而她眼下的黑圈透露出她休息得不夠。她的心裡全是他。她把胸罩丟進洗衣籃時，他在跟她喃喃細語。在洗卡麥倫請她穿的洋裝時，她想像著他的目光落在她的身體上。

「妳沒事吧？」贊恩說，發現她瞪著臥室窗外，兩眼茫然。

「喔，沒事啊。」她說，擠出笑臉來否定衝擊心裡的罪惡感，一面忙著收拾亂丟在各個角落的衣物。

「妳大概沒看到我那件有雙袖口的藍襯衫吧？」贊恩說，把長褲擺在床尾，而不是掛起來。

「你找過洗衣籃了嗎？還是要我幫你找？」珞蒂問。

「是為了那次晚宴吧？嘿，我道歉。我應該處理得更好的。只是晚宴關係到太多重要的事，而妳……」他說到最後不了了之。

「我怎樣？」珞蒂問。「你想說乾脆就直說啊。」

「唷，妳沒禮貌。別又生氣了，」他說，「我知道妳討厭這種晚宴，我們又很倒楣坐到那一桌，可是我從沒見過妳那個樣子。」

「哼，我從來沒被人說得那麼無能過，而且我也沒看見你挺身幫我說話。」她說，拾起了一雙亂丟的鞋子，丟進衣櫃的底部。

「他們是我的老闆啊，夏珞蒂。妳可以不要往心裡去。知道嗎，唉，算了，我們是在繞圈子。不過我的陞遷好像不受影響，所以也沒造成什麼傷害。」

「沒造成什麼傷害？」珞蒂問，把撿起來的衣服又丟在地毯上。「你就只關心這個？對你的陞遷沒造成什麼傷害？真是好極了，我太開心了。」

「少跟我惡聲惡氣的。我們兩個總得有一個會賺錢，這是沒得選擇的事。」

「你可曾停下來想過我也有本事賺錢？或是想過我整天在家裡會無聊？」她問，看見他迷惑的表情口氣就放軟了。贊恩總是對她照顧有加。他們的日子算不上富裕，但是她也什麼都不缺。她沉坐在床沿上，雙手抱頭。「聽著，別擔心了。我也很抱歉。我知道你是為了我們才這麼努力工作的。我只是累了，而且……不知道……那天晚宴我大概是經前緊張之類的吧。」她虛弱地對他一笑。

贊恩哈哈笑，拍拍她的肩。「真好笑，」他說，「我也在想八成是這個原因。下個月也許該用點月見草油，不然我們就得要確定不會再有什麼社交活動了。」

珞蒂站起來，壓抑下她想反唇相譏的衝動。他原來是這麼想的？她表達了被羞辱和輕視的感受，而她老公卻只想到經前緊張。

「我會幫你找襯衫。」她勉強說，一腳前一腳後，終於走進浴室，鎖上了門，朝鏡子釋放她沉默的怒氣。

她沒有再爭吵。這晚贊恩對她的憤怒渾然無感。珞蒂到廚房做家事。直到給丹尼亞唸床邊故事時才感覺平靜。即使如此，她仍沒睡多少。

「早安，」卡麥倫走進陪審團室時對珞蒂說。「昨晚過得如何？」

態度一如平常，輕鬆自在。然而，珞蒂心想，其實他的日子過得一點也不輕鬆。約莫一年前，卡麥倫失去了他計畫要共度餘生的女人，硬要他來當陪審員好像一點也不公平。珞蒂很肯定只要他向法官說明……可是他又該說什麼呢？這可不是一個敞開靈魂，透露經濟困境的地方。而且，她當然也就不會認識他，無論珞蒂對他的難處有多同情，她都不會後悔遇上了他。跟這些人同坐在一個房間裡卻沒有卡麥倫，她光是用想像的都受不了。

「很好，」她說，「你呢？」

「我跟傑克出去喝酒。」他悄悄說。

傑克停下填字遊戲，抬頭微笑。「沒錯，」他笑著說，「不過跟他一起到公開場合還真不容易，」他跟珞蒂說，「我發誓真的有兩個女的在他旁邊流口水。尷尬死了。」

「哎呀，誰叫我是萬人迷……」卡麥倫說。

「他昨晚也這麼自大嗎，傑克？我覺得也許那些女的是想要吐而不是對他流口水。」珞蒂搶先說。

「妳今天早上注意到塔碧莎了嗎？我來的時候他們全都擠在一起。」傑克低聲說。

「你在改變話題。」珞蒂笑嘻嘻地說。

「大概有一點，」他回以笑容，「可是他們一定是在密謀什麼。卡麥倫進來的時候他們連瞪都沒瞪他一眼，這還是第一次呢。我要喝茶，你們要什麼嗎？」

現在的傑克比起剛開庭時要活潑多了。兩人都拒絕了飲料。傑克走到房間另一頭，珞蒂靠過去和卡麥倫附耳低語。「他好像滿快活的，你是不是昨晚在他的酒裡下了藥？」

「他只是需要一個人聊一聊。他的父母，就是那種過時古板的人，所以他的家庭生活沒多少樂子，而他現在又得每天來這個陵墓報到。」

「所以你就上去頂替，當他的大哥哥，擔起責任來之類的？」她笑著問。

「差不多。」卡麥倫說，兩腿動了動，一邊大腿貼著珞蒂的腿。

她連忙想挪開，但又作罷，放鬆下來靠著他。兩人四目相對，幾秒之間誰都沒說話，都只是看著地板，彷彿兩人之間的熱力是一種具體的東西，其他人可能會看見。

「沒關係的，珞蒂，」卡麥倫小聲說，「讓我當妳需要的人。我也需要妳。」

室內的氧氣沒了。她一方面想否認，一方面又想認命接受，進退兩難，只好一聲不吭。

「我只要求這樣，一段友誼。知道也許，要是妳沒結婚，我們會更進一步。我不想害妳為難。」

她吞下一大口氣，然後竭盡全力開口，因為突然口很乾而聲音沙啞。

「我知道，」她嘟囔著說，假裝迷惑或是無知的希望都散入了高溫中。「我從來沒想過你是想佔我便宜。」

「別把我說得跟個聖人一樣，」卡麥倫眨著眼說。「妳可不能指望我永遠老老實實的。再怎麼說我也是個平凡人。」

她來到了臨界點。一時間珞蒂埋怨起贊恩來，都是他害的她才會這麼做。神經大條的贊恩在她提到經前緊張時還笑著附和。自戀的贊恩從來就沒想到要自己去找襯衫，因為反正她會去找。可靠、可預測、安全的，她提醒自己贊恩的優點；枯燥沉悶，她蛇蠍似的內在聲音說。然後是卡麥倫這個對比，他是相反的一切。

「我怎麼想不起來幾時要你老實過，」珞蒂說，站起來把雜誌收好，準備進法庭。「而且就算我說過，我也不確定會不會有差別。」她在他面前俯低上身，拎起地板上的皮包，看著卡麥倫的眼睛順著她的喉嚨流下的那滴汗一路往下到她的胸脯。「說真的，我根本都不確定要不要你老實呢。」她走了出去，心知肚明如果她搖屁股這件洋裝就會左右搖晃，心知肚明裙襬短得夠撩人，而且她毫不懷疑卡麥倫在盯著看。

道尼法官惡狠狠瞪著帕思戈小姐和紐韋爾先生。

「檢方傳喚安東偵緝督察。」伊摩珍·帕思戈說。

不出一秒鐘安東就坐上了證人席。陪審團每天都在法庭裡看見他，坐在帕思戈小姐的後面，跟她咬耳朵，遞紙條。珞蒂覺得她見過帕思戈小姐的眼中閃過一抹情緒，只有一次，是安東督察一隻手按著她的肩膀稍久了一點，假裝是要引起她的注意。那種眼神是中度的氣惱，同時訴說著「立刻把手拿開」。

今天的法庭完全不浪費時間，珞蒂開心地注意到。要是能提早休庭，她和卡麥倫就可以有更多時間相處了。只是聊天，她告訴自己。只是接續昨天沒說完的話題。

「你可以描述你抵達布拉克斯罕姆家的情況嗎？」伊摩珍．帕思戈問警察。

「被告站在屋前車道上，那支椅腳落在她的腳邊。她剛開始並不願意放下來，經詢問後才服從。布拉克斯罕姆太太似乎外表鎮定，幾乎是對驚動這麼多警力感到意外。我問她是否需要醫療人員，她說不需要。我走進廚房……」他頓了頓。「我當了十五年的警察，從來沒見過那種情形。」

洛蒂看到伊摩珍．帕思戈翻了個白眼，但半途停住，隨即面容一整，擠出禮貌的笑容。「那倒真是不尋常，」帕思戈小姐說。安東督察的表演太過火了，洛蒂心想。言過其實。他們全都見過愛德華．布拉克斯罕姆，犯不著在法庭裡再誇大。洛蒂轉向卡麥倫，他微微搖頭，顯然也有同感。「你能根據實際情況為陪審團描述現場嗎，安東督察？」

「好的。廚房幾乎是一塵不染，我不由得疑心被告是否清理過，後來才發覺她無法搬動被害人，改而報警。」

詹姆斯．紐韋爾站了起來，雙臂抱胸。「純屬臆測，庭上。不知道帕思戈小姐是否能以簡單的詞彙向安東督察解釋什麼叫作實際情況。」

伊摩珍．帕思戈朝安東督察瞇起了眼睛，重來一遍。「就麻煩你說出你親眼看見的事情，拜託。」

「對不起，好，地板上有具人體，面朝下。廚房很大，中央有餐桌和五張椅子。男人的頭面對著後門的方向，門外是花園，他的腳和食品室呈對角。兩隻手伸在頭的兩側。我抵達廚房時急救人員正要把他翻過來為他靜脈注射。」

「廚房裡有什麼地方被弄亂嗎？」帕思戈問。

「什麼都沒打破。唯一的血跡是在地板上的一灘血，以及覆在布拉克斯罕姆先生和衣著上的血。布拉克斯罕姆太太的手上明顯有血，我們給她的兩隻手都套上了證物袋，等待鑑識採樣。房子的其他部分也一樣沒有破壞。看不出發生過打鬥。洗碗槽裡有一只沒破的馬克杯，廚房桌上有一堆郵件。除此之外，一切都井井有條。」

「謝謝你，督察。」帕思戈小姐嘆口氣說。「那麼是你逮捕了被告嗎？」她問。

「是的。不過，在我向她說明空中救護正趕來將她先生送往醫院的時候，她就當場昏倒了。」

「昏倒？」帕思戈小姐詢問道，很快瞄了陪審團一眼。她是在確定我們都全神貫注，珞蒂想，很開心慢慢能認出兩名律師的手法了。「有什麼明顯的原因嗎？」檢察官接著問。

「我會說是因為她發現了她先生沒死，太過震驚。從她打給應變部門的電話中可知布拉克斯罕姆太太相信他已經死了。」

詹姆斯．紐韋爾大聲嘆氣，站了起來。「純屬臆測。」他向法官不滿地說。

伊摩珍．帕思戈點頭致歉，不過嘴角卻微揚，所以珞蒂知道她很滿意在這裡得分了。

「後來被告怎樣了？」伊摩珍．帕思戈問安東督察。

「她恢復了意識，當場被逮捕，送進了警局，由一位醫生來檢查，確定她並沒有受傷，同時也適合偵訊。之後，我們提供她律師，按照標準程序。她說她不需要法律建議。」

「你能為我們摘述偵訊內容嗎，安東督察？」

「可以。我得看筆記本。」他翻了幾頁，就讀了起來。「瑪麗亞・布拉克斯罕姆太太，三十九歲，經宣讀權利。我告訴她她不必回答問題，但如果不回答，陪審團可能會把她的沉默當作不利於她的證據。我複述了這個警告兩遍，問她是否確定她了解其中的含義。她說了解。然後我就繼續問她與她先生的傷有關的問題。」

「被告對於攻擊本身提供了什麼資訊？」帕思戈小姐問。

「什麼也沒有，」安東督察說，「她連一個問題都沒回答。」

「布拉克斯罕姆夫妻有孩子嗎？」

「沒有。」安東回答，挺起了肩膀。

「那麼他們的經濟情況呢，你能告訴我們什麼？」帕思戈問。

「他們有大筆的財產，在銀行帳戶裡，有存款，一些股票和股份。房屋是在很搶手的地段。」安東督察報告道。

「那麼布拉克斯罕姆博士死後會由誰受益？」伊摩珍・帕思戈直搗黃龍。

「布拉克斯罕姆太太。我們在他住院時調查過他的家人，但是他沒有兄弟姊妹，雙親也都過世了。被告是布拉克斯罕姆博士唯一的家人。」安東督察微微搖頭，在言詞上增加情緒，然後匆匆瞄了被告席一眼。珞蒂真慶幸坐在那兒的人不是她。要是眼神會殺人的話。

「辯方可以詰問了。」帕思戈說，坐了下來。

詹姆斯・紐韋爾不慌不忙，先寫完筆記，再和他後方的律師商量，這才起身。「原來在你訊問瑪麗亞・布拉克斯罕姆之前，她已經報警並且說明她拿椅腳打了她先生的頭。」他說。

「是的。」安東督察說，把上半身弄得更挺。

「她把椅腳交出來作為物證。」紐韋爾接著說。

「我剛才就說了。」安東說。

「她既沒有逃離現場，也沒有為發生的事找藉口。」紐韋爾說。

「你是要說什麼？」安東督察問他。

「我要說的是，偵緝督察，布拉克斯罕姆太太不需要回答你的訊問是因為她已經充分坦白了事發經過。你知道了手法、地點以及時間。所以暗示陪審團會把她的沉默當作不利於她的證據是太嚴酷了吧？」

安東督察張口欲答，看著伊摩珍．帕思戈，而她——珞蒂發現——只是別開臉，於是他又閉上了嘴巴。

詹姆斯．紐韋爾接著說：「你在他們家中看見家用電話嗎？」

「我想沒有。」安東說。

「布拉克斯罕姆太太有交通工具嗎？」紐韋爾問。

「我沒看到。」安東說。

「而你說你調查過這對夫妻的經濟情況？」律師接著問。

「是的。帳戶和股份總共是三十八萬鎊左右。沒有房貸，房屋的估價在七十五萬鎊到八十萬鎊之間。此外還有布拉克斯罕姆博士的版權。一切都會由布拉克斯罕姆太太繼承，如果她先生死亡的話。」安東說完了。

「你是在暗示布拉克斯罕姆太太打了布拉克斯罕姆先生的頭就是為了要繼承這些錢嗎？」紐韋爾慢條斯里地問。

「這是個動機。」安東答道。

「可是她立刻就報警了，而且還承認是她做的。請告訴我，督察，她怎麼可能會以為她能夠逍遙法外？」

沒有回答，不過安東督察越來越招架不住，一根手指扯了扯衣領。

「至於銀行帳戶，」紐韋爾接著說，「有多少是布拉克斯罕姆太太可以動用的，無論是以簽名人的身分或是聯合帳戶？」

「其實我並不確定。」安東說。

「我來幫你，」紐韋爾說，交給庭丁一束對帳單，由他交給安東督察翻閱。「現在你能回答了嗎？」

「呃，看起來是一個也沒有。」安東說。

「一個也沒有，督察。那些錢，一堆的戶頭，但是瑪麗亞．布拉克斯罕姆卻連一便士都無法動用。你能確認你們找不到以她的名字開的帳戶嗎？」

「是的。」安東說。

「布拉克斯罕姆先生的汽車保險上將她列入駕駛人嗎？」紐韋爾問。

「沒有。」安東說。

「你們搜索屋子時，找到了護照嗎？」

「布拉克斯罕姆博士的護照放在他的辦公室裡。我們沒找到布拉克斯罕姆太太的。」安東說。

「所以瑪麗亞．布拉克斯罕姆既無法動用金錢，也無法開車，也不能出國。屋子裡甚至連一部家用電話都沒有。」紐韋爾摘述道。

「在她的一隻鞋子裡找到了一支手機，藏在她的衣櫃最裡面。」安東答道。

「裡面有通話費嗎？」紐韋爾問。

「沒有，不過之前可能有。」安東說。

「有通話紀錄嗎？」

「沒有，是預付卡。沒有帳單。她很顯然是瞞著她先生的。」安東傲慢地說完。

「謝謝你，安東督察，聽見你做出這個結論非常有幫助。瞞著她先生確實就是她在做的事。你說廚房桌上有一堆郵件，收信人是誰？」

「所有的信件都是寄給布拉克斯罕姆博士的。」安東確認道。

「地址呢？」紐韋爾問。

「我不確定。當時似乎無關緊要。」安東說。

「好，我沒有問題了。」詹姆斯．紐韋爾說，回座位坐下。

「檢方的辯論終結到此。」伊摩珍．帕思戈說。

一陣騷動，塔碧莎向庭丁的方向揮舞一張紙，他走過去拿，交給法官。

「陪審團有一個請求，」道尼法官告訴雙方律師。「他們想去布拉克斯罕姆夫妻的房子看一看。我不認為有必要反對。帕思戈小姐，我們暫時休息一下，妳去安排。陪審團的各位，請留在陪審團室等待確認，然後你們就可以離開了，明天再集合。」

「該死的塔碧莎。」卡麥倫在離開法庭時向珞蒂低語。「傑克說對了，她的小民兵團今天早晨是在密謀什麼。」

「說不定反倒是一件好事，」珞蒂說，「可以讓我們把現場看得更清楚一點，我就很好奇。我想了解他們的生活是什麼樣子的。俗話說得沒有錯，關起門來你根本就不知道發生了什麼事。這次也許是最關鍵的一個機會，讓我們能親眼看看真相，而不是被檢方或是辯方牽著鼻子走。」

「對，我同意。我只是希望我們能放一天假。昨天好像已經是很久以前的事了。來，妳先請。」他說。

「在等什麼嗎？」珞蒂問他。

「沒有，我只是想要看妳走路。」卡麥倫靠得很近，跟珞蒂咬耳朵，珞蒂都能感覺到他的臉拂過她的頭髮。「就跟早上妳知道我在看一樣。」

16

陪審團審議室與外在世界隔離，依靠古早的空調系統來降溫，卻抵擋不了報紙極盡誇飾地宣稱十年來最炎熱的一天。循環流通的空氣又少又乾燥，而且連粉塵都看得到，只比室外的溫度略低一點。長方形桌子是櫻桃木深色木頭做的，已經變得越來越黏手，直背椅坐起來也不舒服。他們十一個人坐在老位子上，喝著水，等待卡麥倫回來。

「真不懂我們為什麼不能離開大樓，」潘抱怨道，「他們不是已經收走了我們的手機嗎？有這個時間我都可以走去商店幫我老婆買生日禮物又回來了。」

「規定就是規定，」塔碧莎答道，「這件案子太重要了，不能讓我們到處亂晃。法官只要我們等待確認明天去布拉克斯罕姆家的時間。我相信不會拖太久的。」

桌子周邊的人都翻白眼，活像是在玩波浪舞，但是沒有人費事去回應塔碧莎的說教。而這樣只會讓她繼續說。高溫讓大家都心神恍惚。門外有撞擊聲，接著是一連串的髒話。塔碧莎抿緊了嘴唇，但是總算沒說話。珞蒂藏住笑容。先走到門邊開門的是潘。卡麥倫在走廊上朝他嘻皮笑臉，緊緊抓著兩大盤冰塊。「唷嗬！」他高聲喊，同時一陣掌聲響起。

走廊對面另一間陪審團室打開了，有個人探出頭來。「小聲一點好嗎？」一名年長男士不高興地說。「我們正在審議。」

傑克向右歪，跟珞蒂耳語。「看吧，不只是我們。每個陪審團都有一個塔碧莎。」珞蒂摀住口掩飾笑聲，但是眼睛已經落在卡麥倫身上了，他走進房間，日曬的線條露了出來，是昨天下午他們違規到波蒂斯希德海邊曬出來的。今天他的T恤有點緊，她能看到他深褐色的二頭肌靠近衣袖的地方變紅色，被衣袖遮住的地方則是白色的肌膚。她心裡感覺到的熱度跟體外的破紀錄高溫不相上下。她專心咬著參差不齊的大拇指指甲，努力不去看他把冰塊擺在中央的碗裡供人人取用。

卡麥倫繞到他們這一邊，在珞蒂和傑克之間俯身，伸長手臂遞送冰塊。傑克朝他嘻嘻笑，一面搧風。

「你太神奇了。」傑克高聲說，伸手去拿冰塊，放在頸後。

卡麥倫慢吞吞地拿起那些快滑掉的冰塊，珞蒂盡量不去看他的T恤撩起來的地方露出了一片平坦的胃部，也不去看他的六塊肌線條。他身體的每一吋都非常精實，叫人很難不去瞪著看。更難的是不去拿卡麥倫的結實和她先生軟綿綿的身體比較，雖然她先生算不上是胖，可就是……她苦思一個字眼能公平形容卻不帶侮辱。就是不在巔峰狀態，她心裡想。打從三十四、五開始，贊恩原本流線型的體格先是變軟了，後來又擴大了。卡麥倫在她的右邊坐下。一般的交談恢復了，三三兩兩的陪審員聊了起來。卡麥倫把椅子挪近個十分之一吋，給自己倒了杯水，放鬆下來。

「我的鞋子裡還有沙子，」他低聲說，「妳覺得萬一其他人發現了，我們會惹上麻煩嗎？」

其他人。從興奮又不自在的第一天開始，不知從何時起陪審團的其他人變成了跟她和卡麥倫區隔開來的另一個實體，只有傑克例外，他人很好，但是話不多。日復一日從法庭被遣退到分配給他們的房間裡，總是在等待，卻極少得知拖延的原因。幾個小時被迫在一起，尋找同盟，無法向任何人充分說明——其實是根本無從說起。簡直就像是漂流到了一座政府贊助的荒島上。

「我們又沒討論案情，」珞蒂小聲回答，「所以我不覺得我們違反了法官的規定，不過我們大概是踩了幾條塔碧莎自創的紅線。你是從哪裡弄到冰塊的？」

「我是用我天生的魅力去蠱惑了那群外燴員工，別忘了提醒我等一下要把盤子拿去還。我不在的時候有什麼好玩的事嗎？」

「我大概有十年沒有碰上過什麼好玩的事了。」珞蒂嘆著氣說，別開臉，覺得難為情。這句話太接近真相了。陪審團室可不是剖白的好地方。

「我滿肯定我可以改變這一點的。」卡麥倫說。

他向前傾，抓了一把冰塊，丟進他的杯子裡，只留下一塊在手裡。

「妳帶了書來嗎？」他問。

「有啊，幹嘛？」

「打開來，」他說，「開始看。」

「我不……」他已經把報紙攤開在桌上，找到了體育版，埋首其中了。

珞蒂聳聳肩，一頭霧水。昨天他們聊了幾個小時。不，感覺上他只是想不理她。說不定他後悔把未婚妻的事告訴她了。她翻開書來，手肘架在桌上，想專心看書，不理會汗珠從背上往下流。她就是這麼倒楣，非得要在熱浪來襲時當陪審員——冰塊刺痛了她的右大腿內側，她猛地把一隻手伸到桌子底下揉那塊地方，碰到了卡麥倫的胳臂。珞蒂瞪著他。他沒抬頭，顯然是在專心看報，只有頭極不起眼地搖了一下。她張口欲言，卻知道這種話是沒辦法大聲說出口的，於是又閉上了嘴巴。重新打開書，她瞄了瞄同桌的人。傑克又在填字謎，塔碧莎在接受她的親信朝拜，潘在拚命敲鍵盤，珍在銼指甲，似乎沒有人注意到。

冰塊又碰到了她，她已經有準備了。卡麥倫的小指勾住了她的洋裝下襬，稍微掀起來，他的手腕落在她的膝蓋以上一吋處。她肌膚上的冰冷令人愉快。細小的冰水水珠順著她的大腿內側流下，在椅子上形成了迷你水坑，珞蒂不介意。幾分鐘就會乾掉。她讓自己咧嘴一笑，眼睛仍牢牢盯在書上。卡麥倫的手臂靜止不動，只有手掌在移動，手指在她的皮膚上劃圈。

很好玩。就這樣。卡麥倫就是卡麥倫，把最無聊的早晨變成了他的遊樂場。她叫自己別把他看得太認真了，只是在開玩笑。冰塊融化了，他指尖的溫度立刻遞補上來。珞蒂吐口氣，覺得頭重腳輕，在心裡沉吟著她一直在忽略的罪惡感。昨天去酒吧純粹只是交個朋友。手牽手走向他的廂型車是在調情，但是這個，卻是閃亮的紅線了。到這個節骨眼上她必須要說不，否則就得開始說謊，騙自己也騙贊恩。潘起身離開了房間，而塔碧莎打開了本地選舉的話題。珞蒂頭更低，希望不會有人找她交談，唯恐別人會發現是怎麼回事。

卡麥倫的手又往前伸，修長的手指靈巧地伸入中央的碗裡，又抓了一把冰塊。珞蒂看著他緩緩收回手，把一個冰塊拋進嘴裡，眼睛始終盯著報紙。他的左手又消失在桌子下，她的胃一緊，知道他要做什麼。她在他的手碰到時雙腿合攏，專心維持一樣的表情，發現室內的溫度突然高得讓人受不了。冰塊滑入了她的雙腿之間，濕潤了她的肌膚，幫助他把她的腿掰開。一股灼燙的需求從她的胃一路貫穿到鼠蹊，珞蒂閉上了眼睛。他的手指穩定卻輕柔，指甲刮過她柔軟的肌膚，一次一毫米。她整個化成水了。四周的空氣缺氧。她的腳趾屈伸，命令自己不要動，不要回應。

但是她的雙腿卻自動打開，她倒吸一口氣，被身體背叛了。傑克抬起了頭來。

「妳沒事吧？」他問。

「嗯，這本書很精采。」她專心盯著書，知道她不能迎視傑克的眼睛。「我看得有點忘情了。」她更向前俯，讓頭髮落在臉龐兩側，遮掩滾燙的臉頰，確保傑克不會再繼續找她說話。她發紅的皮膚可能是因為白晝的高溫，或許她也可以把快於平常的呼吸怪罪給熱浪，不過她的薄棉胸罩卻越來越遮蓋不住她變硬的乳頭了。她把上臂向裡縮，遮掩夏日洋裝藏不住的輪廓。

卡麥倫的手指順著她的大腿往上爬，眼睛一斜，與她的視線匆匆交會。她不禁好奇他看見了什麼。她的瞳孔擴散，嘴唇紅潤飽滿，因為血液衝向了她身體柔軟的部位，她的皮膚閃爍著汗光，卻和陽光沒有關係。

「住手。」她無聲地說。這只會讓他更不停手。她在說這句話時就知道了。他已經別開了臉，笑得露出森森白牙，隨意翻了一頁報紙。

洛蒂做個深呼吸，往後坐，躲開他的手，等著他住手。渴望他。向後挪阻止不了他。他的手在她的大腿間推擠，強撩起她的裙子，直到裙襬撩到了內褲邊緣。他手腕翻轉，手掌牢牢貼在她的雙腿間。她的體內像著了一把火。他的指尖刷過她的絲質內褲，洛蒂的脈搏在耳朵裡像低音鼓一樣咚咚響。好久了——太久了——她太久沒有對預料中的歡愉起過反應了。婚後的性生活如例行公事，早已榨乾了任何的渴望，取而代之的是週五晚上的期待以及週六早晨的清洗床單。而這個卻是需求與慾望的炸裂，搭配的是一種古老的羞恥感，居然被人發現她這麼亢奮難耐。

「很熱齁？」卡麥倫跟她說，漫不經心地，同時手指在她的內褲上劃圈。洛蒂把一隻手指指關節放進嘴裡，用力咬下去。

就在這個節骨眼上，門打開了，庭丁站在門口，拿著手帕抹臉。

「好了，各位女士先生，到布拉克斯罕姆家的時間敲定了，明天早晨。拜託十點到這裡來集合，有迷你巴士送你們去犯罪現場。」

珞蒂全身緊繃，懸吊在慢動作的羞辱之中，確信人人都知道桌子底下發生了什麼事。然後大家一下子都動了起來，收拾報紙，拉開椅子。卡麥倫的手又滑到了她的腿上，輕拍了她的膝蓋一下。她勉強用發抖的手把看的那頁小說摺起來，其實打從她翻開來看開始，她壓根就連一個字也沒看進去。

傑克站了起來，喝完最後一口水。「他們要是再這麼慢吞吞地審案，我可能會無聊得死掉。」他說。

珞蒂微笑，清清喉嚨，點頭回應。

「我倒不介意，」卡麥倫說，站了起來，把椅子推進桌下。「我覺得還滿刺激的。」他在傑克走開時對珞蒂微笑，這才晃去拿袋子。珞蒂又等了幾秒鐘，等到腿不再發抖了才起身。到此為止了，她告訴自己。如果現在打住，就不會有什麼事讓贊恩發現。可是在內心深處卻有一種又活著的感覺逐漸滋生。不僅如此，還有一種被渴求的感覺。距離全面爆發的通姦只差一大步，她告訴自己。她可以拿回控制權。現在還不晚，不算晚。

17

瑪麗亞在格蘭大飯店對面的布洛德街等待詹姆斯．紐韋爾。客人在大片玻璃後用著下午茶，瞪著她看，她真希望自己是隱形人。媒體鋪天蓋地的報導讓她的臉孔上了每一家新聞台和每一份報紙，有些灑狗血的網路鄉民給她冠上了「布里斯托屠夫」的綽號。戴墨鏡和帽子也掩藏不了她的身分。在瑪麗亞的後方，律師事務所的門前是一排拱門，標榜著壯麗與莊嚴。整條街都是律師事務所，藝廊和各式要求男客打領帶的餐廳，是對高雅生活的讚頌。事實證明她的辯護律師為人親切，瑪麗亞並不覺得她有資格得到如此的對待，他提議開車載她到愛德華的屋子去拿她的物品。這一趟是她自己要求的。她需要邁向未來。誰也不了解那是什麼情況，暫停自己的人生，等上幾個月開庭。警方很勉強才同意放她進屋去，但只能一次，還得等檢方的辯論終結。紐韋爾的寶馬停在人行道邊緣，她愣了幾秒鐘才動得了。這是正常的生活。人們伸出友誼的手，你接受，再回報人情。問題是她沒有什麼可以回報的。他們一邊閒聊，汽車駛近那棟上次她是在警車的後座看最後一眼的屋子。她一點也不想走進大門，不過她倒是好奇廚房現在是什麼樣子。警方清理好了嗎？抑或是地板上會有一灘乾涸的血跡？

「妳確定妳要進去嗎？」紐韋爾問，兩人等著安東督察抵達。「我可以要求警員幫妳去收拾東西。」

「我沒事，」她說，「我需要更多衣服，而既然我並沒有再住在這裡的打算，我索性把自己的東西都清乾淨好了。要是我被定罪了，我就沒機會了。」詹姆斯・紐韋爾點頭卻沒吭聲，因為他知道她說的是實話，也知道很可能案子的結果不如人意。「那你覺得官司打得怎麼樣？」她問，填補空白。

「跟預料中一樣。很遺憾妳得聽那些人談論妳，好像妳不在場一樣。審判的過程有時會非常沒有人情味。」

「沒關係。你警告過我了，」她說，「我很抱歉把你連累進來。」

「這是我的工作，」紐韋爾說，「我每天結束後都可以走人。我盡量不忘記我的客戶卻走不了。」

「那些你覺得有罪的呢？你也會替他們擔心嗎？」

紐韋爾放鬆下來靠著頭枕，閉上眼睛。「有罪和無罪是非常限定的字眼。人生極少能允許我們做這麼分明的選擇。這麼多年來我都沒辦法把客戶斬釘截鐵地分成這兩類。」

瑪麗亞思索他的話，同時瞪著鐵門裡。她自己的罪惡是他們這棟在美學上完美無瑕的屋子用來接合磚頭的水泥。她讓愛德華主宰她。如今她回顧過去，她知道她大可在剛結婚之後沒多久直接離開他的，只是頭頂上有屋頂遮風蔽雨的日子比較輕鬆。讓別人出錢來買食物付帳單，維修車輛，決定應該吃什麼不必花你一點力氣。她的人生——無論她有多痛恨——都奠基在她不敢自己一個人過的恐懼之上。說不定她是可以避開血腥的結果的，如果她夠堅強，但是愛德華當時是咎由自取，椅腳敲上她先生腦袋的那一刻就像打了勝仗。

「妳作證沒問題嗎？妳會被交叉詰問，而妳不能……」紐韋爾不知該如何措詞。

「我不能發脾氣。我知道，」瑪麗亞說，「我相信如果我是陪審團也一定會驟下結論的。」

「別這麼快就放棄那十二個人，」紐韋爾說，解開了第一顆鈕釦，擦拭額上的汗。「陪審員是很難纏的野獸，但是這些年來我發現他們格外有洞察力。」

「我不覺得我的案子是可以讓很多人覺得同情的。年紀大一點的陪審員連看都不看我，年輕的看我也好像是在瞪一隻玻璃杯罩住的蜘蛛，想仔細看個清楚，卻不想讓我太靠近。」

「還有一段長路要走呢。別忘了他們還沒聽到妳的說法。」

「謝謝你，詹姆斯。我知道你是全力以赴。」瑪麗亞柔聲說。這時安東督察的車子也開過來了。她想要伸手拍拍她的辯護律師的胳臂，又打消了主意。他是她的律師，不是她的朋友。「我們趕快把這件事做完吧。」

她下了車和安東督察以及陪同他的警察會合。

「布拉克斯罕姆太太，」安東說，「有些規定請注意。妳會由警員陪同走進每一個房間，我們會檢查妳想要帶走的每樣東西。妳不得進入廚房或是妳先生的書房。了解了嗎？」

「沒問題。」瑪麗亞說，「我在想，帕思戈小姐也會來嗎？我假設你會想要她在這裡，安東督察。」

安東的上唇一角往上掀，齜牙不悅，但是他及時控制住，朝她瞇起眼睛。「這是警方的公務，我不需要檢察官來做決定。走吧。」

他大步往屋子走，資淺警察趕緊跟上去，丟下詹姆斯．紐韋爾瞪著瑪麗亞。

「妳剛才是在幹嘛？」紐韋爾問她。

「我想他不喜歡我。」瑪麗亞低聲答。

「我有同感。」他給了她一閃即逝的笑容，然後以頭示意。「最好別讓他們等。妳先請。」

瑪麗亞往前門走，能聽見安東督察在樓上大步走動，查看臥室，這才允許她進入。惹惱他很愚蠢，可是變成了落水狗你就得在可以的時候踢踢腿。拿這名目空一切的刑警對伊摩珍．帕思戈的明顯垂涎開涮可不算是什麼世紀大罪——她早就犯過滔天大罪了——而且在更深一點的層面，她很享受在情緒上舒展一下拳腳。能夠不害怕，能夠稍微反擊，感覺真好。反正她還有什麼好顧忌的？

上樓後，她從一間空房拿了一個行李箱，這才走入她和愛德華共享多年的房間。房裡有灰塵了，需要通風，除此之外，就跟她離開時一模一樣。毫無生氣，充斥著壓迫人的惡劣回憶。她在他們的雙人床上最大的快樂就是想像愛德華死掉。而她終於美夢成真了，儘管他仍留著一口氣在。瑪麗亞決定要享受這一刻。她終於奪走了他的一切。

「妳需要什麼？」安東督察說，雙臂抱胸。

「我衣櫃裡的衣服。」她指著衣櫃門。

督察上前去開門。「妳要的東西都放在床上讓我們檢查。我們會幫妳裝箱。」安東說。是在命令，而不是建議。

瑪麗亞一次拿一些，從左至右。先是裙子，其次是上衣，最後是洋裝。安東督察以及協助的警察檢查了每一個口袋，摸過每一道衣褶，這才把衣服摺好，放進行李箱裡。一時間就好像是愛德華在這裡，監督過程，又在控制她。不是他，她告訴自己。這只是標準程序。我先生再也不會侵犯我的隱私。他什麼也不能做了。想到這裡她就夠滿意了，漸升的怒火也就熄滅了。

「再來呢？」安東氣呼呼地說。

瑪麗亞指著一個五斗櫃。「我需要裡面的內衣。」

那名警察拉開了抽屜，把內容物都倒在床上。

「真的有必要檢查每一樣東西嗎？」詹姆斯．紐韋爾問。「檢方已經辯論終結。你們不能再呈上什麼物證了，而且你們也已經搜索過這個屋子的每一吋了。這麼做似乎矯枉過正。」

「沒關係，」瑪麗亞聳肩。「就讓他們檢查。我沒有什麼好遮掩的。你何不到樓下等呢，詹姆斯，看的人越少，我的難堪就越少一點。」

她的律師離開了房間，安東和另一名警察動手檢查。他們一開始動作挺慢的，然後就越來越快，把一堆胸罩和內褲丟進行李箱裡。

「再來是幾雙鞋子。」瑪麗亞說。她往衣櫃走，把幾雙笨重的舊鞋子拖到地毯上。沒有細跟高跟鞋，沒有任何高跟鞋，沒有漂亮的包頭鞋。沒有時髦或有型的東西。沒有能夠烘托她的腿的。平底、寬鬆、為能穿著最長時間而設計的。愛德把他對鞋子的選擇灌輸給她，說是為了她的雙腳著想。她麻木地吞下了他的謊言，就跟她吞下他其他的謊言一樣。他挑的平底鞋讓她比較矮，不及他的身高，不能直接看著他的眼睛。而且很便宜。這點也很重要。

安東和警察彎腰檢查鞋子，伸手摸過了每一隻鞋的裡面，確定沒遺漏什麼。

瑪麗亞退向愛德睡覺那側的床頭几，拿起了她恨到極點的結婚照，趁著兩個警察不注意，塞進了行李箱層層的衣服裡。終於，檢查完畢，行李箱裝好了。那名警察人還不錯，幫她把箱子拎下樓，放進紐韋爾的車裡。

瑪麗亞站在花園一會兒，抬頭瞪著屋子，等安東督察最後一次檢查房子。

「我一點也不後悔。」她向耐心在她身旁等待的紐韋爾低聲說。「要是讓我把那一天再過一次，只會有一件事不一樣，我會確定他死了。」

「說這種話可不明智。在妳說出妳的故事時，妳會需要陪審團的同情，」紐韋爾回答道，兩手插進口袋裡。他並不是在教訓她。瑪麗亞很感激他的聊天口吻。「無論妳對妳先生有什麼感覺，妳都必須把自己說成是被害者，而不是加害人。」

「我受夠了當被害人了，」瑪麗亞說，「陪審團愛怎麼想就怎麼想吧。」

「我能不能說點什麼話讓妳回心轉意呢？」他問。

她笑望著他溫暖的眼睛，真希望自己嫁的是像詹姆斯．紐韋爾這樣的人，那她的人生一定就會有很大的不同。

「不能，不過我很感謝你的努力。有個人幫我留意感覺真好。」

他駕車送她回保釋旅館，幫她把行李箱拎回房間。瑪麗亞喜歡他。詹姆斯．紐韋爾是個好人，也是個實際的人。他太忙著掩藏官司贏不了的焦慮。無所謂，她已經知道這件官司是一翻兩瞪眼的事了。

半小時後計程車來載她，他們又把行李箱從她的房間拎出來，放進後車廂裡。

「去哪兒？」他等她坐進後座後問。

「泰倫街，」她說，「地下道。」

他訝異地轉過頭來。「妳確定沒搞錯地址嗎？那邊沒有房子，而且也不安全。有人在那裡販毒，晚上還有一大堆遊民。」

「我知道，」瑪麗亞說，「地址沒有錯。」

車行十五分鐘，被紅綠燈和道路施工拖延了。瑪麗亞瞪著窗外。近黃昏了，酒吧高朋滿座。二十幾個人坐在長椅上，在燠熱的陽光下享受著微風。布里斯托好像到處都人滿為患。

泰倫街跟布里斯托市的其他區域截然不同。從前在這裡的工廠都已荒廢，留下了一排空蕩蕩的廠房。這裡距離市中心太遠，但是對那些想要偷偷摸摸搞違法交易的人來說又夠近。她是在保釋旅館聽說這個地方的，想不到旅館竟然是有用資訊的一個來源。

「在那邊停車，」她跟司機說，「你可以幫我把行李箱抬出來嗎？」

他照做，雖然只是搖頭，他的看法卻全寫在臉上。

「你到前面一點等我好嗎，我不會太久。」瑪麗亞說。

「五分鐘，然後我就要再收費了，」他說，坐回駕駛座上。「小心一點。」

瑪麗亞把行李箱拖到地下道的入口。躺在一堆堆睡袋和紙箱裡的人無論是在說什麼都立刻停止，她能聞到尿味和菸味。淡橘色的燈被蜘蛛網罩住，照亮了地下道的一側，卻光線昏暗。

「有錢嗎？」有人問她，而她小心避開他們的腳。

「不好意思，我沒錢，」她說，「我想把這些衣服留給需要的人。」她把行李箱留在地下道一側，打開來露出內容物，表示沒有危險物品。

「只有衣服？」另一個人在稍遠處喊。

「還有一些鞋子。」瑪麗亞說。她在一個點菸的女人旁邊跪下來。「可以借妳的打火機嗎？」她問。

女人把打火機放進瑪麗亞的手裡，一句話也懶得說。她從口袋裡拿出了那張她和愛德華在大喜之日拍的照片，把相框拆開，拿出照片，手指拂過自己那張閃爍著希望與愛意的臉孔。仍是天真無邪。毫不起疑。

她點燃了照片一角，拿在手上，直到快燒著了手才讓殘餘的照片落在地上。

「謝謝。」她說，把打火機還回去。等她走出地下道時，行李箱裡的東西已經四散了。

這是愛德華最痛恨的事了，她心裡想，走向等待的計程車。他選來讓她謹守本分的衣服，他掏出寶貝的英鎊買的衣服，他明知道她討厭的鞋子，都給了那些愛德壓根就瞧不起的人。他缺乏基本的同理心，只把遊民看作酒鬼和中輟生。瑪麗亞知道她這種做法很可悲，但是卻讓她心裡舒坦多了。

她可以向前邁進了。雖然等待檢方的言詞辯論終結好讓她能回去拿這些衣服是一場緩慢得令人心痛的過程，但是現在完成了。唯一一張她和愛德華同鏡的照片也化為灰燼了。

18

開庭第七天

道尼法官、雙方律師、警察和庭丁在布拉克斯罕姆宅外和陪審團會合。呈堂照片只揭露了房子的極少一部分——廚房一角，椅腳所在的一段車道——所以珞蒂萬萬沒有想到竟是如此宏偉。庭院門是黑色的鍛鐵渦紋大柵門，一名警察上前一步按了鑰匙才打開的。他們默默前進，像有什麼魔法，掠過碎石地面，一步幾毫米，連一顆石子都沒有弄亂。花園美得驚人，只是花木太過繁盛，需要修剪了，但是可以看出過去有人花了無數心血在除草和整理上。屋子本身就像是生活雜誌上剪下來的，如詩如畫，大窗戶，窗帘都收攏固定，分毫不差。

「這些人真的太有錢了，」愛格妮絲．黃大聲說，贏得葛爾思．費努欽的一個同情的點頭。

「才兩個人就住這麼大的房子？這裡應該是六個人住才對。」

「果然被我料中了，」格瑞哥里嘟囔著說，「我就猜到布拉克斯罕姆博士會住在這樣的地方。看那個花園，好漂亮。喔，真希望是我住在這裡。」

「好漂亮。」珞蒂對卡麥倫和傑克低聲說。

「我母親會喜歡，」傑克說，「不過她也會指出這是一棟年代並不久遠的建築，也就是說主人是暴發戶——她的說法，不是我的。非常上流的中產階級。我猜這附近應該不會有多少殺人未遂的案子。」

「大概吧，」卡麥倫說，「這件案子恐怕是這附近鄰居最刺激的一件事了。來吧，他們在叫我們進去了。」他輕按珞蒂的背，讓她先走入花園。她腳步遲緩，因為那短短的接觸而全身像觸電一般，卻又希望他能把手拿開，因為他們現在可是在人叢中。她的冒險精神是有個限度的。

昨天是她婚姻中的一次出軌，她的行為放蕩不忠。她在回家跨過門檻時幾乎連身體都痛，因為這裡應該是一處安全祥和的家庭生活。不過，比內疚更糟、更令人煩亂、更發自肺腑的是整個傍晚整個黑夜都在她體內搏動的亢奮。她惹惱了自己，坐也不是站也不是，最後在晚上十一點跑去整理廚房櫥櫃，確定贊恩已經睡著了才上床。珞蒂透過窗帘照進來的黯淡月光下瞪著他的輪廓，他配不上她為他做的一切，這一點是毫無疑問的。贊恩整個晚上都悶悶不樂，埋頭整理銷售帳目，幾乎不說話。還有那個尚未解決的第二胎問題，可是珞蒂在這一點上絕不退讓，把贊恩仔細安排好的人生計畫全打亂了。她幾乎都要嫉妒他對想要的事情可以這麼篤定了。不像她好像就一直是在隨波逐流。

待會兒她會找時間跟卡麥倫說不能再繼續下去了。昨天已經太超過了。她這位陪審團夥伴的賭本比她少多了。她昨晚又失眠，早晨贊恩意外出現在廚房裡問他的皮夾在哪裡，她險些嗆到。輕鬆的打情罵俏是一回事，可是他們兩個的走向卻太危險了。

「妳覺得塔碧莎會用一根指頭抹過櫃子的頂端，檢查瑪麗亞．布拉克斯罕姆撢灰塵的功力如何嗎？」卡麥倫跟她和傑克低聲說，站在一群人的後面。

珞蒂吃吃傻笑，儘管身心都繃得像一根弦。「我比較擔心的是愛格妮絲那麼嫉妒，她會在每個散熱器的後面都丟一隻蝦子，讓這個地方不能住人。」

「而且潘會到處看，評估每一件藝術品的價值，」傑克也接著說，「他大概會把名片放在廚房桌上。」

三人向前行，一塊竊笑，沖淡了嚴肅的氣氛。這種事多少感覺不真實，就像是看過電影之後走進了電影場景，珞蒂覺得。

「天啊，塔碧莎幫絕對會樂此不疲。」她小聲說。

「這麼接近死亡，逮到機會就一定得踢踢腿。」卡麥倫冷笑著說。

陪審員一個一個步入屋子，在門廳上緩緩移動。規矩早已向他們說明了。只能看不能摸，不能拍照，有問題就寫下來，隔天在法庭上交給法官。這趟勘查會列入紀錄，陪審員不得交談，也不得與法院職員或是警察交談。

門廳酷似一張有插圖的咖啡店菜單，牆壁和各式木工都是深淺不一的奶油色、米色和深褐色。沒有一枚指紋，珞蒂心裡想，沒有一絲刮痕。沒有孩子跑過門廳，拖著玩具，用黏答答的手按著牆壁衝來跑去。她對於這種簡單家居生活的嫉妒在沉默中煙消雲散了。瑪麗亞．布拉克斯罕姆每天都一個人過日子。她先生有他的工作。陪審團目前對於被告一無所知，只知道她犯了一項殘暴的罪行。說不定是那份無聊和死寂終於逼瘋了她，珞蒂暗忖。她能理解這一點。她不就是因為相同的原因才會和卡麥倫玩這麼危險的遊戲嗎？她看著他接近廚房時跟傑克咬耳朵。或許珞蒂是在找藉口。或許，正如檢察官說的，瑪麗亞．布拉克斯罕姆是被自私或憤怒驅使，就像她對精神科醫師罵髒話，氣沖沖離開一樣。這一對不幸的夫妻很有可能為了洗碗機裡的碗盤該如何排放而吵過不下一百次。

陪審團在廚房集合，瞪著地上的那一點，是愛德華．布拉克斯罕姆倒地之處，彷彿有可能他仍倒在這裡。地磚縫隙中的褐色污漬訴說著可怕的故事，沉重的廚房木桌荒廢在那裡，顯然是六張一套的椅子裡少了一張。珞蒂猜測那張椅子是怎麼了，是在盛怒之中砸壞了，或是意外損壞的，又是在多久之前？愛德華．布拉克斯罕姆無法告訴他們，而被告現在有了顧慮，恐怕也不會說實話了。

「各位可以在房屋的其他部分走動，」法官說，「因為之後在被告作證時可能會相關。你們有三十分鐘，然後我就要請各位回到小巴上。」

法官和雙方律師都走進了後花園，迴避了會被提問或是聽到陪審團意見的可能。十二個人就站在那兒環顧廚房幾分鐘，陷入沒人想當利用機會窺探空屋的第一人的尷尬處境。還是塔碧莎恢復得最快，打開了食品櫃的門，仔細瞧了瞧裡頭。

「你們看，」她低聲說，「才兩個人就要這麼寬敞的櫥櫃。」

「這裡可以裝得下四個我的廚房，」山繆．勞瑞說，緊張地笑笑。「無論布拉克斯罕姆夫婦是為什麼吵架，絕對都不是為了錢。」

「我倒是想知道她幹嘛不拿刀子，反而拿那支大椅腳，」葛爾思．費努欽也加入，打開了刀具抽屜，看著那麼多可用的武器，吹了聲口哨。「那她就能百分之百確定把他給宰了。」

「我要去查看其他的地方，」潘說，「我不覺得真的需要整整三十分鐘。」他回到門廳，大家都聽到他一路上開門關門。

珞蒂瞧了一遍廚房。果不其然，在安東督察作證時提到的那疊郵件仍然放在餐桌上。她在心裡掂量他們是可以查看到什麼程度。確定其他陪審員都忙著在看別的地方，珞蒂把第一封信拿起來，面對著牆抽出信紙。

「親愛的布拉克斯罕姆博士，」她讀道，「我昨晚看了你最新的影片，是鼓勵我們讓無足蜥蜴回到我們花園裡的那段。我希望你不介意我寫信給你，但是我想說我有多愛你的熱情。我非常喜歡動植物，從不錯過你的部落格。我住在布里斯托，我知道你也是，所以或許你能讓我知道你是不是計畫了什麼現場活動。能看到你本人會讓我非常開心。我單身，三十幾歲，而且我熱愛烘焙。不知道你能不能寄張相片給我？我附上了回郵信封，不會太麻煩你的話……」

珞蒂把信摺好，塞回了信封裡，發現收信地址是市區某間辦公室，八成是布拉克斯罕姆博士的工作地點。她把信放回去。她覺得寫信來要照片有點病態，他們要照片幹嘛？釘在溫室裡嗎？

「找到什麼有趣的嗎？」卡麥倫問她。

「粉絲的來信。說真的，還滿詭異的。」

「我們來參觀吧。」他建議道。

「好主意，」珞蒂含糊地說，「越快離開這裡越好。」

傑克跟著她出去，卡麥倫殿後，把塔碧莎幫丟在廚房裡繼續胡猜亂想。

經過廚房的第一道門是獨立的餐廳，餐桌是玻璃桌面，椅子看來更舒服，不像廚房裡那種實用的農村風格。然後是一間寬敞的客廳，中央有壁爐，灰燼掃除得一乾二淨。兩面牆上掛著風景畫，第三面牆上掛著鏡子，第四面牆是露台門，通往花園。

「沒有照片。」珞蒂說。

「說不定是那個世代的習慣，」傑克說，「我父母只有我和我哥跟他的孩子的相片，沒有他們自己的。」

「這裡一塵不染，」卡麥倫說，「我是說，真的整齊得有夠奇怪的。」

「你是說你家不像這樣子？我倒是可以想像你穿著圍裙拿著雞毛撢欸。」傑克笑著說。

卡麥倫的反應是好脾氣地捶了傑克的肩膀一拳。「嘿，我的才華可是你想像不到的。你真該嚐嚐我做的洞裡的蟾蜍。」

「我才不上當呢。」傑克笑著說，而珞蒂則搖頭看著他們兩個。

三人離開了客廳，朝對面的房間而去，這裡比較小，顯然較常用。牆上排滿了書籍，一張桃花心木書桌佔據要衝，桌上覆滿了文書和筆記。窗戶掛著絲質窗帘，窗外是前院的風景，一張皮椅面對著屋子裡的第二座壁爐，這一座最近比較有用過，部分燃燒過的木柴等著再點燃。一面大螢幕電視仔細地掛在牆上的托架上，另外還有一台大電腦，電線都小心隱藏住，與房間的奢華融為一體。

「真不錯，」傑克說，「配備驚人。」

「屋子裡的門還得裝鎖，裡頭的東西一定很值錢，」卡麥倫說，「既然這裡是一樓，你還以為他們會比較擔心小偷打破窗子進來呢。」

「只有一張椅子。」珞蒂說。兩個男人都瞪著她。「我只是說，他們不可能一起在這裡看電視，除非是一個人坐在書桌上，另一個坐在壁爐邊，可是這樣坐的話，兩個人就不會面對同一個方向。」

「客廳裡有一台電視吧？」傑克問。

「好像沒有，」卡麥倫說，「對，我確定沒有。」

珞蒂向後轉，看著一些書的書名。「這些全是他的書。」她拿起桌上的一些筆記。「筆記寫的是海鳥，跟一些圖畫。你們覺得布拉克斯罕姆太太會在先生工作的時候進來看電視，有點相處的時間嗎？」

「我覺得那會打擾他，」卡麥倫說，「不知道鑰匙在哪裡。沒道理會掛在門廳的鉤子上。要是有小偷進來，就等於直接把鑰匙送給小偷開門了。」

「感覺實在很奇怪。從這裡看不出有她這個人存在。沒有一本書可能是她的。」珞蒂說。感覺是個男人的空間，說得更明確些，是為了愛德華・布拉克斯罕姆自己一個人的需要而設計的。她不由得猜想瑪麗亞・布拉克斯罕姆是否在先生把自己關進房間時覺得鬆了口氣，又或是這個房間形成了兩人之間的障礙，加劇了她的挫折。

「我們上樓去看看，」傑克說，「我敢說上面一定還有電視。搞不好還有一間休閒室，因為只有他們兩個人。」

三人魚貫上樓，傑克帶頭，卡麥倫殿後。珞蒂在他之前上樓，他拂過她的左小腿，珞蒂猛回頭，確定周遭沒人看到。卡麥倫眨眨眼，嘻皮笑臉。

「不要！」她無聲地說，瞪大眼睛。現在不是時候，而且地點也絕對不對。要是他繼續像這樣子摸她，遲早會有人發現。

他們繞過了一個九十度的轉角，正好迎上了要下樓的潘。

「我看這裡的價值絕對超過了警方估計的八十萬鎊，你們說呢？」他問他們。

「有可能，光是花園就那麼大。」傑克說。

「值多少錢真的重要嗎？」卡麥倫問。

「只是在感受他們的生活型態。」潘說，繼續朝樓下走。

「就說吧，」傑克笑嘻嘻地說，「在我們看完以前，潘就會給每一件物品都標上價錢了。」

珍和刺青仔葛爾思在第一間客房裡竊竊私語，一看他們進來就打住了。原來如此，珞蒂恍然大悟。現在是我們和他們之分了。她繼續走。無人使用的臥室都是一個樣子。裝飾著毫無生氣的粉彩，花朵圖案的寢具，牆上沒有什麼裝飾。沒有小飾品來讓家具鮮活，沒有衣物拋在床上或是櫃子上。沒有嗜好或是什麼收藏。珞蒂覺得這裡更像是飯店而不是家。瑪麗亞・布拉克斯罕姆才剛滿四十歲，然而這棟屋子卻像是比她老一個世代的人所有的。說不定室內的裝潢是由愛德華・布拉克斯罕姆一手主導的——他畢竟比她老得多——由此衍生了一個問題：他的太太為什麼不提供意見？說不定是她沒興趣，說不定她就是不在乎。可是一個人住在一棟這麼死氣沉沉又老派的屋子裡這麼多年，卻完全不加以改變，感覺真奇怪。

有一間客房是有浴室的套房。珞蒂晃進去，而傑克和卡麥倫則去尋找電視機。男人，她心裡想。她的注意力被吸引到一個微微打開的抽屜上。換作是平常也沒有什麼好奇怪的，但是這屋子裡的每一個櫥櫃，每一個抽屜都關得嚴嚴實實的，每一面窗帘也都牢牢地繫住，這裡就顯得突兀了。

覺得自己像闖入者，她把抽屜再拉開幾吋，看著裡面。一把指甲剪、一包面紙和一把梳子，梳子上還有幾綹暗色頭髮，就這樣。底下的垃圾桶被清空了，套上了乾淨的垃圾袋。淋浴間的門上沒有污痕，水龍頭也閃閃發亮。無論是誰使用這間浴室的都在使用後仔細打掃過，然而這個房間卻是最近使用過，而那個有潔癖的打掃者漏掉了那個沒關緊的抽屜。

洛蒂把抽屜關好了，但是想到她改變了這地方的現狀，就又回去把抽屜拉開了一丁點，隨後循著傑克和卡麥倫的路線走進了主臥室。

「找到你們要找的東西了嗎？」她問他們。

「這幾分鐘來我們都在迴避其他愛偷看的人，」傑克說，「幸好他們覺得無聊了，又下樓去瞪著血跡看。找到什麼好玩的東西了嗎？」

「鏡子上並沒有她用血寫下的殺人理由，如果你說的是這個的話，」洛蒂告訴他。「你們兩個看完了嗎？」

「我看完了，」傑克說，「我要去前面花園曬太陽。要來嗎？」

「等一下，」卡麥倫說，「我要等洛蒂看過這間浴室，然後我們再下去。」

傑克下樓去了，洛蒂晃進去檢查浴室。「這是間浴室。」她對卡麥倫說。他也跟進來，關上了門。

「是啊，」他說，「傑克跟我很意外這裡的小東西那麼少。通常浴室裡是一定少不了生活的痕跡的。牙刷、香水、刮鬍刀──有誰會把每樣東西都收起來？」

「可是整棟屋子都是這樣啊，」洛蒂說，「只有書房例外。」

「那鏡子呢？」卡麥倫問。

「鏡子怎樣？」她答道，轉身面對著卡麥倫指著的浴室門後的全身鏡。

他走到她後面，伸手鎖上了門，看著鏡中珞蒂的眼睛。「妳看到妳自己有多美了嗎？」他低下頭來吻她的耳後，再吻她的後頸，再吻上她的肩，收緊了環住她的腰的雙臂。

她把他推開，揉搓他吻過的地方。「我們不能這樣，」她說，「不能在這裡。他們都在樓下，要是我們被逮到……」

「我覺得不舒服，妳進來照顧我，而我請妳鎖上門，」他說，一隻手又伸上來解開她洋裝上的白色小鈕釦。她抓住他的手腕，拉到一邊。「我們有個十分鐘的空檔。他們會忙著討論這個地方有多麼富麗堂皇……我想這是塔碧莎的說法。所以，放輕鬆。」

「這裡發生過那種事，我沒辦法放輕鬆。」她說，但是聲音已經沙啞，呼吸也變得急促。

「我覺得妳可以，」他說，「我滿確定我能幫得上忙的。」卡麥倫用另一隻手拂向她的洋裝下襬，把裙子撩到她的大腿上方，露出了白色的蕾絲內褲。

「卡麥倫，這樣子不對。」她說，放開了他的手腕，推他的胸膛。

「要是妳安安靜靜的，我們就能在有人上樓的時候聽到。至於這棟屋子裡發生的事，只有兩個人知道真相。這個房間只是四面牆，只有妳跟我在裡面。我可不會放過任何一個讓妳知道我有多想要妳的機會。」他把珞蒂轉過來面對他。「妳是我遇見過的女人裡——在我未婚妻之後——唯一能讓我有這種感覺的。部分的我覺得我們是注定要相會的，無論環境有多詭異。」

珞蒂的每一個細胞都融化了。卡麥倫把她拉過去貼著他，笑著欺近她的臉，以嘴唇分開了她的唇，力道漸漸加大，最後她讓自己依偎著他，回吻他，手指緊抓著他的肩膀，死命貼著他，感覺到他鋼鐵般的身體，以及兩人之間的熱力。

卡麥倫的唇沿著她的肩膀游移，讓她感覺到他的牙齒邊緣，再挪開，以便看見她的全身。她想要對自己撒個能說服自己的謊，想相信在今天早晨著裝時她並沒有想像他就這麼看著她。她在他的眼中看見了自己。這件薄棉細蕾絲三角形胸罩強調了她變硬的乳頭，而不是遮掩住。等他把右手伸上來捧住她的乳房時，她已經在喘氣了。他的大拇指牢牢按住她的乳頭中央，她忍不住嚶嚀，抱住他的脖子，伸長身體來供他享受。

「小聲一點。」她低聲說，盡力伸長耳朵去聽樓梯上是否有腳步聲，卻被自己呼吸的音量嚇到。

卡麥倫把她的背推到冰冷的鏡子上，撥掉了她的一邊洋裝肩帶，接著是她的胸罩，然後低頭含住她的一邊乳頭，把她的上臂釘在門上。她屏住呼吸，忘了贊恩，知道她不會阻止卡麥倫，甚至更確定的是她不能阻止自己。卡麥倫的手從她的左臂上移開，大拇指勾住了她的內褲內側，一面吸吮她的乳房，一面把內褲脫掉。

「我們不應該……」她低聲說。

「可是我們要做。」他說，手指沿著她的肋骨劃下，經過她的胃，撫過她的鼠蹊。

他的手指溫柔地滑到她滾燙的那一點，那好像是沉睡太久的一個部位。如果昨天是一種覺醒，那這個就是地震。他似蜻蜓點水繞著她的陰蒂撫弄，珞蒂叫喊一聲，身體前挺，迫切地想要更多的他。她一手伸向他的頭髮，用力把他的嘴拉向她的乳房。

他一根手指滑入她體內，她咬住他的脖子以免發出聲音。她身體的每一吋肌肉都在緊繃。她把腿張得更開，慾望控制了她的每個部位。

「我要你。」她喘息著說。

「不能像這樣，」他說，「我要慢慢來。天啊，我滿腦子只能想著妳。」

他緩緩抽身退後，幫她把衣服穿好，吻她的脖子和嘴，而珞蒂閉上眼睛，回到現實。

「天啊，我們在這裡多久了？」她慌張地低聲說。

「放心好了，」他說，「我先下樓，跟他們說妳的保姆打電話來，有急事。好嗎？」

「好。」她說，拉直洋裝。

「真希望不必像這樣。我想帶著妳到處炫耀，真的變成一對。」他說。

「我已經覺得很真了。」珞蒂說，上前一步吻了他，用舌頭掠過他的舌。

兩人分開。「妳真美妙，」他說，「不只是妳的長相，或是我跟妳在一起的感覺。妳風趣又敏感。我從來沒想到我還能再遇見像妳這樣的人。」

她瞪著他，很是震驚。她以為會有打情罵俏，卻不是如此多情的宣言。他們兩人間的火花不容否認，但除此之外，珞蒂不知道她有什麼感受。她還得考慮丹尼亞，而且她甚至不能讓自己去思考如何拿卡麥倫和贊恩比較。樓下門廳的響亮說話聲嚇了她一跳。此時此刻都不是剖析兩人的關係何去何從的好時機，但是她需要回報他一點什麼。

「也許你只是帶出了我最好的一面。」她讓自己的回應不帶色彩。「你該走了。好像有人要上來了。讓他們繼續說話。」

他握住她的手，翻過來，吻了她的手心。「等個幾分鐘再下樓來。」他以唇拂過她的臉頰。

她看著他走。他們在布拉克斯罕姆家做的事無論從什麼層面來看都是錯的，但是她太沉迷於卡麥倫給她的感覺，所以沒有抗拒。珞蒂倚著門口，整理衣服，已經在想像下一次會更好了。

19

茹絲坐在汽車裡，瞪著那家店，她知道瑪麗亞就是在這裡給那支後來變成生命線的手機儲值的。這個時間點陪審團應該是在布拉克斯罕姆家裡。她每天都窩在法庭的旁聽席上，儘管瑪麗亞不准她來；她都提早到，佔據離玻璃盒最遠的座位，躲在其他旁聽者和記者的後面。瑪麗亞有權不讓她來，但並非是因為在陌生人前公然受辱比起把你的一生暴露在你認識的人面前要好受。

在證據一項接一項呈現時，解讀陪審團的表情變成了一個小小的執念。畢竟，這也是她所受的訓練之一，而她看到的主要都不是好消息。茹絲利用法庭唱名讓他們一一宣誓的時候記下了名字，很丟臉地曾花一整晚的時間在社群媒體上搜尋她認得出的陪審員，感覺就像是翻別人的內衣抽屜。十二個人中至少有十人在網路留下了足跡。照片、發言、購物心得，都用的是真名實姓。短短幾個小時能夠找到的資訊多得驚人。那個希臘裔的商人極高調，有一些報導他在藝術市場的售賣品項。塔碧莎．拉克因為種種的功績而贏得了婦女研究會的諸多獎項。葛爾思．費努欽曾競選過市議員，是無黨無派的獨立候選人。格瑞哥里．斯密司曾寫信到某家報社倡議同志權。她倒沒料到——這才明白就連她都會因年齡與穿著而做出因循成見的判斷。其他陪審員不是有臉書就是推特。茹絲希望她可以說自己只看過一次，但是現在的閒暇時間都花在查看是否有更新，是否有哪個陪審員向親朋好友提到這件案子，不過無論她發現了什麼，都停止不了這件對她朋友不利的官司進展。

檢察官伊摩珍・帕思戈把一件早就轟動的案子又炒作得更加熱鬧，那段刺蝟的影片將愛德華・布拉克斯罕姆送上了神壇，讓陪審團聽不進對他的任何批評。辯方想要把他從神壇上拉下來恐怕得要有移山的本事。後來又加上了瑪麗亞對精神科醫生發飆，有些陪審員的反應很激烈。那位主席——塔碧莎・拉克——的面部表情是最公開的。其他人也類似，只是比較收斂。抿唇的、皺眉的、驚訝的，十二人中只有四個人對瑪麗亞向精神科醫生咒罵的髒話不以為忤。雖然對判決不利，可是瑪麗亞的反應也是情有可原的，而且那位醫生所提的問題也不像他假稱的那麼無辜。問女人是在經前或是行經中，其實是旨在羞辱的一種恫嚇手段。他故意要打亂她的節奏，逼得她反應激烈或是混亂地否認。而這兩種反應都可以讓他緊接著再追問更針對性的問題，幸好瑪麗亞突然決定要給這個醫生一點教訓。儘管茹絲希望瑪麗亞能夠更冷靜地應對，但是她仍覺得瑪麗亞不照他的規矩玩是對的。

茹絲看了看手錶。午餐時間。只夠時間讓她去提款機提款，再去她母親每週都會去參加的「積極面對失智」團體接她。之後她得去接兩歲大的雙胞胎，然後她就沒有自己的時間了。茹絲並沒有計畫要駕車經過瑪麗亞的房子。恰恰相反。可是她的車子卻朝那個方向駛去，她在經過車道時放慢了速度。屋外停了一輛小巴，一只輪子壓在人行道上。陪審團仍在屋內，查看犯罪現場。廚房並不是屋中唯一發生過人類慘事的地方。差得遠了。

瑪麗亞每個月打電話給茹絲一次，將近一年後茹絲才終於打開了性關係的話題。它潛藏在許多她們討論過的話題之下，但是瑪麗亞總是在茹絲問起時閃爍其詞。後來有一天，瑪麗亞打電話來，語氣非常不像平常，所以茹絲並沒有馬上就知道是她。

「他昨天晚上要我。」瑪麗亞憤怒地吼叫，像是發自喉嚨，彷彿聲帶被怒火絞住了。茹絲聽得一顆心往下沉。

「妳有受傷嗎？」茹絲開口就先這麼問。生理上的安全一向是最主要的重點，心理傷害反而是可憐的二等親。但是其實是有比死亡更悲慘的命運的。她諮商過夠多的強暴和凌虐的被害人，早就知道了。

瑪麗亞哈哈笑，簡直就跟恐怖電影的音效一樣。幾分鐘內，茹絲真的嚇壞了，活像她的客戶的身體被什麼惡魔佔據了，而且還可以從電話線跑過來。

「瑪麗亞，妳能跟我說說看嗎？」茹絲問道。「妳不是一定要說，可是說出來會好一點。」

「一開始就跟以前一樣。愛德華就是這樣，他一肚子壞水，卻很會演戲。最近他要我裝死人，我甚至不確定該不該抱怨。起碼這一點在我們的婚姻生活裡不是謊言。」

「妳一定覺得……」茹絲搜索枯腸想找個不加油添醋的說法，「不像個人。」

「我的感覺就是他要我感覺的。我面朝下躺著，他喜歡我把胳臂擺在身體兩邊。我不能移動，也不能發出聲音。起初只是遊戲。我也不知道我怎麼會蠢到陪他玩。他要我躺在床上，假裝在睡覺，然後他爬到我身上來。他說這樣會讓他亢奮，趁我睡覺的時候操我。然後我要求換個方式，讓我仰天躺著。他說了些藉口，什麼他從後面上的話我們身體的角度會比較舒服。我就……我就接受了。妳知道還有什麼比假裝死掉被人幹還要恐怖的事嗎？就是知道妳會被這樣子幹全是因為妳自己太蠢太軟弱，不敢阻止。」

「妳對自己太苛責了。強制控制就是這種情形，在無形之中慢慢施壓，最後會讓被害人失去自信，奪走他們的聲音。他有多常這樣做？」她問。

「一個月三次。要是他簽下了新的合約，拿到一張大支票，或是得到了好書評就四次。他好像越是知道我的身體不要他就越喜歡。我覺得他很享受霸王硬上弓，弄痛我。有時候他實在是太重了，我連呼吸都困難。他會數我沒呼吸的秒數。我覺得我還能活著完全是因為一想到我奄奄一息他就興奮到……到……就……射精。」她語不成聲，哭泣聲像砂紙刮著她的喉嚨。「他每次要我裝死之後，我都會自殘，昨晚也是。我知道我不應該那麼做，我也不知道我為什麼會那麼做。我想我只是要跟自己證明我還活著。他壓在我身上的那一會兒，又戳又頂的，喘著大氣，把我的身體壓進床墊裡，我一直閉著嘴巴，我在猜也許我、我真的死了，卻跟他一起掉進了活地獄裡。」

「瑪麗亞，我很為妳擔心，」茹絲靜靜地說。「我擔心妳可能會做出什麼事來。請原諒我的語氣太高高在上，可是——」

「妳從來都不會高高在上，」瑪麗亞低聲說，這還是第一次聲音中冒出了溫暖的火花。「不用擔心我割傷自己的事，我十幾歲時就割過，這種技巧顯然是一輩子也忘不掉的，知道該割多深卻不會流太多血，也知道自己能忍痛到什麼程度。我寧可割傷自己一千次也不要讓他再碰我。」

「我可以過去接妳，」茹絲說，因為別無良策而變得大膽，才會建議打破她自己定的所有規矩。「把妳的地址給我。這件事已經拖太久了，妳必須離開他。」

茹絲知道她在說教，提供真實世界的協助，卻不是對方要的，也不是答案。牽扯進個人感情。可是瑪麗亞的語調和說話讓她揮之不去。有時聽她聲音中的孤苦無依就好像是跟一個埋在墳墓中的人說話。

茹絲去提款的車程並不長，卻也長到讓她又擔心起自己的金錢狀況。倒不是擔心她的銀行存款，她父親讓她衣食無缺，她有足夠的存款和投資能讓她生活個幾十年。問題是這些存款取得不易，而她又把目前的帳戶消耗得快到零了。她這樣子提款可能會被注意到，絕對是已經超出她日常的花費了。她在心裡記下要從儲蓄中轉帳到她目前的帳戶裡，另提了五百鎊，塞進皮包裡。

等她抵達「積極面對失智」中心，有個女人已站在門外瞄著手錶，看她的綠色圍裙就知道她是職員。茹絲尚未關掉引擎她就走過來了。

「阿德考克太太？」她在茹絲開門時問。

「阿德考克小姐，」茹絲糾正她。「我母親沒事吧？」

「我們一直在找妳，」女人接著說，「妳沒接電話。」

「我母親沒事吧？」茹絲再問一遍，語氣平靜卻堅定。

「是的，嗯，我們的護士幫她打了鎮定劑。出了一點麻煩，」女人喃喃說，「妳要進來喝杯茶，談一談嗎？」

「我想妳既然在外面等我，我們最好還是有話就說吧，」茹絲說，「出了什麼事？」

「妳母親和巴斯金斯先生有點小衝突，他是想協助她拼拼圖，就拿了幾塊，結果她就生氣了。」女人不說了，茹絲使出更多的耐心。

「然後呢？」茹絲說。

「後來妳母親就打了他的臉一拳。滿用力的，我們都沒料到她的力氣那麼大。他的下唇被打破了，流了很多血……」女人把最後的一個音拉得很長，茹絲這才明白還有下文，就等待著。

「還有，妳母親也打斷了他的一顆牙，巴斯金斯先生被送到急診室了。」

「好，」茹絲重重吐氣。「我母親目前是什麼情況？」

「她毫髮無傷。」女人宣稱。

「我指的是情緒上的，」茹絲說，「她對這件事有什麼反應？」

「她說巴斯金斯先生應該去站在角落裡。然後我們就把她帶到別的房間，由護士接手。恐怕這表示我們不能再讓她來參加課程了。我非常抱歉。」

「妳說抱歉並沒有什麼幫助。我母親需要接觸家人之外的人，以及其他地方與其他人的刺激。妳知道失智症患者很容易會有暴力行為，」茹絲說，雙手支臀，知道她的樣子像在找人吵架，可是卻覺得不可能緩和下來。「他們很少能了解或是記得他們做過的事，當然也不可能要他們負責。」

「是沒錯，可是我得考量其他的病人。我不想多嘴，可是如果妳母親的情況已經在惡化了，現在或許是該考慮養護之家。妳在家裡照顧她只會越來越辛苦。」

「我照顧得來，謝謝，」茹絲說，假裝鎮定。「我不覺得辛苦，我愛她。」她走過女人的面前，動手推開中心的門。

「我只是說……」

茹絲讓門在身後關上，不讓她把話說完。把她母親送進療養院完全不在考慮之列。無論將來有多辛苦，茹絲都決定要照顧她到終老。她沿著走廊到護士那裡，停在外面傾聽她母親哼唱兒歌。

「哈囉，媽，」她微笑著打開門，走過去擁抱她，發覺她母親的指關節有瘀血。「妳覺得怎麼樣？」

「我今天沒吃到甜點，」她母親說，「是大黃酥皮派，我最喜歡的。」

「要不要我明天做給妳吃？菜園裡有大黃。妳可以配上卡士達或鮮奶油吃，看妳喜歡哪種。」茹絲說，幫母親套上開襟毛衣。

「我可以吃冰淇淋嗎？」她母親問。

「當然可以。」茹絲回答道，一面指引老婦人走到外面去坐車。

「茹絲，我覺得我今天可能做了壞事，我想不起來是什麼事，可是大家看我的樣子好像我做了。我有嗎？」淚水使她母親的眼角變亮，而茹絲自己也紅了眼眶。

「沒有，親愛的。妳沒做壞事。妳不可能會做壞事。好了，我們回家吧。」茹絲溫柔地扶著母親上車坐好，希望——她每天都這麼希望——她的姊姊蓋兒仍活著。說不定沒發生那樁悲劇的話，她們的母親就不會罹患失智症，而茹絲也能有人分擔痛苦，不必獨自看著一位驕傲聰明的女人變成孩子般無助迷惘。茹絲扣好安全帶，吻了母親的太陽穴，忍不住想她們還有多少時間。簡單的答案就是不夠久，而茹絲能做的最後一件事就是讓母女倆在一起的時間縮短。想到要再失去她愛的人，她實在是受不了。

20

開庭第八天

幾週來第一個涼爽的日子卻讓空氣濕答答的。珞蒂選了牛仔褲和一件粉藍色帽T開始全新的一週，部分是因為氣溫陡降，但更重要的是整個週末承受的愧疚煎熬。不再穿洋裝來炫耀她的腿，吸引卡麥倫的注意，不再穿上過漿的裙子和上衣來意圖融入塔碧莎幫。該是做自己的時候了。

週六她把手機關機，很怕去想和卡麥倫聯絡，明知她的心情只會更壞。等到週日早晨，她已經受不了不知道有什麼簡訊或語音信息在等她，終於向誘惑臣服。結果比她想像中還要糟糕，卡麥倫壓根就沒跟她聯絡。對了，是她叫他別聯絡的，還說什麼必須要區分他和那個她必須要當個好母親，維持夫妻正常假象的地方。可是，她心裡這麼想，至少一通簡單的訊息說……說什麼？她自問。謝謝妳在浴室玩摸摸茶，一定要趕快再來一遍。卡麥倫能跟她說什麼？等到週日晚上她已經被自身的慾求惹惱了，同時她也很懊惱自己無法直視先生的眼睛。她煩躁不安，又動不動發脾氣。她抓起了手機，決定主動出擊。

「這種事得停止，太冒險了。只是朋友，好嗎？」她傳簡訊給他，反鎖在浴室裡，不讓贊恩逮到，一傳送完就立刻關機。

「夏珞蒂！」贊恩的高呼聲她一出來就聽見了。

她把手機塞進口袋裡，到客廳去看他要什麼。「嗄？」

「我母親傳電郵來，說要到英國來過聖誕節。」他說，一邊說話一邊寫字，仍不放下手邊的工作。

「你說聖誕節，」珞蒂咬著牙回答，「到底是指幾天？」

「就三、四個星期吧。巴基斯坦很遠，她跑一趟總得要夠本才行，而且她也有一年半沒看到孫子了。對丹尼亞會很好。」

「那到時候你是準備要請幾天的假？」珞蒂雙臂抱胸，靠著門框。

「今年我應該能有一星期的假。妳需要確定哪天最適合她來，十二月中旬最好，越接近聖誕節機票越貴。」

「那另外三個星期我是要開車帶她到處晃，負責招待她是嗎？」珞蒂問。贊恩終於抬起了頭。

「我不上班的時候會幫忙。妳十二月已經有計畫了嗎？」

「少嘲笑我，」珞蒂說，「你倒沒什麼，你是她的寵兒，可是她就只會一天到晚挑我的不是，嫌我煮的菜難吃，嫌我打掃得不乾淨，嫌我怎麼帶丹尼亞……」

「拜託，珞蒂，妳太敏感了，哪有那麼糟。」

「是你太無感了。你母親當然可以來——這裡是你的家——不過你要自己照顧她。說不定我十二月還真的有計畫。說不定你應該先問我一聲。」她轉身抓起車鑰匙就走。「我要去超市。丹尼亞在睡覺。要是你捨得放下你的文書工作，就去看看他。」

「夏洛蒂，我們應該好好談一談！」他對著她的背影呼喊，而她砰地甩上了門。

一個小時後，她回家了，不怎麼真心地道了歉。贊恩當然有權讓他母親過來小住，即使一想到要聽她婆婆喋喋不休的埋怨就害她全身發冷。她又得多整理一張床鋪，做更多的菜，沒什麼大不了的。也沒什麼可期待的。問題就出在這裡。一旦陪審義務結束，洛蒂就要回到老樣子，而她害怕極了。

把衣袖拉下來遮住手，戴上兜帽，她讓自己的外表盡可能讓人不敢接近，準備好又一週跟她自己的慾望和卡麥倫的進擊搏鬥。她走進陪審團室，珍妮佛一把攫住她的胳臂就跟她咬耳朵。

「塔碧莎要召開正式的會議，」珍妮佛急急忙忙說，「她有點激動。」

「拜託，是又怎樣啦？」洛蒂呻吟道，捲起了袖子。雖然下雨仍降低不了法院大樓的氣溫，讓人舒服一點。

「嗯，很顯然，」珍妮佛說，拖長聲音，而洛蒂則渴望地瞪著茶壺，裡面的茶是注定只能再熱個十分鐘的。「她有理由相信陪審團裡有兩個人在開庭時間之外一起拍拖——這是她用的說法。」

洛蒂的舌頭忽然黏在口腔的頂端。珍妮佛雕塑了一張通俗劇的面具，現在正戴在臉上。世界以慢動作運轉，房間太喧囂。是有人在布拉克斯罕姆家聽見或看見他們嗎？說不定是在卡伯特中心的咖啡館。傑克是唯一跟她和卡麥倫消磨許多時間的人，她覺得他一定不會跟塔碧莎幫通風報信吧？洛蒂的手心都濕了，喉嚨卻發乾。

「是誰？」珞蒂終於低聲說，卻在心裡抓著珍妮佛的臉，用力把答案從她的口中擠出來。塔碧莎一定會讓大家都發現。他們會被舉報給法官，公然受辱。她和卡麥倫會被剔除，贊恩也會發現，因為紙包不住火，而他要是直接質問她，她是絕對沒辦法說謊的。她腳下發黏的褐色地毯突然間變成了一片泥濘，陷住了她的腳，讓她動彈不得。

「不曉得是誰，」珍妮佛說，「塔碧莎不肯說，可是等大家都到齊，我們就會知道了。潘來了，這樣就十二個了。這件事應該會很有意思。」珍妮佛就坐，指頭在木桌上敲，幾乎無法遮掩住臉上的興奮。再沒有比一點小醜聞來展開新的一週更過癮的事了，珞蒂心想。只不過這是結束，而不是開始。

卡麥倫的臉從刺青仔葛爾思的後方出現，揮舞著報紙，向她眨眼睛。珞蒂搖頭，比著正和山繆、愛格妮絲深談的塔碧莎，而卡麥倫的反應是慢條斯理地上下打量她，欣賞地挑高眉毛。

「好，大家都到齊了。有一件事情在進法庭之前我們需要討論，所以我建議大家都坐下來，我們就開始吧。」塔碧莎說。

珞蒂感覺到嗓子眼裡有胃酸。卡麥倫完全不知道是什麼事情，而她也沒辦法在眾目睽睽之下向他示警。他們必須否認，或是弄清楚是誰知道，他們有何目的。最起碼她必須要確定卡麥倫不會向塔碧莎做出什麼激烈的反應，要是他處理得不好，塔碧莎就會讓他們兩人的日子非常不愉快，而諸如向法官舉報的這種小羞辱倒不是珞蒂最擔心的事。

卡麥倫是最後一個坐下的，拖了很長的時間挑選餅乾，無疑是想要氣氣塔碧莎。珞蒂咳了一聲，吸引他的注意，卻反而招來了愛格妮絲的薄荷糖。

「好，」塔碧莎在卡麥倫終於落坐之後說。「這是第二次了，我發覺我們之中有兩個人變得超乎規定之外的友好。」

洛蒂終於得到卡麥倫的注意了，他朝她蹙眉，再回頭注意塔碧莎。洛蒂的手在桌子底下發抖，一隻腳不由自主地拍著地板。

「我不太想公然提出這件事，可是我們都知道我們只能在這個房間裡互動——」

「妳何不有話直說？」卡麥倫打斷她。洛蒂倒吸一口氣，她怕的就是這個。他完全是反射性反應，一直都是，不是冰就是火，少有中間值。

「好，」塔碧莎也回答得乾脆。「反正也和你有關，艾利斯先生，我很樂意聽從你的建議。」

「難道沒有比較謹慎的處理方式嗎？」洛蒂打岔。每個人都轉頭看著她。「我是說，我們非得要當著大家的面攤牌嗎？好像太冷酷無情了。」

「哪會。我倒想聽一聽。」愛格妮絲・黃不客氣地說，得到了許多的點頭聲援。

「我認為我們都有權知道發生了什麼事。在規則之前人人都是平等的。」格瑞哥里・斯密司插口道。洛蒂的一片指甲在桌下折斷了，她用力咬住下唇，知道她沒膽量再開口了。

「看來卡伯特圓環是個非常熱門的場地。」塔碧莎說。

洛蒂的胃在造反。他們會被發現是遲早的事。他們兩個真蠢，居然選在市中心見面，明知其他陪審員也在這一區活動。法官是會在法庭上，當著媒體的面前被告知嗎？萬一這件官司必須取消，本地的報紙把她的名字也寫出來呢？房間開始旋轉。

「我希望費努欽先生不會介意我說出是他看見你的，艾利斯先生，在上個週末和皮爾金頓先生外出，顯然還喝了個酩酊大醉。」

珞蒂瞪著塔碧莎。「卡麥倫……和傑克？」她脫口而出，一寬心就覺得頭暈眼花加噁心。

「我關心的是喝醉的事，」塔碧莎把身體能挺多直就挺多直。「嘴上不牢就會洩漏軍機。」

「現在又不是第二次世界大戰，而且傑克跟我一塊去喝酒也跟這宗官司沒有關係。」卡麥倫說。

珞蒂轉而注意傑克，他坐在卡麥倫的旁邊，處變不驚。

「我們沒有討論這件案子，」傑克說，「沒在我們清醒的時候，連喝醉了也沒有。」

「我看你們兩個簡直都喝茫了，」葛爾思．費努欽嘟囔著說。「我敢說你們根本連說過什麼話都不記得了。」

「這不就結了，」卡麥倫嘻皮笑臉地說。「要是我們不記得說過什麼話，就不會造成什麼傷害。」

「你們倆消磨了一個晚上卻沒討論案子，怎麼說也讓人難以相信，」塔碧莎說，臉色越來越嚴厲，因為卡麥倫還是吊兒郎當的。「規定是我們只能在這個房間裡討論。這一點我們之前就說過了。」

「所以我看見妳和格瑞哥——」卡麥倫說，雙臂抱胸，靠著椅背。

「是格瑞哥里，謝謝。」斯密司打斷他說。

「隨便啦，」卡麥倫接著說，「我看見你們兩個在進出法院大樓的時候在走廊上聊天，那也是違反規定了。對吧？」

「我不認為這條規定在這棟大樓裡都適用……」塔碧莎說，咬牙切齒，尾音變得模糊。

「好，那我看到愛格妮絲和山繆在開完庭以後在法院大樓外面依依不捨地道別，這也不可以嘍？」卡麥倫對兩個犯規的陪審員微笑。珞蒂好想把他抓起來用力搖。這次算她僥倖，但是腎上腺素仍害她覺得噁心，而卡麥倫把塔碧莎逼到崩潰邊緣根本是在幫倒忙。

「你是在故意耍笨，」塔碧莎拉高了嗓門。「萬一你們被法庭的人或是辯方團隊看見呢？他們會提出異議，到時我們就可能會被解散。」

「原來妳擔心的不是我跟傑克出去一個晚上喝個小酒是對還是錯，妳完全是因為想要保住在這個陪審團裡的主席地位，好把妳對瑪麗亞．布拉克斯罕姆的批評散播給別人。妳知道我對這次談話最討厭的地方是什麼嗎？是被一個已經在心裡把被告定罪判刑了，而且壓根連掩飾都懶的人控告我違規。」卡麥倫站了起來，走向茶壺，背對著塔碧莎，她也站了起來準備回擊。

「把話給我收回去！」她大吼。

「收回去？怪了，妳是八歲小孩嗎？妳真以為我們又瞎又聾，沒聽見妳在法庭上的嘖嘖聲，沒看見妳翻白眼嗎？」卡麥倫笑著說。

「我跟你一樣有權利有自己的看法。」塔碧莎說，聲音終於變得不穩了。珞蒂向前坐，屏住呼吸。卡麥倫需要冷靜下來，他倒好了茶，慢慢攪拌，走回來直接瞪著塔碧莎的臉。

「老實說，妳沒有權利。尤其是在這個時候。妳大概是自以為把法官的指示聽得很清楚了，其實不然，我們是應該要把所有的判斷都保留到聽完兩邊的說法的。在最後一刻之前，妳都不應該偏頗某一方。我們來這裡是要評估資訊，同時盡可能保持中立的。可是妳卻被那段可悲的小刺蛸影片還有那個流口水的老醫生給動搖了，妳掉進了檢方為妳設下的每一個陷阱裡。那也難怪，伊摩珍．帕思戈知道陪審團裡誰是最好騙的。我相信她一看見妳的花裙子和珍珠就把妳鎖定為靶子了。」

一陣沉默，接著潘站了起來，咳了一聲。「我，呃，需要打電話到米蘭，而今天的線路已經很差了。大家是不是可以冷靜個幾分鐘。這通電話真的很重要。」他離開了會議桌，躲到角落裡，一手拿筆電，一手拿手機。珞蒂真想親吻他。

「也許這件事就算揭過了。」山繆．勞瑞喃喃說。每個人都瞪著他。打從他們被選為陪審團以來，這是他說過最有威嚴的一句話了。

「好主意。」卡麥倫說，帶著茶和報紙回到最舒服的一張椅子坐下，還示意珞蒂加入。她微微搖頭。這個早晨激烈的場面和臆測已經夠多了，珞蒂可不想再火上添油了。

結果是傑克加入了卡麥倫，他們兩個坐在一塊聊得開心，完全無視會議桌另一頭的塔碧莎幫輻射而出的極地低溫。珞蒂的手機在口袋裡震動，她看見是卡麥倫傳的簡訊，就看著房間對面。他兩眼盯著手機。

「妳還好嗎？」他寫道。

「好。不過很擔心。最好保持低調。」珞蒂回道，同時仔細地刪除了她自己的和卡麥倫的簡訊。

「不影響我們。傑克跟我可以去喝酒。別讓塔碧莎嚇到。」卡麥倫寫道，還瞟了她一眼。傑克靠過來跟卡麥倫耳語，贏得一串爆笑聲。

洛蒂真希望她能跟他們坐在一起，而不是坐在這個微小的無人地帶。「我沒有嚇到。只是懂事理。沒必要樹敵。」她寫道。

卡麥倫在讀了之後抬頭，瞪著她幾秒，眼珠被螢幕的光照亮。「我們沒事吧？週六收到妳的簡訊。想當面回覆。」他寫道。

「週末很難過。擔心我們會傷害別人。」

「那我們想要的呢？」他寫道。

「我不想被發現。尤其是被塔碧莎幫。他們會找麻煩。」

「不用管那些白痴。妳知道妳有多棒嗎？」洛蒂讀了簡訊，心臟咚地一跳。卡麥倫讓她覺得強壯獨立。塔碧莎以為她是誰，憑什麼斥責他和傑克兩個一塊喝酒？洛蒂後悔沒有挺身而出為他們兩個說話，後悔自己因恐懼而癱瘓。她選擇了退而求其次：在出事後隱忍。

「你很棒，堅持立場。你跟傑克在忙些什麼？」她寫道。

「電影，啤酒，咖哩。主要是啤酒。」卡麥倫斜睨了傑克一眼，他正在翻一本超厚的教科書。「他需要朋友和好好笑一笑。」

洛蒂好奇地看了傑克一眼。「有什麼不對嗎？」

「親口告訴妳。」卡麥倫寫道。門開了，庭丁宣布審判又開始了。

他們一個一個收拾起手機、筆電、讀物，魚貫步入走廊。洛蒂和卡麥倫殿後，順便問他：「傑克沒事吧？」

卡麥倫揉揉額頭，環顧四周，確定沒有人在聽力範圍內，這才湊過來跟她咬耳朵。「他偷偷告訴我的，可是我知道也可以信任妳，而且傑克需要一切能得到的支持。傑克是同志，他剛告訴他爸媽。他們的反應很糟糕，想用斬斷學費來威脅他不准公開出櫃。」

「太糟糕了。」珞蒂嘟囔著說，兩人緩緩沿著走廊步向陪審團進法庭的入口。

「他們很守舊，顯然覺得在親友圈裡會很難堪。不過，傑克需要他們的經援，不想休學，所以他也左右為難。什麼也別說，好嗎？」

「我知道，」珞蒂說，輕輕碰了碰卡麥倫的胳臂。「不過謝謝你告訴我。可以的話，我想幫忙。」

「妳要幫忙的話就同意這星期跟我見面。整個週末沒有妳就跟地獄一樣，尤其是在星期五之後。」他嘻皮笑臉地說。

「閉嘴！」珞蒂以嘴型說，兩人走去位子坐下。

「那就說好，」他在坐下時跟她低語。珞蒂沒辦法不咧嘴笑，連忙以手掩口。傳簡訊說她不想再見他了倒是容易，現在他就坐在她旁邊，要拒絕他根本是不可能的。「我就當妳是同意了。」卡麥倫說，兩人拿起了筆和筆記紙，準備開始新的一天。

詹姆斯．紐韋爾起身，瞥了他們一眼，看陪審團都坐定了，這才向法官開口。「庭上，」他自信地宣布，「辯方傳喚瑪麗亞．布拉克斯罕姆作證。」

21

時間靜止了。人人都等著她起立。瑪麗亞瞧了瞧法庭中的面孔之海，大家都等著聽她可能會說什麼。每一個人都有期待，對她是哪種人有了預定的看法。記者手上都握著筆。法官在翻閱她的筆記。陪審團——十二隻小鳥棲息在平行的電線上——等著聽諸如無過失的理由。她怎能出手殺人？再來一次的話，她還是會下手嗎？而且茹絲也來了，努力躲在旁聽席的最後面。她當然沒辦法置身事外，她始終都不能把瑪麗亞丟給命運，而今天則是最高點，是多少年的積累。只有伊摩珍·帕思戈沒有轉頭看她起立，儘管瑪麗亞抱著豁出去了的心情，兩腿還是有些發軟。瑪麗亞拉直白襯衫，撫平黑裙，這才跨出玻璃盒。一名獄警押送她到證人席，八成是要預防她突然逃跑。他們不懂她已經逃走了。詹姆斯·紐韋爾面露讓她放心的笑容，瑪麗亞明白他是在衡量她是否已準備就緒。現在完全是看她的了。官司是贏是輸全看她的說法夠不夠有力。瑪麗亞在發誓時視線朝下，聲音呆板。

「布拉克斯罕姆太太，妳能說明妳被捕那天發生了什麼事嗎？」他問道。瑪麗亞翻開了她面前的那組照片，指尖拂過愛德華頭顱上的傷口，一股沉悶的愉快感覺在她的胃裡翻攪。

「妳需要喝水嗎？」紐韋爾催促道，聲音稍微大了一點。

瑪麗亞抬起頭，人人都瞪著她看。「我拿起了椅腿打了他，」她說，「我要他死。」

陪審團在做筆記的手僵住，而記者則寫得更快更用力。旁聽席上的某人發出小小的哽咽聲。

是愛德華眾多的粉絲之一吧，瑪麗亞猜測。法官輕咳了一聲，瞪著詹姆斯・紐韋爾，他卻面無表情，比最專業的撲克牌玩家還要厲害。伊摩珍・帕思戈直勾勾瞪著她的眼睛，這還是這場官司開庭以來的頭一回。兩人之間通過了一道電流。真正的戰役開打了。檢方會扭曲她說的每一句話，會從她使用的形容詞中找出惡魔來，設下精心佈置的陷阱來構陷她。所以瑪麗亞才決定最好的做法就是簡單陳述伊摩珍・帕思戈想要聽見的東西。

「好吧，」紐韋爾慢吞吞地說，一隻手指按摩著太陽穴。他們做過計畫，類似排練的過程，以便讓瑪麗亞知道他的問題次序。她和他排練過如何回答。這件案子不輕鬆，她也不是個配合的委託人，但是瑪麗亞不想玩勾心鬥角的遊戲。「也許妳可以從頭說起？妳被捕的那天是如何開始的？」

「不是從那一天開始的。」瑪麗亞說。

「原來如此，」紐韋爾柔聲說，頭微微一偏，了解了瑪麗亞打算照她自己的方式來，而他也只能聽之由之。「那就從妳覺得是妳和布拉克斯罕姆博士之間的相關點開始好了。」

瑪麗亞揉著手上婚戒和訂婚戒留下的白印子。她可以日光浴個十年，她心想，但是這塊噁心的白印子也曬不黑。那只是眾多傷痕中的一個。她的人生注定要悲慘度過的第一個徵兆是愛德華選了這枚戒指。用這個來起頭也不錯。她以平實的語彙娓娓訴說，然而回憶卻來得又急又狠，打掉了她這麼多年來築起的內心高牆。重述往事可能是通向瘋狂的大門，但就連瘋狂也比這麼多年的麻木要好。

「他跟我求婚時我完全是受寵若驚，」她說，對著牆上的一個點說話。「我二十一歲，沒有親人，而愛德華填補了那處空白。我以為我是天底下最幸運的女孩子。」她說的是實話，甚至還算是輕描淡寫。「愛德華在我們結婚之前很會搞浪漫。他是在科茲窩向我求婚的，在午夜草地上的野餐，藉口看獾。那一晚真美，一邊有湖，另一邊是一片矮林。我神魂顛倒。甚至連月亮都是滿月。我不確定是他計畫好的，還是巧合。反正，都充滿了魔法。

「我記得好清楚。他幫我倒酒，只倒了半杯。愛德華不喜歡女人喝太多酒。他自己的杯子倒是滿的。他吻了我，說我是他的完美對象，他花了一輩子尋找的人。那時我還很笨，聽了他的話都往好的方面想。」

「以後見之明來說，妳覺得他是什麼意思？」紐韋爾問道。

「我現在知道他是什麼意思了。他想要一個天真幼稚的人。我沒有家人，又很容易討好。幾乎是孤伶伶的一個人，只有一兩個朋友。他毫不費力就變成我人生中的指引力量。愛德華想要一個他可以主宰的人，而且他沒說錯，我是他的完美對象。」

伊摩珍．帕思戈一躍而起。「純粹是臆測和假設。被告不可以隨便猜測一個無法回應的人的動機。」

詹姆斯．紐韋爾朝檢方的位子走了幾步，以在舞台上耳語的方式跟她說話。「坐下。」

伊摩珍．帕思戈惡狠狠瞪著他，但還是回頭坐下。

「紐韋爾先生，」法官打斷道，「我是同意你的看法的，只是我會更有禮貌。本案已經夠刺激情緒的了，不需要你們兩個再對掐了。別讓我再告誡你們兩個。還有，帕思戈小姐，被告是在面對一項嚴重的控訴，妳要允許她這麼做，不得再干擾。請繼續。如果有誰逾矩，我會處理。」

紐韋爾喝了一口水，把肩上的法袍往後拉，勉強給了瑪麗亞一個安心的點頭，這才再繼續提問。

「妳剛才說的是布拉克斯罕姆博士求婚的那晚。請繼續。」

「好的。」瑪麗亞說。「愛德華，」她讓自己回到那晚。諷刺的是她當時還以為那是她一生中最美好的時光，可其實那是結束的開始。「他讓我躺在毯子上，他用一隻手肘撐著上半身，低頭看著我。『親愛的瑪麗亞，』他說，『我要妳知道我會盡我所能來滿足妳的每一個需求。我會是妳的朋友，妳的夥伴，妳的愛人，妳的導師，妳需要的一切。』我明白了接下來是什麼事，我大吃一驚，不是因為他要求婚，而是因為他選了我。他有博士學位，而我才通過高級程度教育。他出過書，甚至還上過幾次電視。在我心裡，他就是個名人。愛德華連最後一丁點的細節都計畫到了。他把戒指從原來的珠寶盒裡拿出來，裝進了一個晶球裡。我把晶球拆開，紫水晶在營火下閃閃爍爍。現在聽起來很可笑，可是我覺得那是我見過最美麗的東西。感覺就像是發覺了一件古代寶物。愛德華牽起我的左手，套上了戒指——戒指只有一顆鑽石，因為他說我的手指太纖細，大寶石會顯得笨重。」瑪麗亞回想起戒指太緊，痛得縮了縮。

「戒指摩擦我的指節，刮掉了一片皮膚。我的臉上一定露出了痛苦，因為他馬上一臉氣惱，問我是不是不喜歡。我說我很喜歡，我說的也是實話。我想要結婚，我……我愛他。真的。我說戒指有點小，但是拿去調整就好了。他說他是特地請珠寶師做緊一點，拿我別的戒指當模子的。他的原話是：『我不想讓戒指滑掉。我不要妳把它弄丟，就像我也絕不想失去妳。希望妳也有同感。』

「我告訴他我也是，百分之百。我並沒有違背他的意願，反而說我慢慢就會習慣的。在我們婚後我減重了好幾年，但是無論我怎麼減重，戒指都還是太小。每到夏天我的手指都會腫，我還以為手指會爆裂。」

「妳有沒有問過他能不能去調整？」紐韋爾問。

「常常問，在結婚的頭幾年裡。我從他的心情學到了提出建議對他是一種冒犯。到頭來，忍受痛苦反而比較輕鬆，免得還得為了抱怨戒指受他的氣。」

伊摩珍．帕思戈站了起來。「庭上，我們在這裡一直在聽將近二十年前的一段既浪漫又恬靜的求婚往事，不知道我們是不是能移向跟殺人未遂一事實際相關的事件？」

詹姆斯．紐韋爾正打算反駁，瑪麗亞卻先開口，聲音尖銳得足以粉碎玻璃。

「這些事情之所以重要是因為就跟我婚後的每件事一樣，戒指就是蓄意用來引生不適的。戒指小一號就是為了要每天提醒我我和他綁在一起了。我擺脫不了戒指，我也擺脫不了我的丈夫，而他要我每天的每個小時都親身感受。」

「布拉克斯罕姆太太——」法官出言警告。

「是布拉克斯罕姆女士，」瑪麗亞大聲打斷她。「我不要那個身分，我也不稀罕那枚訂婚戒，我還得找人幫我割斷。就連那樣都痛得要命，就跟從每一個層面擺脫他一樣。」

道尼法官怒瞪著她，靜了一分鐘才回應。這次紐韋爾總算搶先發言。

「我道歉，庭上。作證對我的委託人而言顯然是像在傷口上撒鹽。」

「你的委託人需要知道她必須透過你發言，無論是對我或是帕思戈小姐說話，」法官說，

「這一次我同意這件事是相關的，不過下一次再失言我就不會那麼客氣了。繼續，紐韋爾先生。」

瑪麗亞撿起了掉在她面前的證人席上的原子筆。詹姆斯．紐韋爾組織他的筆記，她轉開筆頭，拿出了筆芯，把筆殼折成兩半。她需要專心自制，不能在勾起激烈情緒的回憶中迷失。

「妳能描述妳早期的婚姻嗎？」紐韋爾問。

瑪麗亞把破裂的塑膠筆殼用力插進掌心，強迫自己握牢，兩眼緊盯著對面的牆壁。痛楚既清晰又分明，抹去了別的一切。她眨了幾次眼睛，重重呼吸，把自己帶回那些年的迷亂和否定。

「那是一連串的失望，」瑪麗亞說，「每個人每件事都好像在害我失望，只有愛德華例外。他非常擅長這個，在我被擊倒之後把我扶起來。我花了好幾年才明白那些破壞都是他一手安排的，為的是要讓我在這個世界上只有他一個親人。」

「妳有沒有想到什麼特別的例子？」紐韋爾問。

「我最好的朋友，」瑪麗亞微笑著說，把筆殼又往裡插了一釐米。她有多年不去回想這件事了。它代表了她失去的每一個與外界的接觸，也是一段極其痛苦的時光。「安卓莉雅。我們以前每個月都會約一晚見面。愛德華在結婚前還容忍，可是婚後就不一樣了。剛開始，愛德華跟我說他要他的新婚妻子每天晚上都陪著他，因為他白天工作那麼辛苦。我受寵若驚，真的滿開心的。感覺這麼被需要讓我心裡甜滋滋的。我向安卓莉雅解釋，有時會為不能赴約找藉口，可事實上，我拒絕她的邀請是因為賭氣。現在感覺很可悲，我當時是那麼喜歡我們的家常生活。我會下班回家，做晚飯，生火，把他最愛的報紙放在咖啡几上等著他看。他以前都拿這件事取笑我。」她用力吞嚥，覺得所有的目光都落在她身上，她的忠心耿耿就像刺插在她的喉嚨裡，恥辱極了。她以發抖的手拿起玻璃杯，想藉此遮掩。

紐韋爾解救了她。「妳說，他以前都取笑妳？妳記得是怎麼取笑的嗎？」

她點頭。「有時我幫他拿拖鞋，他會說：『乖狗狗，』或是拍我的頭。我以為那是他在表達感情，知道嗎？是我們兩人的私人笑話。我跟安卓莉雅說過，她是應該要笑的，附和我說好甜蜜。可是她沒有，我就覺得生氣，很沒面子。我想我告訴她的時候，看著她的臉證實了我私底下的一種懷疑，就是愛德華是在嘲笑我，而不是逗著我一起笑。我怪安卓莉雅沒有幽默感，事實上我跟她說的是她一天到晚就想要挑我先生的毛病。在那之後我就很少見到她了。我們兩個之間太緊繃了。」

「於是妳和安卓莉雅從此就失去聯繫了？」紐韋爾問。

瑪麗亞吸口氣，看著陪審團。有些人雙臂抱胸，她似乎完全沒有打動他們。年輕一點的比較有興趣，身體前傾，準備做筆記。陪審團主席在跟旁邊一個較老的男人咬耳朵，她不由得猜想他們是想要她怎樣，難道是要她一面哭一面向他們剖心挖肺？

「布拉克斯罕姆女士？妳在向我們說明妳和安卓莉雅的關係。」紐韋爾催促她。

「對，抱歉，」她說，「我們確實失去了聯絡，不過是在最後一次見面以後。我那時結婚一年了，有天晚上她在我的公司外頭等我。我正要走路到公車站，就被她叫住了。她並沒有跟我說她會來，那時她早就不打電話給我了。」

瑪麗亞仍能看見她，鮮紅色的大衣和一張笑臉，笑容燦爛，彷彿什麼事都沒發生過。

「她問我把車子停在哪裡，我跟她說我把車報廢了，因為愛德華說我的車子不會通過車檢。

安卓莉雅沒說什麼，這可一點也不像她。通常她會說愛德華對我頤指氣使之類的話。她沒在這件事情上作文章，我是鬆了一口氣的。事後看來，我是應該要當下就知道不對勁的。我跟她說我有時間喝咖啡，只要不誤了公車就行。我們是十年的老朋友了，我卻只給我最好的朋友總共二十分鐘的時間。」瑪麗亞因自己的愚蠢而失笑，搖了搖頭。「反正我也配不上她。她只是想要提醒我。」

「提醒妳什麼？」紐韋爾問。

瑪麗亞揚起雙眉。「當然是他了。她打從一開始就看穿了他。我想是安卓莉雅不像我那麼天真幼稚，可是絕望是可以讓人盲目的。安卓莉亞說她想念我，我想我也說了我想她，不過也可能是我一廂情願的想法。我希望我那時說了。我記得我在擔心會錯過公車，愛德華的晚餐就不能準時上桌了，那他就會不高興。」

瑪麗亞仍能感覺到安卓莉雅胳臂的溫度，那是她最後一次挽著瑪麗亞的手臂，兩人一同走向附近的咖啡店。她就在旁邊，那麼友愛，那種感覺害她熱淚盈眶。失去安卓莉雅只能怪她自己，不能怪愛德華。為了她自己的頑固，她居然付出了這麼大的代價。

「我們點了熱巧克力，這是我們兩個的特別飲料。我們十幾歲時週六在藥房打工認識的，後來安卓莉雅念了一個線上學位，我做了一連串的行政工作。我們聊了一分鐘，她問我的狀況。我……我騙她。我跟她說我過得很好。要承認我有多不快樂實在很難，而且那時我也還在那個我以為是我這個太太做得不夠好的階段。總之，安卓莉雅什麼也沒說，但是從她的表情就知道她不相信我。我就對她惡言相向。」瑪麗亞按摩額頭。「我們為什麼會對我們愛的人那樣？」她問，針對詹姆斯・紐韋爾的問題說。他耐心地迎視她的眼睛，等著她往下說。「後來安卓莉雅問起愛德華，我很尷尬。我那時已經知道了，就──他是哪種人。卻不知道他可以多過分，不知道他有多邪惡。如果我說我知道，那是太高估我自己了。我的天真仍然沒有長進。但是我知道他有卑鄙的一面，他可以多殘酷，而且我也開始感覺到安卓莉雅警告過我的失去控制。錢、車子、我的朋友。他不喜歡我建議吃什麼或是做什麼。大約在那時候，我有點搞不清日期，他就決定我不應該再喝酒了。雖然不是什麼大事，卻更加強了他比較像是我的家長而不是配偶的印象。我知道我把對於自己人生的控制權拱手讓人了。

「當然了，我假裝一切都很幸福，我跟安卓莉雅說一切都有愛德華照料，這句話至少沒有騙她。她只是瞪著我。安卓莉雅有一雙藍色的大眼睛，漂亮極了。我一直在等她批評愛德華，最後我實在是受不了了。『說啊，』我說，『想說什麼就說啊。妳反正從來就藏不住話。』

「安卓莉雅一臉傷心，卻不驚訝，然後說那是因為她從來就不需要在我的面前假裝。她說她愛我，這比她的可憐還要刺心。我知道她愛我，然而我卻選了愛德華，捨棄了她，而且事實上我已經在懷疑愛德華根本就不愛我了。不是正常的那種愛，不是我想要的那種愛。即使是在那個時候，她主動要幫助我，我也仍然沒辦法嚥下自尊。

「我假裝不知道她在說什麼，拖延時間，想找出什麼話來跟她說。安卓莉雅用手覆住我的手，我好想要緊緊抓住。我想要撲進她懷裡，告訴她我這輩子沒有這麼孤單過。當然，我沒有，不然我今天就不會站在這裡了。所以我裝笨，認定了她是在無的放矢。」

其實她沒說真話。瑪麗亞做了更壞的一件事。她裝出在回想，耳中能聽見實際的話語在心裡高八度迴盪。

「我很好，比好還要好。不像妳，我有先生和一個美麗的家。妳就是因為這樣子才看不順眼的吧？」

安卓莉雅驚呼一聲。得意之感只持續了幾秒鐘。人人都以為比她懂得多，瑪麗亞是弱智，瑪麗亞需要指導。她太年輕了自己做不了決定，她受夠了她先生那種高高在上的狗屁態度了。她可不想要再讓另一個理應支持她的人又好心出手幫忙。

「我們吵了一架，」瑪麗亞平靜地告訴陪審團。「其實很傻，她只是想幫忙。」

真相卻是她不敢示人的。

「拜託，麗亞，」安卓莉雅說，「我是站在妳這邊的。人人都會犯錯，我只是不想看妳後半輩子都在後悔。」她說話時眼中含淚。瑪麗亞知道她的朋友是強忍著不徹底崩潰。

「我們也許不應該再談愛德華了，」瑪麗亞如此回答道。「妳顯然一談到他就一點也不理性。」

「重點不在我，」安卓莉雅的聲音低沉沙啞。「我知道這件事不對，瑪麗亞，我能感覺得到。離開就對了，來我這裡住，等妳重新站起來。妳甚至不必再回去。我們可以幫妳買新的衣服鞋子，看妳需要什麼。」她伸出一隻手，按著瑪麗亞的肩膀。

「妳他媽的夠了沒有？我不需要妳幫忙。我也不知道妳是自以為知道什麼，可是妳錯了。我很快樂。妳大概是氣不過妳被取代了吧。」

安卓莉雅像被刺到一樣飛快把手拿開了。她閉上眼睛，低下頭。瑪麗亞為自己的卑鄙覺得羞恥，覺得這會是個留下一輩子的傷疤。

「對不起，」她含糊不清地說。「我不是真心的，我是太累了。靠，我要搭不上公車了。」她抓起皮包伸手進去找皮夾卻遲疑不動，瞬間想起愛德華並沒有給她喝熱巧克力的零用錢。

瑪麗亞回頭去看詹姆斯．紐韋爾，想要甩脫手撕知心好友的恐怖回憶。

「安卓莉雅付了錢，她不付也不行。愛德華那時已經限定我的零用錢了，我沒有多餘的錢為自己買東西。我午餐帶三明治，搭公車用週票，所以不需要現金。我們離開時，安卓莉雅說她要去念軍校了，一個月後就會前往桑德赫斯特。儘管我們吵了一架，她還是答應會把她的新聯絡方式寄給我。從軍一直是她的夢想，我都不知道她去申請了。我跟她說我很高興，不過她真的要走我還滿驚訝的，也有點嫉妒。她逃脫了，而且是大大方方走的，走出布里斯托，走出沒有意義的零工。離開了我。」

「妳們兩個是不歡而散嗎？」紐韋爾問。

「她跟我說我仍然是她最好的朋友，而且她想擁抱我。」瑪麗亞皺著眉頭。「我沒有擁抱她。那時我很怕會誤了公車，也很難過她要走了。我只是不知道該怎麼告訴她。而且，我知道愛德華會討厭我擁抱她。聽起來很蠢，我知道，但是他說得很清楚，除了他別人都不能碰我，誰也不行。我跑去趕公車，希望可以把時間往回撥，讓這個傍晚重新開始。我萬萬沒想到這會是我最後一次見到她。」

「妳需要休息一下嗎，布拉克斯罕姆女士？」法官問。

瑪麗亞聳聳肩，一臉迷惘。庭丁起身，拿了一盒面紙給她擦臉。她壓根就不知道她在哭。

「謝謝。」瑪麗亞說，擦乾眼淚。

「沒關係，」法官親切地含笑說。「慢慢來。」

瑪麗亞做個深呼吸。「在公車上，我衡量著不告訴愛德華我和安卓莉雅見面的事。聽起來好像很可笑，跟老朋友聚一聚會覺得不自在，可是愛德華從來都不喜歡安卓莉雅。他們兩人之間的氣氛冰冷，愛德華幾乎是把她當情敵。我讓自己相信愛德華是想要一個人獨佔我，是很迷人的事。有腦子的女人都會覺得很幸運，我心裡想。等我回到家，我照平常一樣做飯，洗衣服，生火，確定倒好一杯紅酒醒酒，這樣他一進家門就能好好享受。他對於他的酒該如何處理非常挑剔。等他走進門的時候，我已經巴不得要趕快把安卓莉雅的事告訴他了，以免時間拖長了只會吵得更兇。

「我吻了他的臉頰，接過他的公事包和風衣。『你絕對猜不到我今天碰上誰，』我說。『我下班的時候遇到安卓莉雅了。奇怪吧？』

「『妳只是遇到她嗎？』他問。『太匪夷所思了吧。我的酒醒多久了？』我記得那時心裡想這個話題說不定就到此結束，說不定他不會再追究了。我鬆了好大一口氣，跟他說他的酒醒了半個小時，即使實際上可能只有十五分鐘。我在想他大概分不出差別。

「『那妳究竟是在哪裡遇見安卓莉雅的？』他問。我一聽他的口氣就知道他已經在懷疑有什麼不對了。我決定實話實說比較簡單，所以就跟他說她在外面等我下班，可是我說得很清楚我並不知道她在等我。要是他覺得我是事前約好的卻不告訴他，他真的會非常生氣。他問安卓莉雅想幹嘛，還批評我們東家長西家短，浪費時間，然後就把鞋子脫掉，端著酒到客廳去。我這才明白他是要我跟過去。

「我解釋說她要去從軍了，一面撥著柴火，才能背對著他。不當著他的面說的話，不把全部的事情告訴他就比較容易。他問我隱瞞了什麼，我想要輕描淡寫。那是我的錯。我說他也太無聊了，愛德華不喜歡被人家說無聊，他覺得很刺耳。我立刻道歉，可那時他已經在指責我欺騙他。現在回想起來，我真的是個廢物。我敢說他一進門就知道不對勁，只是在等我自己露餡。我在他旁邊總是緊張兮兮的。」

伊摩珍・帕思戈雙臂抱胸，把頭向後仰，瞪著天花板，假裝無聊，明知她在潛意識中傳送給陪審團的信息是他們也應該覺得無聊。這是一種分散注意的伎倆，她的肢體語言如此告訴他們，只是一堆花招，旨在緩衝最後的一擊。瑪麗亞告訴自己別往心裡去。現在是她的時刻。如果她讓帕思戈小姐現在贏了，她謹慎決定該說什麼──該省略什麼──的那麼多小時就都白費了。

「愛德華上上下下打量我，臉上掛著那種傲慢的淡淡冷笑。『妳忘了穿圍裙，』他說，『看看妳的樣子：一塌糊塗。臉發紅，還不是紅得漂亮的那種。我知道妳，瑪麗亞。妳騙不了我的。安卓莉雅到底說了什麼？是說我吧。她就是受不了妳找到了丈夫她卻沒有。女人最醜陋的一面就是吃醋了。過來坐在我旁邊。』他拍了拍旁邊的沙發。我不想坐下來。愛德華在給我上課之前總是要我貼著他的右邊坐。」

「給妳上課？」紐韋爾追問道。

「是他的說法，不是我的，當我是個調皮搗蛋的女學童似的。他喜歡表明我有多無知。我想這是他最喜歡用來形容我的詞彙了。我說我得去換掉裙子，因為我不想把煤灰弄到皮沙發上。他說我應該要聽我先生的話，他常常用第三人稱說他自己。他又說稍後有的是時間讓我來清理沙發。他說的時候還帶著笑容，但是臉皮卻繃得緊緊的，活像肌肉凍僵了。我坐了下來。『有件事我應該告訴妳，我很後悔當時沒說，不過我那時決定要瞞著妳，為了保護妳，』他說，『在我們的婚禮上，安卓莉雅把我拉到一邊，我相信她是喝多了。她顛三倒四地埋怨妳應該要挑大一號的婚紗，說妳的頭髮把妳弄得很難看，我並沒聽進去。』

「我想反駁，可是我的嘴巴發不出聲音來。安卓莉雅不是那種人，我看不出她怎麼會背著我說我壞話。過了一會兒，我問他是不是確定。他說——我一字一句照搬他的說法——他說：『恐怕是的。給女人多灌一點酒，她的舌頭就會像一隻被捕捉住的蛇一樣亂甩。』然後他跟我說安卓莉雅還向他投懷送抱，這是他的用語。一開始我還想我一定是誤會他的意思了，我思索了一會兒，努力想像，但我還是不相信。我想澄清他們兩人之間是不是真的發生了什麼，他跟我發誓碰都沒碰過她。

「最後所有的事都沉澱了——沉澱的是現實，而不是愛德華的說法。我跟他說安卓莉雅絕對不會對不起我。我沒有指控他說謊，在我們的婚姻中我始終沒有勇氣指控他。我倒是跟他說他一定是誤會了。」

她抬起頭來。法庭靜得連一根針落地都聽得到，就連伊摩珍．帕思戈都在聽了。瑪麗亞背對著記者席，但即使是他們也都停下了筆。人人都想知道她先生會如何報復。

「愛德華不是那種可以讓你糾正的人，」她說，「而且這條規矩不只我一個人適用。我看過他寫信給那些對他的書和文章沒有好評的人，他有仇必報。所以他問我是否在逼他把見不得人的細節都暴露出來，他明明知道我會受不了。在我的心裡我毫不懷疑如果我說他是唬人的，他絕對會把想像力發揮到極限。我只是跟他說我相信安卓莉雅愛我，她會背叛我完全不合常理。

「他湊過來靠近我的臉，非常靠近，然後說：『我要做什麼才能證明我對妳是全心全意的，瑪麗亞？我賺錢養妳，照顧妳。妳有這棟房子，需要的時候有錢用……妳還要什麼？為什麼我會突然之間變成了一個不能信任的人？』就在這個時候我犯下了結婚之後最嚴重的一個錯誤，我跟他說他的說法好像很不可能……因為安卓莉雅壓根就沒喜歡過他。我還沒說完就後悔了。他臉上的表情就像喝了毒藥。

「『而妳還繼續跟她做朋友？妳這個不忠的賤女人。』他大聲吼叫，站了起來。我能聞到他呼吸中的酒氣，他挺起肩膀，樣子就像一頭憤怒的公牛。我趕緊道歉。我記得我嚇壞了，結婚以來第一次真的擔心我自己的安全。他完全失控了，壓低聲音，幾乎像耳語，靠過來直接對著我的耳朵說話。『妳繼續跟那個婊子當朋友，她假裝討厭我是因為她得不到我，而妳卻還不跟她一刀兩斷？我們需要做點改變，瑪麗亞。我需要調整妳的優先次序。我會邊吃晚餐邊想出一個計策來。妳最好上樓去反省妳的行為，想一想該做什麼來改進。』

「我上樓了。到現在我也不懂是為什麼，可我太習慣聽他的命令了，拒絕好像是不可能的事。有一會兒我想跟他爭辯，可是無論他說什麼都是對的。我明知安卓莉雅討厭愛德華卻還是跟她做朋友。在我心裡我知道她並沒有向愛德華拋媚眼，就算她喜歡他，她也不會那樣子對我。但同時，我不願相信我的先生會拿這麼傷人的事情來騙我。我同意了和他共度今生，打死我我都不願相信他會那麼的殘忍、心機那麼重。」

瑪麗亞停下來，拿起玻璃杯，這才發現空了。沒有人移動。法庭裡每個人都屏氣凝神。原來有權勢的感覺就是這樣，她恍然大悟。知道有觀眾把你的每一句話都聽了進去。她忽而想到接下來她想說什麼都可以。不過，重點是要牢牢抓住事實，或是最貼近的事實。她說的謊越少，伊摩珍．帕思戈就越難證明她說謊。

「然後發生了什麼？」紐韋爾問。

瑪麗亞嘆口氣。「我才走到臥室，就發覺我要吐了。幸好我沒吃晚餐，所以情況還不算太糟，我跪在浴室裡，可是等我站起來的時候，愛德華已經在床上盯著我看了。他起先還假裝關心，叫我坐在浴室地板上以免我又想吐。我照他的建議做。我的胃仍然在抽搐。然後他說他放了一個禮物要送我，在浴櫃裡，洗手台底下，最矮的那層架子上。

「我打開了浴櫃門，不知道會是什麼。愛德華不是一個會送禮物的人。架上有一個小小的塑膠盒，兩吋長一吋寬。我用大拇指指甲撬開來。」

「裡面裝了什麼？」紐韋爾小聲問。

「刮鬍刀，」瑪麗亞茫然說。「拋棄式刮鬍刀。」

「妳先生為什麼要送妳刮鬍刀？」紐韋爾的聲音大了一點，讓人人都聚精會神等她的回答。

「給我自殘用的，」瑪麗亞說，把塑膠筆殼從掌心拿開，握拳阻止血流，以免被人發現。

「他知道我青少年時期會自殘。他在一個幫助自殘者的慈善協會當義工，我們是在那時認識的。愛德華在我們開始交往之後就不做義工了，說因為我的關係，他又是提供協助的一方，會有利益衝突。我信了，那個時候。」

「妳說妳信了，那是什麼意思？」紐韋爾問。

瑪麗亞笑了笑，聳聳肩。「我就是他要的人。迷惘又可悲。要我總結那個時候的我，我會說我是很好控制的一個人。是愛德華夢想中的一切。」

伊摩珍．帕思戈立刻就站了起來。「庭上，被告是在抹黑陪審團對受害人的看法。」

「這是布拉克斯罕姆夫婦的部分往事，」紐韋爾反駁道，「而且也會由布拉克斯罕姆女士的其餘證詞加以佐證。」

「檢方或是布拉克斯罕姆博士是不可能回應這些指控的。這是一件全然獨立的案子，因此我請求庭上要求陪審團忽略這份證詞。」帕思戈小姐不肯罷休。

這一次瑪麗亞比較謹慎了，舉手徵求法官許可才說話。

「好的，布拉克斯罕姆女士。」法官說，稍微調整了一下假髮，讓底下的頭髮透透氣。

「之所以沒有人能夠提供證詞完全是因為愛德華就是這樣計畫的。我不能跟別人談起我的生活，所以不會留下人證。如果有的話，幾年之前我就找到方法離開他了。」

法官向後靠，玩著筆蓋，不慌不忙衡量他們的論點。瑪麗亞等待著。

「好吧，」她決定了。「帕思戈小姐，這份證詞是相關的。據我看，布拉克斯罕姆女士的證詞說的是她對於他們婚姻關係的看法，所以我會允許。但是請小心，紐韋爾先生，我不會允許辯方公然謀殺布拉克斯罕姆博士的人格。不要偏離了主題。」

紐韋爾點頭。「布拉克斯罕姆女士，請不要假設妳先生的心態，請說明究竟發生了什麼事好嗎？」

「我瞪著刮鬍刀，愛德華說：『我知道這會讓妳覺得舒服一點。』他詳盡地問過我我的自殘史。我們頭兩次約會時差不多就是談這個話題。他好像非常能夠體諒。我記得我好感激，終於找到了一個願意接受我的本來面目的人，而不是把我看作心理有缺陷的人或是一個累贅。我跟他解釋過割傷自己能讓我感覺可以控制自己的人生，也為我遭受的重重否定提供了一種宣洩。我覺得很難停止這種行為。應該可以說有幾年我是上癮了。不過那一晚，愛德華是做了充分的準備的。他甚至還買了繃帶和消毒噴劑。他說他願意讓我自殘是因為他知道我需要。他是在批准我，活像我還應該要感激萬分。

「我想抵抗。第一次是安卓莉雅幫助我戒掉的，可是她就要去從軍了，而我對她那麼壞，我不敢奢望她還會要我這個朋友。只有我和愛德華。我只記得我滿腦子只想著這個。只有他和我，一輩子。我從盒子裡拿了一片刮鬍刀，牢牢抓住，可是我的手都是汗，所以我從浴櫃裡拿了一瓶爽身粉，撒在手上。那種事就跟騎腳踏車一樣，騎過就不會忘。我背靠著牆，你得採取預防措施以免暈倒。等我在大腿上找到了一片乾淨的皮膚，我就準備要割。他說我是個乖孩子。他的聲音聽起來好遙遠。我全身唯一有感覺的地方就是我的手指。我用食指和拇指捏起那塊皮來，這樣割下去才不會有阻礙，然後我彎起手指，用拇指把刀片牢牢按在手指上，這樣才能有個很好的側角，割下去的傷口會淺淺的，血流量也不會多。我知道傷口如果癒合得不好可能會需要治療，但是我不想就醫，會有一堆刺探的眼睛和建議。我第一次的時候就受夠了。那時，我需要自殘。我既難過又迷亂。自殘總是能給我一種紓解，我知道我會舒服一點。這種事就是那麼快，我戒了那麼久，可是一拿到刀片，我就又上鉤了。我甚至沒跟他辯。

「愛德華問我準備好了沒有。我記得我好想要甩上門，自己一個人，可是讓他觀看是我準備要付的代價，所以我盡全力忽視他就在那裡的事實，我把腰彎得很低，專心在割傷自己上面。我對著刀子吹氣，吹走上頭的小微粒，那是個老習慣。然後我割了下去，傷口有我的大拇指那麼長。」

瑪麗亞在心裡能看見那一幕，彷彿她又回到那麼多年前。鮮紅的血珠像開了花一樣擴大，匯成了小小的紓解小溪。誰也不了解這就跟性高潮一樣。那種逐漸的積累，等待感官爆發的時刻，顫抖，閉著眼睛，痛苦的高峰掠過，安撫的療癒的鮮血帶給她安寧。短短的幾秒鐘內，什麼也不在乎，也沒有別人存在。人世傷不到她，一切都回到了她的控制之下。陪審團不會了解那種狂喜，她也沒有笨到想解釋。他們最多也只會認為她心理不正常，但是往壞的方面想她就會變成某種伺機而動的變態，而這就是伊摩珍．帕思戈和安東督察想要的結果。

「愛德華看夠了之後就打斷了我。他說我割完應該覺得舒服一些了，就提醒我要把血跡和爽身粉清乾淨。我像個可憐巴巴的笨蛋朝他點頭，對他簡直是感激涕零。不是很恐怖嗎？那麼那麼的感激。」

她抬頭看詹姆斯．紐韋爾，這部分的故事說完了。

「他從沒打過我，」她又說，看著伊摩珍．帕思戈。瑪麗亞跟自己說好的一點就是這個，她不會對愛德華的任何作為說謊。不會誇大，不會捏造，她不需要，她需要的是省略。「他可以弄得我自殘，他根本就不需要自己動手。有時候感覺像是一種處罰，有時候更像是獎賞。差不多都是發生在我和他爭吵，而他需要再次感覺手握主導權的時候。」

「在你們結婚後妳有多常自殘？」她的律師問。

「有時候是一個月一次。最壞的情況是一週一次。傷口……越來越深。」瑪麗亞兩手拂過大腿，即使隔著布料也能感覺到斑駁的疤痕。

「布拉克斯罕姆先生還用什麼方法控制妳？」

「就像溫水煮青蛙一樣，」瑪麗亞說，捏了捏鼻梁，因為視界周邊有點變黑。「我自殘的第一晚，他在床上跟我說我調整得不太好，他不要我再回去上班了。沒有通知期，沒有解釋，隔天早上他就打電話給我的雇主了。我沒抗議。我因為又開始自殘整個人糊裡糊塗的，所以覺得也許他說得對。我不確定我是否能面對任何壓力，尤其是在他跟我說了安卓莉雅的事之後。」

「那麼妳婚後的經濟情況呢？家裡由誰管錢？」紐韋爾問。

「當然是他，」瑪麗亞很小聲地一笑。「從那之後我就沒賺錢了，所以他說最好是把我的銀行帳戶結清。愛德華下班回家的路上會去購物，後來變成他在家的時候讓人送貨過來。」

「在妳的婚姻結束之前，妳和外界還有什麼聯繫？」

「完全沒有，」瑪麗亞說得很順口。「他讓我沒有人可以投靠。」

「那麼你們婚姻中的親密關係呢？」紐韋爾小聲問道。法庭好安靜，瑪麗亞覺得連掉根羽毛都聽得見，更別說是針了。難道真的這麼精采，聽別人私密生活中的種種怪誕的細節？流血很有吸引力，但顯然性才是讓大家坐直身體傾聽的話題。

「頭一年，就跟別的事一樣，感覺相對正常。可以再給我一點水嗎？」庭丁匆忙端著水壺來幫她倒滿杯子。「後來開始變了，他的要求好像只是因為好玩。剛開始只是讓我蒙住眼睛，要我不要動。我沒意見。我猜很多人都有這類的幻想，有時候他會要我裝出害怕的樣子。」

「妳可以說得更仔細一點嗎？」紐韋爾催促她。

瑪麗亞以沒受傷的那隻手揉眼睛。實在是令人心力交瘁，去回憶，去複述，去再重溫一遍。

「他要我求他停手，求他溫柔一點，求他不要傷害我。可是他不會……就是……不是真的很享受。他好像從來不滿足。所以他又想出了新花樣。」

「什麼新花樣？」紐韋爾問。

「要我把臉埋進枕頭躺著。」瑪麗亞能感覺到臉上血色盡失，視力模糊，空氣變得稀薄。「他有很嚴格的規定。不准說話，不准動。第一次，他比任何時候都還要興奮。」

「很抱歉必須要問細節，但是他究竟是怎麼對妳的？」

瑪麗亞閉上眼睛，盡可能快快說完。沒理由拖拖拉拉。

「我會脫光衣服，面朝下躺著。他會慢吞吞地掰開我的腿，奚落我。有時候他會說話，有時不說話。然後他會躺到我的身上。他很重，可是我不准抱怨。那就違反規定了。我只要犯規他就會非常生氣。等他準備好了，他就和我性交。有時候我連呼吸都困難，所以我學會了抓住時機深呼吸。要是我違規，他就要從頭再來一遍，只會花上更久的時間。即使是在他完事之後，我也必須要文風不動躺在那裡，直到他說我可以動了。」她一手舉向喉嚨，儘管喝了水仍然焦渴。她的臉上有淚，一分鐘前還沒有。瑪麗亞不讓自己看著法庭中的任何人，她不想要憐憫。

「布拉克斯罕姆女士，」紐韋爾幾乎是在耳語，「妳同意以那種方式性交嗎？」

「我偶爾會反對，後來就學乖了。不值得。事後他的心情會變得非常差，我很快就學會了忍耐，就跟別的事一樣。我不喜歡，我也不想要——不想要他。可是我沒有抵抗他。如果我乖乖的，他就會在事後讓我自殘。」

「原來如此。那妳——」

「還有一件事。」瑪麗亞打斷了他。

「請說。」紐韋爾鼓勵她。

「等他從我身上下來，他喜歡躺在我身邊，瞪著我的臉。然後給我另一個指示。他要我睜開眼睛，不准眨眼，不准有表情。我必須整個人鬆弛下來。」

「就像妳是死人？」詹姆斯．紐韋爾問。法庭中的空氣似乎帶電。

「反對。紐韋爾先生在引導證人。」伊摩珍．帕思戈一躍而起。

瑪麗亞完全不想讓檢察官打斷這一刻。

「就像我是死人，」瑪麗亞確認道。「幾乎就像是他殺了我。」

伊摩珍．帕思戈又坐下了。她打斷得太遲了，而且她也知道。瑪麗亞拚命忍住才沒露出笑容。

紐韋爾又等了幾秒鐘才清清喉嚨，再次發問。「布拉克斯罕姆女士，妳可以說明妳被捕的那天究竟發生了什麼事嗎？」

法庭裡的人發出了吐氣的聲音，他們因為不必再聽她醜陋的性生活而鬆了一口氣。瑪麗亞不怪他們。如果她能把記憶都抹掉，她會的。她仰頭瞪著天花板，感覺到頸背的頭髮濕了，肩膀也很僵硬。陪審團在座位上挪動，等待著接下來的表白。安東督察俯身越過桌子和伊摩珍．帕思戈耳語。

「好的，」瑪麗亞說，很開心來到最後階段了。「我會告訴你們那天的事。」那天一開始就跟隨便的一天一模一樣。「愛德華去上班，心情很差。我有一項任務是幫他回他所謂的粉絲來信，他嫌我寫的信不夠長，而且其中一封還有一個錯字。我必須用手寫的，有時候我會無話可寫。總之一句話，那天他要我全部重寫。」

愛德華的怒火實際上是更冰冷更不易察覺的。他心情好的日子很少，而在最後的兩年更是少見。瑪麗亞知道原因。儘管愛德華的不快樂是他自找的，但是她也有錯。她不再誠惶誠恐、坐立不安了。她徹徹底底向他臣服了。那種她的人生不會比現在更沒有意義的感覺釋放了她，讓她不再是三十幾歲時的那個窩囊廢。她反正已經給踩到腳底了，而這份認知就像吃了煩寧一樣。瑪麗亞只在愛德華跟她說話時才說話，從不吵架，從不回嘴。每條規定她都遵守。有時候她在傍晚會發現自己坐在那兒瞪著白茫茫的一片牆壁一兩個小時，卻渾然不覺時間流逝。

「他出門之前，」她跟陪審團說，「跟我說我需要知道我有多幸運。他說如果我把他的每一封信都寫得完美無缺，他就會非常慷慨，那天晚上准我拿到刮鬍刀，因為他受夠了我整天在屋子裡死氣沉沉的。我們結婚的這最後五年來，他都把刮鬍刀藏了起來，他說他擔心沒有他監督的話我會自殺。割兩下，他那天早上說。不知是為了什麼，他決定可以特別優待我。只是他很清楚我的腿沒辦法再割了。他在出門前說這句話是要確定我會一整天都想著這個。我也果然想了一整天。

「早上我打掃屋子，洗衣服，做平常的家務事。我在花園裡忙了一陣子，但只有一下子，因為我知道光是寫信就會佔掉兩三個小時。我在廚房桌坐下來開始寫，覺得大腿外側有血滴下來。最近的一道割傷裂開了，傷疤組織受創過重，沒辦法癒合了。我就是在那時候才突然想明白了。

我是好不了了。我到浴室去在傷口上倒藥用酒精，我幾乎感覺不到痛。我記得我只想要把腿上的皮撕掉，讓它流血。」

瑪麗亞看著詹姆斯．紐韋爾，他平靜地迎視她的眼睛。她做得不壞。伊摩珍．帕思戈把頭埋進一份案卷裡，安東督察雙臂抱胸坐著。她說什麼都無所謂，他是一個字都不會相信的。

「妳包紮傷口了嗎？」紐韋爾問。

「包了三次，」瑪麗亞說。「每次都被血浸透了。等我終於止血之後，我知道我不能再自殘了，就算我自殘，也毫無意義。幾個月前我就不再覺得比較舒服了，那只是愛德華的一種觀賞性項目。我會繼續自殘只是因為比起向他解釋我不想做了要簡單得多。我終於摔到谷底了。」

法庭太熱了，空調費力地送風，瑪麗亞卻找不到新鮮的空氣可以呼吸。她讓自己閉目幾秒鐘。安東督察的舌頭嘖嘖響。即使閉著眼睛，瑪麗亞也從聲音的來處和音調知道是他。

「我不想死，」她說，「無論我有多麼不快樂，感覺多麼沒有希望，我都沒準備就在那時放棄生命。可是我知道，不僅僅是想像或是猜測的，我知道除非我死他是不會停手的。我已經沒有可以讓他折辱或是控制的地方了。我什麼事都按照他的吩咐做了……」在愛德華的認知裡，瑪麗亞在心裡默默補充這一句。「他唯一剩下的事就是看著我死，手裡握著刀片，倒在浴室地板上。我不確定他準備再等多久，但是他一直在鼓勵我更頻繁地自殘。那天早上，他跟我說我可以割兩下，我知道他是在希望來點特別的。他是在把我往鬼門關驅趕。愛德華知道我沒辦法再安全地割傷自己了。說實話，我嚇壞了，我怕我會讓他如願以償。到時我的死會被宣稱是自殺，但那完全不是我自己的感受。我的選擇只有兩個，不是在知道他會讓我自殺的時候逃走，就是留下來讓他逼著我傷害自己，最終失血而死。」

瑪麗亞強迫自己看著陪審團，說完最後一段。這是他們的時刻，他們日復一日在悶熱的天氣中出庭的目的。詹姆斯．紐韋爾跟她說過要以最私人的方式對著他們說話。

「我努力要把他的回信寫好，可是我太緊張了。我喝了一杯又一杯的茶，想讓自己平靜下來，告訴自己他那種不懷好意的聲音是我自己想像出來的，我時不時就會去查看腿上的傷口是不是結痂了，可是下午一點一滴過去了，傷口只是變得更痛。我忙著想辦法要安撫他。屋子裡一塵不染，我甚至穿著我知道他會喜歡的衣服，而且我還把頭髮梳得整整齊齊的。冰箱裡有牛排，我也把蔬菜的皮都削好了。我知道聽起來我好像就跟平常一樣，但是我不知道還能怎麼辦。我在拚命說服自己不會有事的，但是卻正好相反。我的腦袋裡有個時鐘在倒數，我已經能感覺手裡握著刀片了。愛德華會坐在床上，給我指示，給我建議。等他越來越興奮，他就會站到浴室門口來看個仔細。」

瑪麗亞看著法官，她身體前傾，雙手托著下巴，手肘架在桌上。

「他恨我，」瑪麗亞說，「我花了這麼多年才想通。我不知道是為什麼。我從來不敢深究，我也沒膽子問他為什麼要這樣。可是他對我除了輕蔑之外什麼感情也沒有。可能是我的錯。可能他真正需要的是一個可以挺身對抗他的女人。如果是這樣的話，那他就選錯伴侶了。不過，那一天，我能感覺到他的恨意就像是冷風貫穿了屋子。

「愛德華提早回家了。他每隔兩三個月就會提早回來一次，可通常是他有特別好的消息想告訴我，上電視了，或是上了全國性的報紙，諸如此類的。遇上那樣的日子，他才進門話就很多。

他喜歡叫我坐在客廳裡聽細節，一點小地方都不放過。那天他一定是在進門之前坐在車子裡很久。我聽到柵門開了，輪胎輾過碎石路，可是前門卻直到幾分鐘以後才打開。」

謊言。

「等他終於進來了，他的態度很奇怪，像一根繃得緊緊的弦，而且興高采烈的，可是不是那種快樂的開心。我還希望我是看錯了，等著他宣布他簽定了一本新書合約或是阻止了一項綠地的開發計畫。我記得站在門口，希望他說點什麼。後來他露出笑容，感覺好像他心裡完全沒有什麼活著的東西了。」

實話。

「他沒有解釋為什麼這麼早回來，所以我就報告晚餐的菜色來填補空白。我正在洗碗槽洗茶杯，所以我就回到廚房去，以免被他瞪著看。他脫掉了外套，我能看到他的襯衫腋窩都被汗弄濕了。這對愛德華來說是很不尋常的事情。他對於衛生是非常講究的，所以他那天無論做了什麼，不是非常耗費體力就是情緒上非常亢奮。我覺得那是最後一根稻草。我知道他提早回家來的原因不是我自己想像出來的。要我形容的話，我會說感覺就像是精采萬分的大結局。我知道聽起來滿誇大的……」瑪麗亞看了法官一眼，「可是他好像是在等什麼大事發生。」道尼法官鼓勵地朝她點頭。

「我盡可能讓氣氛緩和下來。我把我寫的回信拿給他看，問他要不要我在晚餐時讀給他聽，看他是不是核可，可是他不感興趣。之後我問他要不要喝咖啡，或是先來一杯紅酒。我從午餐之後就把他最愛的紅酒拿出來醒酒了，才不會給他什麼藉口挑剔。他也不要。我記得他走向廚房洗碗槽，用熱水洗手，好像預備要做什麼。我說個不停，但完全是我在自言自語，他根本不理我。」

又是謊言。可能是迄今為止最大的謊言。

「我說我大概要到花園去再忙一小時，省得礙著他。我忽然想到如果我到屋外去，我可能就不會有危險。他瞪著我，活像沒聽到我說什麼。他的臉漲紅，而且呼吸急促。不像是生病了，倒比較像運動員在跳高之前腎上腺素飆升，不知道我這樣形容你們懂不懂。最後他說：『今天下午不弄花園。』就這樣。他的決定。我不能從後門出去，所以我就問他是否晚餐要提早吃，說我可以立刻就煮。

「他叫我不要東忙西忙的，說我需要冷靜下來。就在那時我看著廚房的時鐘，心裡在想我的死期會是在幾點。我不確定愛德華會拖多久才叫救護車。」

不是謊言，只是借用了不同的時間點。瑪麗亞看著廚房時鐘一面猜想她會怎麼死太多次了。每次她拋出想像之網，最後都是在鮮血中收網。這一次，有史以來頭一次，她想像中的鮮血不是她的。

「愛德華叫我上樓到臥室去，我一點也不意外。事實上，我幾乎像鬆了一口氣，知道吧，我並沒有發瘋，我並沒有一整天在胡思亂想。要是他沒叫我上樓去，我會一整晚等著看他是在盤算什麼。我需要的是確認他的意圖，而且我感覺到刮鬍刀在召喚我。愛德華也知道。他一定是看見了我的表情，因為他笑了，是打從他進門來第一次真心的微笑。我距離他很近，能看見他的瞳孔都放大了。」

真話。百分之百的真話。

安東督察雙臂枕在腦後，從鼻子裡發出笑聲。法官怒瞪著他。陪審團則全體一致，動也沒動。每一隻眼睛都盯著她。伊摩珍・帕思戈微微轉頭，給了督察一個白眼。不是因為我的緣故，瑪麗亞想。只是顧慮法官的觀點，可能也有記者的。帕思戈小姐最在乎的就是形象。無論好壞，瑪麗亞在這場猜謎遊戲中的角色幾乎完成了，如果她現在搞砸了，安東督察的態度只會是最不讓她擔心的麻煩。

「我知道我不能再自殘了，我不能坐在浴室地板上，讓愛德華拿我的痛苦和悲慘助興。要是我沒割錯地方，我也會割太深，或是……」她做個深呼吸，眼皮顫動，回想起可能會有什麼後果，幾乎無法自拔。「……乾脆拿著刀片割斷喉嚨，一了百了。」

「妳是說妳是在自殺的邊緣？妳知道在那個時候繼續自殘妳會有生命危險？」紐韋爾問。

「算知道，也不算知道。」瑪麗亞搖頭。「愛德華相信我失去了活下去的意願。我完全沒有了自我價值，沒有歡樂，沒有目標。他達到他的目的了。我覺得他是在等我自殺。他當然知道我腿上的傷已經夠嚴重了，繼續自殘會有真正的危險。

「我那時很矛盾。我的心裡有個聲音說，活該讓愛德華去跟警察解釋他的妻子為什麼會倒在浴室地板上流血至死，不過他太聰明了，早想好了。他會說他在打電話，在用電腦，在花園裡。反正都能解釋為什麼在急救人員抵達之前我就死了。而且我那時也明白了這件事還能滿足他對搏版面的熱愛。可憐的愛德華・布拉克斯罕姆博士，他的心理有病的太太自殺了，他是在他們的浴室地板上發現她的屍體的。可憐的布拉克斯罕姆博士，咬牙忍耐了這麼多年，照顧他精神錯亂的太太。可憐的布拉克斯罕姆博士需要安慰。他也需要再娶一個太太。他哪裡懂得做飯打掃呢。重點就在這裡。要是我自殺了，他得接手我的家務事，雖然我根本不在乎，可是一想到我是掙脫了，卻害另一個女人直接走進他的陷阱裡，忍受我忍受過的……我辦不到。他要我死。」她停頓下來。「其實這麼說並不算完全正確……」她在腦海中練習這句話一千遍了，她知道該怎麼說。

「他想要看著我死。我的死亡，我認為，只會是他在得到最渴望的事情上的一個副作用。他不在乎我是不是故意割得太深，或是傷口感染之類的。從我們結婚以來他就在處心積慮打造這一刻。就是在那時我知道如果我不殺了他，我就會走上樓，走向我的死亡。所以我去食品室裡拿了一條乾淨的擦碗巾，擦乾洗碗槽裡最後一只茶杯，而他就在那時開口了，他說：『妳可以換腿上別的地方，說不定換軟一點的皮膚。沒傷的地方，朝大腿內側。處女地。妳想要嗎，麗亞？』」

她最恨愛德華叫她麗亞。只有安卓莉雅可以叫她麗亞，那是她們的暱稱——麗亞是瑪麗亞，莉雅是安卓莉雅。不過陪審團不需要知道這一點。不必知道那天下午她有多憤怒，事實上她憤怒得可以殺人。

「他建議我割軟一點的皮膚，所有的假裝都消失了。他要我割靠近大動脈的地方。更多血，更難施壓，更少機會在我昏倒之前血液能凝固。他說話的時候帶著笑臉，而且臉孔還紅通通的。興奮難耐。我根本不知道我從食品室裡抓了什麼，可能是一罐豆子或是一只舊鍋子，我反正就是抓了最近的東西。我一直不了解究竟是抓了什麼，一直到事情發生之後。那支椅腳是在幾週前椅子壞掉後就放進去的，壞掉的椅子則在車庫裡。愛德華說他要修理。

「等我從食品室裡出來，他正瞪著花園看，等著我服從他的命令到樓上去。我總是先走。這是他在家裡的堅持。他命令，我服從，準備妥當。然後他可以挑在正好的時刻走進去，好好享受。說真的，我不確定他是不是知道我還在廚房裡。現在回想起來，我好像是在黑白電影裡，我也不知道是為什麼。」

其實瑪麗亞知道，她清楚得很。想讓別人看到妳和自己的感覺脫節或是表現得像靈魂出竅？那你就會看到黑白片。有些人形容靈魂出竅的經驗，以第三者的身分看見自己在做事。她覺得這個可能是太離譜了。如果妳想讀心理學上的資料，那圖書館就是一座寶山。

「我走到他後面，舉起了椅腳，用力往他的頭上揮下去。我不記得有聽見聲音。我的腦袋裡面嗡嗡響，我只感覺到恐懼。我怕死了要是我不殺他會有什麼後果。真的怕死了，我這輩子都沒這麼怕過。愛德華沒吭聲，也沒轉頭。我那一下子打得很紮實。他就像……癱瘓了。我站在那兒一會兒，我不知道是站了多久。然後是一片寂靜——我好像聾了。我一定是震驚得失了神，因為我記得我瞪著花園看了一會兒。」

實話。花園看來一片錦繡。

「等我回過神來，我就走進門廳，從愛德華的外套口袋裡掏出手機，打給警察。我立刻就跟他們說我做了什麼，可是在他們抵達之前，感覺很不真實。我既鬆了口氣又提心吊膽，可是我很慶幸我還活著，多年來的第一次。我也知道我不必再自殘了。我知道我那晚不會死，這才是最重要的事。在將近二十年遮遮掩掩的活著之後，我在偵訊的時候就是找不到方法解釋。」

22

伊摩珍·帕思戈起身來交叉詰問，一臉殺氣騰騰，她是來抽刀見血的。詹姆斯·紐韋爾一再向瑪麗亞保證法院官司跟律師不會有切身關係，可是打贏卻顯然對帕思戈小姐來說是關乎個人的事。這是一宗備受矚目的案件，是檢察官絕不想輸了的那種。

「布拉克斯罕姆太太，」帕思戈開口說，故意頓了頓，但是瑪麗亞早有準備。檢察官想激她發脾氣，而她決定不上當。「妳描繪了一個極其令人不愉快的尊夫的人格圖像。妳承不承認他在專業生涯上備受肯定？」

「我承認。」瑪麗亞點頭說。

「而且他也沒有任何有暴力傾向或是詐欺的前科？」

「我相信是的。」瑪麗亞眼睛盯著面前的桌子。

「所以只有妳一個人指控過布拉克斯罕姆博士有暴力傾向。」帕思戈小姐接著說。

「據我所知是的。」瑪麗亞說，聲音不慍不火。伊摩珍·帕思戈會照著她寫好的劇本走，想要削減她的可信度只會白費力氣，瑪麗亞只要記住別跟她交火就好了。

「只除了妳的朋友安卓莉雅是吧？她會出面為妳作證嗎？」

瑪麗亞僵住了。安卓莉雅，失去她的痛心，是她的致命傷。瑪麗亞一提到她，伊摩珍·帕思戈肯定就看出來了。

「安卓莉雅對愛德華的認識多半是從我這裡聽說的。我跟她有些不歡而散，距離我們最後一次說話也快二十年了……」

「這樣啊，所以連妳的朋友安卓莉雅也沒辦法提供本庭任何獨立的證據，她只能重複妳餵給她的東西。難怪她現在不在這裡。」

瑪麗亞顫巍巍吸口氣，給帕思戈小姐說下去的機會。

「好吧，我們來看看我們能同意哪些看法。妳和布拉克斯罕姆博士是在他為一個替自殘者提供支援的協會當義工的時候認識的。那妳是怎麼知道那個協會的？」

「安卓莉雅幫我打聽的，她認為我需要輔導，才不會再犯。」

「布拉克斯罕姆博士在妳去之前就在那裡當義工了？」帕思戈小姐進一步澄清。

瑪麗亞點頭。

「而當時妳認為這證明了他的為人正直和社會責任感？」

瑪麗亞笑了出來。

「有什麼好笑的嗎，布拉克斯罕姆太太？」

「妳真的不懂？」瑪麗亞苦笑。「他是去那兒找目標的，而他找到了我。那可不是什麼快樂的巧合。愛德華的人生沒有一個地方不是周全計畫過的。他要一個可以控制的女人，所以就到外面去找一個有創傷的。而我認為——我知道，因為我跟他共同生活了那麼多年——我的自殘讓他看得入迷。他去當義工不是要幫助別人，他是在幫他自己。」

「妳是說他去協會只是某個大計畫中的一環，是為了要和某個會自殘的女人發展關係？」

「對。」瑪麗亞堅定地回答。

「我可以請教妳是不是有被診斷出偏執症過？」

瑪麗亞雙手握拳，血又從傷口流了出來。「我認為我自己會知道是不是有心理疾病。」她說。

「真的？妳的成年生活有超過一大半的時間在自殘。妳還不覺得應該去找醫生診斷一下？」

詹姆斯．紐韋爾站了起來。「被告無法回答這種問題。可以繼續嗎？」他問法官。

「我沒有瘋！」瑪麗亞脫口說。「愛德華也這樣跟我說大家會這麼看我。但這不是真的，也不公平！」

「請冷靜，布拉克斯罕姆女士，沒有人說妳瘋了。」法官安撫她。

安東督察跟身邊的警察嘟嘟囔囔了什麼，兩人都笑出聲來。瑪麗亞好想甩他一耳光。

「我可以繼續，」伊摩珍．帕思戈同意，她的計謀得逞了。「在妳結婚後，妳住的是高級社區，生活優渥，而且也不需要賺錢補貼家用？」

「房子是我先生選的。在安卓莉雅出現在我的工作地點之後，他就不允許我去上班了。」瑪麗亞說。

「我們又回到妳不見其人的朋友安卓莉雅身上了。照妳的說法，妳似乎更信任她而不是妳的先生，那時他還沒有做出什麼會讓妳懷疑他的動機的事情。妳難道不覺得這樣子有多疑神疑鬼嗎？」

「那時他已經說服我放棄我的汽車，我們吃什麼都要聽他的，也已經規定我要穿他認為可以接受的衣服了。算是後知後覺吧，但是我不相信安卓莉雅會在我們的婚禮上勾引愛德華，我相信她是想要警告我，只是我不是太頑固就是太絕望，那時沒能看清楚。」

「妳說安卓莉雅去從軍時答應要保持聯絡。她有嗎？」帕思戈問。

瑪麗亞搖頭。「沒有。就算她要聯絡也得等一個月後，而那時我心有旁騖。愛德華鼓勵我再開始自殘，頭幾個星期我滿腦子只想著這個。我過了一陣子才明白我們完全不寫信了。」

「我看不出兩者的相關之處。」伊摩珍．帕思戈拿筆輕拍手心，歪著頭。

「愛德華決定要讓我們的信件全部寄到他的辦公室去，他沒跟我討論。我問他，他說是為了要減輕我的壓力，而且他在辦公室處理郵件也比較方便。」瑪麗亞說。

「所以這一次他也是為了妳著想，處理家裡的通信，也就是妳的責任又少了一樁。」帕思戈說。瑪麗亞不需要看就知道她在微笑，因為笑意就在她的聲音裡。

「事實上這表示我和外界的接觸變得更少了，連垃圾郵件都看不到。愛德華說從來就沒有人寄信給我，那時我跟自己說的是，也許他對安卓莉雅的看法是真的。後來我才明白這又是一個控制我的方法。我相信安卓莉雅寄過信來，我相信愛德華把信撕碎了，讓我無法和她聯絡。」

「妳一直說『明白』，布拉克斯罕姆太太，但那不是什麼領悟，純粹是妳的假設和想法。妳在這間法庭裡所宣稱的事完全沒有辦法能證明，是不是？」

瑪麗亞咬牙切齒。她只不過要求一點禮貌，伊摩珍．帕思戈卻做不到。不管有罪無罪，每個男人女人都應該被有尊嚴地對待。她深吸一口氣，竭盡全力才沒有吼叫。「我寧願被稱呼女士而不是太太，剛才我已經說過了。」

法官點頭同意，透過眼鏡盯著伊摩珍．帕思戈。

「妳仍是已婚身分，不是嗎？所以法律上妳仍然是瑪麗亞・布拉克斯罕姆太太。」帕思戈有禮地對她微笑。

瑪麗亞緊緊抓住證人席的兩側，受傷的手握成拳，整個變白了。

「我會申請離婚。只是現在有點複雜……」瑪麗亞一句話沒說完。伊摩珍・帕思戈幫她挖了一個洞，而她直接就掉了進去。

「因為被害人被殘暴攻擊，無法親自回應離婚的法律程序？妳是不是要抱怨這件事？」

「賤人。」瑪麗亞壓低聲音咒罵。

「布拉克斯罕姆女士，」法官警告她。顯然瑪麗亞的聲音不夠小。「打官司的壓力是很大，不過我不會容許在我的法庭內說髒話或是謾罵。如果妳不能表現一點自制力，那我別無選擇只能……」

「庭上，沒關係，請不要代我介入。」伊摩珍・帕思戈甜言蜜語地說，表現出從所未有的理性。

瑪麗亞看著陪審團主席給了檢察官贊同的微笑。愛耍弄人心的賤人，瑪麗亞在心裡補充。她低估伊摩珍・帕思戈了。

「既然如此，妳就繼續吧。我已經警告過妳了，布拉克斯罕姆女士。」法官說。

伊摩珍・帕思戈甩動長袍，頭抬高，聲音甜得像蜜。「妳是在什麼時候才突然不相信布拉克斯罕姆博士的？」她問。

「並沒有明確的時間點，情況不是那樣的，」瑪麗亞說，無法掩飾聲音中的氣惱。詹姆斯・

紐韋爾向她使了一個眼色。「愛德華沒那麼笨。如果真要說是哪一天，我會說是在他把家用電話拔除的那一天。那是我們婚後的第二年，那時我和外在世界的聯繫已經非常少了。除非是週末跟他出門，否則我根本就足不出戶。他不想付家用電話和手機的電信費，他是這麼解釋的。」

「所以在那之前有很多人都會定期打電話給妳嗎？家用電話是妳日常生活中很重要的東西嘍？」帕思戈問，幾乎是在取笑。瑪麗亞惡狠狠瞪著她。

「不是，沒有人打電話給我，但是電話是為了應付緊急事件的。」瑪麗亞說，硬是要自己的聲音冷靜，儘管她察覺到她是被嘲笑了。

「像是妳需要報警。妳在攻擊過妳先生之後還滿會用妳先生的手機的，所以妳宣稱和外界完全脫節並不是真的，對吧？」

「我只有那次碰過他的手機，」瑪麗亞說，「那是他的個人物品，我不能摸。」

「他有密碼或螢幕保護吧，為了不讓妳用？是的話，妳又要如何報警呢？」

「沒有密碼，他不需要。他知道我不會違反他的規定。換作別的情況下，我是不會碰他的手機的。」瑪麗亞說。

「好吧，」帕思戈說，「那我們就來看看妳宣稱與外界完全脫節這件事吧。屋子裡有電視吧？」

「有，可——」

「讓我說完，拜託，布拉克斯罕姆太太。」瑪麗亞咬住舌頭，努力集中精神。她的腳麻麻的，從手上流下的血在高溫中凝固了。「屋子裡還有一台電腦，妳大概知道如何收發電郵和上網。在這個時代沒有社群媒體圈差不多是不可能的。事實上，如果妳宣稱的事是真的，還會有人說妳幸運呢。」

她的嘲諷引來法庭中的警察一陣笑聲，瑪麗亞知道她是蓄意要害她亂了方寸。伊摩珍・帕思戈想讓她像面對那名精神科醫師時一樣發脾氣。

「電視和電腦都放在愛德華的辦公室裡，不是給我用的。我也不准進去。他出門都會把辦公室鎖上。」瑪麗亞說。

「妳不能進入他的辦公室？真的？一次也沒有？可是布拉克斯罕姆太太，這件事發生的時候妳三十九歲了，結婚將近二十年了，妳真的要我們相信妳從來沒有進去過妳先生的書房？」帕思戈小姐的聲音拉高八度，充滿了不可置信。瑪麗亞好想惡言相向，好想把那杯水潑到檢察官那張優越的臉上，轉身就離開法庭。但是她沒有，她只是挑出牆壁上那塊白茫茫的地方，要自己定一定神，想像她是在和茹絲說話，她就從來沒有質疑過她或是訊問她。說話的人也許是伊摩珍・帕思戈，但她需要聽見的聲音是茹絲的。

「我一天只能進去一次——」

「不好意思，我們從妳沒有涉足過書房變成妳一天可以進去一次了，這可是躍進了一大步呢，布拉克斯罕姆太太。妳是不是已經不知道什麼是真相了，還是多年的無聊和偏執徹底扭曲了現實？」

「不是！」瑪麗亞大吼，但是及時醒悟，管住了脾氣，讓話聲悶在喉嚨裡。「妳打斷了我的話。我是說愛德華會讓我在他在家時每天進去一次，打掃壁爐，倒垃圾，有需要的話還要吸塵。

我的意思是我從沒有自己一個人進去過，我唯一能碰他電腦的機會是在擦灰塵的時候。」

「拜託，妳真的要說二十多年來妳先生都不准妳看電視？」伊摩珍．帕思戈氣惱地說。

「結婚的頭幾年可以，但是愛德華不喜歡我看電視，他說對我的頭腦不好，會創造不真實的社會期望。他自己倒是看的。我晚上都能聽見他的書房傳出電視聲。」她記得有一次坐在門廳地板上聽某齣喜劇的罐頭笑聲，好渴望也能獲准觀看。隔天她請他給她一點電視時間，也許一週一晚。愛德華哈哈笑，問她是為什麼會覺得需要看喜劇來紓解心情，她的生活裡壓根就沒有壓力和煩惱。這段交談就此結束。

「我想問妳一支手機，是警方在妳的衣櫃底部的一隻鞋子裡找到的。」帕思戈小姐伸手到後面，一名警察把一個裝著手機的透明塑膠袋交到她手裡。上頭標了號碼，由庭丁拿給瑪麗亞。「這是妳的嗎？」

「是的。」瑪麗亞說，偷瞄了陪審團一眼。有幾個人在交頭接耳，有的在搖頭。伊摩珍．帕思戈又贏了幾分。

「那，妳並沒有和外界脫節，妳其實有自己的手機。是誰付錢買的？又是誰付的儲值費？」

「我付的。不過我沒打過。」瑪麗亞模糊不清地說。

「可是妳不是沒有錢嗎，怎麼可能給自己買手機？」

「我把在屋子裡找到的零錢存了起來。掉在沙發後面的，洗衣服前在愛德華的口袋裡掏出來的，就像那樣。」瑪麗亞說。

「原來妳是在偷妳先生的錢？他不知道妳拿了那些硬幣，然後花在那些手機上？」檢察官在使出重重一擊之時，居然能把關切與不可思議的成分調和得那麼完美。

「不是那些手機，只有一支，」瑪麗亞說，「我始終沒有勇氣打電話。手機被發現時根本沒有通話費。」

「每次問妳一個問題妳的說詞就會改變。這是為什麼呢？」

「因為是妳想要曲解。」瑪麗亞說，逼自己直視伊摩珍．帕思戈的眼睛。

「還是說妳在說謊。」伊摩珍．帕思戈反駁她。

詹姆斯．紐韋爾站了起來。「帕思戈小姐需要謹守分際。我的委託人不是來吵架的。」

「沒錯，」法官說，「繼續提問，帕思戈小姐。」

「那麼我們就來說說本案的癥結吧。妳自稱打妳先生的那一下是為了要殺死他，是自衛行為？」帕思戈小姐問，說完話後誇張地把眼鏡摘下，拋到桌上，往後靠著椅背，雙臂抱胸。

「是的。」瑪麗亞只這麼說。

「妳當真相信妳在他的掌握之下，而他能夠說動妳自殘，嚴重到妳會死亡？」

「是的，我現在仍然相信。」瑪麗亞說，知道聽起來牽強，只能硬起頭皮來面對緊接而來的砲火。

「可是妳又沒有被關在屋子裡。妳每天都在花園裡，所以妳可以從後門進出。警察抵達現場時，妳打開了院子的柵門。怎麼可能殺死一個人會是比直接離家出走更安全的選項呢？妳自己說過，他沒打過妳。他沒有對妳動過手。那為什麼不離開？」

瑪麗亞嘆氣。這是個合情合理的問題。事實上，在這場一點一點剝蝕掉她的靈魂，直到她變成一個空殼子的婚姻中，這也是她月復一月、年復一年自問的問題。

「我一個親人也沒有，無處可去，沒有錢，沒有工作。一開始，這些是留下來的好理由，在事情還沒有變得這麼嚴重之前……」瑪麗亞說。

「所以妳那時只是在盡量利用妳先生？」帕思戈打岔道。

「我相信這是妳想要呈現給陪審團看的一面。」瑪麗亞厲聲說。詹姆斯．紐韋爾的手掌從桌面抬高了幾吋，毫不張揚，卻是他們說好的信號，要她冷靜下來。瑪麗亞吸口氣。「我是一個迷失的年輕女人，相當天真幼稚，而且我很害怕。後來，事情變得難以忍受，我確實嘗試過離開。」

「嘗試過離開？難道說妳所有的失敗都是他的錯？妳是個受過教育的女人，妳的口條不錯，也顯然了解這些程序。妳在法庭上說妳在結婚早期是有工作的，所以妳可以再找到工作自給自足。妳並不是全然依賴妳的先生，雖然可能妳自己選擇要如此。」

「我什麼也沒選！沒有一天有。要選擇就要有知識和自由意志。」瑪麗亞吼叫道。

「可是布拉克斯罕姆太太，妳說的這些一點證據也沒有啊。連一句話都無法證實。沒有一個證人可以到法庭來證實布拉克斯罕姆博士被妳指控的虐待。那妳是要陪審團如何相信妳？」

陪審員都瞪著她，法官也是。瑪麗亞微微轉頭看茹絲是否在附近，卻只看到一片記者的眼睛。他們在等她回答，只是她無話可答，就是無話可答。

「我不知道，」瑪麗亞嘟嘟囔囔說。「我只是……」她沒法說完。

伊摩珍．帕思戈讓沉默懸浮了三十秒，這才繼續。「好吧。妳說過布拉克斯罕姆博士從來沒有打過妳，所以妳承認他從沒有在肢體上阻止妳離開，這樣的話，我就再繼續了。」

「他威脅要把我關進精神病院裡，」瑪麗亞脫口而出，急得不願完全輸掉論戰。「還有性生活。」

「那是妳同意的。如果布拉克斯罕姆博士死了，妳能繼承多少婚姻財產？」伊摩珍・帕思戈問。

「帕思戈小姐，我認為陪審團應該要聽一聽被告對於據稱會被關進精神病院的威脅有什麼說法。」法官打斷了她。

帕思戈小姐朝瑪麗亞點頭。「妳剛才說？」

「我們結婚大概五年後，我第一次告訴愛德華我有多不快樂，我要離開。他說了我早就料到他會說的話——就是我自己一個人應付不來，他不會在經濟上支援我——所以我已經有心理準備，我跟他說我不在乎，說我已經下定決心了。結果他生氣了，我從沒見過他那麼生氣。我上樓去收拾行李，他追了上來，說如果我敢離開他，他會把我關進精神病院。他說他會指控我攻擊他，說我有嚴重的自殺傾向。他甚至……他甚至撩起我的裙子指著我大腿上的疤痕。我有自殘史，詳盡記錄在病歷上，所以他知道有必要的話他可以向精神科醫生證明我有長期自殘的行為，而那時我的傷疤還是新的，而且嚴重多了。雖然和愛德華同住在一個屋簷下已經夠悽慘了，至少相對之下我還有自由。我並沒有服藥，或是每天鎖在一個小房間裡。我最怕的就是這個，因為自殘的事別人會以為我對自己有危險。他心裡很清楚，而且我也知道他不是在做空洞的威脅。他寧可看著我被關進醫院裡也不會讓我離開他。之後他時不時就會重複同樣的威脅，只要他感覺到我在反抗他的壓制。所以我才沒有離開。」

詹姆斯．紐韋爾從他比較靠近陪審團的位置親切溫和地對她微笑。瑪麗亞望過去，知道她需要勇敢一點，跟每一位陪審員有目光接觸才能讓他們相信她。並不是全體，但是有一些人迎視她的視線：兩名較年輕的男性，兩名女性。這只是小小的勝利，卻仍是勝利。

「我剛才問的是如果布拉克斯罕姆博士死了，妳能得到多少財產，」帕思戈接著說，好像沒被打斷過。「妳能拿得到嗎？」

「我沒考慮過，」瑪麗亞說，「除了那棟屋子之外，我完全不知道我先生還有什麼資產，我也不知道屋子有沒有房貸。我有二十年沒經手財務上的事了。我幾乎不離開屋子。」

「可是妳可以繼承一百萬鎊，」伊摩珍．帕思戈說，「說妳不知道布拉克斯罕姆博士多富有也太荒謬可笑了。」

「我從來不經手金錢。我連一張銀行對帳單都沒看過，我是要怎麼知道他多有錢？」

「妳已經告訴我們了，妳知道他一直在工作。他很費心地告訴妳他的出書合約和電視邀約，還有雜誌上的文章。妳也知道他的申請計畫和大學的講課。妳在這方面的證詞極令人難忘，難道妳是要說妳以為他做這些都是免費的？」

「我沒有這麼說。」瑪麗亞答道，臉頰漲紅。

「所以他的薪資很高，而妳卻沒有奢華的生活型態。昂貴的度假呢？」

「根本就沒有度假。」瑪麗亞咆哮。

「而且只有一輛車，沒有孩子，沒有其他明顯的花費。坦白說，要說妳不知道有積蓄那也太可笑了吧。」帕思戈小姐說。

「我並沒有說沒有積蓄，我只是不知道究竟有多少——」

「妳跟我們說布拉克斯罕姆博士在金錢方面很小心。喜歡存錢勝過花錢，這是我們得到的印象。對吧？」

「嗯，對。」瑪麗亞說。她覺得頭昏，她沒想到會是這樣的發展。

「所以妳住在一棟美麗的房子裡，花費很少，而妳先生的收入頗豐，又喜歡儲蓄。妳知道你們兩個很有錢吧？那麼多錢可是一個企圖謀殺某人的好動機呢，妳同意吧？」

「不是我的動機。」瑪麗亞明白地說。

「真的？妳有多年的時間可以策劃。妳顯然對布拉克斯罕姆博士累積了大量的埋怨，可能很失望妳自己的人生成就那麼少……」

「他奪走了我的人生。我不埋怨他，我恨他。他貶低我，還威脅要把我關起來。」瑪麗亞反駁她。

「對，妳恨他，而妳是個有脾氣的女人，是吧？妳不喜歡回答問題，妳不喜歡被挑戰。妳對精神科醫師的行為就清楚證明了妳有多衝動。」

「那是他的錯，他一直在激怒我。他要我談我的生活中最親密的事情，為妳炮製出一份報告來。我同意跟他見面，他卻邪惡又卑鄙！」瑪麗亞知道她拉高了嗓門，但是她似乎無力阻止。

「所以妳就罵他，站起來就走了。原諒我，布拉克斯罕姆太太，但是那個毫無困難就可以挺身面對一位有極高資歷的專業人士的女人，跟妳今天選擇在法庭上扮演的可憐又可悲、在感情上飽受虐待的受害人簡直不像同一個人！」

紐韋爾搶在瑪麗亞回答之前站了起來。「帕思戈小姐必須道歉。」他說。

「我不會為了強有力的交叉詰問道歉。」伊摩珍．帕思戈回嗆他。

「交叉詰問旨在提出相關的疑問，而不在侮辱和謾罵。我們至少要遵守一些規則吧？」紐韋爾說。

「沒關係。」瑪麗亞說。

「請先等一下，布拉克斯罕姆女士。」法官說，朝她豎起一根手指要她安靜。

瑪麗亞看看法官，看看檢察官，再看著辯方律師，他們繼續吵，陪審團一臉好笑的神情，旁聽席上竊竊私語。她趁著獄警被他們的口角吸引，下了證人席，挪向陪審團能看見她的地方，背對著群眾和記者席，撩高了裙子，只撩到膝蓋以上一兩吋之處，襯裙的下襬以下。

詹姆斯．紐韋爾率先注意到，爭吵的話語停在嘴邊。

「瑪麗亞——」他說，完全不顧禮節，直呼她的名字。

「布拉克斯罕姆女士，」法官從長椅邊緣望過來。「妳必須立刻回到位子上……」獄警終於回過神來，伸手去抓瑪麗亞的胳臂，要把她拉回證人席。「放開她，」道尼法官下令道。「陪審團都看清楚了嗎？」

十二個人一個接一個點頭。

瑪麗亞撩著裙子，確定沒有人能忘記她腿上的慘狀。她腿上的皮膚五顏六色，從白色到粉紅到鮮紅到傷疤組織最刺眼的褐色，皮膚的質地像是油畫層層相疊的筆觸，可以直接刮得下油彩。有些地方的傷疤無法完全癒合，留下了參差不平的紅色邊緣，像熔岩流過。法官讓陪審團慢慢看，然後才禮貌地咳了咳，再次開口。「請記錄下布拉克斯罕姆女士陳示了雙腿膝蓋與大腿前部之間的大量傷疤，我希望雙方律師都同意可以用大範圍來形容。」紐韋爾和帕思戈都點頭。「謝謝妳，妳可以回證人席上了。」瑪麗亞乖乖照做。「帕思戈小姐，繼續詰問。」

「布拉克斯罕姆女士，」伊摩珍．帕思戈使用了她偏好的稱呼，大概是不敢這麼快就激怒法官吧。「妳被逮之後為什麼不立刻就這樣向警方解釋？他們完全沒有記錄妳大腿上的傷痕。」

「在那個階段我沒辦法應付，我因為自己做的事而震驚失神，而且我還在害怕我恐怕會被判定對自己有危險，被關起來。愛德華那麼多年來讓我相信結果就會是這樣子，我花了很長的時間才對自己有一丁點的信心。」

「難道他不是極其關心妳，所以才設法保護妳，不讓妳被關進精神病院嗎？」

「不是！」瑪麗亞大喊。

「他監督妳自殘難道不是出於關懷，確定妳不會做得過頭嗎？」

「什麼？妳怎麼能這麼說？」瑪麗亞一拳擊在桌上。

「而妳花了那麼多時間計畫謀殺他。妳一直在等最完美的一刻，他背對著妳，然後妳就攻擊。」帕思戈接著說。

「才不是。」她氣呼呼地說。

「本案真正的受害人是布拉克斯罕姆博士，不僅是因為妳把他的頭打得凹了一塊，也因為他多年的慷慨和關心最後得到的回報卻是倒臥血泊以及無盡的謊言。」

「我說過那是什麼滋味，我過的是什麼日子！換作是妳，被困在那棟屋子裡，被虐待，被當作奴才立刻——」

「早在妳和那位精神科醫生見面時妳是有機會說明妳的故事的，他那時就能評估妳說的話。妳卻仍然選擇沉默而不是解釋。」

「沃斯教授不想被說服。我一見到他就知道無論我說什麼，他的結論不是我心理有病就是我很危險。我認為我乾脆就給他更多理由說我應該被關起來。」瑪麗亞說，自己的憤怒因為陪審團的表情而消氣了，他們到現在仍因為看見她陳示的傷痕而恍恍惚惚的。

「可是刀片並不是握在布拉克斯罕姆博士的手上，他也沒有割傷過妳。他沒有強迫妳自殘，也沒有因為妳不自殘而威脅妳。我這麼說沒錯吧？」

「事情沒有那麼簡單。他用的是心理上的武器。」瑪麗亞說，又一次感覺赤裸脆弱。

「但是妳大可以把刀片丟到窗外去，或是思考個一分鐘，或是說：『不，我不要再自殘了。』不是嗎？」

「我走投無路了，而且那時大概也上癮了，而且又那麼不快樂，這是我唯一的出路。他也知道我從來都不會跟他說不。」瑪麗亞口齒不清地說。

「啊，原來是這麼回事。把妳先生打死比較簡單，省得還得面對妳的上癮症。妳是要殺死他，妳使出全力來殺死他，一切只因為妳太享受自殘了，不肯用心靈力量來戒癮。事實真相不就是這樣嗎？」

「事實真相？」瑪麗亞脫口而出。「我的事實真相是打掃做飯、一個人呆呆坐著，而他卻在屋子裡唯一有聲光色彩的房間裡休閒娛樂。沒有朋友，沒有同事，沒有鄰居。那個王八蛋做的柵門是為了要擋住世界關住我的。我的事實真相是每天跟一個等著聽現成的阿諛諂媚的人住在一起。我幫他回粉絲來信欸，拜託！我一半的日子都跪著清理壁爐，因為他就是要燒木柴。妳覺得他會說謝謝嗎？妳覺得他幫我泡過一杯茶嗎？每一天都一樣。以愛德華為優先，不能惹惱他，想方設法來取悅他。他叫我是他的小哈巴狗的時候不能生氣。他說我做的菜是大便的時候不能回嘴。說服我自己他檢查我撢過灰塵的地方是因為他對我的生活有興趣。天底下有哪個人，有哪個人活該倒楣應該過這樣的日子？我簡直就像是半輩子都昏迷不醒，突然醒了過來！」她大吼。「妳要我跟妳說我很抱歉？打愛德華是我的錯。哼，我不抱歉，我也不認錯！」瑪麗亞一拳捶在證人席上，把那一小本照片都震飛了，玻璃杯也震倒了。「如果妳真的感興趣的話，那我就告訴妳實話，實話是我恨他。我會在這裡唯一的理由就是我終於以牙還牙了。」

伊摩珍．帕思戈放下了筆，合上筆記本，熱絡地向法官微笑。「我沒有疑問了，」她說，「可是我要再請控方的心理學家沃斯教授作證。由於被告所透露的細節是她不願意告知我方的專家的，讓陪審團聽一聽專業評估，看這些事與本案如何相關似乎才是正確的做法。我們沒辦法明天就讓他出庭，所以我得請求休庭一天，但是他後天就有空了。」

「這個要求很合理。明天休庭。請沃斯教授後天早上十點出庭。接著才是雙方律師發言，」道尼法官說，「陪審團可以離開了。」

他們魚貫而出，許多人在搖頭嘀咕，瑪麗亞盯著他們，後悔說了最後那些話，知道她完全掉進了檢察官佈的局裡。也許這就叫天道好還，她得為自己做的事付出代價。在今天之前她還一直抱著判刑不會太重的希望呢。

23

洛蒂醒來時仍能看見瑪麗亞・布拉克斯罕姆腿上的傷疤，把她的腦袋攪成漿糊的那些夢嚇壞了她，讓她覺得她的身上也有同樣的傷痕。她在被子底下摸索，兩手拂過仍然平滑的肌膚，這才恢復理性，坐了起來。贊恩正在把行李箱的拉鍊拉上。

「妳沒事吧？」他問，把皮夾塞進外套口袋。

「作惡夢了，」洛蒂喘著氣說，一面揉眼睛。「你應該叫醒我的，我就可以幫你弄早餐。」

「沒關係，我會在路上買。幸好他們讓妳放假一天，當陪審員顯然把妳累壞了。」他含笑說。

「你才知道，」洛蒂說，「你什麼時候回來？」

「明天晚上。有事就打我的手機，」他說，「我應該走了。」他沒跟她吻別就走了，而洛蒂很慶幸。這些天她簡直受不了讓他碰她，在罪惡感和對卡麥倫的慾念上搖擺不定，外加想逃開家務羈絆的渴望。贊恩一個晚上不在家正是她需要的空檔，讓她能理清頭腦，決定她真正要什麼。

「媽咪，爹地不在我可不可以早餐吃巧克力？」丹尼亞在門口笑咪咪地問。

她張開雙臂迎接他，而他立刻跑過來投入她懷裡。「這個嘛，」她說，揉亂他的頭髮。「如果你保證會吃完一碗水果，那就可以吃一點巧克力。怎麼樣？」他嘻嘻笑，衝去廚房。「不過要快點，我們得在一個小時後到保姆家，」她對著他的背影大喊。她很壞，她心裡想，不必到法院還把丹尼亞送到保姆家，可是他們的通知太臨時了，她也沒時間取消。到這個階段她反正得付托兒費，而且說真的，她很期待一整天只有她一個人。機會實在是太難得了。她沒有什麼計畫，只想洗個熱水澡，說不定在床上看電影，什麼家事也不做。

卡麥倫傳簡訊給她時，她已經把使性子的丹尼亞送到保姆家了。丹尼亞說他肚子痛，但是洛蒂懷疑他是因為她會在家裡，所以他想跟媽咪在一起。今天不行，她告訴自己。她不會讓步。也該是她給自己一些獨處的時間了。

洛蒂有一瞬間想把簡訊刪除或是乾脆關機，但兩者都只能逃得了一時。他是不會輕易放棄的，而且她也芳心竊喜。很高興又感覺回到十八歲，自由自在的，即使現實要複雜太多。跟塔碧莎幫險些正面對撞讓她心神不寧，在法庭中有卡麥倫坐在旁邊儘管讓她安心，但是在生理上卻也令人分心。她的天人交戰如火如荼展開。她只需要態度堅定，就這樣。贊恩不在家，丹尼亞有人照顧，而她想要一些寧靜。她打給了他。

「嘿，」卡麥倫快活地說，「我沒想到會聽到妳的聲音。妳有什麼計畫？」

「沒什麼。你呢？」

「努力把昨天從腦海中抹去，卻不成功，」他說，「我只是需要談一談。妳大概沒空溜進市區一會兒，見個面吧？我們得找一個塔碧莎幫不會看到我們的地方。」

洛蒂看了看手錶。「我看還是算了，」她說，「贊恩今晚不在家，五點我得去接丹尼亞。還有，我們絕對不應該冒險被他們看到一起在市區裡。塔碧莎幫的眼線無所不在。」

「有道理，」他說，「可是我真的很想談一談。」

「我們現在就在談啊。」她笑著說。

「我知道，可是不一樣。昨天……我連該怎麼形容都不知道。」

「我知道，」珞蒂小聲說，「我也有同感。光是用聽的就讓人聽不下去了。還有她的腿……」

「別，」卡麥倫嘆氣。「我整個晚上都想著那個。拜託，珞蒂，我需要妳。既然贊恩不在家，我們何不在妳家附近見面？」

「因為我們有可能會碰到一個我認識的鄰居。真的，卡麥倫，我覺得這樣很不聰明。」她並沒有說出兩人獨處會發生什麼事。跟毒品一樣，還偷嚐過兩次，她不確定她能否再對自己說不。不過她倒是想談一談。案子在她的心裡燒出了一個洞來，再多熱水澡和電視都無法分散她的心思。

「那我帶點吃的到妳家怎麼樣？那樣我們起碼不會在公開場合被看到。我可以把車子停在別的路上，以免有人看到我的廂型車。等我一個小時？」卡麥倫問。珞蒂聽見他拿起鑰匙的聲音。

「這樣好嗎，」她低聲說，「可能會有點怪怪的。」

「我是想建議我家的，只是我需要提前一個星期打掃。我不是那種很會整理的人，自從……妳也知道。」

珞蒂想到他一個人住在曾和未婚妻同居的地方，回家來面對一片冷清，心就揪了一下。「好吧，」她說，做了決定。「過來吧。反正我的鄰居都去上班了，不過你最好別把車停在車道上。那就一個小時後見了。」

真是神奇，一個小時可以過得既快又慢。她每隔五分鐘就看一次手錶，換了三次衣服，重新整理頭髮，化了太濃的妝又擦掉，同時一直跟自己說什麼也不會發生。至少是什麼事都不應該發生。答應過自己不會不忠到讓卡麥倫在她和贊恩同住的屋子裡碰她。他只是想討論案子。她也一樣。可惡的塔碧莎跟那些愚蠢的規定。昨天休庭後陪審員們小聲互道再見，每一個都沉浸在自己的思緒中。就連卡麥倫都安安靜靜的。珞蒂覺得傑克都快哭了。她專心去接丹尼亞，照顧他，盡全力把那天阻絕掉，現在卻很難去想別的事情了。也幸虧法官休庭一天。珞蒂不確定她今天有沒有辦法走進法庭。她仍在浴室把化妝品丟進抽屜裡門鈴就響了。她跑下去開門，胃裡有蝴蝶在飛舞，臉上掛著猶豫的笑容。

卡麥倫一溜煙就進門了，兩手各拎一個塑膠袋。「希望妳餓了。廚房在哪邊？」

「你是以為有幾個人要吃啊？」她笑著說，指著走廊的盡頭。卡麥倫率先過去。

「妳也知道的嘛，你拿起了草莓，然後又看到了覆盆子，而在你回過神來之前，簡單的長棍麵包夾起司就變成了一頓大餐了。好了，陛下。我們只需要盤子和刀叉，不必開火了。」

他設想得真周到。食物很美味，是夏日非常理想的午餐，而且丹尼亞會很願意吃完他們沒吃的新鮮水果。卡麥倫又是靠直覺就知道她喜歡什麼，真厲害。

「那昨天之後妳覺得怎麼樣？」他問，拿一塊麵包去沾裹鷹嘴豆泥。

「其實我作了惡夢。整個過程太緊湊了，我現在都不知道我有什麼感覺了。瑪麗亞・布拉克斯罕姆在作證時，我為她難過，可是後來帕思戈小姐提問，被告的說法就變得荒唐了。她怎麼可能連走出家門都沒有？無論他是怎麼威脅她的，她難道非得殺他不可？滿難了解他們兩人的生活究竟是為什麼會以那麼恐怖的一刻結束的。」

「可是她腿上的皮膚……就算是我最恨的敵人我都不願意讓他吃那種苦頭。」卡麥倫說，幫珞蒂倒了杯氣泡酒。

「只能一小杯，」她說，「我等一下得開車，忘了嗎？」

「我沒辦法相信她會把自己的皮膚整成那樣，除非是多年來她真的非常非常不快樂。記不記得他書房門上的鎖？我們去看的那時我就覺得奇怪。屋子裡到處都沒有電視，沒有電話。她描述的生活我覺得很合理。」

珞蒂抓了一把葡萄和一些起司，一面輕啜氣泡酒一邊忖度。「問題是我們只聽到她的說法。她說沒有人進過他們家雖然給了她藉口打凹他的頭，可是也等於是說沒有人能夠反駁她。我倒是想知道布拉克斯罕姆博士會怎麼說，如果他還能說話的話。」

「我覺得她好像滿誠實的。」卡麥倫說，挑了最大的草莓，遞給對面的珞蒂。她咬了一口，紅色汁液流到下巴上，她哈哈笑。

「不過她的傷疤，」她說，回憶來襲立刻清醒。「一定得受到很大的刺激才會那樣子。精神不正常。說不定她有疑心病，跟帕思戈小姐說的一樣。如果布拉克斯罕姆博士把書房上鎖是為了要有一個地方可以躲開她呢？如果她真的是沒辦法處理工作上的壓力，而他是被迫跟一個離群索居的太太住在一起呢？這兩種選擇根本就是兩個極端，是要我們怎麼做出結論？」

「我覺得如果她真的是瘋子，她的律師團隊就會以她神智失常這種理由來幫她辯護。他們的房子可能值一筆錢，可是我進去卻覺得背脊發涼，空空洞洞的。我覺得我還滿會看人的，我看他的刺蝟影片就覺得他是個自大的討厭鬼。妳能想像讓他碰妳嗎？」

「喔，好噁心，別說這種話！」

「為什麼？我需要妳用人性的角度來看這件事。我對律師說的話都沒興趣，我知道我的感覺，這才重要，對吧？」卡麥倫撕下一塊棍子麵包，把奶油抓過去。

「唉，我還沒有什麼結論，我好像每個小時就會改變一次想法。我大概是在希望到最後事情會變得明朗，可以看出誰說的是真話。」

卡麥倫對她微笑，雙手在牛仔褲上擦，走到她這邊，在她面前跪下。「今天我們就別想了吧。今天放假，而且是我們辛苦換來的。」他執起她的右手，以嘴唇刷過她的指關節。「雖然我跟自己保證我只是以朋友的身分過來的，可是看見妳坐在陽光下，嘴唇上還有草莓汁，我就知道如果我不吻妳，我這輩子都不會原諒自己。」

「阿倫……」珞蒂低語，而他把另一隻手插入她髮間，將她的頭輕輕往前拉。「我們不應該，」她在吻住他前說。幾秒鐘後就抽身後退了。「這裡是我家，我覺得彆扭。」可是他的唇溫暖，他的身體結實。他充滿了生氣和刺激，跟消磨他們的恐怖案子全然扞格不入，也跟她傳統的婚姻完全不同。

「只不過是磚頭和泥灰，」卡麥倫說，「家是人，不是地方。此時此刻贊恩真的感覺是妳的家人嗎？」

不，珞蒂心想，她還沒準備要大聲說出來。

「你早就計畫好了嗎？」她問他。

「可以說是有可能在我的下意識裡嗎？」他嘻皮笑臉地說。「而且也許，要我說實話的話，是因為每晚回到空蕩蕩的公寓很寂寞。跟妳在一起讓我覺得又有了意義。」

洛蒂的心融化了。她也有一模一樣的感覺。她和贊恩之間的鴻溝越來越寬了。

卡麥倫一條胳臂溜到她的背上，讓兩人的身體更靠近。洛蒂努力拉開距離，但是他已經在她的雙腿間，牢牢抱著她。他的舌頭掠過她的舌尖，探索卻不躁進，邀請卻不侵略。她知道她應該阻止他。這裡是贊恩的房子，是丹尼亞的家。但是卡麥倫的雙手柔軟溫暖，他的指尖劃著她的背脊，她拱起了背，嘴唇更用力往他的唇上壓。

他抽開身，雙手捧住她的臉，直視她的眼睛。「我沒辦法不想妳，」他說，「我試過了，洛蒂。我知道妳結婚了，可是我不知道要怎麼離妳遠一點。」

「我也是，」她說，眼淚盈眶。「要是我們不認識就好了。」

「別這麼說，」他喃喃說，輕輕擦掉她臉頰上的淚。「我絕不後悔找到了妳。」他傾身把嘴唇貼在她耳朵下方，以牙齒拂過細膩的皮膚，品嚐她，而洛蒂仰著頭讓他吞噬她。她也不後悔。能感覺到如此生氣勃勃，她怎會後悔呢？他們好像是注定要在一起的，要怪就怪命運吧。

卡麥倫站了起來，輕柔地牽住她的雙手，讓她也站起來。

「客房？」他建議。

洛蒂猶豫了。跟他去客房一定得經過丹尼亞的臥室，臥室門會像平常一樣半開著。他最愛的絨毛玩偶「好狗狗」會坐在他的床尾。他的睡衣會摺疊在他的枕頭上。而她、贊恩、丹尼亞去野生動物園的照片會在牆上微笑著俯視。

「我寧可在樓下。」她說，一手摸著卡麥倫的胳臂，想著他襯衫底下的肌肉而不是她的家人。

他雙手向上摸到她的髖部，抓住她的上衣下襬，一吋吋往上撩，盯著漸漸露出來的肌膚。洛蒂貼著他搖晃。

「不，別動，」他說，「我得看著妳。我要把妳的每一吋都烙印到我的腦海裡。」

洛蒂讓他看，好似她是立在基座上的雕像，愛極了他臉上純然的情慾。

她的手機響了。

「不要接。」他說。

「不行。我有責任，記得嗎？一分鐘？」她伸手到手提包裡抓住手機。是保姆打來的。

「喂，出了什麼事嗎？」

「也不是，丹尼亞說他覺得不舒服。我在想，如果妳不是很忙，也許妳最好來接他。」保姆說。

「他是真的生病了嗎？」洛蒂問。

「嗯，沒有，可是他的臉色蒼白又……」

洛蒂翻個白眼。丹尼知道她在家裡，她早該知道他會來這招的。「先等一個小時，看他是不是又有精神了，」她建議。「他大概是跳上跳下玩得太兇了。」

「我覺得不是，」保姆說，「他真的非常堅持。」

洛蒂看著卡麥倫。如果今天他沒來，她立馬就會去接丹尼，可是……

「要是他情況變壞了再打給我，」洛蒂說，又補充說：「還有，謝謝妳通知我。」就掛斷了。

「有問題嗎？」卡麥倫問。

「丹尼有點臉色蒼白，等一下就會好的。」她說，又喝了一口氣泡酒，淹沒她的內疚。

「那就過來，」他說，把她拉進懷裡，溫暖的雙唇貼上了她的脖子。「手臂抬高，」他命令道，把粉紅色棉衫拉過她的頭，拋在椅子上。「要是我可以創造一個女人，她就會像妳一樣。」

珞蒂的手摸上了他的第一顆鈕釦。

「等等，」他說，掏摸口袋，拿出了鑰匙和手機。「我先調靜音。」他按了幾個鍵，把東西全放在洗碗槽旁邊。「好了，我沒弄錯的話，妳正要脫我的襯衫，對吧？」

「也許，」珞蒂笑著說，「你有意見嗎？」

「我只要求妳的動作別太慢。我等不及要用身體來感覺妳了。」他笑嘻嘻地說。

她快快解開了他的鈕釦，把襯衫從他的肩膀剝掉，好整以暇地欣賞他。卡麥倫抓住她的手腕，把她轉了一圈，讓她抵著廚房餐桌而站，將她的頭髮撥向一邊，舌頭沿著她的後頸向上移動，同時解開了她的蕾絲胸罩肩帶，把胸罩從她的肩膀脫掉。他的左臂牢牢摟住她的腰，從她的肩俯視她的乳房，右手沿著她的脖子往下滑，拂過她的鎖骨，滑到她的乳頭上，在粉紅色的肌膚上劃圈，最後珞蒂再也受不了了。

「讓我轉過來，」她喘著氣說，「我也想摸你。」

「還不行，」他說，一隻手下探到她的牛仔褲鈕釦上，解開來，接著拉開拉鍊。珞蒂低頭看，看著他的雙手把牛仔褲脫到她的髖部下方，讓褲子落在她的大腿上，再落到地板上，她輪流抬腳，踢開了褲管。

「妳好像還是穿太多了，」卡麥倫笑著說，手指溫柔地插入她的蕾絲內褲裡。「穿這些妳一定會很熱。」

「你穿的衣服比我還多呢，」洛蒂說，倒抽了一口氣，因為他的手摸進了她的兩腿間。「我們要不要公平一點？」

「對，這樣才公道。」他說，讓她在他的臂彎中轉過來面對他，脫掉他的牛仔褲。

「真的假的……沒穿內褲？你就這麼有把握？」洛蒂搖頭。

「才不是，只是穿內褲太熱了，就這樣。說到這個，我來幫妳脫掉。」他一把就把她的內褲扯下來，然後把她抱起來，讓她坐在桌上，輕輕分開她的腿，站在她的兩腿間，低頭吻住了她的唇，舌頭較用力推擠。

洛蒂用兩腿纏住他，讓他把她放到桌上，躺在麵包屑和草莓之間。

「跟我做愛。」洛蒂喃喃說，夾緊了腿。

「妳確定嗎，洛蒂？」卡麥倫問，從她的雙乳間抬起頭來凝視她的眼睛。

「對，我要你，我不想再等了。」她說，抬高骨盆迎向他，把自己往他身上湊，迎上了他的律動，叫喊出來。她以雙腿夾緊卡麥倫的身體，而這時她的手機也收到簡訊。

他一手抓緊她的髖部，另一手揪住她的頭髮，在她體內移動得更快。洛蒂呻吟，呼吸又熱又乾，從花園窗戶射進來的陽光讓她眼花。她先高潮，貼著他顫抖。卡麥倫以沙啞的呻吟回應她的叫喊，拱起背，用力推送，停滯不動，這才倒在她的身上。

兩人就保持這個姿勢，慢慢恢復過來，額頭相貼，不停喘息，面帶笑容，然後卡麥倫一挺身離開了桌子，俯視著她。

「妳就像羅馬女神，被水果包圍，」他笑著說，「我覺得大部分的草莓都被妳的肩膀壓爛了。」

「沒感覺到，」她笑嘻嘻地說，「看來我有得打掃了。」

「不，不必，」他說，「妳去洗個長長的熱水澡，我來整理。要是我讓妳一個人做苦工，那我算什麼男人？」

她的手機又響了，珞蒂坐了起來，瞪著四周的食物浩劫。「可惡，我把手機丟哪兒了？」她一邊問一邊站起來找，同時避開腳下被壓扁的草莓。「我們還真製造了一團髒亂。喔，完了，是保姆。我錯過了一通電話，在我們……」製造太多聲音了，蓋住了鈴聲，她心裡想。

「沒事的，」卡麥倫說，從後面抱住她，而她正在重讀簡訊。「小孩動不動就生病，等個五分鐘他就又活蹦亂跳了。他大概是吃太快了。」

「大概吧。」珞蒂說。

「嘿，她是保姆。他們受過訓練。要是妳在法院裡，她也得要自己處理啊。有什麼差別？」

「說得對。」珞蒂小聲說。

「所以別急。如果很要緊，她會再打來，」他溫柔地吻她的耳朵。「我來整理這邊，然後我再去陪妳洗澡。去放熱水。」他說，跟她眨眨眼，動手撿起地上的草莓。

珞蒂看著卡麥倫把桌上的殘渣掃進塑膠袋裡。他真美妙，她心裡想，而且更棒的是，她也覺得美妙。而且，他說得對。如果今天沒有休庭一天，保姆也得要自己處理問題。她會打來只是因為她知道珞蒂在家裡。洗個澡享受當下又有何妨？她現在這個狀態也不適合出門，或是見丹尼亞，現在還不行。她飄著上樓，告訴自己不要看牆壁上的全家福照片。贊恩不會知道，而他不知道就傷不了他。只要她小心謹慎。

五分鐘後她洗過澡也換好了衣服。卡麥倫晃進來，欣賞地打量臥室。

「真不錯，」他說，「真的很舒適。是妳自己設計的嗎？」

看到他一絲不掛站在贊恩走過幾千次的門口就如同一桶冰水澆在她的良知上。卡麥倫站在她兒子跑過來給她早安吻的地方。她的情人站在她先生付錢買下的臥室裡，而且還是以珞蒂最愛的色調裝潢的。

「對，喂，卡麥倫，我不能再丟下丹尼亞了。我知道我說我們會一起洗澡，可是我應該出門了。」

「嘿，別慌嘛。」他說，坐在床上朝她伸出手。

「對不起。你到樓上來我覺得不妥當，我們還是下去……」

「珞蒂，」他說，「妳在大驚小怪。我們剛才做的事妳不需要覺得慚愧。我在乎妳。」

「對，我知道。我也在乎你，」她說，套上了運動鞋。「可是我明明就可以去接丹尼，卻把他丟在那兒不管，這樣不對。我現在要整理頭髮，拜託你別會錯意。我真的很感激你帶午餐來，還整理桌子，可是我得快一點了。你可以自己出去嗎？拜託別生氣。」

「嘿，」他說，站起來輕輕吻了她的臉頰。「我不是那種會發火的男人，絕不是。妳可以相信我。」她一直等到他關上了前門才拉平他剛才坐過的地方，然後梳好頭髮，跑著下樓。壞母親，她心裡想。我變成了壞母親。其實是一個可惡的恐怖母親。這件事不會有下一次了。

24

瑪麗亞坐在女王廣場公園，丟麵包屑餵鴿子。被樹木圍繞的綠地正中央是一名騎士，星形步道總是人來人往，但是極少有人坐下來這麼久。這座公園比較像是交通要道。她看見茹絲從遠處走來，大步伐寬肩膀，一看就知道是她。茹絲也坐在瑪麗亞這張長椅上，伸長長腿，閉上眼睛曬太陽。

「這樣子對妳夠隨心所欲了嗎？」茹絲問。

「幾乎太隨心所欲了，」瑪麗亞笑著說。「妳可以看著我，知道嗎？」

茹絲轉過頭來對朋友微笑。「我不會問妳好不好。我昨天去了法院，我無法想像在大庭廣眾面前把私生活攤開來是什麼滋味。妳睡覺了嗎？」

「一點點。我真的不想把昨天的事重講一遍。雙胞胎好嗎？」

「瑪麗亞，妳需要說出來。檢察官要再傳喚那個精神科醫生。妳又得聽他的垃圾話。我想幫妳準備，應付他可能會說的話。」茹絲說，手伸向兩人之間一半的位置，不太敢伸過去碰她。

「我現在需要的是朋友，不是律師。我還是聽聽妳的消息吧。沃斯教授想說什麼就會說什麼，妳阻止不了他的。」

「可是妳不能反應得……」

「跟昨天一樣？我知道我不應該發火的。這些日子來我好像太常發火了。我大概是在彌補這麼多年的壓抑吧。妳母親好嗎？」

「還是會坐在車子裡對別人尖叫。上週末她在超市故意把一整盒雞蛋丟在地上，就為了看會發出什麼聲音。大多數時間她以為我父親還活著。最可怕的是每次都要告訴她他死了。一遍又一遍看著她悲傷的表情實在很難受。」

「幸虧她有妳，」瑪麗亞含笑說。「黎亞和邁克斯呢？」

「他們還是沒想通雙胞胎不是競爭對手。我得老實說，把他們送到托兒所的當下實在是一大解脫。他們每張椅子、每張沙發、每個櫃子都要爬，而且食物也變成了武器。兩歲實在不是最輕鬆的階段。」

「妳還記得妳跟我說妳懷孕了的那通電話嗎？我覺得我比妳還要興奮。那個消息陪我熬過了好幾個月。」

「我記得聽見妳的音調變了。我說我選擇了試管嬰兒，妳是那麼支持我。別人都覺得我瘋了，單身還生孩子。」

「看看妳現在，憑妳一個人一邊組織家庭一面經營生命線。妳還有自己的時間才讓我意外呢。」瑪麗亞說。

「什麼時候輪得到妳來給我上課了呢，」茹絲溫和地責備她。「我喜歡妳的新髮型。過了這麼久又能掌握自己的人生，感覺會奇怪嗎？」

「感覺好像我剛出獄。」瑪麗亞說。

茹絲聽出了她話中的諷刺，表情一變。「我們還是可以告訴法官妳有跟我聯絡，」她說，

「只有我能證實妳的說法，告訴他們他是如何對待妳的。檢方故意把案子說成那些事是妳自己捏造的。同一時間的訴苦可以反駁。」

「不，不行。要是我跟陪審團說我有辦法存下儲值費，偷溜出屋子去手機店，跟妳聯絡，就只會證明我有足夠的力量離開他。我只向妳求助過。我宣稱自己在世上只有孤伶伶的一個人，那這話就不可信了。」瑪麗亞露出笑容。「這樣是行不通的，妳也知道。妳錄下來的對話可以證明我跟妳說了什麼，可是卻無法證明實際上發生了什麼。檢察官會告訴陪審團那些話只是一個精神不正常的人的嘮叨，或是說我只想吸引注意。他們會故意曲解——我現在已經能聽見伊摩珍．帕思戈的聲音了。『那，布拉克斯罕姆太太，妳離開屋子去買儲值卡，可是妳卻沒辦法去家暴收容中心，或是去看醫生？這也未免太難以置信了吧。』」瑪麗亞對自己模仿檢察官的語氣很滿意，但是茹絲沒有笑。

「強制控制是很複雜的事情。每個個案都不同。妳根本就沒辦法做出合理的、理性的選擇。只有極少數的被害人才能在為時已晚之前了解她們的處境有多危險。」

「說來說去也還是我的說法跟他的說法，而既然他不能說話了，陪審團自然就會對我起疑。詹姆斯．紐韋爾還有終結辯論要對陪審團說，我對他有信心。」

「檢察官也有終結辯論可說，而伊摩珍．帕思戈可不會手下留情。一定有什麼我能做的事。」茹絲生氣地說，放在膝上的雙手攥成拳頭，就跟男人的一樣大。

瑪麗亞為她難過。茹絲身上一點也沒有嬌柔或是像女人的一面，無論是身材或是臉孔。所以她始終找不到一個不會嫌棄她外貌的伴侶，而她一直想要組成的家庭也可望而不可即，最後她只好決定做試管嬰兒。雖說有個先生也不是一切問題的答案，上帝為鑑，瑪麗亞就是一個活生生的例子，可是渴望伴侶，渴望夜裡的溫暖，二十四小時的密友，是大多數成人的人生計畫中極關鍵的一環。茹絲也不例外。

「妳什麼也不能做，只能袖手旁觀。讓我自己一個人來。我對後果已經有準備了。」

「要是我不肯呢？是妳向我求助的，我說過我隨時都會幫忙。」茹絲忿忿地擦掉一滴淚，而瑪麗亞放棄了兩人說好不靠近的協議，滑了過來握住朋友的手。

「回家去，替我親一下雙胞胎。將來有一天我會去認識他們，無論是二十年後或是下星期。」她匆匆給了朋友一個擁抱，起身欲行。如果她只剩下幾天自由的日子了，她想用在散步和看看世界上。如果事情不如理想，流淚的日子多著呢。

「我不能讓妳被定罪，瑪麗亞。」茹絲說，瞪著地面，聽起來像個鬧彆扭的孩子。

「尊重我的意願，茹絲。我已經把愛德華拋到腦後了。回家去，享受今晚的家庭生活，為了我。珍愛每一分鐘。」

瑪麗亞走的是和茹絲相反的方向，強迫自己抬頭挺胸，看著樹木和天空，而不是地面。審判即將結束。一旦沃斯教授再往他造成的傷害上多撒幾把鹽，就剩下雙方律師的終結辯論，法官的結案陳詞，然後就是判決了。她等了幾個月才等到開庭，感覺上好像不可能這麼快就要有結論了。之後，不是坐牢就是自由。她仰著臉盛接陽光，決定要享受可能是她最後一天的外出。一陣輕風從南邊吹來，仍然很熱卻不濕悶，而且小鳥也在她的頭頂上翱翔，然而在她內心深處，一座時鐘卻滴答作響，數著她的命運即將決定的時刻。她一直不去想坐牢的可能，可如今它卻矗立在面前，無法忽視。

十有八九她的結局是東林公園監獄，在布里斯托北邊的福爾菲爾德。幾個月前她在圖書館上網查過，她興致盎然地發覺從烹飪到美容、美甲到工業打掃，無所不包。至少坐牢的人在給情人的菜餚裡下毒時可以看起來美美的，而且還知道如何清理事後的一片狼藉。可現在卻感覺沒那麼好玩了。散步很好。她要用散步來消磨下午，她決定了。盡可能多看，把世間收入眼底。如果她逃不過牢獄之災，她就應該把握機會盡量散步。

25

開庭第九天

洛蒂快遲到了。丹尼亞完全康復了，只不過他不想起床。他先前生病，據洛蒂看，很可能是喝了柳橙汁之後立刻就又喝牛奶。保姆態度冷淡，不高興她那麼晚才去接孩子，但是洛蒂推託是女人家的毛病，她就軟化了。

那天早上，丹尼亞自己穿上了厚重的牛仔褲和毛衣，洛蒂使出高壓手段才換掉了這身冬裝，給他穿上短褲和T恤。母子倆早餐都在耍脾氣。等到洛蒂把兒子哄好了，早過了送他到保姆家的時間。好不容易才把他弄上汽車兒童座，他又開始流眼淚了。

「丹尼，」她說，「這樣不像你。怎麼回事，甜心？可以告訴媽咪嗎？」

「通通都不對，」他說，「我要爹地回來。」

這句話像根針刺。丹尼亞一向都跟她比較親，雖然說為人父母並是在比賽誰比較有人緣，可是這倒是第一次他需要別人而不是洛蒂來讓他開心。

「爹地今晚就回來了。我們可以一塊吃晚餐，然後做點好玩的事。」她說，發動了引擎，臉上盡量掛著笑，但是心底卻毫無笑意。昨天她接丹尼亞回來之後，整棟屋子就感覺都髒了。

「妳才不會，才不會好玩。妳跟爹地都不笑。一點也不好玩。」他交抱小胳臂，氣呼呼地瞪著車外。

洛蒂的喉嚨縮緊。她的痛苦明顯到連她三歲的孩子都感覺出來了？不僅僅是感覺到的，也是她不知不覺中感染給他的，把她的哀怨傳染給他。她想說話，卻說不出話來。昨晚上床後，她重溫了和卡麥倫在廚房的那一幕，然後才把心神轉向真正的心事。她把一個生病的孩子丟給保姆，而不是中斷跟某個可能自認為是她的愛人的男人的性交。所以丹尼亞現在才會找爸爸？贊恩才去了二十四小時，她的兒子已經覺得屋子裡空蕩蕩的，而她顯然是太忙著自己的事，忽略了該填補空白。洛蒂關掉了引擎，下了車，打開丹尼亞這邊的車門，靠過去擁抱他。

「甜心，我好抱歉。媽咪只是太忙了。不過這不是理由，我想我是太累了。你也知道你真的、真的很累的時候會變得怎麼樣，然後就什麼都做不好？」丹尼亞不情願地點頭，允許她用衣袖幫他擦眼淚。「那，我現在快忙完了，所以我們可以專心大笑，一家人又開開心心的了。這樣好嗎？」她努力忍住淚。

「妳跟爹地一起？發誓？」丹尼亞說。

「我發誓。」她說，格外用力擁抱他。

駕車到保姆家的路上，母子倆東拉西扯，談松鼠和小雛菊，但是洛蒂卻頹喪不安。她把安靜卻不滿的丹尼亞留在保姆家，在往法院的途中不得不把車停在路邊停車區擦掉愧疚的眼淚，鎮定下來。

她是在做什麼？她冒了一個可能終結一切的風險。卡麥倫到她家來，兩人在廚房桌上做愛，那裡是他們家的核心，是她所愛的一切的核心。她瘋了。她想直接回家，把桌子拖到花園裡燒掉。問題是她什麼也不能改動。絕不能讓贊恩發現她做了什麼。她必須要表現得跟平常一樣，才不會讓他起疑。一個不小心就會失去她在乎的一切。丹尼亞，她的家，她的生活。儘管她覺得她早就過夠了，此時此刻為了可以把時間倒轉到一個月前，她什麼都肯做。她瞧了瞧鏡子，發覺她一副鬼樣子。睫毛膏在睫毛上結塊糊掉了，口紅四周也糊掉了，她花了三十分鐘弄直的頭髮因為出汗而油膩，可她還是得到法院去。她做個深呼吸，匯入車流，跟著一排汽車進入市區。她和卡麥倫的外遇得停止。不能再有藉口，也不能向情慾投降。丹尼亞現在是最重要的。她不能改變已經做下的事，但是她可以確保不會有下一次。

到了法院大樓外，珞蒂忙著在示威群眾中穿梭，人群似乎一天比一天多。等她趕到陪審團走廊時，只剩下幾分鐘了，她決定要躲進女廁，利用時間刪除卡麥倫的幾通調情簡訊而不回覆。昨晚他也傳了一些來，她已讀不回。不知道他腦子裡有什麼歪心思，可以讓她眼不見心不煩，她不想要往心裡再多裝一丁點他的回憶了。她一直等到聽見其他陪審員走入法庭才隔著一段距離跟上，在卡麥倫旁邊坐下時給了他一抹似笑非笑的表情。

沃斯教授第二次坐上了證人席，先調整領帶才宣誓。

「謝謝您再回來。」伊摩珍．帕思戈低聲細語地說。「審判過程中出現了新事證，檢方想請教您的看法。您讀過被告的證詞嗎？」

「讀了，」精神科醫生說，摘下眼鏡擦拭。珞蒂看著被告席，瑪麗亞．布拉克斯罕姆在揉左掌心裡一道很大的疤，完全無視證人。「我的第一個看法是她有機會跟我討論自衛的說法。如果這是她心裡最重要的想法，我會預期她會有急於吐露的衝動。除此之外，自殘的心理學是很複雜的，通常是想要吸引注意，所以在十幾歲的少女身上才會那麼普遍。」

一名十幾歲的少女如果想要找人吐露心事，珞蒂想，就算天下人都死絕了也不會找他。她就絕對不會向沃斯教授敞開心扉，他太自大了。不過瑪麗亞的立場卻不同。被控殺人未遂，她當然會向願意聆聽的人傾訴她的說法，即使只是為了審判。她反正還會有什麼損失？

「自殘，自殘的過程，發生的時候經常是隱密的、私人的。我也注意到布拉克斯罕姆太太宣稱她先生觀看她自殘。也就是說他必須要能夠容忍她傷害自己並且忍受痛苦卻袖手旁觀。尤有甚者，她指稱是他教唆的，然而我卻在他的紀錄中找不到可以指涉他的人格中有這麼深層次的虐待傾向的線索。沒有前科，沒有任何前伴侶的抱怨，唯有與他共事之人的衷心推崇。其實，恰恰相反，我相信他以前會在為自殘者提供諮商和建議的慈善團體當義工，反倒表示他對這種情況有進一步的同理心與關懷。持平而論，我認為被告的說詞反而證明了她的說法是偏斜的。」

「是否有可能布拉克斯罕姆博士在公開場合和私底下其實是截然不同的兩個人？」帕思戈問。

「是有可能，卻不像。大多數的人都能在極短的時間內維持一種行為，卻不能持久。被告承認布拉克斯罕姆博士從來沒有對她有過肢體暴力。如果想達到被告所說的那種操弄人心和冷酷無情，必須要有極大量的自制力，卻從不跨越肢體虐待的那條界線。如果本案的被害人做到了，那這還是在我的職業生涯中第一次遇見如此高度成熟的心理變態，而我得說，我沒見過的事還真沒幾件。」

「那您覺得是否有可能由一個人說動另一個人傷害自己，嚴重到足以導致死亡，即使是在他們並不情願的情況下？」帕思戈接著問。

法官瞪著精神科醫生。珞蒂發覺她甚至還放下了筆，雙手交疊在筆記本上。這是關鍵問題，她恍然大悟。本案的轉折就看這一點了。珞蒂瞄了一眼卡麥倫，他蒼白得很不尋常，身體前傾，瞪著法庭對面。

「技術上來說，這種事有種種的條件，不過技術上來說，是的。當然，這跟我是否相信本案就是這種特殊的情況是非常不同的問題。」

「那我們就先處理回答的第一部分，再處理第二部分，教授。」法官插口說。

「好的。」他一副畢恭畢敬的語氣說。珞蒂決定了，她討厭他，即使毫無道理可言。「有個例子是有人對另一個人的生活有極大的影響力，可以說動他自殺，雖然被害人通常總是有自殺傾向，而教唆者只是提供了確認。另外的例子包括最極端的洗腦，諸如自殺炸彈客或是網路上針對青少年的自殺挑戰。如果有個人真的不想嚴重傷害自己，依我看來，要強迫他們這麼做而不動用某種的肢體干涉形式是很困難的。」

「那麼本案呢？」帕思戈小姐問。

「見過布拉克斯罕姆太太，儘管只是匆匆一面，我看不出個性如她這般強烈的人如果自己不想做什麼的話還有誰能夠強迫她做。她當然會覺得我的問題她不愛答，那不回答就比較容易。我推測她能想出一個計畫隱藏她先生的錢一段時間，再去購買手機藏起來，這是有心機有組織的行為，跟她自稱她有生命危險的說法不符。既然她承認沒有受到過她先生的肢體暴力威脅，如果她直接拒絕自殘，我實在看不出她認為會發生的事有什麼理由發生。我們評估壓力對一個人的影響時，我們也會考量後果，那讓我們能對一個人的行為有多理性形成一種看法。如果後果的威脅是真的——比方說，一把槍抵著你的頭——那麼為了自衛而使用暴力行為就是可以理解的。而在本案，我看不出這類證據。我就是不懂布拉克斯罕姆太太怎麼能自稱她有立即的危險，其實是只有她自己會造成危險。」

「那麼她宣稱的事讓您對布拉克斯罕姆太太當前的心理狀態有什麼了解嗎，教授？」伊摩珍．帕思戈問，挺直了上身，雙臂抱胸。

「有兩點。被告要不是工於算計，預備為逃脫刑責而無恥地說謊，就是她真誠相信她在法庭說的事情，這樣的話，就可以說她有嚴重的疑心病，而這使她對社會也成為一個持續的危險。」

「謝謝您，沃斯教授。」伊摩珍．帕思戈微一鞠躬才坐下。

詹姆斯．紐韋爾不慌不忙起身，調整假髮，翻動一份檔案，這才開口提出第一個問題。

「蓄意的自殘是一種上癮的行為，是嗎？」紐韋爾問得很簡單。法庭中人人都坐直了，轉換焦點。這下子有趣了，路蒂心裡想。辯方律師跟控方證人單挑。

「經常是。」沃斯說。

「因為它可以提供短暫的紓壓，效果就和吸毒或喝酒一樣。」紐韋爾說。

「沒錯。」沃斯說。

「那麼布拉克斯罕姆博士提供他的妻子刮鬍刀不就跟他幫海洛因成癮者買一批毒品差不多了。成癮者也許能夠安全使用毒品，限制攝取量，或者他們可能過了很不順的一天，突然把毒品一次都打進去，冒著死亡的風險。差別在哪裡？」

「差別在經驗豐富、手法純熟的自殘者，就如布拉克斯罕姆太太，知道如何避免自殘得太過分，可以避開嚴重的傷勢。」教授說。

「可是成癮是無法預測的，幾乎每個案例都是雪崩式惡化。從布拉克斯罕姆女士腿上的嚴重傷勢來看，她的沉溺已經失控了，你不認為嗎？」

「我沒看到傷疤，但是我願意接受你的說法，不過我看不出你的問題有何相關之處。」

「真的？」紐韋爾問，額頭出現了皺紋。他向後仰頭，瞪著精神科醫生。「你看不出她先生幫她買刮鬍刀，」律師的聲音開始拉高。「並且重複鼓勵，甚至指示她自殘，是一種肢體暴力行為？就算不是由布拉克斯罕姆博士親手操刀，但是他濫用他對於妻子上癮的認知，可憎可鄙到不啻於他親自下手。這就是事實，不是嗎？」

沃斯教授摸著他面前的那捆照片。「我不確定我能……我是說，這是事實與程度的問題。得看事實是什麼。我甚至不相信她先生知道布拉克斯罕姆太太在自殘。」

「你認為在他們結婚之後他有可能不去看或是摸她的大腿嗎？」紐韋爾厲聲反詰。精神科醫生沒回答。「好，我們就來辯個明白，讓我們說布拉克斯罕姆博士是個深情的丈夫，關心妻子，並沒有控制她折磨她。如果有一個你真心疼愛的人在自殘，而且到了離譜的程度，你認為合理的做法應該是什麼，教授？」

「告知家醫科醫生，他可以評估損傷情況，請專家協助。」沃斯說。

「你見過布拉克斯罕姆女士的病歷對吧？」

「是的。」沃斯說。

「她因為自殘看過醫生嗎？」

「沒有。」他小小聲回答。

「病歷上有任何註記載明布拉克斯罕姆博士聯絡過他妻子的家庭醫師，舉報她蓄意自殘的事嗎？」

「沒有。」沃斯又說。

「你記得布拉克斯罕姆女士上一次和醫師聯絡的日期嗎？我是說隨便什麼病痛——咳嗽、感冒——諸如此類的。」

「我得查看我的筆記才不會弄錯，可是我確實記得布拉克斯罕姆太太有十年沒看過醫生。當然有可能是她一直沒災沒病，或是她不想讓醫生質問她腿上的傷。」

「也有可能是她的先生不想讓她接觸到家庭以外的專業人士，以免她可能會向別人說出她的日子是怎麼過的。這也是一個可能，不是嗎？」紐韋爾說。

「如果你不在乎實際的證據，那麼幾乎什麼事都是有可能的，」沃斯說，「我只能把我看見的事告訴你。布拉克斯罕姆太太並不怯懦，也沒有受壓迫，恰恰相反。她憤怒、挑釁又好鬥。我看到的是憤怒而不是恐懼。那是我當時的專業意見，而打從那之後我也沒得到其他線索讓我來改變我的評估。老實說，我甚至更擔心她有什麼嚴重的精神疾病，會讓她變得危險，因而有可能導致她攻擊布拉克斯罕姆博士。遺憾的是，我只能幫助想要得到幫助的人。」

「交叉詰問到此結束。」紐韋爾說，回去坐下。

法官正要感謝精神科醫生撥出時間回來作證，珞蒂卻被卡麥倫的動作分了心。他從口袋裡抽出一張紙，示意庭丁過來，他疑惑地問了兩次才走過來。卡麥倫跟他附耳低語，然後庭丁就朝書記走去，書記站起來把紙條交給法官。

「請等一下。」法官指著沃斯教授的方向。她把紙條還給書記，書記先拿給伊摩珍・帕思戈看，她把下巴往一邊挪，咬著牙，這才又戴上了她的面具，禮貌地微笑。然後詹姆斯・紐韋爾才獲准看紙條。洛蒂看著他的眉毛微微挑高，然後沿著兩排的陪審員看過來。他想知道是誰寫的，洛蒂想。她急著想問卡麥倫寫了什麼，但那麼一來她就得要湊過去。法官從書記手裡拿回紙條，環顧法庭。「陪審團似乎傳來一張紙條。我不反對拿來詢問這名證人，因為問題是從布拉克斯罕姆女士的證詞而來的。」

「誰寫的？沒人問過我啊。」洛蒂聽見下方的塔碧莎在嘀咕。

「噓。」潘制止她，已經備齊紙筆，準備書寫了。

「沃斯教授，問題如下：『男性在性交時指示女性伴侶假裝完全沒有反應，心理學上如何解釋？』」

精神科醫生一臉不自在，目光挪向伊摩珍・帕思戈尋求指引。檢察官微微聳肩，回頭看著卷宗。他沒想到會有這個問題，洛蒂心想。卡麥倫卻想到了。她很好奇他是在幾時想到要問的。起碼是在他們進入法庭之前吧。別人都沒注意到，可是卡麥倫一整天都沒拿起筆記本，也就是說這個問題是他事先寫好的。

「這件事也是基於布拉克斯罕姆太太的自述。沒有獨立的證據證明這種事之前發生過。」沃斯開口說。

「這點我會處理，就麻煩你解釋一下心理層面。」法官說，語氣簡潔。

「當然。廣義來說，要求伴侶裝死主要表達的是一種想要宰制他們的力量。他們不能反應，不能移動，不能反對。他們也不能表現出任何生理慾望或是歡悅，所以可能有一種想要讓性交感覺是霸王硬上弓的潛在毛病。」他停頓。法庭裡沒有人移動。「從最淺顯的層面上來看，可能是有戀屍癖的人在玩角色扮演，與死者發生性關係。深入來看的話，也有可能是主宰的伴侶對於殺人有幻想。不必然是他們實際的伴侶，而是指廣泛的殺戮。」

珞蒂被安東督察給分了心，他向前傾，氣急敗壞地跟伊摩珍・帕思戈咬耳朵。她揮手要他退開，他坐了下來，滿臉通紅，顯然是氣炸了。詹姆斯・紐韋爾又一次回頭看著陪審團，迎上了珞蒂的目光。她在他別開臉時給了他最短暫的一笑。

之後陪審團就退席了，因為雙方律師下午有需要進行法律論據。珞蒂沒有在法庭和陪審室之間的走廊上等卡麥倫，而是向前走，讓她意外的倒是他沒有追上來。他們注定是要有一番交談的，但她不想在尚未和其他陪審員拉開相當一段距離之前進行。

「需要談一談。」她傳簡訊給他，知道這句話有多麼輕描淡寫。她需要的是當那個說話的人，而他只負責聽。要是她在電話上解決這個問題，感覺不夠妥當。卡麥倫必須了解她有多認真，因此她需要看著他的眼睛。緊張得想吐，她在陪審團室收拾皮包，等待他的回應。

「沒問題，」他答道，「碼頭邊的露西？三十分鐘？」

「好。」她回道，向其他陪審員揮手道別，走出法院大樓，朝舊碼頭而行。就算是天氣不好的日子，碼頭邊的眾多酒吧、餐廳、附庸風雅的電影院仍是二十幾歲年輕人的避風港，而現在陽光下的高牆，每一吋空間都變成學生、遊客以及悠哉之人的長椅，擺滿了野餐、速食、紅酒和啤酒。他們排滿了水道的兩側，大聲聊天，沐浴在金黃的午後陽光中。

露西咖啡館介於一家義式餐廳和深夜酒吧之間，只有幾張露天的桌子，鋪上俗豔的塑膠桌巾，卻供應布里斯托最好喝的咖啡。珞蒂選了室內的位子，避開刺探的眼睛，背對著窗戶。卡麥倫十分鐘後抵達，一臉疲憊卻開心。

「嘿，美女，」他說，「我大概是不能當眾吻妳，那我只好用想像的了。今天早晨在法庭我連跟妳說哈囉的機會都沒有。今天可真辛苦！」

「的確，」珞蒂順著他說，希望他能一直戴著墨鏡，讓她想出該如何說需要說的話。「你今天在法庭上是在幹嘛？塔碧莎差點就要發脾氣了，我們之中有一個居然敢擅自行動而沒有得到她的批准。」

「還真險，我得趕快逃走以免她堅持又要開紀律委員會。我猜明天早上我就有罪受了。」卡麥倫笑著說。

「不過你是從口袋裡拿出紙條的，早就寫好了。你是幾時決定要問問題的？」珞蒂對著女侍微笑，她送上了她已經點好的飲料。

「早上，我們進去之前。沃斯教授顯然是會偏袒檢方，所以我就想我要讓天秤平衡一點。成功了，不是嗎？」

「對，可是你老是說塔碧莎幫已經決定要判她有罪了，我怎麼覺得你也已經做好決定了？我們不是都應該要不存成見嗎？」珞蒂喝了一口咖啡，想忽略從前天下午就一直湧入她心頭的畫面。

「我寧可談我們，」卡麥倫說，手在桌子底下刷過她的一邊膝蓋。

洛蒂躲開。「卡麥倫，不要。」她說。

「好吧，太大庭廣眾了，我道歉，」他說，「要不碰妳很難。」

「我們不能，」洛蒂小聲說，「那是個錯誤。我的錯。我有太多顧慮。今天早晨丹尼亞……算了。事實是官司快打完了，這件事得停止。對不起。昨天的行為我沒有藉口……還有在那之前……可是我不想把我的婚姻賭上去。我太愛我的兒子了，不能玩這種遊戲。」卡麥倫雙手抓頭髮，瞪著他的咖啡。「拜託說句話啊。」她把墨鏡推到頭上，露出了淚盈盈的眼睛。「我需要知道你可以接受這樣……我這樣。」

「那是怎樣，妳只是在跟我約砲？」他氣呼呼地說。「我該說什麼？咳，沒事，洛蒂，沒關係，就把我甩了。我從來沒想到妳會是那種把別人當垃圾的女人。」

「你這麼說不公平。我兒子需要他的父親和穩定的家庭生活，而眼下我卻沒有給他，因為我滿腦子只想著你。我不能讓我愛的每個人都被毀了。」洛蒂反擊回去。

「妳愛的每一個人？意思是贊恩和丹尼亞？那是幾時發生的？妳不是說妳不快樂，沒有人珍惜嗎？妳有沒有想過是妳誤導我的？」卡麥倫低聲說，「我失去了我愛的人，洛蒂。妳在跟我牽扯不清以前就知道了。妳現在發覺可能會有的後果，就覺得把我甩了沒關係，而妳真的指望我會接受？」

「天啊，卡麥倫，對不起，」洛蒂嘆著氣說，雙手壓在臀下，想阻止自己發抖。「我不是有意要這樣子結束的。事實上，我從來無意開始……」

「我愛妳，」他說，「雖然時間很短，聽起來很愚蠢，可是我知道我愛妳。我們不能這麼輕易就放棄彼此。我不會讓這種事發生。」

她瞪著他，想端起杯子來填補沉默，卻沒辦法。

「阿倫——」她低聲說。

「什麼也別說，」他說，「現在不行。在妳決定分手之前，給我幾天時間，我只要求這麼多。妳答應的話，我保證不會騷擾妳。只請妳想一想。」

「沒有這麼簡單，」珞蒂脫口而出。「贊恩不是個壞人，可要是讓他發現我們……我不知道他會做出什麼事來。丹尼亞是在巴基斯坦出生的。要是贊恩決定要懲罰我，他可以把他送上飛機消失無蹤。你說得對。我在事情變得不可收拾之前完全沒有想到後果，可是如果我說我們有未來，那我就是在說謊，而我不想要對你說謊。」

「我會照顧妳和丹尼亞，珞蒂。我不會讓贊恩傷害你們兩個。只請妳同意再多考慮考慮。拜託？我知道妳需要冒很多風險，我也一樣啊。」

他一臉絕望，珞蒂心想。她做了什麼？不僅是冒著毀掉她自己人生的風險，連卡麥倫的人生也沒放過。她只得熬到審判結束，之後，她和卡麥倫就不會再見面了。他會再回去工作，而她會再繼續照顧丹尼亞。這是他們無痛分手所需要的暫停。離開了法庭的壓力與緊張，卡麥倫就能用全新的角度來看兩人的私情。她從沒想到他這麼快就會對她發生感情——那個粗魯、愛開玩笑的木匠一開始來盡陪審義務時充滿了怒火和氣惱。珞蒂完全看錯他了。她完全沒料到他是這麼的敏感、這麼需要關懷。一段冷靜的時間對她來說也不是壞事。旋風需要停下來。

「好吧，」她說，「我會考慮。就給你幾天。然後無論我有什麼決定你都要同意，不准爭辯，好嗎？」

「可以，」他說，「只要我知道我還有機會。」

26

開庭第十天

瑪麗亞瞪著女廁隔間門上的縫隙。伊摩珍・帕思戈正在洗手，一面照鏡子。儘管天氣潮濕，她的穿著仍然奢華醒目。子夜藍套裝，裙襬在膝蓋以上，緊身外套，一看就知道是名家設計的。她的衣著訴說著金錢、階級、自信，而且很難讓人不多看兩眼。瑪麗亞就是，說真的。她花了很長的時間推測帕思戈小姐的私生活。她有孩子嗎？還是說她的事業就是她的情人？她知不知道安東督察老是瞪著她看，還是完全無知？

瑪麗亞並不傻，她知道檢察官從沒以這種人性的角度來看待她。帕思戈小姐的心中絕對只想著殺害配偶未遂該判處多少年的徒刑才恰當。她的結辯，就跟這場縝密計畫的審判一樣，絕對是一把劊子手的利刃，手起頭落——瑪麗亞跟自己這麼開玩笑。現在誰也無能為力了。該怎麼著就怎麼著吧。

她再也沒法拖延了，詹姆斯・紐韋爾在等她。瑪麗亞走出隔間時伊摩珍・帕思戈正往唇上補口紅，其實完全沒有必要。瑪麗亞走向最靠近出口的洗手台。

「早安，帕思戈小姐。」她說。假裝兩人不認識實在是很可笑。

「布拉克斯罕姆太太。」檢察官僵硬地點頭。

「準備要結辯了嗎？」瑪麗亞問。

「恐怕我們不能交談。不恰當。無關個人。」她蓋上口紅，從皮包裡掏出梳子。

「無關個人？妳真的這麼想？」瑪麗亞問，知道她應該要閉上嘴巴。紐韋爾先生會勃然大怒。可是這件事就是關乎個人。她是一個人。怎麼會有人說出這麼沒神經的話？

伊摩珍．帕思戈決定不梳頭髮了，準備從瑪麗亞旁邊經過。瑪麗亞擋在門口，查看其他隔間是否有人，不過每一間都是空的。

「妳需要讓我過去。」帕思戈說。

「為什麼？好讓妳順順當當把我送進監獄去？好讓妳不必面對我這個也是有感情的人？妳可曾想過我可能是無辜的，還是說妳壓根就不在乎？」

伊摩珍．帕思戈退後了幾步。「有必要的話我會叫警衛來。我寧可不要。妳現在顯然是壓力太大。」

「壓力太大？」瑪麗亞吼叫道。「妳是說妳真的注意到了？哇，好貼心啊。」

「布拉克斯罕姆太太，妳這樣子可能會讓整個審判停止。妳要這樣嗎？」

「我要妳看著我，看見一個有血有肉的人，而不只是可以加分的一份文書或是一個機會。我要妳不要再拿我來玩遊戲了。妳覺得如何？」她一拳擊在牆上。兩台烘手機動了起來，吹出不必要的熱風，一捲衛生紙落到了地上。

「我會略作說明，然後我要走出這裡。妳敢阻止我，我就叫人逮捕妳。這是我的工作，我也有可能會以檢察官的身分為妳辯護。案子不是我選的，是指派給我的。我了解這對妳而言是個人的事，但對我只是個過程。我只是做好我分內的工作。妳會基於事實被定罪，而不是我玩的什麼花樣。這是一場公平的審判。法官公正無私，妳也有一個極能幹的律師。如果妳不喜歡在這裡，也許妳應該要好好照照鏡子，問問自己為什麼會在這裡。問題的答案跟我一點關係也沒有。」

伊摩珍．帕思戈大步走出去，絲毫看不出她因為發生的事而心煩意亂。瑪麗亞對她產生了一股不情願的敬意，同時心臟跳得很不規則，胡思亂想檢察官是否匆匆忙忙去找安東督察，叫他再來逮捕她一次。她覺得不會。在這個階段，審判就得作廢，重新來過，而伊摩珍．帕思戈想要結束這件案子。瑪麗亞很肯定。她瞥了一眼鏡子，看見一個陌生人回望著她。那個充滿希望的年輕女人去哪兒了？她可是絕對不會挑廁所這種地方對另一名女性這麼兇的。她氣的是愛德華，不是伊摩珍．帕思戈。她想到這裡，頓時羞愧得無地自容。她想道歉，說是高溫和壓力影響了她。不過，來不及了。廣播叫到了她的案子，詹姆斯．紐韋爾會開始擔心她。她往臉上潑冷水，整理頭髮，扯下褲襪丟進垃圾桶。穿褲襪太熱了。她只能衣衫不整了。說不定這個方法才對。她這輩子都當不了伊摩珍．帕思戈那種人。要是案子於她不利，她壓根就不會是個人。

「陪審團的女士先生們，」帕思戈小姐開始了她的結辯，「讓我們來看看本案沒有爭議的部分。布拉克斯罕姆博士所遭受的幾近喪生的殘暴攻擊。兇器是一支有螺絲釘突起的椅腳。是誰揮出那殘忍的一擊的？是被害人的妻子。可以說她就是試圖殺害他。那麼各位為什麼聚集在這裡？」

瑪麗亞把頭抬得高高的，按照詹姆斯．紐韋爾的指示。她只用眼角瞄著陪審團的方向。他們專心諦聽，每一個都身體前傾，大多數在寫筆記，提供了檢察官渴望的聽眾。最尾端的年輕人，就是坐在那個漂亮女郎隔壁而且常常看人家的那個，與其他人不同。他雙臂抱胸，筆記本擺在面前，沒有翻開。就是他傳紙條給沃斯教授提問的，弄得詹姆斯・紐韋爾既開心又難堪，頻頻為自己沒有想到該這麼問而道歉。

「你們是真相的仲裁者，」伊摩珍・帕思戈演戲似地說。「而本案最特殊的地方在於你們甚至不需要判定誰說的是真相。你們不需要判定的理由是有一方被剝奪了聲音，剝奪他為自己力爭的權利，也幾乎被剝奪了他的全部生命。布拉克斯罕姆太太有自由，愛怎麼說她和布拉克斯罕姆博士的婚姻是什麼情況就怎麼說。當然，她當初在接受警方偵訊時並不知道這一點，所以她保持沉默。她的先生有可能會甦醒，說出他那方面的事實。可是等到開庭之後，那時她已知道布拉克斯罕姆博士再也不能反駁她說的任何一句話，所以她才突然把他抹黑成一個沒心沒肺的操縱者。問題是，你們相信她嗎？你們相信那個可以罵心理醫師——沃斯教授——『去你媽的』——的女人會被欺壓到沒辦法覺得她可以乾脆離開她先生？那個女人在作證時能捶打證人席的桌面。那個女人——我並不是在為自己討公道——可是那個女人一點也不害怕罵我賤人，就在你們和法官的面前。」

伊摩珍・帕思戈轉頭瞪著被告席中的瑪麗亞。

「這個女人在被告席裡站起來，大喊她的先生討厭刺蝟。你們覺得瑪麗亞・布拉克斯罕姆的脾氣是在企圖殺害她先生之後才有的嗎？還是說你們認同檢方的評估，被告的極度好鬥在她攻擊她先生一事上扮演了關鍵的角色？還有在警方抵達現場發現她仍緊握著椅腳後她冰冷的鎮定呢？她自述險些踏入鬼門關的驚恐之情絲毫不見蹤跡，雙手沒有發抖，沒有流淚。難道說她只是使出了可以將他擊昏的力道，趁機逃進某處的家暴庇護中心嗎？還是說她就是一心想殺人，也使出了殺人的力道？危機過去後，警方趕到來幫助她，她感覺後悔了嗎？抑或是她之所以暈倒是因為她明白了她先生仍活著？這些問題的答案你們都已經知道了。

「至於金錢方面——布拉克斯罕姆太太能夠繼承極可觀的金錢——即使是她自己也無法維持一開始的謊言，說她不知道布拉克斯罕姆博士有多富有。她當然知道房屋的價格。她承認她知道她的先生有積蓄。你們真的相信她完全沒有把這個因素納入考量？這個女人，養尊處優，婚姻生活中什麼也不缺，沒有一次被丈夫施暴，編織了一個奇幻無比的故事，手法高明到分辨不出奇幻的成分是從何處開始、何處結尾的，可是幻想終究是幻想，各位女士各位先生。被告提供不出一個證人——一個都沒有——來支持她的說法。

「控方認為她的辯詞不僅是一堆謊言，而且也是不可信的藉口，是她企圖為了擺脫一個厭煩的丈夫，從而在他死後獲取大量利益的幌子。不要因為她腿上的傷而動搖。誰沒有傷疤，有些是內在的，有些是外在的。我們卻並不會全都訴諸暴力，或是試圖殺人。不要被經心設計過的悲慘人生動搖。別忘了，她的生活相對奢華，各位也親自去看過那棟房子以及它的環境。把你們對布拉克斯罕姆博士的認識擺在最前頭。他的儒雅性格，他在拯救瀕危動物以及環境上的成就，他抵抗大型開發計畫的勇氣。回想在他舉著刺蝟寶寶時的聲音。最後，問自己這個問題：哪個版本最容易相信？因為以經驗法則而言，往往最簡單的就是最接近現實的。你們能相信一個亂發脾氣又自相矛盾的女人嗎？給她第一次或是第二次機會她都不解釋她的行為，卻一直等到籌謀了幾個月之後才說？信任你們的本能。被害的傷勢。被告自己承認對被害人心懷恨意。你們也許就能得知這一點才是她說的所有話中最真實的一點。謝謝。」

兩名最年長的陪審員互望了一眼，還用手肘推擠了一下。瑪麗亞在心裡能聽見他們在說伊摩珍．帕思戈說得太精采了。她是不是很聰明？她不是一直都能說出他們心中所想嗎？他們現在最想要的就是來杯好茶和一些奶油餅乾。那個漂亮女郎蒼白疲憊，是開庭以來最嚴重的一次。陪審義務對她的影響這麼大？決定一個人的生死可不是什麼輕鬆的事。還有那個最年輕的男子，瘦得像棍子，總穿著不合身的衣服，又在咬指甲了。瑪麗亞小時候也會咬指甲，後來才找到了一個更能夠紓解緊張的方法，不過她是不會向任何人推薦的。

詹姆斯．紐韋爾站了起來。瑪麗亞喜歡他。她本以為她再也不可能對另一個男人有好感，但是他關心、親切，而且誠心誠意。她往後坐，等著她的律師做他能做的事。

詹姆斯．紐韋爾向陪審員微笑，刻意看著每個人的眼睛，然後才放鬆下來開口。「早安，」他說，「沒錯，這是一場艱難的審判，結束之後你們可能會很開心。看著這類照片不是一樁輕鬆的事。」他拿起了那束照片又放下，「而看見瑪麗亞．布拉克斯罕姆大腿的傷痕也同樣令人難受。我承認，在法庭上看見布拉克斯罕姆博士的情況令人悲痛，即使是對我們這些太常接觸這類案件的人也是一樣。但是，我要請各位做一件與那種情緒完全相反的事情，我需要你們退後一步，考量確鑿的證據。我會極快地回顧一些關鍵情節。瑪麗亞的名字不在房屋貸款上——」

伊摩珍．帕思戈搶在紐韋爾說出下一個字之前就站了起來。「庭上，辯方律師明知直接稱呼委託人的名字是不適當的。」

「既然帕思戈小姐無數次極其難以記住要稱呼我的委託人為布拉克斯罕姆女士而不是太太，

我在我的結辯中，就會用我認為適當的方式稱呼我的委託人。」紐韋爾客客氣氣地跟她說，不過誰都聽得出來他的語調底下硬如鋼鐵。

「帕思戈小姐，請別打斷紐韋爾先生。」法官指示道。

「我剛才說……瑪麗亞的名字不在房屋貸款上。她沒有銀行戶頭，沒有車子，無法取得金錢，除非是掉在沙發後面的零錢。她沒有家用電話，沒有可用的手機。控方並沒有駁斥這些事實。各位之中有幾個人是一樣也沒有的？各位之中又認識幾個一樣也沒有的人？所以我要請問，你們認為瑪麗亞過的是什麼樣的家庭生活？各位之中有誰十年都沒有看過醫生的？你們覺得在何種條件下才有這個可能？這種種的情事才會讓瑪麗亞向那位精神科醫生粗言相向，請考慮這一點。如果她確實遭受了她向各位描述的操縱和虐待，她對沃斯教授的反應就完全是在情理之中，尤其是她先生曾威脅過要把她關進精神病院。而鑑於她的自殘程度，這也不是毫無根據的威脅。各位可以了解她最害怕的事很可能會實現。她如果離開那個家，她會沒有銀行戶頭，無法取得金錢，沒有社區聯繫，沒有地方可去。布拉克斯罕姆博士會說她對自己有危險。坦白說，他大可隨意捏造。多年來的高壓控制剝奪了瑪麗亞．布拉克斯罕姆獨立自主的工具，社群媒體、工作、與外在世界的接觸、儲蓄、電話。而這些可都是我們習以為常的事物。她當然會以為如果她試圖離開她先生，她就會被關進精神病院。

「至於她在法庭上的行為，誰不會覺得訴訟程序令人心煩又充滿壓力？她的反應就是正常人的反應，由此可看出她是個感情強烈的人，而不是像控方要你們相信的那麼冷血無情又心機深沉。至於她大腿處的傷疤，這個證據就可以讓各位確定她有多年的自殘史，這一點她無疑說的是真話。那麼布拉克斯罕姆博士知道嗎？他怎麼可能會不知道？那他做了什麼嗎？看起來他是什麼也沒做。換作是你們，難道你們所愛的人對自己的身體做出如此嚴重的傷害，你們竟會不設法去幫助他們？除非，你就是罪魁禍首。除非你是那種喜歡伴侶在性交時裝死的人。除非你是那種斬斷你的伴侶與世界的連結，並且控制他們的每一步的人。我敦請各位接受瑪麗亞・布拉克斯罕姆的說法，只有這個說法才合理。她知道不是她就是布拉克斯罕姆博士，不是殺人就是死亡。她做了在當時她相信在為時已晚之前逃離他的必要舉措，因為牢籠——無論有多華美，無論郵遞區號在哪裡，無論價值有多高——仍舊是牢籠。她被關在她的牢籠裡太久了。」

紐韋爾輕聲結束了結辯，整個法庭都聽入了迷，直到他坐下來氣氛才改變。瑪麗亞大著膽子瞄了眼記者和旁聽席。茹絲來看這場審判的垂死掙扎，正拿手帕拭淚。記者的筆動個不停，修飾他們的稿子，準備離開傳送回報社。忽然，法庭的門被衝撞開來，一群人吵吵鬧鬧擁了進來。

「為布拉克斯罕姆博士討公道！」其中一個大聲吼叫。

「把她關起來。」另一個開始大聲吆喝。其他人也紛紛加入，噪音震耳欲聾。示威者散發的體熱害得室內溫度又攀升。他們因為在戶外曬太陽而散發出汗臭味，有兩個打赤膊，也沒穿鞋。

「安靜，」道尼法官命令道。「立刻安靜！」示威者壓根不甩她，於是警察插手，想把他們阻隔在某一區裡。

「把布里斯托屠夫關起來！」一個女人大喊，引用了當天的垃圾小報頭條。

「立刻去叫更多警衛來。庭丁，護送陪審員回房間。紐韋爾先生。」律師站了起來，盡可能不理會那些叫囂。「恐怕我必須讓你的委託人在午餐的休庭期間還押，以免她發生危險。」

瑪麗亞匆匆站了起來，從證人席後面的門被帶走，左右各有一名獄警挾著她步下樓梯。她身後叫囂聲依舊，最後來到了牢房，重重的金屬和水泥阻擋了所有的聲音，只留下其他牢友的抱怨。

她的牢房，八乘十二呎，極其基本，只有一張金屬長椅，只要她有十足的把握前一名犯人衛生乾淨，她可以躺下，但是她不確定。另外就是一張拴在地上的椅子。不是為舒適而設計的，只是一個讓你等候命運的地方，不過仍然能讓她一窺可能的未來。

外面的走廊瀰漫著介於尿味和消毒水之間的臭味，很像是學校晚餐加上前調的香水，看不出所以然的燉肉和水煮過久的綠色蔬菜的味道。牆上被找到筆的犯人寫滿了字，卻看不出寫了什麼。只是一個感覺還活著的欲望，在被移送之前，在這裡留下一小片自己。大多數的人會從法院的牢房移送到監獄去，她在保釋旅館裡聽那些天涯淪落人說過。女子監獄，某人帶著黑色幽默跟她說，比男子的恐怖多了。大量使用精神藥物來讓犯人平靜。霸凌手法都走極端。會有一陣安頓的時期，而她會被推到極限。保釋旅館有個女人說她被釘在牆上，然後被熱水潑燙軀幹，她有疤痕為證。說到這個，瑪麗亞的疤痕會在淋浴時讓大家一覽無遺，那會為她引來一大堆她不想要的注意。跟愛德華同住了將近二十年，監獄還算是邁進了相當大的一步呢。跟一兩個女人共用一室，不得安寧，沒有寂靜，是一種奇怪的想法。親密地認識別的女人，這想法令她不安——她想到會有多親密，而且是在什麼環境下，她就打哆嗦。她的每一個舉動都得要聽獄警和典獄長的命令行事，而他們可能是另一個版本的愛德華，她一想就到心驚膽跳。

詹姆斯・紐韋爾出現在門口。「妳還好嗎？」他問。警衛打開了鎖讓他進入。

「我沒事，」她微笑道。「不過我想今天的午餐我還是別吃好了。樓上怎樣了？」

「好像是有個動物權益團體是布拉克斯罕姆博士的忠實追隨者。阻止淘汰獾、保護鄉間、阻止綠地上興建住宅，諸如此類的。其實與妳無關。他們只是看到了一個機會可以在記者面前宣揚他們的主張，於是就抓住不放。法官今天下午會做結案陳詞，外面架起了很多電台攝影機。從現在開始，我們得特別安排才能讓妳安全進出法院大樓。」

「真可惜，就直接發生在你的結辯之後。我覺得你說得很精采。陪審團真的在聽。」瑪麗亞硬起頭皮在長椅上坐下，雙臂抱著腰，希望自己是一個人。沒有一個帶著這麼多憐憫的人看著你時比較容易裝勇敢。「有一段話我說我不想在開庭前跟你說，我想現在時候到了。既然法官聽完了所有的證詞，我如果被判刑，會判多久？」

「妳確定要現在談嗎？妳之前一口咬定我們應該專注在裁決上。為什麼改變心意了？」紐韋爾問，摘下了假髮，丟在大腿上。

「大概是因為被押送到牢房裡，坐在上鎖的金屬門後面等你吧，」瑪麗亞說，「放心，我不會崩潰，不過我真的認為現在或許是做最壞打算的時候了。」

他點頭，雙手互搓，好像覺得冷。平心而論，牢房是從熱浪來襲以來瑪麗亞覺得最涼爽的地方了，只不過能躲開高溫並不如她估量的那麼愉快。

「這得看法官聽取妳的證詞的觀點。如果她同意妳是長時間受虐，但是妳仍沒有理由使用如此暴烈的手段，她可能會傾向給妳減型，大約是五到十年，因為妳沒有前科。」

「那萬一道尼法官覺得我是個說謊又冷血的殺人未遂兇手，一心只想要她丈夫的錢呢？」瑪麗亞問出這個問題時，現實如一記重錘狠狠擊中她。她是騙子，而且她是在極度冷酷的清醒狀態中說的謊，只為了遂行她的目的。她連一秒都沒有猶豫過。

「有鑑於布拉克斯罕姆博士的傷勢嚴重，妳可能會被判二十年，」他說，同時筆直看著她的眼睛。他真行，瑪麗亞心想，連眨都沒眨眼睛，不過話說回來，這是他工作的一部分。「妳大概會服個三分之二的刑期。」

「我也猜到是這樣，」瑪麗亞說，「我只是需要聽見你說出來。等他們釋放我，我都五十四了，那個年紀要重新開始可不容易吶。欸，我需要一點時間獨處，你介意嗎？」

「好的，」他說，「我們半小時後會回法庭。法官今天下午會做結案陳詞。我叫獄警幫妳弄點咖啡好嗎？妳至少應該喝點東西。」

她等到他離開後才釋放出在咽喉後阻滯許久的哽咽。坐牢十四年，瞪著像這樣的牆壁，祈禱隨便發生點什麼來減輕無聊。十四年沒有花園可以忙碌。

如果世上真的有公道，愛德華就會痛苦地知覺到他被困在他自己的牢房裡，聽見周遭的活動卻接觸不到，永遠不能再參與。

「不後悔，」她大聲說，「是我自己選的。」而如果她的將來是坐牢，也會有另一把刀，買的或是做的，不是從監獄的廚房就是醫療用品店，說不定她還會拿片塑膠自己磨出來。瑪麗亞不怕痛，她把痛苦鑄造成一種藝術形式了。看著鮮血從她的體內流出來也強過未來的十四年關在牢裡。當然了，也強過未來十四年跟愛德華在一起，她就是不願這樣今天才會淪落到這裡的。下一次自殘她得要少一點害怕。坐牢或是自由並不是唯二的選擇。死亡是人人都難以逃避的命運，如果她選擇早一點走上這條路，那也是由她決定。愛德華殘廢了，而她照樣流血至死，這好像是一種循環。種瓜得瓜，種豆得豆，她心裡想。

27

陪審團再度就坐時，法庭已恢復了平常的平靜氣氛。午餐時珞蒂迴避卡麥倫，故意坐在愛格妮絲和珍妮佛之間。傑克和卡麥倫在角落說笑，能躲開他們珞蒂鬆了口氣。他們十二個人之間有一股實實在在的張力，知道他們被找來的目的即將要到來，因此事關審判的交談都停止了。即便是塔碧莎都只限閒聊而不再頤指氣使了。

道尼法官等到他們都舒服地坐好之後才開口。她眼角起皺紋，轉過來直接面對他們，彷彿是要讓他們自在，聲音保持平穩低沉。「陪審團的各位女士先生，在這個時候我的職責是總結你們聽見的證詞，告訴你們法條。」她開口說。接著是詳盡地複述每名證人說過的話，展示的證物，從布拉克斯罕姆博士的影片，到醫學與鑑識報告，最後是被告的說詞。珞蒂做了筆記，而她主要的筆記都是在審判進行中做的，所以這時她反倒透過後面微微起霧的玻璃看著瑪麗亞．布拉克斯罕姆，猜測她現在作何感想。珞蒂不是律師，但有罪的判決顯然就意味著被告會坐牢，可能關上很長的時間。她努力想像。妳會多常有訪客？要是珞蒂自己鋃鐺入獄，贊恩會獲准帶丹尼亞來看她嗎？有多少配偶在伴侶坐牢時不離不棄？她並不是想像不出要做多壞的事才活該被關起來，可是才兩個星期之前她還覺得她自己絕不是個會搞外遇的人。人生還真是有嚇你一跳的本事。

法庭的門靜靜打開，三個男人走進來。法官停頓一下，顯然是因為午餐前的示威而提高警覺，但三個人只是在旁聽席找位子，坐了下來，盡量不惹眼。但是可不容易，因為他們都是彪形大漢，全都超過六呎高，有兩個的體格就像角力選手。伊摩珍．帕思戈和詹姆斯．紐韋爾互望一眼，又對彼此聳聳肩。紐韋爾回頭望著被告席，迎上了瑪麗亞．布拉克斯罕姆的目光，但是她也茫然搖頭。珞蒂斜睨了卡麥倫一眼，等著他和她視線交會，說些什麼嘲諷的話，但是他的注意力完全放在法官身上，好像壓根沒發覺有人進來。

「這讓我不得不提法律，」法官接著說，「控方的任務是讓你們對於被告企圖殺害布拉克斯罕姆博士一事上不會有合理的懷疑，而且她使用的力道並不是合理的自衛。你們應該決定她揮出那一擊時是何種心態。她真的相信自己的生命有危險嗎？你們相信她覺得自己別無選擇嗎？瑪麗亞．布拉克斯罕姆是否能夠採取較不嚴重的手段？衡量這一點時，我們不能期望自衛的人能夠小心判斷該使出多大的力道，但是力道的多寡卻不能與他們認定的危險不符比例。被告不需要證明什麼。如果你們對於被告是否有罪有任何的疑問，那麼這個疑問就必須要對布拉克斯罕姆太太有利，你們就有責任判她無罪。控方必須向你們證明被告的行為並不是出於自衛。我要請你們達成一致的裁決，也就是說你們全體都應該同意。你們把問題寫在紙上請庭丁交給我，或是在做出裁決之後通知庭丁。」

伊摩珍．帕思戈站起來，悄悄滑行過去跟詹姆斯．紐韋爾咬耳朵。他立刻點頭，轉過去對坐在他後面的人低聲說話。

「庭上，紐韋爾先生和我在與警方商議之後，都同意讓陪審團隔離在飯店裡，直到做出裁決。有鑑於今天法庭內闖入了示威者以及社會大眾對本案的持續關注，很有可能會出現恫嚇行為或是不恰當的舉措。」

法官又注意起那三名彪形大漢來，他們仍在法庭裡旁聽。

「隔離是什麼意思？」珞蒂靠向右邊跟珍妮佛低語，還單手遮住嘴巴。

「意思是我們會被關在飯店房間裡，一直到這件案子結束。不能回家，不能外出。」

「天啊！他們真的能這樣嗎？我是說，我們不能反對嗎？」

「妳可以試試看啊，」珍妮佛說，「我大概沒有那個膽子。」

「好吧，陪審團的各位。由於本案備受矚目加上之前的抗議，我命令你們待在一個安全的地方，至於地點則必須保密。各項安排都會替你們準備好。等你們知道飯店名稱之後，可以通知伴侶或是朋友，讓他們為你們送過夜行李來。今天下午剩下的時間會用來安排這件事，所以你們應該一直待在陪審團室。不過一般的規則仍適用。你們只有在十二個人都在法院大樓中時才能商討案情以做出判決，我要警告各位違反規定是會有處罰的。庭丁，你可以帶陪審團回房間了。」

他們起立，開始朝門口移動，房門都還沒關上，法庭的活動就又恢復正常了。

「帕思戈小姐，」珞蒂聽見法官說，「有鑑於本案的性質，妳是否能確認如果未能做出裁決，檢方會上訴？」

門關上了。他們從來就沒停止過，珞蒂這才恍然。她和其他陪審員在房間裡枯坐苦等的那些個小時裡，雙方律師一直在忙著法律攻防戰。讓你不由得懷疑有多少是沒有告訴陪審團的，又為什麼要瞞著他們。

「那妳要叫贊恩到飯店來送牙刷嘍？」卡麥倫在她的耳邊低語。他在走廊等著她，走在她後面，返回陪審團室。

「我沒別的選擇，不是嗎？那你呢？有人能幫你送東西來嗎？」

「我的鄰居有鑰匙。我相信他可以幫忙。感覺好像是一個讓我們把事情說開來的好機會，妳不覺得嗎？我只希望塔碧莎和格瑞哥里不在同一個樓層，不然我發誓他們一定會拿玻璃杯貼在牆上偷聽。」他微笑，卻又似笑非笑。

「你今天怪怪的。」珞蒂說。

「妳在迴避我，」他低聲說，一手拉住她的胳臂，不讓她進入陪審團室。「告訴我妳對我的感覺就像我對妳的感覺一樣，我就會沒事了。」

「現在的時間地點都不對。我們應該快點進去，免得別人開始說閒話。」

「答應我今晚我們會想辦法獨處，」卡麥倫說，「我們還是需要談一談。」

珞蒂嘆氣。她不想如此處理，但如果她要堅守立場，至少會有隱私。「我會把房間號碼傳給你。不過最好是等午夜確定大家都睡了以後。」

庭丁在他們之後進入陪審團室，等著大家都安靜下來，這才宣布他們的下一個目的地。

「皇家萬豪飯店的房間都安排好了。開車來的人可以自行開車過去，沒有的話有計程車在外面等著送你們過去。請用接下來的十分鐘聯絡需要知道你們的住處的人。」

珞蒂撥了這一通她一直在害怕的電話給贊恩。

「喂，」她說，「說你快到家了。」

「是啊，」他說，「出了什麼事嗎？」

「可以這麼說。法官決定整個陪審團都要住在飯店裡等到做出判決為止。我不能回家了，所以我需要你去保姆那兒接丹尼亞，再幫我收拾一個袋子，送到飯店來。我會把地址房號傳給你。」他嘆氣。珞蒂能想像他坐在車子裡，一邊聽著時事節目，沮喪地在方向盤上敲手指。「對不起。」她說。

「不用道歉，又不是妳的錯。妳不能跟丹尼亞說晚安，他會不高興的。」

「我會打電話給他。他們不能阻止我們跟孩子說話，我是希望明天就可以結束了。冰箱裡有很多吃的。」

「我們自己會弄。不過真是可惜，」他頓了頓。「我會想妳。」

珞蒂感覺到她一直在說的謊話湧上了嗓子眼，差點就嗆到。她沒辦法說話。她面對著牆壁，擦掉眼淚，心裡懷疑她怎會為了那麼一點甜頭押上這麼大的賭注。

「總之，妳該做什麼就去做吧。別的事就交給我吧。」

「贊恩，」她在他掛斷之前脫口說。「我也一樣。我知道我被這件案子弄得有點心不在焉，等結束以後，我會補償你的。」

「只要趕快回家來就好了，」他說，「我和丹尼只要求這麼多。」

珞蒂掛了電話，雙手發抖。只要她不再出錯，她的婚姻就能挽救。只要贊恩不知道她和卡麥倫的事，她再把優先次序理順，她的世界就不會瓦解。說不定這就是她需要的晨喚電話，幫助她看清她有多幸運。不僅如此，丹尼亞沒有她也過得很好，說不定她可以去找份工作，甚至去念個大學課程。該是時候了。沒有理由她不能從最近創造的廢墟中搶救出什麼正面的東西來。

飯店是一幢雄偉的維多利亞式建築，位於主教教堂附近，走路幾分鐘就到碼頭邊，還提供了一間獨立的餐室給陪審團吃飯。珞蒂的房間舒服極了，浴室也是她見過最大的。還能有更好的過夜地方嗎，她心裡想，雖然整個地方都有警察在站崗，不是很有度假的氛圍。

用餐時潘埋頭筆電，格瑞哥里則針對他批評在吃飯時使用科技產品非常不禮貌。別人都覺得服務極佳食物上等，愛格妮絲還是抱怨了一個小時。珞蒂盡量不要全程盯著手錶，恨不得趕快回到房間，躲開這些人。葛爾思．費努欽決定要坐在她旁邊，大多數時間都在說過去的布里斯托以及他有多討厭它現在的樣子。

「學生太多了，」他說，「星期五晚上在市區裡開車動不動就有喝醉的白痴倒在你的引擎蓋上。」

「我們鄉下也有同樣的問題，」愛狗成痴的山繆也加入。「我們的地方酒館就在一條騎自行車喝通關的路線上。齁，吐在我們前院裡的人之多的。我有好幾次都報警。」

「我可以說句話嗎？」塔碧莎說，等著大家安靜下來。「我們雖然不能討論證詞，可是我覺得我們應該要敲定明天的時間表。我的建議是我們比較每位證人的說法，包括法官對證詞的複述。然後，我們可以決定相關的議題。另外，有些證物我還想再看一遍，所以我們可以列一份清單給法官。說不定在午餐之前我們就能完成了。」

「這事越來越荒謬了，」潘插口說，「我們聽過證詞好幾次了，我不需要再提點了。我後天就得到愛丁堡去，所以依我看，我們應該明天一大早就投票，看大多數人是怎麼想的，然後來辯論。如果大家都能講道理，那十一點之前我們就可以離開法庭了。」

「我不急，這家飯店不錯。我們被關在那間法庭裡那麼久了。我說啊，我們來把所有的證詞都再看一遍。我想確定我的決定是正確的。」愛格妮絲說，又埋頭大吃第三份甜點，忘了她剛才還嫌棄個沒完呢。

「請原諒，我不覺得還得再看一遍證詞只為了能在飯店裡多住一晚。我們有些人是得回去上班的。」潘厲聲說，終於合上了筆電，兇巴巴瞪著愛格妮絲。

「唷，你是比我們這些沒有高級工作的人值錢多了是吧？」葛爾思說。

珞蒂低頭看著手。「我們不要又吵架了吧。我們在這裡的目的太重要了，不要浪費時間吵架。現在是緊要關頭。這樣吧，我們如果有什麼地方意見不一，就再看一次證詞。」她看著卡麥倫，等著他來反嗆塔碧莎，但是他只是雙臂抱胸，閉著嘴巴。

「我們只需要檢驗控方的說法就行了吧，」傑克說。人人都轉頭瞪著他。他太少發言了，珞蒂懷疑大多數的人只怕都忘了還有他。「法官說瑪麗亞．布拉克斯罕姆不需要證明什麼。據我的理解，控方必須要證明被告有罪，包括這絕對不是自衛殺人的事實。」

「等一下。法官並沒有用『絕對』這兩個字。排除合理懷疑跟絕對是不一樣的。之間的差異可以用常識來補足。」格瑞哥里說，拉高了嗓門壓過別人的嘟囔聲。

「我們現在不應該討論，」潘說，站了起來。「我還有工作要做，所以明天再開始吧。」

「我們不該聽聽塔碧莎的說法嗎？」珍妮佛問，「我們不是就為了這個才選她當主席的嗎？」

「現在已經是晚上九點了，我誰的話都不必聽。」潘說。

「我也是，」傑克嘻皮笑臉地說，站了起來，抓起外套。「早餐見了。」

「等等，」珞蒂說，舉起一隻手讓大家再留一會兒。她受夠了背後說壞話了，更有甚者，她想要回歸家庭，而混亂持續下去可是一點幫助都沒有的。「我們是在決定某人的未來，所以一定要做得對。即便是布拉克斯罕姆博士不會知道結果，他也值得一場公平審判。我跟你們一樣都受夠了法庭，可是塔碧莎說得對，我們需要一點計畫，這麼一來明天就可以節省時間，潘。判決可不會來得輕鬆快速，我都還沒決定我對這件案子有什麼感覺呢。每次都是這個證人說得有理，等到聽下一個，我又改變主意了。我們需要有邏輯，避免重複，不要說著說著又吵起來，而且我同意我也想再看一次證物。」她瞧了瞧四周的臉孔，還沒有人要提出異議。她不知道是打哪來的主導想法，不過感覺真棒。

卡麥倫咳嗽。「哪一個？」

「全部。我聽過被告的說法之後，我當然想再看一次布拉克斯罕姆博士的影片，看是否能證實她的說法。」珞蒂說，每句話都說得緩慢又清晰。她受夠了聽別人的觀點。她的也不比他們差。

「知道嗎？我覺得我們大家都太累了。今天很漫長，而且我也受夠了，」卡麥倫站了起來，穿上外套。「我們就養精蓄銳，等候明天吧，可以嗎？」

「我可以建議——」山繆開口要說話。

「你愛怎麼建議都行，老兄，」卡麥倫說，「可是我們要走了。」他走了出去，傑克緊跟在後。潘逮住機會也走了，葛爾思·費努欽從口袋裡掏出一包香菸，朝最近的出口而去。珞蒂不確定是怎麼回事，她覺得被罵了。卡麥倫顯然是受夠了，而且不只是受夠了塔碧莎幫。他今天一整天都不對勁，而現在他差不多是怒氣衝天地離開。她早先把房號傳給了他，但是她不知道他是否會在午夜時過來，如果過來了，他又會是哪種心情。

28

敲門聲提早響了，而且比珞蒂預期的要大聲。她打開來，準備把卡麥倫拖進來，提醒他同樓層還有別的陪審員，結果她卻看到傑克站在她的門外，咧著嘴笑，握著一瓶紅酒。

「有杯子嗎？」他問。

「呃，進來，」珞蒂說，挪向一邊讓他進來，轉頭避開他的酒氣。「有點晚了。你從晚餐後就一直在喝酒嗎？」

「對，卡麥倫跟我在每個人都上床以後待在酒吧裡。要不要來一杯？是梅洛喔。」傑克也不等她回答，已經打開櫥櫃找杯子了。珞蒂看著手錶，在卡麥倫來之前還有半小時，而傑克顯然有心事。「抱歉闖來妳的房間，可是我剛才在走廊上，看到妳從這個房間出來。我太緊張了，睡不著。」

他把瓶蓋轉開，丟在地上，然後開始往兩只杯子裡倒酒，潑在桌上不少。珞蒂抓了一把衛生紙擦拭，以免酒滴到地毯上。

「那卡麥倫呢？」珞蒂問，同時接過傑克遞過來的杯子。也許喝一點酒正是她需要的，她如此推論。在她讓卡麥倫知道她的立場之前來點紅酒壯膽也沒有什麼不對。

「他接到電話，得下去飯店的地下停車場。」傑克打了個酒嗝，哈哈笑。「對不起。不應該啤酒和紅酒混喝的。我猜阿倫的朋友是幫他來送過夜袋的。」他一屁股坐在珞蒂的床上，把更多紅酒灑在襯衫上。「真不敢相信審判快要結束了。還記得第一天嗎？我好緊張，老實說，我的情況真的很糟，後來我認識了卡麥倫——和妳……」他舉杯致敬。「而現在我不想要結束。阿倫會回去工作，我會回大學，我們就不能常常見面了。」

「我準備要回到真實的生活中了，」珞蒂說，拾起了瓶蓋，再坐在椅子上。「陪審義務滿好玩的，可是我需要躲開這種悲苦。我一點也不期待明天。我猜會是一連串的爭吵。我倒是意外卡麥倫今天下午沒說話。」

「他好酷，對不對？」傑克說，「妳能保守秘密嗎？」他坐得挺直，笑容燦爛。

「當然。」珞蒂也回以微笑，盯著傑克手裡的酒杯搖來晃去的，希望她的鴨絨被能逃過一劫。她實在不願意睡在散發著紅酒氣味的床上，但同時她也不想阻止他說話。他恐怖的家人對他實在是太苛刻了。如果傑克要向她吐露心曲，她必須要確定她的反應是他需要的，帶著溫情及撫慰。

「我覺得我有一點點愛上他了。」他一隻手摀住了嘴巴，像是驚駭兼自嘲。「靠，我不相信我真的說出來了。」

珞蒂閉上眼睛，不知自己是否聽對了。「你是說你愛上卡麥倫了？」她問。

「對，天啊，對，」他又一躍而起。「我們在開庭完後常常在一起，塔碧莎為了我們兩個那天晚上在一起的事情小題大作，很討厭，可是其實我有點滿開心有人看到我們。在那之前我覺得好像只是我自己的想像，可是他是那麼好的同伴，又那麼風趣。他一開始好像滿封閉的，可是等我跟他熟了以後，我才發覺他也跟我們這些人一樣害怕混亂。我可以放音樂嗎？」

「最好不要。不想吵醒隔壁的人，」珞蒂說，「傑克，你確定嗎？愛上誰是需要時間的。你得確定你真的了解某個人……」

珞蒂一口喝完了杯中的酒，考慮著用什麼方式戳破傑克的泡泡最好。卡麥倫是想在他低潮的時候幫他一把，但顯然是弄巧成拙了。珞蒂極不願意當那個給傑克當頭棒喝的人，但是她不能任由他心碎卻不設法將傷害降到最小。她把瓶裡的酒都倒進了自己的杯子裡，覺得最好是搶在傑克之前把酒喝完。他找到了遙控器，開始轉台，要找飯店的廣播電台選單。珞蒂把遙控器拿走關掉。

「傑克，你知道卡麥倫不是同志吧？我是說，我知道他真的喜歡你。他跟我說你最近過得很不好，可是我擔心你是不是誤讀了信號。你喜歡上一個人，尤其是像阿倫這麼有魅力的，卻不因為更進一步而損傷了友情，這是很難的，可是我很怕你最後會失望。」她一手按著他的前臂，用力按了按。

「不，」傑克說，兩條胳臂滑上她的背，用力擁抱她。珞蒂竭盡全力穩住酒杯。「我恨我的大嘴巴。阿倫叫我什麼都別跟妳說，可是我沒有別人可以說。我知道他以前沒有跟男人談過戀愛，我們也什麼事都沒做……可是我可以感覺到我們之間有火花。就在他的眼睛裡，還有在我們出去的時候，他擁抱我說晚安都抱得好緊。」

靠，珞蒂心裡想，抽身退開了。「你跟他說你的感覺了嗎？」她問。

「我滿確定他知道的，」傑克說，拿起了空酒瓶，看還有沒有剩。「他說了很多覺得被困在自己的性別裡，說女人用外表來評斷他，待他像一塊鮮肉，說他去酒吧就一定會有女人對他投懷送抱。他受夠了。我知道他是在找點不一樣的。」

洛蒂的胃在收縮。如果卡麥倫真的是在尋找永恆的關係，那說不定他不會按照她的需要快速又輕鬆地放她走。她又看了看手錶。十一點五十了。她得把傑克弄出去，要是卡麥倫出現，他會有太多問題。很顯然她是沒辦法讓傑克明白他會錯意了，阿倫得自己來。又得來一次彆扭的談話。也許她還是不應該喝酒的，她心想。

「我應該上床了，」她說，刻意看著手錶。「可是傑克，好好想一想。卡麥倫可能既友善又關心，可是他也有他的難處。我大概不應該這麼說，可是他不久之前未婚妻才因為癌症過世了。我覺得他跟你說的話很可能是來自相當黑暗的地方。」

「對，很可怕喔，不過不是他的未婚妻，死的是他的妹妹，」傑克說，「還有放心吧，他跟我說過了。他說那件事讓他明白了他必須活得自由自在，因為誰也不知道自己還剩下多少時間。他有沒有跟妳說，一直都是他和他的爸媽在照顧他妹妹？那段期間他們家更像一家人，他想介紹我跟他們認識。」

洛蒂瞪著他。她有太多疑問想問。傑克一定是搞錯了，可是此時此刻她不想讓任何人目睹卡麥倫出現在她的房門口。她的世界在災難的邊緣傾斜，越少人涉入越好。

「這樣啊，」她說，走向門口，打開了幾吋。「那，我很高興你跟卡麥倫變得這麼親近。不過我真的累了。你介意嗎？」

「不會，不會。謝謝妳聽我說，洛蒂。阿倫說妳是一個很好的母親形象，他說得對。」傑克又給了她一個搖晃不穩的擁抱，在她的臉頰印上一個濕答答的吻，這才出去，留下洛蒂無助地站在房間中央，空杯子掛在手指上。

「母親形象？」她問著門後鏡子中的自己。這是在說她有個孩子，還是說她比傑克年長幾歲？無論何者，珞蒂都不覺得是誇獎。

她把杯子帶進浴室，沖洗乾淨，想讓自己釐清她和傑克對卡麥倫最近的不幸何以會有如此不同的版本。他清清楚楚跟她說死的是他的未婚妻，絕對沒錯，然而傑克卻好像也很有把握。說不定傑克只是把他想聽的話聽進去了。她這三週來對這件事已經是夠愧疚的了。珞蒂真希望她能關燈睡覺，卻聽到走廊的腳步聲慢慢接近她的房間。

29

單一的敲門聲，低沉輕柔，宣告卡麥倫來了。珞蒂硬起心腸，他們的外遇必須現在結束。不能再找藉口。不能被情慾分心，或是被卡麥倫的愛的宣言迷惑。她打開了門。他直接就走進房間，把門踢上。

「我早該想到你也喝醉了。」珞蒂說。

「我該要為妳滴酒不沾嗎？妳昨天不回我的簡訊，而且妳整天都在躲我，所以我覺得為了這番談話我需要喝幾杯。」他的聲音冷如冰。

珞蒂都忘了。他當然會知道是什麼事，他在晚餐時心情那麼壞就是因為這個。卡麥倫打開了她的迷你酒吧，拿出一瓶啤酒。她考慮要阻止他。她最不需要的就是一張酒吧的帳單，可如果能安撫他，那這點小小的代價也不算什麼。她走向椅子，刻意坐下來。「傑克幾分鐘前才來過。他誤會了你跟他的關係，我擔心他會受傷。」她說。

卡麥倫打開了瓶蓋，一口氣就喝了一半，這才對她咧咧嘴。「誰又在八卦了？」

「不是故意的。他覺得……老天爺，阿倫……他覺得他愛上你了。」

「狗屁倒灶的事天天發生，」卡麥倫說，「他死不了的，搞不好還會因此而長大一點。」

「你這麼說真沒良心。他只是誤以為你是為了另一種情感才會特別注意他。你跟我說他是一時迷惘。」

卡麥倫走向窗戶，扯開了窗帘，瞪著底下的街道。「哇，我還真厲害。他是個好孩子，不過妳才是我的菜。」

「麻煩把窗帘拉上好嗎？」珞蒂說。

「嗄，以為塔碧莎會站在外面拿著望遠鏡監視我們兩個？」他哈哈笑。珞蒂做個深呼吸。卡麥倫很混蛋，但是她必須為這個情況負責。就算他喝醉了，部分也是她的錯。她走過去輕輕拉上了窗帘。他低頭對她微笑，一手攬住她的腰。「嘿，對不起，美女。我們難道就不能跟從前一樣？妳那時候好玩多了。」他作勢吻珞蒂，她躲開了。

「你知道傑克對你有什麼感情嗎？可是你卻好像不意外，也不關心。」

「他還是個孩子。他會錯了意我也沒法子。妳就不一樣了，妳完全沒有誤會我。妳非常清楚我要妳。幹，好熱。」他脫掉了T恤，丟在地板上。「一起來嗎？」

珞蒂嘆氣。沒有一個地方跟她想像的一樣。卡麥倫往她的床上一躺，把枕頭堆在腦後，舒服地躺好。

「我們不能再這樣了，阿倫。我照你的要求想過了，我的決定還是一樣。我會失去的東西太多了。丹尼亞是我的第一優先，我不能為了我自己毀了他的幸福。我知道你會了解的。」

「怎麼能？」他問，喝完了啤酒，把瓶子拋向垃圾桶，沒丟準。珞蒂強忍著火氣。

「什麼怎麼能？」她問。

「妳怎麼能確定我能了解？說不定我不能了解。說不定我沒打算要接受妳的決定。」他的嘴唇彎出一抹冷笑。珞蒂不自在地打哆嗦。是酒精在說話，她告訴自己。這不是她認識的卡麥倫。

他既不粗線條也不冷酷，她得從他柔軟的一面下功夫。

「嘿，我也不容易啊，」她說，在他旁邊坐下。「如果情況不一樣，如果我沒結婚，你跟我就可以有真正的未來。可是你從一開始就知道我有丹尼亞，你知道我有多愛他。我不能冒險失去他。」

「這種事輪不到妳來告訴我，」卡麥倫吼叫道。「妳明知道我的未婚妻死了，可是妳還是要玩弄我的感情，想也不想就誤導我。」

珞蒂瞪著他。他的臉孔就如一幅傷心的畫作，被痛苦扭曲，但是他的雙眼卻晶瑩有神。他的憂傷是裝出來的。

「是你的未婚妻還是你妹妹？我都搞糊塗了。你跟傑克講的不一樣。不過也滿詳細的，說什麼你跟你爸媽一起照顧她直到她過世？」她平靜地說。

卡麥倫瞇起眼睛，咬著牙，隨即爆出大笑，笑得坐在床上彎了腰，抱著肚子。

「靠，你們兩個還真的好好聊過了是吧？恭喜了，夏珞蒂。」她惡狠狠瞪著他，他之前沒有叫過她的全名。「我沒想到妳跟傑克會互相比對情報呢。其實呢，賺人熱淚的喪親故事是有事實根據的，只不過不是我自己的。是朋友的女朋友。也真是好笑了，只要一提癌症就能讓別人乖乖聽你的話。妳就差不多是拜倒在我的腳下呢。」

她顫巍巍站了起來，蹣跚從床鋪踱開。沒有一件事有道理。何必一下子騙她和傑克兩個？他難道醉到胡說八道，還是故意氣她，懲罰她傷害了他？是她像哈巴狗一樣嗎？她記憶中不是這樣的。而且癌症的事他也說謊。膽汁湧上了喉頭，既苦又噁心。她完全不認識這個坐在她床上的人，但是那個她自以為了解的卡麥倫，那個保證不會傷害她的人，卻不見蹤影。

「我覺得現在不是把這件事說個清楚的好時機，」她說，聲音放軟，不帶一絲挑釁。「你該睡點覺。我不確定是怎麼回事，可是你不是平常的樣子……」

「我不是平常的樣子？」他嗤之以鼻。「真的？那剛才是怎麼回事，又想再看一遍那段他媽的影片？妳是嫌事情還不夠亂，還想再亂個一千倍嗎？」他一躍而起，扯開迷你酒吧的門，抓了兩小瓶威士忌出來。

「夠了，」珞蒂說，「那些你要自己付錢。我要你離開。你太生氣了，沒辦法理性討論。不過也許這樣最簡單，沒有什麼好談的了。」

「喔，我們要談的可多了，珞蒂。妳得了解明天必須發生什麼事。」他轉開了瓶蓋，一口就喝掉了一瓶，坐在地板上，背對著牆壁，瞪著第二瓶酒。

「你在說什麼啊？」她問，也拉高了嗓門。他一點離開的意思都沒有，而除非他自願要走，她是沒辦法硬逼他走的。

「我們說好了要投下無罪票，可突然間妳又要重新審視證據好幫妳做決定？」他口齒不清地說。

「我沒跟你說好什麼，我也看不出我覺得瑪麗亞．布拉克斯罕姆有沒有罪跟你有什麼關係。你知道嗎，阿倫，我真的很擔心今晚要跟你談一談，因為我真的變得在乎你了，而我不想要傷害你的感情，可是你讓這件事變得容易太多了。我們完了。你有你的問題，而我受夠了老是受你的鳥氣。」珞蒂開始走向門口，伸手要去握門把。

「換作我是妳，就不會這麼做。」他說，一面搖頭。

「做什麼？把你轟出我的房間嗎？其實我可以，要是你不想自己走出去，今晚還有幾位警察也在飯店留宿，他們會非常樂意幫忙。」她虛張聲勢說，就停在房門前，暗自祈禱她的語氣夠堅定。卡麥倫踢掉了鞋子，顯然是哪兒都不去。

「得了，珞蒂。」他把雙臂伸到腦後，打了個哈欠，炫耀他的肌肉。「我是來提供妳好處的，妳可別敬酒不吃吃罰酒，那可就不好玩了。」他從口袋裡掏出手機來，放在大腿上。

「我要你乖乖離開。明天我們還要整天相處，所以我希望大家能不傷感情。」珞蒂說，忍不住納悶她怎麼會有一股跑出自己房間的衝動。

「這話就說得好聽多了，妳還可以再軟一點。既然妳已經決定要把我甩了，那我乾脆就挑明了說。明天，妳要跟著我投票。別的妳什麼都不需要，只要把嘴巴閉得緊緊的，確定在緊要關頭判瑪麗亞·布拉克斯罕姆無罪。」

珞蒂瞪著他。他雙手枕在腦後，筆直瞪著她的眼睛，瞬間極度清醒。她這才醒悟到她壓根就不了解他。

「為什麼？」她小聲問。

「今晚之前，我是希望妳會因為我的要求而這麼做的。」他微笑著說。

「原來敬酒是這個，那罰酒呢？」她覺得噁心。紅酒在她的胃裡凝結，一股酸水往她的喉嚨送。

「過來。」他說，站起來伸出手。

「不，你就少裝了，」她說，奮力忍住眼淚。「趕快說會怎麼樣吧。」

「妳需要我幫妳一個字一個字說出來嗎？我還以為妳自己有腦子猜得到呢。」卡麥倫冷笑道。

「其實我倒覺得是你沒腦子。你以為你可以引誘我，把我迷昏頭，我就會乖乖聽你的話。不過很顯然，我在達成判決之前就提分手，壞了你的好事。」

「看吧，我就知道妳夠聰明。」他走過來直接站在她的面前，俯視她的眼睛。「聽好，要是妳不照我說的做，妳先生就會得到一次永生難忘的拜訪。要是我估算得沒錯，在妳採購完一星期的雜貨之前，他就已經帶著妳兒子到機場了。我忘了，妳兒子有的是巴基斯坦護照吧？妳說話的那個時候我聽得滿無聊的。」

時間靜止了。她的世界翻覆了。她認為安全牢靠的一切全都融化了。卡麥倫的臉孔扭曲，充滿了恨意。她想跑向兒子的房間，牢牢抱住他，但是她被吸進了萬劫不復的地獄裡，而且沒有出路。腎上腺素如一列火車撞了上來。選擇只有兩個，不是抗爭就是逃走，而逃走是不可能的。她盡可能吸進滿滿的一口氣，聚焦在心中沸騰的火紅怒氣上。

「滾出我的房間，」珞蒂說，大步走向桌子，抓起空酒瓶，握住瓶頸，用力砸在窗台上，再把破瓶子往卡麥倫的方向戳。「你他媽的下等生物。你好大的膽子敢拿這件事威脅我。我先生才不會相信你。我會說是你想勾搭我，被我拒絕了。到時候他會讓你吃不了兜著走。」

「喔，珞蒂。妳現在長膽子了啊？有點晚了不是嗎。」他指著他掉在地上的手機。「撿起來，裡頭有個檔案，按箭頭就好。」

「不，」她說，「你的什麼話我都不聽了，我們完了。你是人渣，我猜是我自己活該，不過我不玩了。」

「不，是妳玩完了。」他說，不理會砸碎的酒瓶，俯身撿起了手機。

他把螢幕對著她的臉，按了播放鍵。

「跟我做愛。」珞蒂聽見她自己說。

「妳確定嗎，珞蒂？」卡麥倫回答，聲音微微模糊。珞蒂回想起來了，那是因為他正在吻她的乳房。

「對，我要你，我不想再等了。」她命令道。接下來主要是呻吟以及盤子摔到地板上的聲音。

「關掉。」她恨恨地說。

「真的？精采的才要開始呢。妳真應該聽聽妳慾火焚身時候的聲音，還滿淫蕩的。贊恩真是個幸運的男人。」

「別說他的名字。」珞蒂嘟囔著說。

卡麥倫笑得很大聲，關掉了手機，放到床頭几上。「偽君子。妳在他的應酬晚宴上傳簡訊給我，安排好要見我，穿我要妳穿的衣服。記不記得妳讓我在陪審團室的桌下摸妳，還是說這是我自己想像出來的？」

「那是個錯誤，」珞蒂說，「是我一時糊塗。」

「等妳老公聽到妳要我在他的餐桌上操妳，就在妳給他擺設三餐的桌子上，我看他恐怕是不會接受這種解釋的。」

珞蒂愣住，視覺邊緣一片灰濛濛的，腦袋裡有生氣的蜜蜂在飛舞。「你不會的，」她說，

「我有孩子。」

「妳認為我謊稱未婚妻死了，還跟一個同志小鬼調情要他乖乖聽從我的吩咐，結果我反倒會有顧忌把這段錄音放給妳家老頭子聽？妳還真是病急亂投醫了。把瓶子放下。」

「不。」她說，舉高對準他的臉。

「妳想玩？」卡麥倫不懷好意地笑道。「靠，真可惜妳沒有在跟我搞的時候這樣。那可就有意思太多了。」他走向門，打開了一條縫。

有那麼一秒鐘，珞蒂還以為他也許要走了，覺得鬆了一口氣，誰知他卻把嘴巴對著門縫，開始大聲喊叫。「對，妳太棒了，快點！天啊，妳的奶頭太美了！」

「閉嘴！」她大吼。

「喔對，對了。翻上來，騎到我身上。快，珞蒂，騎啊……」他扯開嗓門大喊。

她把酒瓶丟在地上，衝到門口把門關上。

「好吧，」她說，「住口就對了。我會照你的話做。」她背抵著門板，不爭氣的眼淚流了下來。

「乖孩子，」他說，「不過剛才還真好玩。妳覺得傑克聽到了嗎？搞不好他有興趣來玩個三P呢。」

「你也會去壓榨他，不過那得等你得到你想要的東西，對不對？我可以問是為了什麼嗎？」她低聲說。

「妳不能問。只需要知道最基本的，」他說，把手機塞回口袋裡。「我應該讓妳整理了。小心玻璃。好好睡，珞蒂。我需要妳明天表現良好。」他拿起了T恤，套上了鞋子，吹著口哨在她的房間裡繞行。珞蒂從鏡中盯著他。她全身都在發抖。

他是個妖怪，什麼事都做得出來。他手機上的錄音檔會毀掉她的婚姻。贊恩是不會給她機會解釋的。她會失去一切。她的兒子會在不認識親生母親的情況下長大。他要多久就會忘記她的臉，她的聲音？要是贊恩把他帶回巴基斯坦，她在法律戰上是絕對打不贏的。只需要那份錄音檔就能徹底毀掉她。

「晚安了，甜心。」卡麥倫說，離開前在她的唇上印下一吻。

珞蒂撲在門上，上了兩道鎖，這才沉坐在地上。把手指插進口腔，以免大聲尖叫。今天晚上她的房間裡已經傳出夠多噪音了。

很顯然卡麥倫幾乎是從第一天就開始計畫了。這一切對他都沒有意義，但她卻是把什麼都賭上去了。她一直被當傻瓜，不過她是心甘情願的傻瓜，這一點才更慘。只有那麼一丁點的抵抗。他一定是在廚房桌上操過她之後大笑著睡著的。

但最戳心的是她相信了他的愛的宣言，甚至還放縱自己沉溺在她自己承認的少女幻夢之中，想像跟他一起的生活會是什麼滋味。阿倫在公園跟丹尼亞踢足球。她跟阿倫一塊度假，在遙遠國度的沙灘上做日光浴。她在白日夢中、在睡夢中、在肉體上背叛了贊恩。但是卡麥倫的動機才是真正的謎題。何必為了一個素昧平生的女人冒這麼大的風險？他一開始還壓根就不想當陪審員。不過現在都不重要了。卡麥倫如何選擇是他自己的問題。她只得服從，讓家庭不致破裂。她的腦子一團亂。她只想叫輛計程車，跑回家躲起來，但是只能等到她乖乖聽命行事之後。珞蒂爬上床，把被子拖上來蓋住頭，躲開世界。最冷酷的真相，她心裡想，是她會有今天的下場完全是她自找的，而且還多出了一點額外的苦頭。

30

開庭第十一天

「好了，」塔碧莎說，在一張整齊的清單上打勾。「我們又看了一遍證物，也看過了證詞。稍提一下法官的總結，控方必須要向我們證明排除合理的懷疑之後布拉克斯罕姆太太是有罪的。而她不需要證明她的說法是真實的。另外也別忘了我們參觀過那棟屋子。」

「你們覺得房屋現在會出售了嗎？」愛格妮絲．黃插口說，「發生了那種事，誰還會買啊？」

「他又沒死，」葛爾思說，大聲嘆氣。「又不會鬧鬼。」

「我猜他隨時都會死掉，」愛格妮絲說，「我有個想法。要是他死了，我們會被找回來從頭再來一遍嗎，只是罪名變成謀殺？」

潘大聲咳嗽。「先別管那些事吧，」他說，「那棟房子的價值顯然就足以使金錢變成一個潛在的因素了，即使沒有那些銀行存款。有的是人因為更少的錢被殺害。被告在這一點上回答得不是很好，她有幾次改變說法。」

「她沒有改變說法，」傑克大聲說，「是檢察官一直在給她陷阱跳。」

「你要是沒說謊就不會掉進陷阱，」格瑞哥里高傲地說，「我同意潘的看法。經濟可能是一個動機。」

「我覺得奇怪她為什麼不跟檢方的心理學家說她在法庭上告訴我們的事。是我就會一逮著機會就把風向往我這邊帶。」珍妮佛說。

「這可以有兩種解釋，」比爾．考德威說。不停拿手帕擦頭，放在桌上窩成一球的手帕已經濕淋淋的了。「要是她有罪，而且一心只想得到錢，她就會盡可能把心理學家拉攏到她那一邊去。為什麼罵他髒話呢？沒道理啊。」

「如果她跟我們說的是實話就有道理，」卡麥倫說，「有沒有人真的考慮過這一點？」

「對，你們都在往被告的說法裡找漏洞。可是我們是應該要在檢察官的說詞裡找缺失的。」傑克說，雙臂抱胸，看樣子像是打算挑戰全世界。

珞蒂簡直不敢看。他跟初遇時的那個害羞的男孩像是變了個人。卡麥倫讓他變得大膽，給了他一個目標。一等審判結束，他就會被丟到一旁，跟垃圾一樣。她甚至不敢跟卡麥倫有視線接觸，早餐時徹底避開他。她的胃裡打了一個痛恨的死結，她的脈搏在耳朵裡很吵。她醒來的第一件事就是打電話給丹尼亞，跟他說她有多愛他。贊恩似乎有些疏離，不過可能是她自己想像的。他很細心地為她收拾了過夜袋，放了涼爽的衣服，她喜歡的香水和化妝品。在此之前，她一直都不知道他有多了解她。

「在對待心理學家的這件事上，她讓我注意到的事是她一點也不害怕罵他。那我們是要怎麼相信她從來沒有起而對抗過她先生？」塔碧莎問。

「我一天到晚罵我老公。那個男人是白痴！」愛格妮絲哈哈笑。

格瑞哥里瞪著她。「這點不相干吧。」他嘀咕著說。

「像我就不會說粗話。」塔碧莎接下去說，「一點也不淑女，也不像專業人士。」

「又不是她的性別受審，」珍妮佛說，「是男人或是女人罵髒話都不是重點。重點是瑪麗亞・布拉克斯罕姆好像有兩張面孔。有沒有可能是試圖殺害她先生讓她得到了解放，所以她突然間找到了新的力量？」

洛蒂瞪著她。這個她隨隨便便歸類為「只是家庭主婦的珍」的女人並沒有那麼膚淺，而她被自己的虛偽重重捶了一拳。珍有洞察力、聰明、心胸開闊，並不是「只是」什麼。洛蒂有了頓悟，原來她是在評斷自己，然後不公平地給同樣處境的女人貼上了標籤。自尊低下才會讓你把每個人都拉低到你自己的水平。

「不好意思，可是我們在這裡不是要來給被告做心理分析的，」潘說，不耐煩地敲桌面。「還是回到具體的證據上吧。如果她不是因為自衛才打他的，那不是為了錢，就是因為她是一個危險的瘋子，她擺明了就是恨他。我覺得錢的可能比較大。」

「想也知道，」傑克說，「人生不是只有錢，知道嗎？」

「請不要人身攻擊。」塔碧莎打岔說。

「瞪著一個男人凹進去的腦袋瓜還不算人身攻擊嗎。」葛爾思・費努欽說。

「容我說一句，瘋子這個字眼政治不正確。如果我們要討論這方面，那我們可不可以決定一個比較好的說詞？」山繆突然開口。

「喔，拜託。我們根本就不需要討論那種事。檢察官並沒有證明瑪麗亞・布拉克斯罕姆有任何的心理疾病，所以你們不能用這個來給她定罪。」卡麥倫咆哮道。

「好，」塔碧莎冷靜地說，「我們現在是在原地打轉。我建議我們全都寫下三點關鍵的問題。我再匯集起來，專心討論這些議題。」

午餐之前路蒂已經心神俱乏，眼下的黑圈透露了昨晚她過得有多煎熬。傑克有幾次想叫她幫腔，但是她的心不在這兒。她的自由思想被剝奪了。她何必還假裝有自己的看法？她根本不知道瑪麗亞·布拉克斯罕姆是有罪還是無罪。整個審判過程好像蹺蹺板。最重要的是她得迎合卡麥倫，然後盡快脫身。

下午一點時，她大腿上放著一盤三明治，卻一點也不想碰。她早上喝了三杯咖啡，胃還不夠強壯，裝不下牛奶。

「嘿，妳怎麼樣啊？」卡麥倫坐到她的旁邊，溫暖地微笑。她張口結舌瞪著他，說不出一個字。「昨晚有睡嗎？妳的樣子像是睡得很不好。」他東張西望，珞蒂懂了，他是在看誰可能會聽見。她硬起頭皮，又有新花樣了。「是這樣的。」他壓低聲音，只讓她一個人聽。「得讓法庭認為我們一整天都在絞盡腦汁。他們至少需要十票，不管是什麼結果，才能達到多數裁決。只要妳、傑克跟我堅持無罪判決，他們就沒辦法給她定罪。這是個數人頭的遊戲。檢察官昨天在法庭上說如果我們沒辦法達成判決，他們不會上訴，所以我們只要堅持立場，事情就搞定了。不過要做得可信一點。最好吃點東西。今天下午妳會需要發言幾次。我叫妳閉上嘴巴不是要妳像是一夜之間變啞巴了。假裝妳還沒有決定好，別讓任何人起疑，好嗎？」

珞蒂點頭。

「現在妳需要對我微笑，拿個三明治起來。」他說，一手按著她的前臂。她硬把嘴角往上揚，乖乖聽令，用發抖的手拿起一個三明治。「咬一口，珞蒂。我要看見妳能控制自己。」他捏了捏她的胳臂，起初是輕輕的，接著下手越來越重，逼得她不得不把三明治放進口裡，開始咀嚼。「放輕鬆，很快就結束了。」他朝她眨眼，咧咧嘴，露出完美的白牙。「對了，我喜歡這條裙子。」他俯身跟她咬耳朵。「讓我想起了我是怎麼拿冰塊挑逗妳的。」珞蒂口中的三明治變成了石頭。「等我跟妳老公描述的時候，不知道他會有什麼反應，搞不好他會興奮呢。我光是用想的就又硬了呢。下午可別搞砸了。」珞蒂把三明治放回盤子上，看著他走過去傑克那邊。

下午三點他們已經重新討論過證據的每一種觀點了，傑克和葛爾思差一點就打了起來，山繆已經哭得像個淚人，而愛格妮絲被要求了至少十次不要吼叫。珞蒂每十五分鐘就發言一次，一直在注意手錶。

「今天都快結束了，」塔碧莎說，「該是仔細盤點大家對判決的意見了。我們舉手表決好嗎？」眾人紛紛疲倦地點頭。「好，認為被告有罪的請舉手。」手舉得很慢，但是終於有了結果，八個人舉了手，只有他們三個和潘沒舉。「那我們的看法就紛歧了。」塔碧莎說，在筆記本中記下了結果。「法官希望我們是全體一致，沒有異議。我可以請問你們是對哪部分的證據存疑呢？」

「全部的，」卡麥倫說，「而且這個房間裡的人休想要改變我的看法。隨便我們在這裡耗上多久都一樣。」

「我也是。」傑克聲援他。

洛蒂覺得人人的眼光都落在她身上。她做個深呼吸，知道她必須說話，而時間在一分一秒流逝。

「我同意傑克和卡麥倫的看法。」她終於說出話來了。

「真的？」塔碧莎問，「可是妳之前在討論證據的時候好像不是很確定。妳是不是有什麼問題要提出來讓我們幫妳解答的，審判有什麼地方是妳難以了解的嗎？」

「沒有什麼地方難以了解，我不是需要妳特別指導的笨孩子。」洛蒂兇巴巴地吼。大家全都倒吸了一口氣。「聽著，我一直盡量不抱成見，我衡量雙方的論點。瑪麗亞・布拉克斯罕姆說她是自衛，檢察官並沒有向我證明她不是。那個精神科醫生非常自大，我不怪她會對他罵髒話。這樣子夠了嗎？」

「非常夠了，謝謝。」塔碧莎說，吸吸鼻子。

「自衛？從一個傢伙的背面攻擊？你們這些人還真是他媽的自由派，你們的常識都到哪兒去了？」

「這叫法治。」傑克反駁道。

「大學裡學來的玩意是吧？等你出社會再看你是怎麼死的吧。」費努欽用力把椅子往後推。

「我們大多數的人都看得出道理何在，」格瑞哥里說，「我實在不懂你們為什麼沒辦法理解我們的觀點。」

「說不定是因為我們真的了解無罪推定的真正意義，」卡麥倫厲聲說，「你是要我再幫你們解釋第一百次嗎？」

「沒有必要。」塔碧莎說。

「你憑什麼覺得比我們強？」愛格妮絲質問道。

「喔，我很樂意回答這一點。」卡麥倫對她嗤之以鼻。

「潘？你有哪一點有疑問？」塔碧莎試圖讓會議恢復秩序。

「我沒辦法決定，所以無罪好像才是公平的判決。不過話雖如此，如果可以讓天秤偏向哪一邊，結束程序的話……」

「你不能因為想要趕快離開就亂下決定。」格瑞哥里責備道。

「我要說的不是這個，」潘說，揉了揉眼睛。「只是我們好像是僵持不下了。」

「我建議我們寫字條給法官，」塔碧莎說，「她會給我們忠告。這裡實在是太熱了。」

二十分鐘後他們都被召進了法庭，人人都坐回了老位子。珞蒂一直低著頭，她不想和卡麥倫這麼接近。他害她起雞皮疙瘩。她知道他沒跟塔碧莎幫開戰是因為有了她和傑克他就有了他要的人數。她交叉手指，等著地獄結束。要是他們各持己見，不肯達成一致的判決，法官當然會解散他們。他們已經吵了一整天了。

「我收到陪審團的字條，」法官等全體落坐之後向雙方律師宣布。「看來他們的意見分歧，無法達成十一比一或是十比二的多數裁決。雙方律師有什麼建議嗎？」

「我會建請庭上現在就做出多數裁決，以免審判停滯。」詹姆斯．紐韋爾說。

「我同意，」伊摩珍．帕思戈也附和。「我也要補充一點，我們昨晚重新審視了我們的立場，決定如果陪審團無法做出裁決，我們會提出第二審，不過鑑於社會成本，我們當然是寧可迴避這種可能的。」

「妳他媽的在開玩笑。」珞蒂聽見卡麥倫嘀咕。他坐得挺直，對著旁聽席皺眉，她循著他的視線望過去，注意到昨天出現的那三名大漢又來了。除了他們之外，旁聽的人還是老班底。有人在控制他，珞蒂心裡想，分享情報，吩咐他做什麼，除非他是直接為被告做事的。他的指甲掐進了椅臂的軟墊裡，而軟墊就在珞蒂的目光下裂開。他比珞蒂想像中還要強壯。那雙長時間勞動的手，那雙珞蒂在夜裡遐想不已的手，都讓他變得致命。她想像那些手指掐住她的喉嚨，知道她絕對不能惹火他。卡麥倫．艾利斯不僅危險，他根本整個人失控。

「好吧，」法官說，看了看錶。「陪審團的各位，今天很漫長，你們也都辛苦了。你們可以回飯店過夜。明天你們再開始商討，但是我只接受你們的多數裁決。你們可以走了。」

庭丁起立送他們出去。珞蒂回頭看卡麥倫，他仍瞪著法庭的對面。她再一次掃視人群，看他是對誰這麼注意，但那時他已經站了起來，跟上了其他的陪審員。

「妳的房間，今晚九點，」他在走廊上大步經過她時嘶聲說。「還有別耍賤故意不開門，不然我就去找妳老公了。」

詹姆斯．紐韋爾走入會議室時頭垂得非常低，瑪麗亞雙手交疊在大腿上，等著接受最後一擊。

「他們是要一直把我弄回來直到做出判決，是嗎？」她問。

「他們會再試一次，如果這個陪審團無法達成裁決，」紐韋爾糾正她。「我知道這和我們的希望不同。陪審團顯然目前僵持不下。法官會再給他們明天一整天的時間來裁決，如果還是沒有結果，這件案子就會有第二審，我們得從頭再來一遍。」

「我不確定我能不能再來一遍，」瑪麗亞說，咬著指甲。「坐在玻璃盒裡像一隻實驗室老鼠讓大家都瞪著看。」

「妳不能為了要避免二審就決定認罪，這樣會正中檢方的下懷。我想伊摩珍．帕思戈就是為了這個才會當著妳的面宣布他們改變立場的。他們並不真的想要花錢上訴一件他們可能贏不了的官司。她是想要逼妳認罪。」

「可是沃斯教授下一次會準備得更充分，他會在我有機會說出我的說法之前就準備好所有的答案，咬定我有罪。你也知道。」瑪麗亞說，站了起來不停踱步。

「妳也會準備得更充分。不要現在就洩氣了。我們先等明天，看有什麼狀況。現在還不到擔心的時候。我是想問妳——那三個走進旁聽席的男人。妳確定妳不認識他們嗎？時間實在是……」

「太巧合了，我知道，可是恐怕我不知道他們是誰。他們絕不是愛德華會交朋友的類型，而且我也沒安排粉絲團來給我加油打氣。」

「對，」紐韋爾失笑道。「大概是那些有興趣的民眾吧。不過，回保釋旅館的路上要小心，他們看起來像是一夥的，知道我的意思吧。」

瑪麗亞在會議室等到最後一批記者都放棄要拍到她的照片之後才離開。她做了心理準備，官司不是今天就是明天終了。一想到從頭再來一遍她簡直受不了。金屬光在她心中掠過。她需要一點紓壓。張力就像是一個膿瘡需要戳破。再一天，她心裡想。二十四小時，然後應該就結束了。

二十四小時，然後她可能就被判刑了。又回頭去穿別人為她選擇的衣服，吃別人決定的食物，睡上下鋪，不知道黑暗中會發生什麼事。她的堅忍隨著每一分鐘流逝也變得更萎縮。

她厭倦了證明自己，厭倦了媒體所炒作的成見。身為女性就意味著妳就是會歇斯底里，就是愛幻想，或是就愛說謊，這是什麼道理？她費盡力氣想讓別人相信她說的每一句話都是實話，可是愛德華的資歷一在法庭裡公布，他就上了神壇。男人和女人間的差異瞬間變得不像是一道鴻溝，而是兩塊大陸。不公平的地方不僅僅是薪資不同，陞遷機會不同，以及她每天在報上看到的性別歧視，更是那種感覺，好像女人不需要那麼多的重力，呼吸的空氣更輕薄，在方方面面都更沒有實體。打女人的男人可以是強勢的大男人，打男人的女人就是潑婦或是女魔頭。女人善於欺騙似乎是一般認定的正常情況。她本以為跟愛德華生活過後已經讓她對任何的不測都處變不驚了，結果她卻對付不了這場官司，也應付不了坐牢。把她成年人生的另一半花在鐵窗裡突然間沉重到讓她不敢去想。

回旅館的路上必須經過藥局。她的自律和決心消散了。她被捕後就沒有自殘過一次，而現在，她又需要了，渴望著簡單乾淨的痛苦來結束惡夢。只要割一刀就可以結束，她心想，離開了法院大樓前往商店。甚至不會痛。她可以把自己包得暖洋洋的，說不定就坐在熱水裡。要是她先吃上一把止痛藥，她可以在水變紅之前睡著。

31

茹絲第五遍查看雙胞胎。一如平常，她把他們放在各自的床上睡覺，而現在兩個人又摟在一塊。邁克斯含著大拇指，黎亞的手指在被子外動個不停，像是在彈奏鋼琴。兩人都帶著笑臉。今晚他們忙著拿貼紙給外婆打扮，而茹絲的媽則乖乖坐著承受他們的藝術創作，開心地讓每一吋可見的肌膚都被貼上卡通人物、閃亮的星星或是彩虹。難得有一次沒有飲料潑灑出來，沒有大發脾氣，沒有潑婦罵街。也真是奇怪，茹絲自己的心情那麼壞，她們的家居然如此寧靜。她好想尖叫。如果陪審團無法達成一致的判決，就會有第二次審判，這種前景簡直是暴虐殘忍。瑪麗亞吃的苦頭已經夠多了。

確定屋裡的人都睡了之後，她把自己鎖進辦公室裡，拿出了檔案櫃裡的一本日誌，這裡記錄了瑪麗亞的最後一通來電。在茹絲記錄時，她萬萬沒想到兩個小時之後愛德華．布拉克斯罕姆就會被直升機送往醫院。她翻開相關的幾頁，發覺她的筆跡實在很醜，不過她在書寫的時候心情很差。她對那段對話的回憶幾乎是一字不漏，但她還是重讀了筆記，直接戳碰那段對話的痛苦憤慨。

瑪麗亞是在午餐時打來的。在那個時候，茹絲已經把瑪麗亞的手機號碼輸入了手機的來電顯示裡。她立刻就接聽了，希望瑪麗亞能難得有一天順心。

「嗨，瑪麗亞，」她當時說，「妳怎麼樣？」

「沒有怎樣，」瑪麗亞說，「來說再見，茹絲。不打電話了。」

「為什麼？」茹絲問，放下了咖啡，拿起了筆，草草寫下瑪麗亞說的話。

「他說我今晚可以再割自己。」瑪麗亞早就不說她先生的名字了。茹絲一向都知道「他」是誰。瑪麗亞的生命中沒有別的人。「我會割，我只是不確定我能停得下來。痛有用。我可以忘記一切。我覺得我現在想要忘記了。」

「瑪麗亞，妳讓我很擔心，」茹絲說，「妳一定不能讓他逼妳這麼做。自殘太危險了，尤其是妳現在又有這樣的感覺。」

「妳一直是個好朋友。我知道我沒見過妳本人，或是好好謝過妳，可是我一直都知道我需要妳的時候妳都在。」

「我可以找人去幫忙。妳需要出走，就是現在，我可以報警……」

「他會讓他們把我關起來。他都計畫好了。我沒看過醫生，只是一直割一直割。我躲不開他，他仍然在控制我的生活。他們會說我有憂鬱症，有疑心病，對我自己有危險。好笑的是，我知道我的確是對自己有危險。」

「這樣不對，瑪麗亞。拜託，我不能坐視不管。」

「我什麼也不要，」瑪麗亞說，「只想聽妳的聲音。」

「我有妳的地址。妳記不記得那次妳真的嚇壞了，就把地址給了我？妳答應我如果情況太壞妳會讓我幫忙。這次就是了，瑪麗亞。就是現在。妳必須允許我去找幫手。我可以報警，或是叫救護車。看妳需要什麼。」

「沒有人會相信我的。有時候連我都覺得全都是我自己捏造的。我不想跟妳吵，茹絲。說不定等他回到家來，他又改變了主意。」

「妳可以假裝生病。上床去，跟他說妳今天不舒服。妳說過他最討厭病人了，那他就不會煩妳了。」

「這次不行。我不想再玩遊戲了。沒關係，真的。我沒事，妳一直是那麼的……」

手機嗶了一聲，瑪麗亞那少得可憐的通話費用光了。茹絲瞪著家用電話的聽筒，既憤怒又驚慌。她知道對方已經刻意叫妳不得介入，她就不能介入。可是瑪麗亞的言下之意是什麼？她又要自殘了。這種事發生過。如果她報警，警察上門去只會找到一個女人說什麼事也沒有。沒有傷勢可以叫救護車。只要插手就會讓愛德華明白瑪麗亞一直在和某人聯繫，然後他就會把房子整個翻過來，搜出她的手機。

所以茹絲做了在接到每通電話後做的事，她一字一句記錄了下來，仔細回想，盡可能忠實，注意音調的抑揚變化以及她剛才評估或是診斷的心理狀態。這種事茹絲非常擅長，她也善於聽出別人聲音中的精準情緒，善於從他們說的話或是沒說的話中評估他們的優缺點。聽其聲而辨其心是她的天賦。在她寫完時，她對一件事有十成的把握。瑪麗亞不再在乎生死了。這通電話並不是在呼叫救援，而是除了愛德華之外，她跟別人的最後一次聯繫。

32

卡麥倫沒喝酒，珞蒂不知道這樣是較好還是更糟，不過他的心情極差卻是確定的。她在離開飯店餐廳時順手偷了把牛排刀，就藏在枕頭底下。沒錯，她不能拒絕他到她的房間來，可是她起碼不會手無寸鐵。十分鐘來她都在一讀再讀贊恩的簡訊。

「沒有妳屋子空空的，」簡訊寫道。「丹尼跟我每天都對著妳的照片說今天的事。他等不及要看到妳了。我知道這一向不容易。太多工作壓力，我都忘了要關心妳了。我們趕快定個假期。祝妳明天順利。」

珞蒂打電話跟丹尼亞道晚安，贊恩按了擴音，但是簡訊還是能讓你把一些事說得更明白。愧疚啃噬著她。她的愚蠢導致的可能後果讓她害怕得快生病了。只要再一天，她告訴自己。要是她能再撐個一天……

就在這時卡麥倫溜了進來，雙眼瞇成一條縫，一副全世界都與他為敵的德性。他一屁股坐在椅子上，雙手捧住頭。珞蒂仍站在門邊，靠著牆，等著他開口。

「我們不能讓這件案子重審。妳得說服他們支持我們。」他咆哮道。

「你瘋了，」珞蒂說，「我有什麼辦法能改變他們的決定？我們只有潘一個人，而他為了能早點回去上班隨時都會翻盤。而塔碧莎、格瑞哥里和葛爾思？想都別想。」

「妳非做不可。」卡麥倫慢吞吞地說。「幹！」他大叫，猛地站了起來，用力踢了一腳小矮桌，把桌子踢飛了，碎裂的玻璃四散在地板上。珞蒂伸出發抖的手握住門把。「妳敢開門就試試看。」他威脅道。

「我不知道你到底要怎樣，」她喊道，「你說閉上嘴巴，支持無罪，我全都照做了。這件事跟我一點關係也沒有。」

卡麥倫用力吐氣，兩手插進口袋裡。「我們需要一個計畫。他們不會聽我的。我跟那個目中無人的塔碧莎對嗆過太多次了。要是我們能讓潘不叛變，我們就有四個人，再六個人贊成無罪，我們就安全了。」

「安全什麼？她到底是你什麼人？」珞蒂問。

「她？」卡麥倫一臉迷惑。

「瑪麗亞．布拉克斯罕姆啊。你鐵了心要讓她無罪，我不懂。審判開始的時候你根本不想當陪審員，你現在怎麼會這麼投入？」

他按摩太陽穴。「唉，事實證明陪審義務為我所有的問題提供了一個出路，起碼是在天殺的伊摩珍．帕思戈改變主意又要重審之前。反正，這不關妳的事。妳得想個辦法爭取足夠的陪審員投下無罪票，否則的話妳老公就會得到一個終身難忘的驚喜。我希望妳喜歡亞洲，因為那裡就會是妳去探視兒子的地方，只要妳還能弄到探視權。」

珞蒂嚥下對著卡麥倫吼叫或是求饒的衝動，反正也都是白費力氣。他手上的錄音檔就是他的殺手鐧。今晚他簡直不成人形，不但是走投無路，而且是驚慌失措。真的驚慌失措，她發覺。就像是她自己在照鏡子。

「你有麻煩了，」她說，「所以你可以給我下一大堆的命令。你說得對，贊恩可能會跟我離婚。他可能會帶走丹尼亞，也可能不會。他很有骨氣，卻不是個報復心重的人。我認為你的風險並不比我的小，你從口袋裡掏出來的紙條寫著要問那個精神科醫生的問題，不是你寫的。是從哪裡來的？」

「一名相關人士。哪裡來的有關係嗎？反正他媽的一點用也沒有。」

他坐在床上，挑著指甲，一臉死白。「我欠了債，沒什麼大不了的。換作我是瑪麗亞・布拉克斯罕姆，我也會為了錢把那個傢伙的腦袋打爛。」

「你其實不相信是自衛，」珞蒂低聲說，「可是你還是打算要強迫傑克跟我說她是無罪的。」

「我他媽的根本不在乎她會怎麼樣。重要的是我的命，我的問題。」他站了起來，衝向牆壁。「靠！」他尖叫，踢著牆壁。「靠，靠，靠！」

珞蒂站得更挺。「你有生命危險，所以那三個男的才會到法庭來，你不肯看的那三個。你昨晚就是到停車場去見他們？難怪你上來這裡的時候那麼生氣。」她頓住，前思後想。「你老是缺錢。這下子我懂了。你欠了多少？」

「夠多了，光是利息就能讓我少掉右手——說不定是兩隻手——要是我付不出來的話，」他大吼，大步穿過房間，掐住了她的喉嚨。不到半秒鐘的工夫，她就被按在牆上，只有腳尖著地，呼吸不過來。「要是妳突然間變得那麼機伶，那妳還不如專心想想該怎麼辦。」他的臉孔距離她只有幾毫米，唾沫星子噴進了她的眼睛。她的視線邊緣開始模糊，兩隻手在他身上亂打，冷不防間她就摔在地板上，大口喘息，手腳並用爬到角落躲開他。

她一直等到視線恢復正常，緊盯著他，看著他站在那兒，額頭抵著牆壁，每隔兩秒就輕輕撞頭，口中唸唸有詞。

「原來你拿了錢要搞定陪審團？」她聲音沙啞地說。「沒有結果就沒有錢。你跟那幾個想拿你的腦漿重新裝潢某間廢棄倉庫的大好人搭上了單程列車？」她微笑道。

「要是妳他媽的不閉嘴，我就勒死妳。」他惡聲惡氣地說，露出牙齒。

「得了吧，」她低聲說，「你需要我。要是明天上法庭我的喉嚨有瘀青，那就糟糕了。」

「賤女人！」他吼叫，把怒氣對準牆壁發洩，打得一幅畫掉在地板上。

珞蒂走過去，把畫撿起來，掛回牆上。

「你該走了，」她說，「要是有人跟櫃檯說有人擾亂安寧，你可不能被發現在這裡。最後整個陪審團都會被送回家。」

「還不行，」他嘟囔著說，「妳以為妳是老大了是嗎？妳眼裡的那個閃光。知識就是力量，那類狗屁倒灶的格言。我覺得妳得記住是誰說了算，而我打算要幫妳記住這一點。」

「我知道會有什麼風險，」她說，「你威脅的時候並沒有多委婉。」

「上床去。」他命令道。

她直視他的眼睛。「不。」

「好吧，」他說，「妳想這樣玩的話。」他掏出口袋裡的手機。「妳真的應該小心自己手機的隱私。我趁妳在洗澡的時候從妳的通訊錄上弄到了妳老公的號碼。記不記得在我們搞完以後我負責清理？妳真以為我是出於好心才把地上的草莓掃乾淨嗎？」他握著手機在空中揮舞，珞蒂看見贊恩的號碼顯現，卡麥倫的拇指在撥號鍵上。「最後一次機會，」他在她哭出來時說。「現在給我到床上去。」

「好、好，」珞蒂說，「拜託把手機關掉好嗎？我會照你的話做。我懂了。你是老大。你想幹什麼？」她的聲音發抖，而儘管天氣熱，她卻全身冰冷。

「對妳嗎？」他哈哈笑。「沒事。跟妳一塊？那可就不一樣了。我們做過很多次了。」他把襯衫脫掉，丟在地板上。「幹嘛現在才害羞？」她坐在床沿，看著他倒在床上，伸展四肢。

「別傻了，過來這裡。讓我們舒舒服服的。」

珞蒂向後挪，肌肉糾結成一團，胳臂上都是雞皮疙瘩，坐到他的身邊，瞪著對面的牆。

「你到底想要幹什麼？」她問。

「我要給妳一個理由去相信瑪麗亞．布拉克斯罕姆，」卡麥倫在她耳邊低語，舔著她的耳朵裡面。舌頭像一條蛇，她心裡想。「一個妳不會忘記的理由。我可以跟妳擔保：等她走出證人席，我就會把錄音銷毀，事情就到此結束。只是一個小小的誘因，讓妳不會起什麼叛變或是獨立的念頭。好了，把衣服脫掉。」

「你不是真的想叫我這樣。」珞蒂懇求他。

「幾天前妳還投懷送抱呢。」

「幹。」珞蒂木然道。

「妳已經幹過我了。需要我幫忙嗎？」

珞蒂坐得筆直，扯掉了T恤，也脫掉了牛仔褲。「內衣也要？」她問。

「當然嘍。」卡麥倫舔嘴唇。

洛蒂並不清楚他可以有多低劣，也不想去了解他。這不是那個讓她安心的卡麥倫，甚至不是那個在成為朋友之前在陪審團室殘酷羞辱她的那個卡麥倫。這是一個異於常人的生物，沒有良心，完全無法預測。他需要我活著，她告訴自己。更重要的是，他需要我毫髮無傷。她可以嚐到口中後悔的滋味。本來是可以不一樣的。她可以讓贊恩寫封信，免除她的陪審義務。要是她不是那麼心急想交朋友，要是她沒有那麼輕易就被卡麥倫的魅力和外貌迷住。那句話怎麼說來著……沒做過的事才會後悔？哼，狗屁不通。她只有一個人，求助無門，而這個男人卻在短短的兩三步裡就從珍愛變成恐嚇。她只剩下一點點的骨氣，而要是她連這點骨氣都不要了，那她才該死了。他可以懲罰她，虐待她，但是她絕不會讓他看見她崩潰。

她凝聚起僅存的一丁點的彈性和強悍，塗抹住她的恐懼的裂縫。「你是想強暴我，那就最好快一點，我不確定還能撐多久不睡著。」她雙臂抱胸，決心要看著卡麥倫的眼睛。要是她不得不臣服，她也不會哭。不能有哀求。畢竟是她自己自作自受。唉，這寶貴的一課學得還真是代價慘重。

「躺下，洛蒂，」他小聲說，「妳真的很美，這一點我從沒說謊。」

「我不懂你為什麼要這麼做。」

「妳會懂的。翻過去趴好，」他命令道。她努力忍住淚，把臉埋進枕頭裡。「躺好，不管我做什麼，絕對不要動。什麼也別說，什麼也別做。妳好像需要一點額外的動機才會照我說的話做，所以我就給妳動機。我要妳為我裝死，夏洛蒂。也就是我說可以移動妳的胳臂，妳的腿，妳的身體，而妳不能反抗。妳一點活動能力都沒有。」

洛蒂又忍了幾秒鐘才冒出第一聲啜泣。一想到被這樣子蹧蹋，比一塊肉好不了多少，她就反胃。這種事完全違反了人性與尊嚴。他的手從她的肩開始撫摸，緩緩地，真的在感覺她的肌膚，指尖沿著她的臀部曲線起伏，她的身體開始發抖。

「拜託不要。」她哭喊。

「噓，」他貼著她的耳朵說。「妳是死人。哭喊違反了規定。」

「我要對妳為所欲為。我最喜歡妳這個樣子——柔順、輕鬆，讓我不費力氣。妳就是為了這個而生的。妳現在能感覺到了嗎？」他抬起了她的一條腿，挪向他自己，讓她敞開暴露。她最大的感覺是脆弱，這輩子都沒感覺這麼脆弱過。隨時都可能會發生什麼事。洛蒂僵住了，被自己的無能為力嚇呆了。

「等一下，」他說，「我只需要一分鐘。」

他的重量從床上移開。洛蒂豎耳傾聽什麼線索，想知道他在做什麼。有腳步聲，衣服的窸窣聲，他拿起了床頭几上的什麼。洛蒂硬起頭皮，後悔走進布里斯托皇家法院的每一秒、每一個想法。要是她能讓時光倒流，她願意付出一切代價。什麼都可以。

她的房間門砰地關上。洛蒂哭了出來，屏住呼吸。什麼也沒有。

「卡麥倫？」她哭著喊。

沒有人。她默數到六十，數得很慢，這才側過臉看他剛才躺的地方。她用手肘架起身體緩緩翻身，以為他會坐在椅子上，瞪著她，等著她移動，等著她犯錯，以便處罰她。椅子是空的。她用力合上了雙腿，撞得兩腿生疼，抓起鴨絨被遮蓋赤裸的身體。她踉蹌下床，膝蓋撞上了床頭几，爬了兩步才站直。小碎步到浴室門口，雖不想看，卻抗拒不了。他是在耍她？她把門整個推開。裡頭沒有人。她又去查看衣櫃，然後是窗帘後。

他走了。他的手機和鑰匙不見了。他撿起了地板上的襯衫和鞋子。房間內只有她一個人。她撲在門上，把門鎖死，再把安全鍊拉上。他走得悄然無聲，所以她什麼也沒聽見。

震驚讓她雙膝落地。她把頭抵著木門，覺得頭暈目眩，噁心想吐。幾分鐘過去了她才總算能夠站起來。等她走到浴室，她已經在乾嘔了。她又跪了下來，撥開臉上的頭髮，瞪著馬桶。十五分鐘後她才洗澡。兩手仍抖個不停。她發覺她在喃喃自語，說著通常是用來安撫丹尼亞的話，讓自己安心。安全了，他走了。只是她明天還得見到他，說不定還有後天。再來呢？錄音檔仍在他手上。

珞蒂把浴缸裝滿了熱水，先去掠奪迷你酒吧，知道她如果不小心一點又會害自己嘔吐，但是她必須淹沒內心的聲音。熱水的溫度很適合。她坐在浴缸的一頭，膝蓋收到胸前，雙腿夾緊，喝著純琴酒，儘管實際上並沒有被侵犯，感覺卻像被侵犯了。她在腦海中聽見了瑪麗亞．布拉克斯罕姆在描述她的情況，月復一月年復一年屈服於那種不啻於強暴的惡行。珞蒂回想起被告在敘述時的表情，她臉上的每一道皺紋都蝕刻了對她先生的純然憎惡。她自己的臉上也一定銘刻了同樣的感覺，她覺得。刻骨銘心的恨是不會消失的。她已經知道餘生的每一天都會希望卡麥倫死掉。

他證明了他的用意。她會照他的吩咐做，這點不必懷疑。她再次拿起香皂，開始刷洗皮膚，得刷上一整晚才能除去那種骯髒的感覺，而他還沒有真的做什麼呢。瑪麗亞．布拉克斯罕姆攻擊她先生的動機已經無所謂了。如果她要的是他的錢，那也是他欠她的，珞蒂心想。如果她是出於憤怒而不是恐懼才揮出那一擊的，那更好。

明天不必傷腦筋，就是聽卡麥倫的。她會保護她的兒子，她的婚姻，聽命行事。至少她現在可以憑著良心去做了。瑪麗亞·布拉克斯罕姆不應該坐牢，他媽的，應該給她頒個獎章。珞蒂要是有她那麼勇敢，就會抓起檯燈打爛卡麥倫的頭。她給自己幾分鐘想像那一幕。之後她可以把那份錄音檔刪除，警方就什麼也不知道。是自衛，她想像她自己說。他想強暴我，我沒有選擇。這些話在她的耳朵中回響，她自己的聲音居然與瑪麗亞的混合。我們沒有選擇，一點選擇也沒有。

33

開庭第十二天

他們十二個人圍桌而坐。天氣竟然熱上加熱，也可能是大家的脾氣讓氣溫上升。無論如何，珞蒂的希望都越來越渺茫。瑪麗亞腿上的傷是她的主要論點，很顯然這個女人的日子過得慘不忍睹，她說，那她的先生為什麼不幫助她？

「搞不好她就是心理有病，那個精神科醫生也說有這個可能，」葛爾思．費努欽反駁道。「誰知道她老公是不是從結婚以來就一直在忍受她的精神錯亂的想像，然後有一天她就發狂了，打了他的頭。這比她講給我們聽的胡說八道要有可能多了。」

「那他書房門上的鎖呢？」傑克反問道。

「他把他的筆記和電腦都放在裡面，」格瑞哥里說，「有可能他是因為妻子太疑神疑鬼，不想讓他的東西被破壞。她說不定哪天就會把東西全都丟進壁爐裡燒了。我是在給布拉克斯罕姆博士雖可疑但無過失的推定，尤其是那個可憐的王八蛋不能說話了。」

「因為她打了他！」愛格妮絲．黃補充說，興高采烈卻完全沒有必要。同桌的人紛紛發出同意的喃喃聲。

珞蒂好想抓她的頭來撞桌子。潘完全不管他們在爭什麼了，擺出一副誰能讓他最快得到自由就挺誰的樣子。山繆倒是有同情心，不管誰說話他都點頭附和。愛格妮絲一心想吵架，很樂意能再待上一個星期。葛爾思．費努欽就不用提了。看來眼看著一個捧著一隻刺蝟寶寶的成人變成了一個流口水的廢人，這張王牌是無論如何推翻不了的了，這件事在心理層面上對他們的影響不是洛蒂能知道該如何緩解的。

她瞪著卡麥倫。她倒是知道跟他是同一邊的一點用處也沒有。她抓住手機，在桌子底下打字。

「改變你的判決。跟我唱反調。」她按下傳送。

卡麥倫不理會手機的聲響。她在桌子底下踢他，直到他掏出手機，低眉看簡訊。他挑高眉毛，微微搖頭。

「就做你自己，」她又寫道。「真正的你。不要保留。」

他邪氣地看了她一眼，隨即聳肩。洛蒂思索著她該怎麼辦。這是在孤注一擲，勝算實在太小，而且不夠光明磊落。可是也只有這一個辦法了。

「重點是，我知道瑪麗亞．布拉克斯罕姆說的是實話。」洛蒂說。

「這會兒妳又能跟她通靈了是嗎？可真方便。」葛爾思嘲諷道。

洛蒂兇巴巴瞪著他。「我知道，因為如果跟她有同樣的經驗，就很難對其他人身上同樣的痕跡視而不見。」她的聲音顫抖，卻讓葛爾思．費努欽閉上了嘴巴，洛蒂等著卡麥倫的腦袋接上線，加入討論。塔碧莎幫對卡麥倫已經是夠討厭的了，如果她想要贏得任何人的同情，她就需要他來跟她唱反調，而不是附和她。

「得了吧，」卡麥倫插口說。「我贊成就案子的是非曲直來裁決，不過搞那種姐妹情誼的狗屁就免了吧。我們何不就法律角度來看？」

「艾利斯先生，你這麼說太粗魯了。我們一開始就同意不要針對個人。我必須請你讓珞蒂發言。」塔碧莎責備他說。珞蒂能看見他臉上的恨意。

「好，」卡麥倫雙臂抱胸。「不過少扯不相干的東西，好嗎？」他針對珞蒂。她對他瞇起眼睛，一點也不是在作戲。

「瑪麗亞說她被控制的事，並不如你們想像中那麼不尋常，」她開口說，同時納悶她要如何繼續而不會接不下去或是嘔吐。「差勁的關係就總是這樣。一個伴侶吃醋或是做出不可理喻的命令。有的男人會選中本能叫她們不要反抗的女人。他們喜歡脆弱的人。那些男人在一開始給妳的力量是很難放手不要的，所以妳就妥協了。妳的男朋友告訴妳他不喜歡妳的某個朋友，妳就會找個理由疏遠他們。他說妳穿紅色的好看，妳就會為了討好他穿紅色的。」她回想起她為卡麥倫穿的衣服，就只因為他喜歡。等她一回家她就要把那件衣服割爛。「他說他不喜歡女人因為懶惰不刮腿毛，妳就會牢牢記住絕不讓腿毛多長一天。」

「喔，珞蒂，」傑克說，「妳確定要告訴我們這個嗎？我都不知道。」

「謝謝你，傑克，」她說，不太能看著他的眼睛。他的傷心還沒來呢，他只是還不知道罷了。「我需要這麼做。」她清清喉嚨，讓聲音再大一點點。「起初都是小事。妳沒認出那就是在控制妳，可是事實上就是，只是用讚美和有禮的建議包裝了起來。不知不覺中，妳做了自己想都沒想過的改變，而從頭到尾妳還一直告訴自己是因為妳愛他。其實是妳不想失去他，因為到那個時候，妳已經不太和朋友見面了。妳不理會家人給妳的忠告，因為妳不想被別人笑妳是笨蛋。」

「就因為這樣想殺人也太牽強了吧。跟被告敘述的完全是兩碼事。我相信妳是覺得妳有什麼女性經驗，可是拜託——」卡麥倫一副無聊得要命的口吻。

「閉嘴，我想聽，」愛格妮絲打斷他。「這真的是妳的經驗嗎，珞蒂？是妳先生嗎？」她的語氣實在是太愉快了，又有八卦可以聊了。

珞蒂已經覺得很齷齪了，但是卻只會更齷齪。「我不能說，」她說，「我有太多顧忌。」這句話起碼是沒有加工過的實話。

「這裡很安全，親愛的，」塔碧莎溫和地說，「聽起來妳吃過不少苦頭。」

「在妳了解妳的伴侶是在虐待妳之前，情況已經很糟糕了。妳自己找藉口，說他是壓力過大，是手頭太緊，」她瞄了一眼卡麥倫。「妳的家人也不支持妳。他不喜歡聖誕節或復活節或暑假，或是隨便哪個季節。然後他第一次打妳。他打妳，很可怕，可是後來他又倒在妳的懷裡哭，說他絕對不會再打妳。所以妳就想，也許是我的錯。突然間，他又變回一開始的那個男朋友，莫名其妙就送花，看電影。他熱情又親切。然後就又發生了，妳面對了現實。他第二次打妳妳就知道問題不在妳。妳知道是他。可是那時妳覺得自己一無是處，看不到出路。妳大概會告訴自己是因為妳愛他。可是妳留下來是因為比較容易、比較不可怕。他掌握了妳，而那就像是慢慢在泥巴裡淹死。」

「珞蒂，」珍妮佛說，伸出一隻手來摸她。「好可怕。妳怎麼不早說。聽這場審判妳一定心都碎了。」

「我可以指出即使是這件案子的被告都清清楚楚說過布拉克斯罕姆博士沒有打過她嗎？一次

也沒有。我不贊成男人打女人，可是我還是得同意卡麥倫的說法。我不知道說這些是不是相關的。」葛爾思．費努欽說。

「謝謝，終於喔。」卡麥倫嘟囔著說。

「我覺得我們應該繼續聽珞蒂說，」傑克親切地說，「如果她準備要把她的看法告訴我們，我們應該要尊重。」

珞蒂對他微笑。「謝謝你。相關的地方就是布拉克斯罕姆博士不需要打他太太，他有更強大的武器來對付她。他知道她年少的時候會自殘。別的男人用的是拳頭，他卻交給她刮鬍刀。他根本就不需要打人。他邪惡多了。而且也意味著她不能去報警，說他是家暴的一方，可是請從我的角度來看。她腿上的每一道割痕都等於一隻烏青的眼睛或是一根被打斷的肋骨，在心理上的傷害更沉重。跟被打是一模一樣的。」

一片沉默。「好可怕，」珍妮佛最後說，「真的很遺憾。」

「問那個精神科醫生的問題，」珞蒂說，「你們也需要知道。」

「啊，問題又不是妳寫的。我看見艾利斯先生從他的口袋裡掏出來的。」格瑞哥里氣呼呼地說。

珞蒂早有準備。「你說得對。我覺得太丟臉了，不敢自己提交，所以我就在進法庭之前寫好了，請卡麥倫幫我交上去。我覺得……我就是沒辦法面對你們大家問我為什麼會想要問那個問題。太私人了。」

「接著說。」塔碧莎溫柔地說。

洛蒂雙手握拳，眼睛盯著桌子。「瑪麗亞．布拉克斯罕姆說到她先生要她裝死，在他……就那個的時候。我那時才明白不可能是她捏造的。在妳的關係中一旦到了那個妳被命令裝死的階段，妳就對一切完全失去了控制。他會叫妳不准動，只有他能移動妳的胳臂、妳的腿，他想幹嘛就幹嘛。他會說死人不會哭，所以妳也不能哭。正常人不會那樣做。要是有人愛妳，他們會想要妳回應。」她深吸一口氣，任眼淚流下。「妳裝死不是因為妳同意。這種事我只發生過一次，而我一輩子也忘不了，我永遠也走不出那種陰影。可是我可以跟你們說，每次瑪麗亞．布拉克斯罕姆被她先生要求裝死，她就是被強暴的。她被虐待被侵犯。我完全能夠理解她只差那麼一點點就會把自己割得太深，深到無可挽救。」洛蒂抬起頭來，迎視其他陪審員的視線，一次看一個，不慌不忙，沒有略過卡麥倫。他別開了臉。「男人對女人那樣，他就剝奪了她的一切。力量、自由意志、選擇，還有生命。他奪走了妳真的活著的想法。瑪麗亞．布拉克斯罕姆忍受了這麼多年。我不怪她會隨手拿個東西打那個男人的腦袋。我不怪她，因為我也想要跟她一樣打死那個對我這麼做的男人。」

珍妮佛伸臂攬住了洛蒂的肩，摟了一摟。塔碧莎從袖子裡抽出手絹擦拭眼淚，山繆衝向男廁。葛爾思．費努欽低頭坐著，難得一次沒說話。愛格妮絲．黃在咬指甲。洛蒂讓自己接受安慰，珍妮佛低聲說些親切卻沒意義的空話。十分鐘後，大家又圍桌而坐。

「妳怎麼能確定她沒做過研究呢？我覺得她滿聰明的。妳有這種經驗，那別人也會有，圖書館裡一定有很多這類的書。」安迪．雷斯發聲了。

「嘿，我倒沒想到欸。如果他說的是對的呢？」愛格妮絲也附和。

「洛蒂說的話妳連一個字都沒聽進去嗎？」傑克問，覺得不可思議。

「我們不是在懷疑洛蒂，」葛爾思說，「就算是真的也不能算是自衛啊，我還是不能相信瑪麗亞．布拉克斯罕姆不能就離開她老公，非得宰了他不可。」

「這麼說倒是有道理。」山繆應和，又換邊站了。

「我還有最後一件事要說，」洛蒂吸著鼻子說。「我從頭到尾都努力只根據證據來決定，我保持開放的心態。你們還記得吧，是我建議要再看一次布拉克斯罕姆博士的影片的，誰也不能說我有偏見。我必須要說的是不能因為一個人的公眾形象就知道他是什麼樣的人，事情不是這樣的。施虐者可以非常有魅力，像我的例子，他就很聰明，而且開始的時候完全正常。否則的話，他們根本就沒辦法誘惑女人和他們發展關係。所以，不管你們覺得對愛德華．布拉克斯罕姆有多少認識，都拋開別管。我們必須給瑪麗亞無罪推定，因為依照我的經驗，我實在看不出她如果不是親身經歷怎麼能夠把謊話說得這麼逼真。檢察官絕對沒有向我證明她不是自衛的，一點也沒有。」

「謝謝妳，洛蒂，」塔碧莎溫和地說。「還有人要補充嗎？」

「我覺得現在是投票表決的時候了。」潘說。

算他識時務，洛蒂想。這個男人知道抓緊時機，打鐵趁熱，而且幫她省了開口的麻煩。

「那就舉手表決。認為被告有罪的？」塔碧莎說。幾秒鐘後門打開了，庭丁進來要他們重新到法庭內集合。

34

瑪麗亞按照指示坐在被告席裡，她環顧四周想找一個能讓她冷靜下來的東西，卻一無所獲。陪審團主席也站了起來。瑪麗亞不疾不徐地研究記者緊繃的表情，假設他們是想要有罪的判決。這樣新聞稿當然會比較聳動。詹姆斯・紐韋爾和伊摩珍・帕思戈背對著她，但是安東督察卻轉過來幸災樂禍，巴不得趕快看到她倒楣。他朝她微笑，她回以茫然的一眼。最後，她看著陪審團。只有那名年輕女郎盯著她。瑪麗亞能發誓她的眼中有淚。可能是憂愁吧，不是因為他們認定她對她先生做了什麼，就是因為她即將要服的刑期。

「各位達成了一致的判決了嗎？」書記問主席。

「沒有。」女主席回答。

瑪麗亞的胃翻了個觔斗。

「各位之中至少有十人達成一致的判決嗎？」書記接著問。

「是的。」女主席回覆道。瑪麗亞看著旁聽席上的茹絲，她已經哭得像個淚人了，用手背緊緊壓著嘴巴。

「你們判定被告瑪麗亞・布拉克斯罕姆在殺人未遂一事上有罪或無罪？」

一陣沉默。陪審團主席看了兩排的陪審員一眼，這才對著法官說話。

「無罪，」她說，「投票結果十比二。」

這時再由法官接手，不過瑪麗亞一個字也沒聽見。茹絲在旁聽席上公然哭泣。詹姆斯．紐韋爾轉過來看著被告席，對她綻開開朗的笑容。法官感謝陪審團的辛苦。瑪麗亞也以微笑感激那些看著她這邊的人，眼淚滾滾而下。

「布拉克斯罕姆女士，」法官說，「妳被裁定無罪。我很樂意地說妳現在自由了。警官，請釋放她。」

「謝謝，庭上，」瑪麗亞喃喃說，「謝謝。」

一眨眼間，被告席的門就打開了，一隻手溫和地托住她的胳臂，指引她離開她的玻璃囚室。瑪麗亞站在法庭後部看著程序結束，脈搏激衝，頭皮發麻，同時努力正常呼吸。

伊摩珍．帕思戈忿忿地跟她後方的警察低語，雙手支臀，直起肩膀。安東偵緝督察在搖頭，一根手指不停戳著桌面。瑪麗亞別開臉。她有的對峙夠她這輩子消受了。記者已經離席，準備衝向攝影機和打電話。世人就要知道她被無罪釋放了。然後詹姆斯．紐韋爾就來到了她的旁邊，帶領她離開法庭，進入外頭的公共區域，找到了一間諮商室讓兩人能安安靜靜說話。

「妳覺得怎麼樣？」他關上門就問。

「我還不知道，」她微笑著說。「我還沒消化。不過真的謝謝你，你對我太好了。」

「這是我們的本分。妳可以自由行動了，也可以離開保釋旅館了。不再有門禁，不再有規定。不過如果是我就不會去找妳先生，我不建議妳去醫院看他。」

瑪麗亞哈哈笑，笑著笑著卻哭了起來。紐韋爾掏出一條雖皺卻乾淨的手帕給她。

「妳也應該要盡快找律師辦理離婚和共有財產的事。我猜妳不會想回到那棟屋子生活。」他接著說。

「絕不，」她說，「我可以請問……你相信我嗎？你說你相信，我只是想知道為什麼。」

「我不是拿錢來相信別人的，」他溫和地笑著說。「這麼說吧，我討厭妳先生拿著刺蝟的那支影片，我也說不上來是為什麼，只是我的直覺反應。我覺得妳把真相一五一十告訴我了嗎？我相信妳從來沒有使用過他們在妳屋子裡找到的手機嗎？這些問題比較複雜，最好是別去深究。」

「對不起。」瑪麗亞說，而且是真心的。跟詹姆斯．紐韋爾說謊比起跟陪審團重複謊言要讓她難受多了。他信任她。大格局上不重要，可是她還是後悔。

「我們現在就別去回顧了，」他跟她保證。「重點是，要是妳問我相不相信今天正義得到了伸張，那我可以一手按著心臟說相信。我覺得這才是最要緊的。妳不是想要這種結果嗎？」

「是的，」她說，「有人相信是很重要的。聽起來可能很傻，可是那個法律測試……控方必須證明案件成立，被告不必自證清白……都非常好。可是據我現在的了解，你真正想要的是有人看著你的眼睛說對，我們相信你。不是因為無法證明，而是因為我們認為你是無辜的，不然的話，感覺你只是僥倖。說不定就是那種揮之不去的懷疑才讓他們判決無罪的。」

「瑪麗亞，」紐韋爾說，「妳心裡知道妳是不是無罪。別人怎麼想怎麼說都不重要。請妳要多保重。能認識妳是我的榮幸。」

他給了她一個短暫的、僵硬的擁抱，這才歪著頭道別，離開了。這件事對他就是如此，瑪麗亞明白了。另一樁案子了結。接著是下一樁。沒有什麼大不了的。她晃回公眾區，尋找茹絲，等著她的朋友跳進她的懷裡。十五分鐘後，到處都不見她的人影，瑪麗亞決定該回保釋旅館去整理行李了。說不定茹絲是趕回去接她母親或是雙胞胎了，她心想，心裡有一團疑雲，也有一點傷心。她拿起了皮包，離開布里斯托皇家法院，最後一次從示威者與媒體人叢中殺出一條路來。

洛蒂尾隨卡麥倫，希望他不是要去什麼危險的地方。她真的不想碰上那些他欠錢的傢伙，可是她必須確定卡麥倫知道事情已經結束了。他必須永遠不再來招惹她。隱身在遊客和中午用餐的人群中並不困難，但是她仍得抗拒半蹲著走路的衝動。卡麥倫信步穿過市區回飯店，大概是去拿他的袋子，但是最後一刻卻進了主教教堂。洛蒂想不起長大之後可曾進去過。教堂既美侖美奐又氣象森嚴，而她怎麼想也想不到勒索她的傢伙會進來這裡。一時間，她好想放棄，三十六計走為上策。想到要跟他說話，要在他附近一秒鐘，她就想吐。不過，她的家庭是最重要的。他們的寧靜和幸福。洛蒂為了確保這一點多少的苦頭都肯吃。她盡可能輕手輕腳進去。

洛蒂一手拿手機，躲在柱子後，監視著卡麥倫在一間側面的小禮拜堂裡坐下。他完成了他的任務，現在他要拿報酬。她早知道他沒耐心等待。想必待會兒跟他安排見面的人也不是什麼善類。有個女人出現，坐在他旁邊的位子上，身材高大結實。洛蒂認得她，她坐在法庭的旁聽席裡，她忍不住在心裡踢了自己一腳。錯不了，她也是在卡伯特圓環咖啡店裡的那個女人。那時卡麥倫說她是在疑神疑鬼，可是很少有女人這麼高。當時她戴著墨鏡，洛蒂沒法看清她的五官，但是現在卻一清二楚。卡麥倫設計了整件事，以便證明他有在做事。他是做了，洛蒂心裡想。而且結果說不定比他預期的還要理想。

女人把一個超市的袋子放到地上，對卡麥倫點頭，隨即起身離開。洛蒂走上前，好像是要經過她，卻伸手按住了她的胳臂。

「不要走，」她低聲說。「我剛拍了一張你們兩個的相片，所以別突然決定要暴衝，否則的話我就報警來抓你們，而妳的朋友瑪麗亞·布拉克斯罕姆就會又被揪回法庭裡。」

女人發抖，卻原地不動。卡麥倫仍在翻閱袋子裡的東西，默默數著鈔票，而珞蒂則坐到了他的旁邊。

「妳他媽的怎麼會來這裡？」他問。

「我來確定你不會把那段錄音播給別人聽。另外，要是你敢靠近我的家人，要是你將來萬一又欠了債，又想拿我當你的提款機，我得確定我可以提供給警方我需要的每個證據。」

卡麥倫猛地轉身，一手攫住她的臉，用力擠壓。她朝他齜牙咧嘴。他猝然放手，把她推開。

「我說過官司打完我就不會再用那段錄音了。」他嘟囔著說。

「而我就該相信一個像你這樣利用勒索我的王八蛋？」

「不是幫妳做到我想要的事了嗎？」他說。

「你害我暗示是我先生做出那種最不堪的虐待。重點不在於我說的話只有陪審團會聽見，重點是我說的謊可憎到了極點。」

「結束了。我們可以各自走人。」卡麥倫咆哮。

「你是這麼想的，你這個人渣？你做了那種事我還能拍拍屁股走人？你想知道我從陪審義務學到什麼嗎？我學到了不必讓某個人的老二戳進妳的身體裡才叫作強暴。我希望你再惹上麻煩，我希望有人讓你像我感覺一樣無助。我希望他們會折磨你，讓你巴不得死了算了。你現在給我聽好了，要是再讓我看見你，我會把一切都告訴警察。你就會坐牢坐很久。說你聽懂了。」

「好，」他說，「等我付完了債，我會離開這裡。」

「很好。不要回來，」珞蒂告訴他，站了起來。「還有別對傑克太狠了。他有我的手機號碼，所以我知道他會打給我。跟他說你還沒準備好，說你不適合他，隨便你怎麼說，只要別再傷害他，你把他傷得夠深了，你這個天殺的窩囊廢。」

她走得非常慢，走向那個等待的女人那兒，而卡麥倫則垂頭喪氣從她們面前走過。

「原來是妳付錢要他弄出無罪判決的。我還在奇怪他怎麼會有那麼多資訊呢，」珞蒂說。「我們有十二個人。妳怎麼知道該挑誰？」

「卡麥倫從一開始就不想當陪審員。社群網路讓我更容易挑選。我只花了十分鐘就發現他最近宣告破產。還有一堆他跟不同女人拍的照片。有兩個穿著一樣的上衣，商標是某家賭場的。我一知道他需要錢，事情就簡單了。我猜我還滿會看人的。」女人小聲回答，低著頭。珞蒂看見她的臉頰上有淚，不禁想她是因為被發現了才害怕，或是別的緣故。其實不重要。珞蒂的同情心已經用完了。

「不，妳是非常會看人。妳挑的男人對一個公開性傾向因而和家庭關係不和的學生下手一點也不羞愧，還勒索我要我幫妳做骯髒事。」

「我真的非常、非常抱歉。我沒有叫他做這些。要是我早知道……」女人低聲說。「可是妳做了正確的事。瑪麗亞・布拉克斯罕姆是無辜的，她不應該去坐牢。」

「我也不應該為了這件事被凌虐，」珞蒂說，讓每一種情緒都流露在臉上。「妳覺得妳會看人？那來看我。我去地獄走了一回。部分是我自己活該，可是我不應該吃那麼多苦。他有沒有跟妳說他是怎麼逼我的？」女人搖頭，眼睛盯著地面。「他逼我脫光衣服躺在床上，兩腿分開，假裝死人。妳就是因為這個才覺得瑪麗亞．布拉克斯罕姆不應該坐牢的嗎？就事論事，我同意，可是現在妳這輩子都要良心不安，因為妳害另一個人也經歷同樣的恐怖。所以下一次妳決定要扮演大善人時，想一想會傷害到誰。妳根本就不知道妳造成了多大的痛苦，妳他媽的根本就不懂。」

女人沉坐在椅子上，雙手抱頭，哭了起來。珞蒂看著她一分鐘，很滿意把該說的話都說了，轉身就要往出口走。她雙手發抖，胃裡打了個死結，但是她做到了。卡麥倫處理好了。付他錢的女人也上了小小的一課。而且珞蒂全程主導。她終於起來捍衛自己了。她沉淪到想像不到的泥淖之中，徹底走投無路，但是在這二十四小時來的泥濘中，她找到了連她本人都不知道自己擁有的力量。她把頭髮從臉上撥開，走到陽光和新鮮空氣裡。該回家了。

35

瑪麗亞站在後院，燃起了火，燒掉這段婚姻留下來的少量衣服。儘管傷感，她也和她的植物道別了。她不想要屋子裡的任何東西，但是剪下她最愛的花會是開拓新花園的好開始，無論會是在哪裡。

她從窗戶瞪著廚房，驚詫她的新生活居然誕生得如此暴烈。她仍能看見茹絲站在她的廚房裡，不請自來。都是瑪麗亞的錯。她早該知道茹絲不可能聽見她聲音中的絕望而不採取行動的。部分的瑪麗亞命令她的朋友兼心理師過來，倒不是因為她預見了結果。她納悶她能否有不同的做法，能否讓那一天重來一遍。

謹慎明理的茹絲把車子停在一條街外，不讓鄰居注意到她的車輛，讓人向愛德華提起。她在柵門外按門鈴。瑪麗亞記得她以為是哪個鄰居沒在家等著收包裹，這種事一年會發生個一兩次。打開前門看著車道，她一眼就認出了茹絲，即使兩人從未見過面。六呎高，肩膀寬得她沒在別的女人身上看見過，大鼻子，一字眉，還有最親和的眼睛，對著她微笑。瑪麗亞打開了鐵柵門，讓她進來，知道這麼做很傻。讓茹絲進到她的屋子裡，感受到有同伴的感覺，是她做過最糟糕的事。愛德華回家之後她要如何隱瞞得住？那短短幾分鐘的人與人之間的連結，讓關心她的某人走進她的人生，意義重大，但在結束的那一秒也會摧毀靈魂。

瑪麗亞泡了茶。兩人站在廚房裡談話。茹絲懇求她離開，瑪麗亞找藉口說不行，一如多年來的習慣。一個人一旦瓦解了，要把每一片碎片都撿起來，再把這副重擔抬到別處去實在是太費力氣了。然後鐵柵門在碎石車道上滾動的聲音又響起了。愛德華提早回來了。他每隔幾個月就會玩一次這種花樣，時間不定。不過今天她覺得她是應該能夠預見到的。他對於今晚的事情太興奮了，看著她把自己的肌肉切開以便表達對他的感恩，他已經心癢難搔了。

「妳不能在這裡，」她對茹絲低聲說。「他會處罰我。事情會更糟。」

「要是他知道妳跟別人說過，也許反而會讓情況改善一點。」茹絲說。

「不！妳不懂。拜託、拜託，茹絲。天啊，來不及了。躲到食品室裡，別出聲。他會上樓去洗澡，到時我再讓妳從後門出去。」

「瑪麗亞，我不會讓他再傷害妳了……」

「妳一定得照我的話做。妳不能在這裡走動，幫我做決定。」瑪麗亞生氣地說。

「妳說得對，對不起。」茹絲的眼裡已經有淚了。「就聽妳的，我不會發出聲音的，我保證。」

❖

茹絲站在食品室裡，背抵著牆，努力讓呼吸聲變小，深信她呼吸得就像一列貨運火車。一分鐘後有腳步聲，以及公事包的搭扣打開的聲音。

「愛德華，你提早回來了，真好，」她聽見瑪麗亞說。茹絲從沒聽過她的聲音這麼嬌柔。

「我幫你把信重寫好了，希望你會喜歡。」

「少說蠢話，」愛德華跟瑪麗亞說。他的聲音跟茹絲的想像一模一樣。優越、命令、高高在上。她幾乎能夠看透食品室的門，看著這一幕在廚房展開。「妳記得我答應妳什麼嗎？」

瑪麗亞點頭。

「說出來。」他說。

「我今晚可以自殘。」她低聲說。

「沒錯，」他說，「不過不是今晚。是下午。我是為了妳提早回來的，妳是不是很幸運？」

「是，愛德華，」瑪麗亞口齒不清地說。「謝謝你。我希望不會耽誤了你的工作。」

「咳，我明天大概得加班，不過這點犧牲我還願意。」

茹絲能聽見他聲音中的喜悅。逼瑪麗亞自殘，逼她說感謝你賞賜的特權，再逼她道歉因為她害先生必須加班。她的兩隻手在口袋裡握成拳頭，咬住下唇不讓自己因為這件事的恐怖與不公平而哭出來。

「今晚兩刀，割深一點，」愛德華的聲音隆隆響，像在演戲。他愛死了這件事。「妳一定得多鋪點毛巾來吸血。我覺得我大概會把它錄起來，紀念這個特殊的晚上，當作獎勵。我們以前都沒有這樣做過。妳想看看我是怎麼看的嗎，瑪麗亞？妳想要在結束後能夠看著自己嗎？真正的沉湎於其中？我覺得妳會非常喜歡。」

茹絲發出乾嘔聲，急忙把毛衣塞進口裡。愛德華．布拉克斯罕姆博士完全是瑪麗亞所說的那種人，甚至還更超過。她聽他發表這番話就知道他很興奮，她敢拿錢出來賭他的老二都硬了。但這不是什麼廉價的刺激，而是精心籌劃過的計畫，執行了多年。這無異於漸進式的謀殺。

「你覺得這樣好的話。」她聽見瑪麗亞虛弱地說。

「我是覺得，」他走向洗碗槽。「兩個杯子？」他問道，「這是怎麼回事？妳最近實在是太懶散了，用過的杯子還沒洗就又拿一個用？我一天到晚辛辛苦苦工作是為了什麼？妳大概是整天在作白日夢，把時間都浪費了，一點事也沒做。我提早回來就會發生這種事，我揪出了妳骯髒齷齪的小惡習。」

「對不起，」瑪麗亞低聲說。「我只是忘了。我不知道我在想什麼。是我的錯。」

茹絲伸手去拿手機，不知道如何調整設定，讓她在撥號時不會有聲音。

「當然是。也許我們今晚需要額外再做點什麼，好讓妳知道這裡是誰當家作主的，麗亞。」他做出沉思的樣子，走過去從後門上的玻璃瞪著花園，雙臂抱胸，下巴高抬，是他小小世界中的君主。他背對著她，宣布判決。「也許再裝死一次可以幫助妳感激自己還活著。我想妳已經忘了妳有多幸運才能跟我住在這棟屋子裡。上樓去。」

「是，愛德華。」瑪麗亞說。

「妳要割到我說停才能停。然後妳要告訴我妳有多感激，妳有多幸運。一直到我覺得妳說的是真心話為止。」

茹絲聽見了「割」、「感激」、「幸運」，但是在她心裡她看見的是她的姊姊蓋兒，身上插滿了管子，在病床上昏迷不醒。她沒能救下這個姊姊，這個姊姊甚至沒有辦法說出她悲慘的生活。而蓋兒的丈夫，鬼才知道他現在在哪裡，又在凌虐別人，無人知曉，因為沒有人阻止過他。可是瑪麗亞對外求援了，而茹絲就在這裡。這一次她有能力阻止。她伸手去亂摸，想找到平底鍋或是擀麵棍，什麼都好，結果她找到了一根結實的木頭，不會重得舉不起來，也不至於輕得不能給人一個教訓。而愛德華就需要教訓。他需要學會凡事都有後果，瑪麗亞值得保護，免於他的傷害。

她推開了食品室的門，看見瑪麗亞面如死灰。她把斷掉的椅腳高高舉起，看到尾端有突出的金屬螺絲在陽光下閃爍。然後她用力下擊，空氣只微微波動了一下，帶起了瑪麗亞的頭髮，髮絲拂過她的前額。那個聲響令人難忘，像是拿菜刀把高麗菜砍成兩半。愛德華壓根就沒發出聲音，他的上半身微微旋轉，然後兩腿承受了這一擊的重量，癱軟了，面朝下往下倒。茹絲站在那裡，鮮血從椅腳上滴下來，滴在她發抖的雙手上。

「我……我……做了……什麼？」

瑪麗亞上前來，瞪著她先生頭上的凹洞，一種灰色物質像蒼白的蠕蟲一般從他頭骨的縫隙中溢出。

「妳應該走了。」瑪麗亞說，接下了她手中的椅腳，入迷地看著被螺絲夾住的頭髮。

「蓋兒？」茹絲迷迷糊糊地問，瞪著瑪麗亞，卻沒看見她。不算看見。

「茹絲，清醒一點。」瑪麗亞說，語氣平靜，平靜得茹絲幾乎認不出是她的聲音。

「我們得叫人來，」茹絲說，「警察，救護車。我們得解釋。」

「不，」瑪麗亞說，伸臂溫和地攬住茹絲的肩膀。「妳不能說是妳做的，他們會把妳關起來的，茹絲。那誰來照顧雙胞胎和妳母親？他們會被送到療養院和寄養家庭，妳也知道那有多可怕。」

「可是我不能逃。他們會找到我的，那只會讓情況更壞。」茹絲說，瞪著地上的男人，聲音不穩，逐漸醒悟到事情的嚴重性。

「只要他們不會去找人就行了。妳是為我才這麼做的。我可以告訴他們我過的是什麼樣的日子。既然他現在死了，我就可以說了。」

「我殺了他。」茹絲哭著說，彎下了腰，乾嘔起來。

「不，妳沒有。妳救了我，」瑪麗亞說，「我真希望我有那個膽子像妳這樣，在多年以前。把那個給我。不是為妳，是為了我自己。」

「不，我不能讓妳……」

「我會說是自衛。那樣不算是說謊。我有機會說服他們，妳卻沒有。我要妳離開我家，現在就走。妳得從後面籬笆翻出去，到花園後面的巷道裡，不過妳的個子夠高，沒問題的。」

「瑪麗亞……」

「想想黎亞和邁克斯，還有妳媽。就這樣。想著他們，快走。」

她看著瑪麗亞，震驚使得她頭暈又想吐，但是她的朋友說得對。即使是在殺人的驚魂未定之中，她也知道。「我會想出辦法讓妳逃過一劫的，我會想盡一切的辦法，瑪麗亞。我保證不會讓妳去坐牢。」

「快走吧，」瑪麗亞說，「我需要把廚房整理一下再報警。」

茹絲走了，留下瑪麗亞沖洗第二只杯子。她翻過籬笆，盡量像沒事人一樣走向她的汽車。

而屋子裡的瑪麗亞確定地上除了她和愛德華的足跡之外沒有第三人的痕跡，這才撿起放在愛德華頭上的椅腳，雙手上下撫摸，弄得滿手都是鮮血和腦漿，徹底銷毀茹絲的痕跡。最後，她瞪著外頭一會兒，欣賞她的花園，一面默數，給茹絲足夠的時間走遠。她做的最後一件事是用手肘把食品室的門關上，走出廚房，走上了她時時刻刻夢想著要說那句話的道路，愛德華·布拉克斯罕姆博士，她的先生，死了。

36

珞蒂回去開車時手機響了，是珍妮佛。她都忘了她們交換過電話號碼，感覺好像是很久以前的事了。

「嘿，珞蒂，妳在哪兒？我本來是希望能當面跟妳說再見的。」珍活潑地說。

「就在法院附近，我正要去停車場。妳不用擔心。」珞蒂說。

「其實，妳不介意的話，我想見個面。剛才在法庭裡沒機會，太多人往外衝了。到法院門口跟我會合好嗎？五分鐘。」

「好啊，」珞蒂說，「有何不可？」反正她去取車也是要經過法院，也可以順便讓她不去想她要對先生說的話。她就要踏上一輩子說謊的旅程了。坦白說，拖延，即使只是拖延個幾分鐘就是一種福氣。

她走到時珍已經在那裡等著了，穿著紅綠雙色針織開襟毛衣，儘管天氣炎熱，臉上的笑容也像陽光一樣燦爛。她用力擁抱珞蒂，像個媽媽。像個好媽媽，珞蒂心裡想。不是那種孩子在保姆家嘔吐她卻跟別人性交的媽媽。這種事珍絕對做不出來。

「我想跟妳說，妳做的事是我見過最勇敢的。對著一群差不多是陌生人的人敞開胸懷，而且在妳吃過那麼多苦之後還能這麼誠實。我知道我們在同一個陪審團裡，可是我們彼此還不熟。總之，我敬佩妳。只要妳有需要都可以找我。我希望無論妳吃過多少苦，都已經是過去式了。」

洛蒂的喉嚨堵住了，害她快說不出話來。

「謝謝妳。」她沙啞地說。

「妳可別哭喔，不然會害我也跟著哭，」珍說，「看看我們，兩個傻瓜。來吧，我陪妳走去開車。」

「好啊。」洛蒂說，拿衣袖擦淚，珍則挽著她的胳臂。

「從吊橋回去是吧？這個時間的交通會很壅塞，下班的車流全都慢慢出籠了。」

「可惡的橋，」洛蒂笑著說，很開心能夠暫時不去想卡麥倫．艾利斯。「我念書的時候一定做過四次報告，歷史課、地理課、數學課和物理課。我對伊桑巴德．金德姆．布魯內爾比對我自己的媽還熟悉。」

「啊，其實橋不是他設計的。」珍開心地說。

「妳在說什麼啊？」洛蒂說，「當然是他啊。」

「重要的部分不是。是一個叫莎拉．古皮的女人在一八一一年為打樁設計申請了專利。想不到吧！她那時連投票權都沒有，但是她是工程師和建築師。布魯內爾一直到幾年後才加入了築橋計畫。沒有她，今天就不會有這座橋。」

「我怎麼會不知道？」洛蒂問，一面搖頭。

「我在這方面有點像個書蟲。如果害妳無聊，我道歉。我目前正在為我的歷史學位寫一篇莎拉．古皮的論文，只是函授課程，不過還是一樣。讓我挺忙的。」

洛蒂停下腳步。「妳只說妳是家庭主婦。妳為什麼不告訴大家？」

「沒必要什麼事都小題大作嘛，對不對？再說了，我還是家庭主婦啊，這也是我最得意的身分。但是並不是說我就沒有其他方面了。這是妳的車吧？」她問，而珞蒂站在那兒，鑰匙垂在手上。

「嗯，對，沒錯，」珞蒂說，「謝謝妳，珍。我真高興妳打電話給我。如果我繼續跟妳聯絡，妳會介意嗎？我是說，妳顯然很忙，那我就不打擾妳……」

「盡量打擾，隨時歡迎。我很喜歡，」珍說，「再聯絡，好嗎？」她吻了珞蒂的臉頰，走開了。

珞蒂坐上汽車，鑰匙放在大腿上。珍沒有表面上那麼簡單。珞蒂自己的偏見把她貶低了，她覺得羞愧，一直以來都把她當成「只是家庭主婦的珍」。她怎麼會把別人貶得這麼低，而且只根據……幾句自我介紹？事實上，陪審團室裡沒有一樣是跟剛開始相同的。卡麥倫並不是外表的那個人。傑克被欺騙了。珞蒂決心要恨那個在主教教堂裡的女人，是她給了卡麥倫動機和機會來利用她和傑克，只是她想恨卻恨不了。那個女人的眼淚是真的，她的哀傷是真摯的。就算不說別的，這場官司也讓珞蒂學到了一堂看人課。她很肯定——遠超過合理的懷疑之類的法律用語——瑪麗亞·布拉克斯罕姆這一生都被迫活在別人的謊言裡。她在證人席上的憤怒就是在表達她深覺不公平的挫折感。她就和珞蒂一樣神智清楚。要是光憑這點理由就可以把一個人關起來，那監獄絕對不夠多。

現在珞蒂要回家了，在她的人生中再堆疊上更多的欺騙，由於恐懼，以及缺少自尊。她在剝奪她先生選擇未來的權利。這個想法讓她想吐。甚至更糟，她會比真實的她還要低下。

她發動了汽車，跟著一長排的車子上了吊橋。珍沒說錯，車陣一路堵到對岸。她花了四十五分鐘才到家。贊恩已經回來了，正要去保姆家接丹尼亞。

「哈囉。」他說，吻了她的額頭。

珞蒂擁抱了他一下，很快放開。她知道自己必須做什麼。她說的謊已經是一輩子的分量了。

「贊恩，」她說，「我需要告訴你這件事，我們會商量出該怎麼辦。我不請你原諒，因為我不配，可是你應該要知道真相。我愛你。我也比自己的性命更愛我們的兒子。我不開心，覺得被困住了。我覺得這些年來我失去了所有的自我價值。我不是為自己做的事找藉口，可是這也是部分實情。我跟另一個陪審員外遇了。現在已經結束了，我非常後悔，後悔得我怎麼說也說不清楚。可是我不要跟你說謊，我就是不能。所以等你想好了，無論要花多久的時間，我都想知道你願不願意給我一個機會彌補。要是不能彌補，那也許我們可以重新開始。我想當你的太太，可是必須是我們兩個都願意。平等的。你想怎麼恨我都可以，可是我想讓你知道你再怎麼恨我都比不上我恨自己。還有，對不起。」她抬起下巴，筆直看著先生的眼睛。「我非常、非常對不起。」

37

瑪麗亞坐在她的汽車裡，車子停在律師事務所外，她看著手錶。茹絲衝過馬路，坐上了車子，躲開雨雪。今年冬天極凍，就像夏天極熱，而路況危機四伏。

「抱歉遲到了。妳好了嗎？」茹絲問。

「簽我的離婚文件？還用問嗎？」瑪麗亞微笑道。

「終於自由了，法律上的，更別說還有經濟獨立了。妳現在一定有點感觸良多。」茹絲說。

「我大概有一點，不過沒什麼大不了的。他還在，在醫院裡腐爛。妳覺得他了解官司的結果嗎？妳覺得會有人去跟他溝通嗎？」

「大概不會有。那又有什麼意義？」茹絲看著手錶。「我們應該走了。」

「再等一下，」瑪麗亞瞪著灰色的天空。「聽著，我一直在想我可能會離開一陣子，去旅行，看看世界。這是好主意還是壞主意？」

「嗯，財力上妳當然負擔得起。等妳簽了這些文件，妳的銀行戶頭裡就會有六十萬鎊。就算妳買房子，也夠妳去長途旅行了。」她說。

「可是？」瑪麗亞問，「得了，我從妳的口氣裡就能聽出來。妳是在擔心什麼？」

「惡夢，」茹絲說，「我不是故意要聽的，可是我能聽到妳在客房裡作惡夢。那是完全正常的事。妳知道我的觀點。妳是在經歷創傷後壓力症候群，可能需要治療。我擔心的是妳在不熟悉的地方可能會沒辦法應付。」

「妳是說妳擔心少了妳我可能應付不來？」瑪麗亞說。

「我是說……對，少了我。我想照顧妳，瑪麗亞。妳為我的犧牲，妳冒的風險。」

瑪麗亞伸手過去握住朋友的手。「茹絲，我知道妳覺得我是為了妳才那麼做的，可是妳可以放心了。我有很多時間去思索審判和可能被判有罪的結果，我其實不是那麼無私的。對，我是想要保護雙胞胎和妳母親，不讓她們失去妳。對，我是覺得對發生的事有責任，即使我並沒有親手打愛德華。妳在我的廚房裡是為了我，都是因為我。妳並沒有選擇那天的路。妳絕對不能出庭來當我的證人，妳會被逼問到死角，承認一切。妳太高尚了，妳根本就不是一個會說謊的人。可是妳需要了解在很大的程度上我對愛德華的傷也有責任，因為我對他只有想見血的純粹痛恨。我不想讓他贏。如果讓他把妳從我身邊奪走，那就是說他又贏了，無論他自己了不了解。我對他的憎惡並不是暫時的，不是什麼創傷後的鬼東西，也永遠都不會消失。現在已經在我的DNA裡了。所以不要太常給我戴光環，好嗎？我這一輩子都被各種情緒驅使——被緊張，和恐懼，和缺乏信心——結果到頭來卻是仇恨給了我力量。回想我在法庭上的行為，可能這個力量還有點太多了。」

茹絲擦掉悄然的眼淚，而瑪麗亞也縮回了手。

「所以我們互不虧欠，」瑪麗亞接著說，「妳的漂亮孩子就是我需要的治療。就連妳母親逗我笑的次數都比我這些年來要多。妳接納我進入妳們家，妳從他手裡救了我。妳好像老是忘記這一點。要不是妳，我現在還是活在地獄裡，不然就是埋進土裡了。我們兩個都放下吧，我們不能改變任何一件事。我需要擁抱人生。我比大多數的人都知道人生有多可貴。」

「對，妳說得對，」茹絲靠過來吻瑪麗亞的臉頰。「而且妳值得快樂。去旅行吧。我們會在這裡等妳回來。該是向前邁進的時候了。我需要照顧妳來消弭我的罪惡感。如果妳能放開妳的過去，我猜我也該放開了。妳想到要去哪裡嗎？」

「有，」瑪麗亞溫和地笑。「我想我要從德國開始。」

「真的？有點奇怪。我還以為妳會說澳洲或是美國呢。妳是不是有什麼特別想看的東西？」

「不是東西，是人。我一直在跟軍隊詢問。安卓莉雅剛從軍時就派駐在德國，她好像遇見了一個德國男人，兩人結婚了，所以她退伍之後就留在那兒了。她住在萊茵河邊一個叫柯尼希斯溫特的鎮上。那裡有城堡。」

「聽起來滿好的，」茹絲溫柔地說。「不過已經很久了。我不是想掃興，可是人是會變的。妳有沒有……」

「跟她說話？」

茹絲點頭。

「沒有。她不知道我在找她。我需要親自去見她。有太多話要說了，寫信的話我不知道該從哪裡寫起。要是她不想再跟我有瓜葛，我能了解，我也會放下。我只是需要一個機會來告訴她我有多抱歉。」

「妳非常勇敢，」茹絲說，「妳說得對。聽起來這是一個很好的起點。我能了解妳想要拿回從妳這裡被奪走的東西。」

「雨停了，」瑪麗亞說，「好了，我要進去簽離婚文件了，然後妳跟我要出去吃午餐。是我們應得的。只有一條規矩，我們不提他的名字。不談審判或是律師或是法庭。我們要假裝我們是老朋友，在瑜伽課後見面，就跟正常人那樣，我們可以一面聊天一面看著路人，等時間到了再去接雙胞胎。好嗎？」

「好，」茹絲說，打開了車門，又停住。「妳知道我還是願意為妳這麼做的，對吧？如果我現在就回到那個食品室裡，我還是會抓起椅腳打他，這次可能會再用力一點點。」

「沒必要，」瑪麗亞含笑道。「我唯一後悔的事就是沒有自己打他。要是我能讓時間倒轉，相信我，我會的。」

謝辭

一開始我需要和律師們聊一聊。我在這本書的司法程序上有一些自行發揮，請你們原諒我。我們都知道，事實上大多數的官司都不會有什麼意外，而這只怕不適合非常懸疑的小說。所以原諒我，請盡量像一般的讀者一樣來讀這本書，而不是當作案情摘要。也請知道在一個刑事律師身處的經濟與時間壓力更甚於往昔的時代裡，你們的辛苦是有人感激的。你們的工作確保了我們的街道變得更安全，正義沒有妥協。這不是件光鮮亮麗的工作，你們每週有四、五天要上晚班，你們有一半的人是無薪的。要不是有我傑出的經紀人凱若琳．哈爾德曼，我現在仍是你們的一員，每天奔波跋涉，晚上沒送過孩子上床，犧牲週末來讀蒙塵的資料。凱若琳，謝謝妳給了我第二個事業，讓我能夠寫出這本書來，無盡的感激（還有只要我們見面，飲料我請）。

不過，這個故事是珊．埃德斯的寶寶。Trapeze公司允許我寫一個極度困難的題材，支持我在#MeToo運動風起雲湧的時代在這本書裡寫出越來越相關的議題。珊是那種以無邊無際的熱忱掀起一本書，直到最後書在聽她說起的那些人的想像中燃燒的編輯。我覺得自己能跟妳合作這本書是天大的福氣，珊。妳的見地、直覺以及知性都可敬可佩。

不過要出版一本書還是得靠一支團隊，而《陪審員》就是仰賴這樣的一群世界級的出版人才能夠白紙黑字印出來，送進商店裡以及讀者的手上。行銷的珍．伯瑞斯林，製作的克萊兒．奇普，我的文字編輯蘇菲亞．威爾遜——她的耐性簡直像聖人，設計的黛比．何姆斯，蘇珊．郝以及了不起的版權小組，保羅．斯達克與聲頻小組。謝謝你們讓過程變得那麼容易。

我也要感謝可愛的馬修．斯考特（他在推特上更廣為人知的名字是@Barristerblog），他提供了我寫這本書最初始的建議（如果有錯誤，都怪我），而且他也持續支持我寫下去。感謝大家讓布里斯托皇家法院變成一個友善令人愉悅的工作場所，同時也是設定這場審判的好地點，你們讓一件困難的工作每天都顯得輕鬆。還要感謝大衛，在我還是律師時忍受我，而且覺得在我辭職後人生會過得更輕鬆，直到我決定以寫書為生——別放棄希望。我相信將來有一天我們會一起過著正常的生活。

Storytella **132**

陪審員

Degrees of Guilt

陪審員 / H S錢德勒作 ; 趙丕慧譯. -- 初版. -- 臺北市 : 春天出版國際文化有限公司, 2022.06
面； 公分. -- (Storytella ; 132)
譯自 : Degrees of Guilt
ISBN 978-957-741-530-1(平裝)
873.57

ISBN 978-957-741-530-1
Printed in Taiwan

作　者　HS錢德勒
譯　者　趙丕慧
總編輯　莊宜勳
主　編　鍾靈

出版者　春天出版國際文化有限公司
地　址　台北市大安區忠孝東路四段303號4樓之1
電　話　02-7733-4070
傳　眞　02-7733-4069
E－mail　bookspring@bookspring.com.tw
網　址　http://www.bookspring.com.tw
部落格　http://blog.pixnet.net/bookspring
郵政帳號　19705538
戶　名　春天出版國際文化有限公司
出版日期　二〇二二年六月初版
二〇二三年一月初版十刷

定　價　399元

總經銷　楨德圖書事業有限公司
地　址　新北市新店區中興路二段196號8樓
電　話　02-8919-3186
傳　眞　02-8914-5524
香港總代理　一代匯集
地　址　九龍旺角塘尾道64號 龍駒企業大廈10 B&D室
電　話　852-2783-8102
傳　眞　852-2396-0050